김연수

디에센셜

김연수

Sensation
디 에센셜

문학동네

차례

작가의 말

에셔의 〈그리는 손〉이라는 판화가 있다. 두 개의 손이 서로를 그려가는 묘한 작품이다. 그걸 볼 때마다 나는 생각한다. 인생 역시 그렇게 두 사람이 써내려가는 이야기가 아닐까?

삼십 년 전, 스물네 살이던 나는 소설가가 됐다. 그때 나는 소설가가 될 마음이 전혀 없었다. 하지만 그런 고민을 할 틈도 없었다. 문학상에 당선됐다는 전화를 받고 출판사 건물까지 간 뒤에야 비로소 진지하게 생각할 수 있었다. 이대로 편집부로 올라가면 나는 소설가가 된다. 소설가가 되어야만 할까?

나는 편집부로 올라가는 대신 일층 카페로 들어갔다. 거기서 나는 소설가로서의 삶에 대해 내가 상상할 수 있는 모든 미래를 다 적어봤다. 적을 수 있는 것은 많지 않았고, 그나마도 다 부정적이었다. 수상작 말고 다른 건 한 편도 쓰지 못할 거야. 오랜 고민 끝의 결론은 상을 받지 않는 것이었다. 그즈음, 나는 인생에 체념한 상태였다. 원하는 학과에 진학하지 못한 뒤로는 다른 사람의 삶을 살아가는 것 같았다. 이렇게 살면 도대체 어떤 삶이 펼쳐질까 궁금했는데, 소설가라고? 놀랍기도 하고 당황하기도 했다. 내 인생이 하나의 소설이라면, 이건 누가 써내려간 이야기일까? 적어도 나는 아니었다.

그러자 묘한 생각이 들었다. 이 일에 나는 모르는 어떤 의미가 있는 게 아닐까? 그걸 모르는 한에는 어떤 결정도 내릴 수 없는 게 아닐? 나는 이백 년 뒤를 상상했다. 이백 년쯤 지나면 나도 이 일을 이해하게 될지 모르겠다고. 그렇다면 이해는 나중의 나에게 부탁하고, 일단 가보자. 또 어떤 일이 펼쳐질지 한번 지켜보자. 이해하지 못한다는 건 지금의 내가 이해하지 못한다는 것뿐일 테니까.

그렇게 나는 상상조차 할 수 없었던 미래를 향해 문을 열었다.

'이백 년'이라는 건 첫 소설집 『스무 살』에 나온다.

'한 이백 년 정도가 지나면 지금 일어나는 일들도 이해되지 않을까? 나는 그렇게 생각했다. 하지만 아쉽게도 내가 이백 년 동안이나 살아 있을 수는 없었다. 결론적으로 말해서 당시의 나라는 인간은 자신을 둘러싸고 벌어지는 일들에 대해 아무런 이해도 없

이 살아가고 있었다.'(「스무 살」 중에서)

그 '이백 년'이라는 시간을 이해하게 된 것은 2014년의 일이었다. 그해 여름, 교황이 한국을 방문했다. 교황은 광화문에서 1801년 신유박해 등으로 고초를 겪은 초기 한국 천주교 순교자를 '복자'로 추대하는 의식을 집전했다. 나중에 온 사람에게는 먼저 온 사람에게는 없었던 이해가 저절로 생긴다. 그래서 시복식은 그들에 대한 당연한 보상처럼 여겨진다. 1801년의 서울 사람들도 2014년의 광화문 시복식을 보게 된다면, 순교자들이 왜 그런 위험천만하고 어리석은 행동을 한 것인지 비로소 이해할 수 있으리라. 이해란 그런 것이다. 시간이 지난 뒤에 저절로 생기는 것이다.

그런데 순교자들은? 그들 역시 미래를 알 수는 없었으리라. 그런데 그들은 이해하고 있다는 듯이 행동했다. 그러니까 마치 이백 년 뒤의 미래를, 2014년의 광화문을 보고 온 사람처럼. 그들이 한 '위험천만하고 어리석은 행동'이 바로 그런 것이라는 걸 아는 순간, 내 팔에 소름이 돋았다.

나보코프는 '우리는 책을 읽을 수 없다. 다시 읽을 수 있을 뿐이다'라고 말한 적이 있다. 마찬가지로 인생에서 벌어지는 어떤 일이 좋을지 나쁠지는 누구도 알 수 없다. 우리는 시간이 지난 뒤에 다시 알 수 있을 뿐이다. 다시 아는 것, 그게 이해. 스물네 살의 나 역시 마찬가지였다. 그때는 알 수 없었다. 그리고 이제는 다시 알게 됐다. 인생의 이야기는 먼저사람의 행동과 나중사람의 이해로 완성된다. 서로를 그려가는 두 개의 손처럼.

　　그렇게 쓰기 시작한 글들 중 몇 편을 여기 한데 모았다. 내게 나 중사람의 이해가 생긴 뒤에 쓴 작품들을 중심으로 됐다.

　　「다시 한 달을 가서 설산을 넘으면」「달로 간 코미디언」「깊은 밤, 기린의 말」「난주의 바다 앞에서」 등 네 편의 중단편소설은 지금까지 펴낸 여섯 권의 소설집에 실린 작품들 중에서 내가 가장 좋아하는 것이다. 시로 먼저 등단한 뒤 발표한 시들이 좀 있는데, 여기 수록된 작품들은 데뷔작인 「강화에 대하여」를 빼면 모두 미발표작으로 1993년에서 1995년 사이에 썼다. 「강화에 대하여」의 마지막 구절은 '그리고 세계의 끝'이다. 그뒤로도 오랫동안 나는 '세계의 끝'이란 표현에 빠져 있었다. 왜 그랬는지는 장편소설 『일곱 해의 마지막』을 쓰고 나서 알게 됐다. '세계의 끝'에 이르렀을 때, 우리에게는 지나온 길 전체를 돌아볼 수 있는 조망에서 오는 이해가 저절로 생긴다. 이 이해는 그 끝을 새로운 시작으로 만든다. 그리고 2022년 가을부터 몇 달 동안, 사서들이 만든 웹진 '더 라이브러리'에 연재한 도서관 기행문들을 수록했다.

　　공교롭게도 올해는 내가 소설가가 된 지 삼십 년째가 되는 해다. 교보문고와 문학동네의 이 프로젝트로 지난 삼십 년을 되돌아보는 뜻밖의 기회를 얻게 됐다. 그 호의에 감사드린다.

1부

중단편소설

다시 한 달을 가서 설산을 넘으면

1

　나는 이렇게 썼다. '122행의 앞 세 글자는 빠져 있다. 빠진 글자를 순서대로 추정하자면, 121행의 마지막 글자 포捕에서 시작해야 한다. 고대 한어에서 '捕' 자는 포蒲 자와 같은 글자다. 이 글자 다음에 빠진 글자를 추정하려면 123행의 자蔗 자를 고려해야만 한다. '蔗' 자 앞에는 희미하게 지워진 글자가 있는데, 남아 있는 형태로 봐서 이 글자는 감甘 자가 확실하다. 감자甘蔗란 인도에서 나는 사탕수수를 뜻한다. 사탕수수는 작물의 이름이다. 이는 120행의 '土地宜大麥小麥 全無黍粟及稻', 즉 '땅은 보리와 밀에 알맞고, 기장·조·벼는 하나도 없다'라는 문장과 부합한다. 그러니까 120행부터 123행까지는 건타라국建馱羅國의 작물을 다

루고 있다. 다시 121행의 포蒲 자로 돌아가면 이다음에 올 글자
는 도桃 자나 도陶 자가 거의 확실하다. '포도'라는 단어는 라틴어
'botrus'를 음사해서 만들었다. 이 단어의 자취는 현대 영어에도
'botryoid', 즉 알알이 맺힌 포도송이와 같은 형태를 뜻하는 형용
사에 남아 있다. 음사한 탓에 '푸타오'라는 발음에 해당하는 단어
들이 번갈아가며 사용됐다. 그래서 초기에는 포도蒲桃, 蒲陶가 모두
포도를 지칭하는 단어로 쓰였다.'

   독서등 불빛에 기대 읽는 각주는 흐릿했다. 그는 이렇게 생각했
다. '蒲' 자는 '蒲' 자와 통한다. 따라서 이다음에 올 글자로는 '桃'
자나 '陶' 자가 합당하다. 하지만 그중 어떤 글자를 썼느냐는 혜초
만이 알 것이다. 우리는 그저 상상할 뿐이다. 몇 년 전 연애소설을
탐닉하던 당시 그가 낯선 주인공들의 삶을 떠올리고 그들이 일 년
뒤, 혹은 삼 년 뒤 어떻게 될 것인지 상상했듯이. 두 남녀가 만나
느닷없이 사랑에 빠지는 일은 세상에서 가장 진부한 일이다. 그들
이 어떻게 될지는 누구나 쉽게 추정할 수 있다. 별다른 일이 없다
면 결혼하게 될 것이고, 또 별다른 일이 없다면 아이를 낳게 될 것
이다. 별다른 일이 없다면 함께 인생의 여러 가지 모습을 보게 될
것이고, 또 별다른 일이 없다면 한 사람의 죽음을 다른 사람이 지
켜보게 될 것이다. 그러니까 별다른 일이 없다면. 그러니까 '蒲'
자 다음에는 '桃' 자나 '陶' 자가 오는 게 당연하다고 여길 수 있다
면. 하지만 그렇다고 해서 반드시 '蒲' 자 다음에는 '桃' 자나 '陶'

자가 올 수 있는 것은 아니다. 마찬가지로 두 남녀가 사랑한다고 해서 결혼해 아이를 낳을 수 있는 것은 아니다.

　그 구절에서 몇 행 앞으로 시선을 옮기면 다음과 같은 문장이 나온다. '其大勃律 元是小勃律王所住之處 爲吐蕃來逼 走入小勃律國坐 首領百姓在彼大勃律不來.' 이는 '대발률은 원래 소발률의 왕이 머물던 곳이었는데, 토번이 내침하자 소발률로 도망친 왕은 거기에 눌러앉아버렸다. 수령과 백성들은 대발률에서 따라오지 않았다'라는 뜻이다. 역사적으로 볼 때 발률은 대발률과 소발률, 두 개의 나라로 나뉜다. 대발률은 지금의 인도 북부 발티스탄 지역에 있었는데, 전통적으로 인도에 속했다. 하지만 파키스탄 북부 길기트 지역에 있던 소발률은 세계의 경계였다. 동서남북 어디서 바라보든 이 지역은 그들이 아는 세계의 끝이었다. 소발률은 서쪽으로 아라비아인 대식국, 남쪽으로 인도인 천축국, 동쪽으로 티베트인 토번국, 북쪽으로 중국인 당에 접해 있었다. 페르시아를 물리친 뒤, 힌두쿠시산맥을 넘어온 알렉산드로스가 마침내 도달한 세계의 끝도, 파미르고원을 넘어온 고선지가 결국 이르게 된 세계의 끝도 바로 이 지역이었다. 혜초에게도, 이븐 바투타에게도 소발률은 마찬가지의 의미였다.

　동양 문화와 서양 문화의 경계인 이 지역을 지나 계속 여행한 사람은 마르코 폴로다. 하지만 마르코 폴로가 실제로 소발률에 들어갔는지는 의심스럽다. 마르코 폴로는 『동방견문록』에 이렇게 썼다. '내가 여러분에게 말한 이 사흘 거리를 다 가면, 동북쪽과 동쪽 사이로 거의 사십 일 거리를 줄곧 산과 능선과 계곡을 지나고 수많은 강과 황야를 거쳐서 기행해야 한다. 이 사십 일 거리 내내 집도 숙소도 없기 때문에 여행자들은 스스로 음식을 갖고 가지 않으면 안 된다. 이 지방은 벨로르라고 불리는데, 사람들은 매우 높은 산에 사는 우상숭배자들로서 무척 야만적이며 오로지 짐승들을 사냥해서 먹고산다. 그들의 의복은 동물 가죽으로 만들어졌고, 그들은 힘이 세고 사악한 사람들이다.' 한편 혜초보다 먼저 이 지역을 다녀간 현장은 『대당서역기』에 다음과 같이 썼다. '발로라국은 주위가 사천여 리나 되고 대설산 속에 있으며 동서는 길고 남북은 좁다. 맥류와 콩이 많고 금과 은이 나며 자금資金이 많아 나라가 넉넉하다. 날씨는 몹시 춥고 인품은 사납다. 인의仁義는 얄팍하고 예절을 무시하며 행동은 조잡하다. 의복은 가죽옷이고 문자는 인도와 대체로 같으며 언어는 다른 나라들과 다르다.'

마르코 폴로와 현장이 기술한 내용은 『론리 플래닛』에 수록해도 될 정도로 정확하다. 1988년 길기트로 찾아간 그들은 곧 거기에는 금도 은도 없으나, 힘이 세고 사악한 사람들이 많다는 사실을 알게 됐다. 그리고 무엇보다도 길기트에서는 대설산을 볼 수 있었다. 그중에서도 가장 높은 대설산을 찾아가는 이방인들이 많았다. 최초로 이 대설산의 정상에 오른 사람은 독일의 헤르만 불이었다. 불은 이렇게 말했다. '며칠 후 나는 이 산기슭에 설치된 베이스캠프에서 텐트 앞에 누워 아픈 발을 돌보며 4000미터보다 더 높은 쌍두봉을 몇 번이나 쳐다봤다. 그 쌍두봉 뒤에는 내가 기억하는 고지대의 만년설이 있다. 하늘을 향해 하얀 자락을 이루며 눈에 띄게 돋보였다. 나는 그 고지대의 만년설 상부를 나의 심안心眼으로 몇 시간 동안 살펴봤다. 그것은 내게 하나의 꿈처럼, 다른 사람들은 경험할 수 없는 꿈처럼 보였다. 이해할 수는 없지만 현실적인 꿈처럼 다가왔다.'

헤르만 불은 잘 단련된 29세 청년의 몸으로 정상을 단독 등정해 며칠 뒤 40세의 늙은 몸으로 하산했다. 반쯤은 얼이 나가 있었다. 그는 자신이 한 일의 의미를 깨닫지 못했다. 왜냐하면 그건 꿈이었으니까. 매우 현실적인, 하지만 결코 이뤄질 수 없는 꿈이었으니까. 북위 35도 14분 32초, 동경 74도 35분 40초에 위치한, 높이 8125미터의 이 대설산의 이름은 낭가파르바트이다. 낭가파르바트는 산스크리트어로 '벌거벗은 산'이라는 뜻이다. 문자는 인도와 대체로 같으며 언어는 다른 나라들과 다르다는 현장의 말 그대로 다른 지역과 달리 시나어를 쓰는 디아모로이 계곡의 주민들은 이 산을 '디아미르'라고 부른다. 이는 '산 중의 제왕'이라는 뜻이다.

방콕으로 향하는 비행기에 올라탔을 때부터 그는 머릿속에 떠오르는 것들을 죄다 수첩에 기록했다. 몇몇 사소한 고민거리들, 문득 떠오른 일들과 좀체 가라앉지 않는 의문들, 다른 사람들에게 말해주고 싶은 얘기들, 평생 단 한 번 스쳐지나가는 게 분명할 풍경들, 껌 한 통에 이르기까지 자잘한 구입 물품과 그 가격, 시간대별 이동 경로와 방법, 지금 그가 선 자리의 경도와 위도와 고도 등 안팎에서 벌어지는 모든 일들을 그는 짧은 단어와 다양한 기호로 이뤄진 불완전한 문장으로 남겼다. 그건 상당히 오래된 습관이었다. 그에게는 그런 수첩이 스무 권 가까이 있었다. 하루의 일정이 모두 끝나면 머리맡에 램프를 밝혀두고 수첩의 그 불완전한 문장들을 따로 준비한 공책에다 옮겨 적었다. 여러 번 차를 끓여 마셔 입안이 텁텁해지도록 그는 그 일에 몰두했다. 해가 떨어진 뒤, 지루한 저녁 시간을 보내는 데 그보다 더 좋은 일은 없었다.

새 공책을 사면 그는 언제나 공책의 표지 뒷면에 다음과 같은 릴케의 글을 적어놓았다. 대학교 입학시험을 준비하던 고등학교 시절부터 공책을 사면 으레 이 문장을 적었으니 언제라도 그 문장은 온전히 외울 수 있었다. '결국 우리에게 필요한 것은 오직 용기다. 아주 기이하고도 독특하고 불가해한 것들을 마주할 용기. 이런 면에서 인류가 비겁해진 결과, 삶에 끼친 피해가 얼마나 큰지 모른다. '환상'이라고 하는 경험, 이른바 '영적 세계'라는 것, 죽음 등과 같이 우리와 아주 가까운 것들이, 예사로 얼버무리는 사이에 우리 삶에서 모두 사라져버렸다. 그러는 사이 그런 것들을 느끼는 데 필요한 감각들은 모두 퇴화되고 만 것이다. 신에 대해서는 말할 것도 없다.' 릴케의 이 문장은 그가 왜 밤마다 그토록 오랜 시간을 들여 곱은 손에 입김을 불어가며 공책에다 글을 쓰는지 잘 말해줬다. 더이상 쓸 수 없을 때까지 계속 써나갈 때 그는 가닿을 수 있는 마지막 지점에 이르렀다. 그 지점에서 그의 문장은 굳게 입을 다물었다.

그리고 꿈은, 문장이 끊어진 자리에서 시작했다. 공책에 글을 써가는 동안에 그는 어떻게 시간이 흘러가는지 느끼지 못했다. 하얀 봉우리와 차가운 대기와 반사되는 빛의 시간은 강물처럼 끝없이 이어지지만, 인간의 시간은 때로 깊은 크레바스처럼 어두운 심연 속으로 빠져든다. 공책을 덮은 뒤에 그는 언제나 램프의 불을 끄고 침낭 속으로 들어갔다. 오래전부터 그는 그 꿈을 바라보고 있었다. 밤새 세찬 바람이 그의 잠 속으로 밀려들었다가는 다시 빠져나가는 동안, 그 침식된 경계에서 납득할 수 없는 몇몇 기억들이 일었다가는 사라졌다. 그 기억들은 때로 피어나는 철쭉처럼 한데 엉겨들기도 했고, 비 내린 다음날의 구름처럼 사방으로 흩어지기도 했다. 그러는 사이에 그는 몇몇 소망들을 모았다가는 다시 버렸다. 현실과 꿈의 경계에서는 늘 그런 일들이 벌어졌다.

그러므로 더이상 나아갈 수 없는 곳에서 조금 더 밀고 나가는 일에 대해서 그가 관심을 두는 건 당연한 일이었는지도 모른다. 그의 공책에 적혀 있는 바에 따르면 그들은 1988년 5월 26일, 경유지인 방콕에서 파키스탄 에어라인으로 갈아탄 지 네 시간 이십 분 만에 이슬라마바드공항에 도착했다. 그날 저녁, 이슬라마바드에 있는 화이트팰리스호텔 객실 침대에 누워 그는 수첩에 적힌 '소발률의 그 왕은 어디로?→시간이 나면 물어볼 것'이라는 문장을 바라보고 있었다. 그는 그 문장을 다음과 같이 풀어 썼다. '검은 피부의 스튜어디스는 승객들에게 캔디를 권하면서 지나갔다. 무심코 받아들고 입에 넣었더니 너무 달았다. 이내 나는 캔디를 손바닥에 뱉었다. 승객들은 대부분 잠들어 있었다. 문득 궁금함이 생겨 가방에 넣어둔 『왕오천축국전』을 꺼냈다. 독서등을 밝혔더니 옆자리에 앉은 이가 몸을 뒤척였다. 나는 소발률로 도망쳤다는 그 왕의 다음 얘기가 궁금했다. H는 이렇게 주석을 달아놓았다. '동서남북의 모든 나라들이 소발률을 자신의 영역이라고 여겼다. 소발률에는 그리스와 페르시아와 아랍과 인도와 중국과 티베트의 문화가 혼재했다.' 모든 나라에게 소발률 너머는 이방의 땅이었다. 거기가 바로 지금 내가 가는 곳이다. 모든 게 혼재하는 곳, 수령과 백성을 버려두고 왕 혼자서 도망간 곳.'

그는 언제나 진실과 거짓, 현실과 환상, 삶과 죽음이 뒤섞여 있는 곳에 매료됐다. 그러므로 현지 시각으로 새벽 한시 사십분에 이슬라마바드공항에 도착했을 때, 그는 약간 흥분된 상태였다. 물론 얼굴이 붉게 달아오른 사람은 그 혼자만이 아니었다. 대원들은 히말라야 등반은 말할 것도 없고 해외 원정 자체가 처음인 경우가 대부분이었다. 김포공항을 떠나올 때만 해도 히말라야의 만년설과 빙하를 상상했지만, 정작 이슬라마바드 비행장에서 그들을 기다리고 있던 건 몬순이었다. 온 세상을 떠내려가게 만들려는 듯 장대비가 쏟아져내렸다. 아직까지 서남아시아에서 한국인을 쉽게 찾아보기 어려웠던 시절이라 히말라야 원정대가 온다는 소식에 깊은 밤이었음에도 대사관 직원들이 나와 원정대원들을 환영했다. 몇 개의 등만 밝혀놓은 공항 로비에서 간단하게 환영식을 거행한 뒤, 현지 대행사 직원의 안내를 받아 이슬라마바드의 숙소인 화이트팰리스로 가는 동안에도 원정대를 감싸던 기묘한 흥분 상태는 쉽게 가시지 않았다. 낡은 일제 이십 인승 버스는 창문을 열지 못해 후텁지근했다. 누구도 입을 여는 사람이 없었다. 모두들 어둠 속에서 상체를 꼿꼿이 세우고 앞쪽만 바라보고 있었다.

어두운 도로를 사십 분 정도 달린 버스는 반듯하게 구획이 나뉜 이슬라마바드로 들어섰다. 그는 소발률로 도망간 그 왕이 어떻게 됐는지 궁금해졌다. 『왕오천축국전』122행에서 전해오지 않는 앞의 세 글자를 추정하는 데 그토록 공을 들였던 나였으나 소발률로 도망간 왕이 그 이후에 어떻게 됐는지에 대해서는 책에 아무런 언급도 하지 않은 때문이었다. 그가 나는 과연 알고 있을까 하는 생각을 할 즈음, 버스는 숙소에 도착했다. 그때까지 다른 짐은 통관절차를 마치지 못했으므로 사람들은 저마다 작은 배낭만 둘러메고 버스에서 내렸다. 호텔측에서는 현관문에다 무성의한 글씨체로 다음과 같이 써놓은 종이를 붙여놓았다. Welcome! The South Korean Nanga Parbat Expedition. 애당초 종이의

네 모서리마다 테이프를 붙여놓았겠지만, 오른쪽 아래 모서리의 테이프는 이미 떨어져나가고 없었다. 종이의 한쪽 귀가 습기 머금은 바람에 하늘거렸다. 호텔에 들어간 원정대장이 가장 먼저 한 행동은 그 종이의 문장 중에서 'South'를 삭제하라고 명령한 일이었다.

원정은 이슬라마바드에서 마이크로버스를 타고 북동부 길기트까지 이동하면서 시작됐다. 인도양의 열기를 머금고 북쪽으로 몰아치던 몬순은 고산에 막혀 더이상 골짜기를 빠져나가지 못했다. 몬순의 열기는 그대로 그의 몸으로 옮겨갔고 그는 몸의 어디에 그 많은 물들이 숨어 있는지 궁금해질 정도로 많은 땀을 흘렸다. 이따금 길은 끊어졌고 그럴 때면 마이크로버스는 길에서 벗어나 깊게 팬 하상河床으로 내려갔다. 마이크로버스는 금방이라도 전복할 것처럼 흔들렸다. 서로 엉겨붙은 머리카락의 끝에서 땀방울이 튀었다. 한번은 더이상 나아가지 못하고 버스가 멈춰 선 적도 있었다. 버스에서 내려 앞쪽을 살피고 돌아온 보조 운전사의 말을 들은 파키스탄 운전사는 곧바로 시동을 꺼버리며 소리쳤다. No Way! 그 말에 원정대원들은 다들 강가로 달려갔다. 하지만 누구도 손을 담그지는 않았다. 진회색 강물은 끓는 용암처럼 흐릿했다. 고향은 아주 멀리 있었고 이방의 강에 그들의 얼굴은 비치지 않았다. 그제야 자신들이 어디에 왔는지 깨달은 대원들을 태우고 버스는 다른 통로를 찾아 왔던 길을 되짚어나갔다.

길기트가 가까워지면서 길은 외길 낭떠러지를 따라 고도를 높이기 시작했다. 모퉁이를 돌아설 때마다 멀리 만년설을 뒤집어 쓴 고산의 봉우리들이 두 눈에 들어왔다. 땀으로 범벅이 된 몸으로 바라보는 설산의 모습은 환각에 가까웠다. 봉우리는 결코 이뤄질 수 없는 꿈의 형상으로 보였다. 1988년 낭가파르바트 원정대는 수많은 난관에 부딪혔지만, 그 최초의 난관을 말한다면 아마도 몬순의 열기 속에서 올려다보던 하얀 봉우리들이리라. 사람의 발길이 닿지 않은 그 하얀 봉우리들은 여름밤의 뒤척이는 잠 속으로 밀려들었다가는 흔적도 남기지 않고 사라지는 꿈의 형상을 닮아 있었다. 완전히 잠들지도, 그렇다고 깨어 있지도 않은 그 어렴풋한 경계에서 간절히 원하지만 결코 가질 수 없는 그 꿈들은 우리 영혼을 유혹한다. 좌절을 모르는 그 꿈들은 자신을 갈구하는 인간들에게 그 모든 패배의 순간을 전가했다.

그 광경은 원정대를 침묵 속으로 밀어넣었다. 바라보는 것만으로 원정대는 자신들의 꿈에 압도당했으므로, 그리하여 그제야 자신들의 꿈이 얼마나 위대한 것인지 깨달았으므로. 설산의 봉우리를 앞다퉈 바라보던 시간이 지나고, 그 설산을 찬탄하고 감격하던 시간이 지나고, 이윽고 그 모든 말들이 끊어지고 말들이 끊어진 자리에서 대원들은 저마다 다른 곳을 바라봤다. 열어놓은 창문으로 쉬지 않고 바람이 밀려들었다. 그는 수첩을 펼쳐놓고 거기에 옮겨 적은 『왕오천축국전』의 문장을 거듭해서 읽었다. 눈썹과 머리칼을 타고 뚝뚝 흘러내리는 땀을 오른손으로 닦은 뒤, 더운 바람에 펄럭이는 수첩을 붙잡고 있노라면 손끝이 닿는 자리마다 잉크가 번졌다. 버스는 쉬지 않고 흔들렸으므로 글자가 번지지 않았더라도 그 문장을 읽을 방법은 없었다. 그는 이미 그 문장을 다 외워버렸다. 從此已東 並是大唐境界 諸人共知 不言可悉.

그 문장은 총 227행 중 216행에 나왔다. '여기서부터 동쪽은 모두 당나라의 경계 안이다. 모든 사람들이 공히 아는 곳이니 굳이 말하지 않아도 알 수 있다.' 이 문장에서 나는 '실悉' 자에 다음과 같이 주석을 달아놓았다. "'悉' 자는 고대 한어에서 '알다'라는 뜻으로 사용됐다. 그런데 이 글자의 의미에는 다할 '진盡' 자가 숨어 있다. '悉' 자에는 알아낼 수 있는 모든 부분을 다 알게 됐다는, 그리하여 이제 더이상 이해하지 못할 바가 없게 됐다는 뜻이 담겼다. 혜초의 여행이 실질적으로 끝나게 된 것은 바로 여기서부터다.' 만약에 길이 좋았더라면, 그래서 버스가 그토록 심하게 흔들리지만 않았더라면, 그래서 볼펜을 들고 그 문장의 여백에다 글을 쓸 수 있었더라면, 그는 다음과 같이 썼을 것이다. 패배는 내 안에서 온다. 여기에 패배는 없다. 마음을 서늘하게 하는 하얀 봉우리, 속옷까지 흠뻑 젖어들게 하는 더위, 진회색 강물로 섞여드는 맑은물, 견딜 수 없을 정도의 목마름, 낮의 사물과 밤의 사물이 서로 자리를 바꾸는 시간, 형언할 수 없을 정도로 천천히 밀려드는 피로감, 물안개처럼 피어나는 습기 찬 이끼의 냄새, 여기에 좌절은 없다. 아마도.

길기트에서 하룻밤을 묵은 뒤, 원정대는 다시 캐러밴이 시작되는 타라싱을 향해 출발했다. 길기트에서 남서쪽으로 30킬로미터 정도 떨어진 소읍 분지까지는 인더스강을 따라 놓인 길이 어느 정도 괜찮았지만, 거기서 아스토르 다리를 이용해 인더스강을 건넌 뒤부터는 유실된 곳이 매우 많았다. 그러니까 본격적인 캐러밴은 인더스강을 건너면서부터 시작된 셈이다. 아스토르 다리를 건너자, 라키오트 방향으로 메르헨비제, 라키오트봉, 모렌코프, 실버자텔, 실버프라토, 실버암봉, 정상 등 낭가파르바트의 모습이 한눈에 들어왔다. 낭가파르바트가 가깝게 보이자, 원정대장은 흔들리는 마이크로버스 안에서 일어나 1988년 한국 낭가파르바트 원정대의 임무에 대해 역설했다. 분명히 의의가 아니라 임무라고 말했다. 그 꿈이 제아무리 압도적이라고 해도 원정대는 낭가파르바트를 '정복'해야만 했다. 아마도…… 어떤 희생을 치르더라도. 낭가파르바트를 정복하지 않고 다시 한국으로 돌아가는 일은 없을 것이라는 점을 원정대장은 여러 차례 강조했다.

하지만 그즈음, 그는 어렴풋이 눈치를 채고 있었다. 그러니까 꿈은 절대로 패배하지 않는다는 것을. 패배하는 것은 오직 인간뿐이라는 것을. 천신만고 끝에 도착한 타라싱에서 원정대의 짐을 베이스캠프까지 옮겨줄 저소低所 포터들을 모집하는 순간에도, 또한 터무니없이 부족한 예산 때문에 저소 포터들과 실랑이를 벌이는 순간에도, 결국 협상이 무위로 돌아가 타라싱 주위에 텐트를 치고 낭가파르바트를 그저 바라보면서 이틀을 보내는 동안에도 그는 그 생각에만 빠져 있었다. 그는 쉬지 않고 수첩에다 글을 썼다. 글을 쓰지 않아도 되는 순간이 찾아올 때까지. 원정대는 타라싱에서만 이틀을 허비했고 그만큼 예산을 더 초과했다. 원정대장은 초조해질 수밖에 없었다. 서울올림픽이 열리던 그해, 한국에서는 몇 개의 원정대가 조직돼 히말라야로 떠났다. 서울올림픽을 기념하기 위해 조직된 원정대였으므로 실패는 있을 수 없었고 그들은 모두 등정에 성공했다. 그러니까 1988년 한국 낭가파르바트 원정대만 제외하자면.

2

애당초 그에게는 많은 문장들이 있었다. 처음에는 그 문장들이 자신을 그토록 위로해주리라고는 그도 생각하지 못했다. 여러 날 고통에 가득찬 불면의 밤을 견디다못해 책을 읽다보면 잠이 오지 않을까 해서 소설을 펼쳤고 다음과 같은 문장을 읽게 됐다. '이제껏 카터는 어떤 상황에 부딪히더라도 모든 것을 쉽게 해결할 수 있었다. 그런데 지금은 주변의 다른 평범한 사내들보다 훨씬 어색

한 모습으로 서 있었다. 이 아름다운 아가씨와 밖에서 따로 만날 기회를 만들어야 하는데 도무지 방법을 알 수 없었다. 그래서 지금까지 책에서 읽었거나 사람들에게서 들은 지식을 총동원해 여점원들의 성격이나 습관 등을 생각해내려고 머리를 짜냈다.' 그는 세 번에 걸쳐서 그 문장을 큰 소리로 읽었다. 그러고는 책을 덮고 자신의 울음소리를 가족들이 듣지 않도록 이불을 뒤집어썼다. 그 사건 이후, 술에 취하지 않은 맨정신으로는 처음 운 셈이었다. '지금까지 책에서 읽었거나 사람들에게서 들은 지식을 총동원해'라는 부분에서 그는 소설 속 주인공이 꾸는 꿈을 짐작할 수 있었기 때문이다. 별다른 일이 없는 한, 그 꿈들은 그가 가졌던 꿈들과 크게 다르지 않았을 것이다.

느닷없이 터져나온 눈물은 마음을 한결 더 우울하게 만들었다. 울음을 터뜨리기 전까지만 해도 일어난 일을 부인하던 마음이 울음을 계기로 자신에게 일어난 모든 일을 사실로 받아들이는 것 같았기 때문이다. 총동원해. 그 문장을 통해 그는 세상에는 아무리 모든 것을 총동원해도 이뤄질 수 없는 꿈이 있다는 걸 납득했다. 눈물이 흐르고, 그다음에 우울이 지나갔으며, 마지막으로 그는 자신의 슬픔을 납득했다. 그런 일을 겪고도 자신은 살아남았으므로 또 뭔가를 배워야만 한다는 사실이 그를 괴롭히면서도 위로했다. 그렇게 해서 잠이 오지 않는 밤마다 그는 집에 있는 책을 한 권씩 읽어나가기 시작했다. 내용이나 주제가 무엇인지는 그에게는 중요하지 않았다. 중요한 것은 한때 자신도 지녔음직한, 소설에 나오는 순진한 기대나 막연한 소망의 문장들을 하나하나 버리고 자신에게 닥친 슬픔을 배워가는 일이었다. 이제는 그가 소유할 수 있는 삶이란 그런 것들뿐이었다. 하룻밤을 보내는 데에는 가로쓰기로 인쇄된 책이라면 두 권, 세로쓰기로 인쇄된 책이라면 한 권 반 정도가 적당했다. 그보다 적은 분량이면 어김없이 새벽을 뜬눈으로 지새워야만 했기 때문에 자연스레 그 속도가 원칙이 됐다. 그러는 동안, 그는 몇 개의 문장을 더 찾아냈다.

'나는 달리 어떻게 하면 될지 알 수 없는 상황에 빠졌소. 내가 당신과 결혼하기 전에는 당신이 내게 오지 않을 것 같아 나는 모든 것을 버리고 당신을 얻기로 결심한 것이오. 지금 우리는 다른 도시로 가는 길이오' 혹은 "그런데, 결혼하면 어디로 갈 생각인가?' 목사가 다정하다고까지 할 수 있는 태도로 물었다. 듀란트는 흠칫 놀랐다. '이민 갈 생각입니다.' 그가 말했다. '캐나다로? 아니면 어디로?' '캐나다로 갈 것 같습니다.' '그래, 그거 아주 좋구먼'' 같은 문장들. 전에 읽었던 책도 있었고 사놓고서는 그냥 던져놓은 책도 있었으며 여동생이나 아버지가 산 책도 있었지만, 한 달 정도가 지나자 집에 있는 모든 책을 읽어버렸다. 밤에는 닥치는 대로 책을 읽고 낮에는 어두운 방에서 잠만 자는 그를 가족들은 그냥 내버려뒀다. 어차피 집에는 책이 그다지 많지 않은데다가 뭔가에 빠져 있을 때 그에게 필요한 것은 거기서 다시 빠져나올 수 있을 만큼의 시간이라는 걸 알고 있었으니까. 그렇기 때문에 두 달 만에 그가 학교에 가봐야겠다고 말했을 때, 아침밥을 먹고 있던 식구들은 아침에 그를 볼 수 있어서 반갑다는 마음에 더해 이제 모든 게 다 지나갔구나는 생각을 하게 됐다.

그러나 그렇게 말하는 그의 손에는 도서 대출증이 있었다. 도서 대출증으로는 학교도서관에서 두 권씩 열흘 동안 책을 빌릴 수 있었다. 그가 집을 나간 뒤, 그의 아버지가 여동생에게 물었다. 저놈 머릿속에 도대체 무엇이 들어 있느냐? 수저를 들고 멍하니 그의 뒷모습을 바라보던 여동생이 말했다. 오빠 머릿속에 뭐가 들었는지는 모르지만, 오빠 학교도서관에 뭐가 들어 있는지는 알아요. 그 말에 아버지는 말을 잊었다. 오빠 학교도서관은 오십만 권의 장서 보유량을 자랑하죠. 여동생은 느릿느릿 말했고 아버지는 곧바로 밥맛을 잃어버렸다. 설마 그걸 다 읽겠다는 뜻은 아니겠지? 태어나서 지금까지 그를 가까이에서 지켜본 가족들의 의견에 따르자면, 그건 누구도 알 수 없었다. 가족들이 아는 한 그는 언제나 자신을 매료하는 게 있으면 거기에 한없이 몰두하고 탐닉했다. 이번에는 그게 책이라는 걸 가족들은 짐작할 수 있었지만, 그간의 행태로 봐서는 내버려두면 그는 다시 자신의 자리로 돌아올 것이었다. 그 사실이 그에게는 치명적인 고통이라는 걸 알지 못했기 때문에 가족들은 그렇게 결론 내릴 수 있었고 다시 식사를 계속할 수 있었다.

교문 앞 아스팔트에 물이 뿌려져 있었기 때문에 그는 전날 시위가 있었음을 짐작했다. 학기중이었으니까 마음만 먹으면 친구들을 만날 수 있었겠지만, 그는 곧장 도서관으로 걸어갔다. 1986년의 캠퍼스라면 어디서나 규범에서 벗어나고자 하는 젊은 욕망들로 가득했다. 때로 그런 욕망은 캠퍼스를 진동시키는 구호와 함성으로 터져나왔지만, 그는 교문에서 도서관으로 이어지는 길만 밟고 다녔다. 그는 여전히 동서고금의 연애소설 속에 들어 있는 문장들을 통해 위안을 받았다. 도서관을 오가는 길에 친구들을 만나는 경우도 있었다. 가족들과 마찬가지로 친구들 역시 그가 왜 책만 들여다보는지 이해하지 못했다. 그에게 무슨 일이 일어나고 있다는 사실은 짐작할 수 있었지만, 그게 정확하게 어떤 일인지는 그 누구도 몰랐다. 한번은 지나가다가 그를 만난 친구 하나가 그를 불러 세워서는 실연했느냐고 물은 적이 있었다. 친구의 말에 그는 아직은 실연한 게 아니라고 대답했다. 친구는 한심하다는 듯이 그를 바라보다가 어깨를 툭 쳤다. 다 그러고 사는 거야. 친구의 말은 그가 읽는 소설 속 주인공들의 이뤄지지 못한 꿈만큼의 위안도 주지 않았다. 그가 아무런 반응도 보이지 않자, 친구는 그가 들고 있던 두 권의 책을 가리키며 "그런 따위의 책을 읽는다고……"까지 말하다가 입을 다물고 자리를 떠나버렸다.

그러나 가족들과 친구들의 우려에도 불구하고 그는 도서관에 있는 모든 책을 읽지 않았다. 그 얼마 뒤, 그는 더이상 '그런 따위의 책', 그러니까 연애소설 읽는 일을 그만뒀다. 그 계기는 아주 간단했다. 어느 날, 사서에게서 신청한 책을 건네받은 뒤, 학번과 이름을 적으려고 책 뒤에 꽂힌 도서 대출 카드를 꺼냈다. 그 순간, 그는 가슴이 철렁 내려앉는 느낌을 받았다. 도서 대출 카드에는 단 한 사람의 이름만 적혀 있었는데, 바로 여자친구의 이름이었다. 그제야 그는 신청한 책이 아닌 다른 책을 받았다는 사실을 깨닫게 됐다. 하지만 그는 그 책을 다시 돌려주는 대신에 도서 대출증의 청구 기호를 고친 뒤, 그 책을 들고 돌아왔다. 결국 그 책은 그의 원칙을 깨뜨린 첫 책이 되고 말았다. 매일 두 권의 책을 빌리기 시작한 이래, 처음으로 그는 반납 기한을 넘겼으며, 그다음에는 그 책을 잃어버렸다고 사서에게 말한 뒤 그녀가 시키는 대로 학교 앞 서점에서 같은 책을 샀다. 물론 도서관의 책은 그에게 있었다. 반납된 날짜를 고려할 때, 그 책은 여자친구가 읽은 마지막 책일 가능성이 많았다. 그 책을 반납하고 며칠이 지난 뒤, 여자친구는 한강으로 투신해버렸으니까. 여자친구는 '부모님, 그리고 학우 여러분! 용기가 없는 저를 용서해주십시오. 야만의 시대에 더이상 회색인이나 방관자로 살아갈 수는 없었습니다. 후회는 없어'라는 내용의 유서만 남겼다. 처음 그 얘기를 들었을 때, 그는 여자친구가 죽었다는 사실을 자각하지도 못한 채 서운하다고만 생각했다. 그토록 사랑했다면 최소한 유서에다 자신에 대해서는 언급했어야 하는 게 아닌가. 유서의 어디에도 그의 흔적은 남아 있지 않았다. 여자친구에게 그는 은밀한 존재였거나, 아니면 아무런 의미도 없었음이 분명했다.

그로부터 아홉 달 동안, 그는 소설을 쓰는 데만 몰두했다. 물론 그는 오래전부터 수첩에다 자신에게 일어나는 모든 일들을 적은 뒤, 밤이면 그 수첩에 적힌 내용을 온전한 문장으로 고쳐쓰는 훈련을 해왔기 때문에 자신에 대한 글을 쓰는 일이 그다지 낯설지 않았다. 하지만 하루에 일어난 일들을 공책에 적어나가는 일과 소설을 쓰는 일은 많이 달랐다. 소설 안의 모든 문장은 서로의 인과관계에서 단 한순간도 벗어날 수 없었다. 개개의 문장은 모든 문장의 영향력 안에 있었다. 그 어떤 문장도 외따로 존재할 수 없었다. 짐작하겠지만, 그가 쓴 소설에는 그와 죽은 여자친구가 등장했다. 그는 자신과 여자친구에게 일어난 모든 일들을 문장으로 옮기려고 했으나, 처음에는 단 한 문장도 쓸 수 없었다. 억지로라도 문장을 써내려가기 위해서 그는 안간힘을 다 썼다.

오랫동안 등반 일지를 써왔기 때문에 그는 그게 삶의 어떤 영역에 속하는지 잘 알고 있었다. 산악부에 들어간 신입생들은 가장 먼저 선배가 내미는 등산화에 가득찬 막걸리를 단숨에 들이켜는 법을 배웠고 그다음에는 등반 일지를 작성하는 법을 배웠다. 대부분의 산악부원들은 등반 일지를 쓰는 걸 달갑게 여기지 않았지만, 그는 점차 그 일을 즐기게 됐다. 산악부에 들어가서 처음 등반한 곳은 도봉산이었다. 그 당시만 해도 산악부의 규율은 군대를 방불케 할 만큼 엄격했다. 신입생이라면 새벽 네시까지 졸음을 참아가며 선배들이 권하는 술을 받아 마신 뒤 겨우 잠들었다가 해가 뜨면 선배들보다 먼저 일어나 2학년생들을 도와 밥을 지어야 했다. 그런 몸으로 선인봉에 매달렸기 때문에 온전히 버텨낼 수 없었다. 중간쯤 올라가니 육체적 한계에 도달했다는 느낌이 들었다. 몇 번이나 다시 생각해봤지만, 그 생각에는 변함이 없었다. 그럼에도 그는 결국 정상에 올랐다. 거기가 바로 육체적 한계를 넘어선 지점일 것이다. 그 지점은 어떤 사람의 등반 일지에도 나오지 않는다. 현실과 꿈이 서로 뒤섞인 공간이라 어떤 논리도 거부하기 때문이다. 등반 일지를 쓸 때, 그 지점을 이해하기 위해 안간힘을 쓰는 것처럼 그는 자신이 납득할 수 없는 여자친구와의 일을 이해하기 위해 거듭해서 문장을 고쳤다. 하지만 그가 결국 깨닫게 된 것은, 아무리 해도, 그러니까 자신의 기억을 아무리 '총동원해도' 문장으로 남길 수 없는 일들이 삶에서도 존재한다는 사실이었다.

글을 쓰는 동안에는 숙면을 취할 수 있었다. 새벽에 일어난 그는 도시락을 싸들고 학교도서관으로 갔다. 일층 열람실 구석자리에 앉아서 그는 대학 노트에다 소설을 쓰기 시작했다. 오십 분 동안 글을 쓰고 십 분 동안 휴식을 취했다. 문장은 몹시도 더디게 진행됐다. 인과관계에 어긋나는 일들은 문장으로 남기지 않았다. 소설이 점점 완성돼갈수록 소설 속 여자친구의 삶에서 자신이 점점 지워진다는 사실을 그는 깨달았다. 여자친구에게 현실의 그는 은밀한 존재, 혹은 무의미한 존재 중 하나였을 수 있겠지만, 소설 속에서 그는 분명히 무의미한 존재였다. 은밀한 존재는 현실의 인과관계에서 벗어나 있기 때문에 소설 속의 문장으로는 들어올 수 없었다. 자신이 쓰는 소설 속에서 그는 조금씩 지워지고 있었다. 자신이 간절하게 원했던 꿈이며 그럴듯하게 보였던 미래며 삶의 목적이 되었던 몇몇 순간들이 하나씩 사라졌다. 그와 여자친구 사이에 일어났던 모든 일들은 오직 그 마지막 순간, 그러니까 여자친구의 투신에 논리적으로 부합되느냐 아니냐에 따라서 문장으로 남길 것이냐, 그러지 않을 것이냐가 결정됐다. 하여 둘이 사랑했던 모든 순간들은 그가 쓰는 소설에서 사라졌다. 결국 그가 쓸 수 있는 문장들은 등반 일지에 적는 것과 같은 것들, 식사의 시기와 장소와 종류, 혹은 그날 불어온 바람의 세기와 방향, 그것도 아니라면 만난 장소와 대화를 나눈 시간 등이 다였다. 그러니까 그와 죽은 여자친구가 서로 소통하지 못했던 부분만 빼고, 소통할 수 있었던 것들만 문장으로 쓸 수 있다면 그게 다였다.

도서관 밖에서는 연일 확성기를 동원한 집회가 계속 이어졌고 오후가 되면 교문 밖으로 진출하려는 시위대를 막아선 전경들이 쏘아대는 최루탄 터지는 소리가 들렸지만, 그는 구석자리를 지키고 앉아서 자신이 봐도 재미없기 짝이 없는 소설을 쓰고 있었다. 한번은 시위대 중 한 명이 도서관으로 들어와 학생들이 붙잡혀가고 있으니 도와달라고 호소했다. 그의 호소에 대부분의 학생들은 술렁거렸지만, 그런 순간에도 그는 오직 소설에만 열중했다. 소설 속의 두 주인공은 충분히 불행했다. 그 소설만 보면 그와 여자친구는 서로 사랑했다고 볼 수 없었다. 둘 사이에는 최소한의 인간적인 교류도 없었다. 그들은 그저 마주앉아서 다른 생각에 잠겨 있었을 뿐이다. 그들은 현실에서 한 발자국도 벗어나지 못했고 꿈을 공유한 적도 없었으며 나란히 서서 같은 곳을 바라보지도 않았다. 소설 속에서는. 그러니까 1986년 그가 쓰던, 그 재미없는 소설 속에서는. 건국대 사태, 금강산 댐 소동, 김일성 사망설 등은 그다음 해에 벌어질 한 시대의 종말을 예고하는 들끓음이었지만, 그런 열기도 그만은 피해갔다. 소설을 쓰면 쓸수록 그는 그 누구와도 소통할 수 없는 존재로 변해갔다.

소설을 다 쓴 뒤, 그는 편지 한 장을 썼다. 수신인은 학교를 졸업한 산악부 선배였다. 그가 산악부에 발길을 끊은 지는 일 년이 다 되어가고 있었다. 편지에다 그는 이렇게 썼다. 말할 수 없는 이유로 산악부에 나가지 않았던 지난 일 년 동안, 자신은 반드시 히말라야에 가겠다는 꿈을 키웠다. 그 꿈을 위해 자신은 충분히 체력 단련을 했다. 산악부 OB들을 중심으로 내년에 고줌바캉 원정대를 꾸린다는 소식을 들었다. 가능하다면 자신도 훈련대원이 되고 싶다. 경험이 부족하기는 하지만, 최종 원정대원에 선발될 자신이 있으니 기회를 달라. 쉽지 않은 부탁이라는 걸 잘 안다. 하지만 자신은 꼭 히말라야에 가고 싶다. 선배는 편지를 받자마자 그에게 연락해왔다. 그를 만난 자리에서 선배는 지난 일 년 동안, 그가 어떻게 지냈는지 전해들었다고 했다. 네가 소설을 쓴다는 소문이 파다하더구나. 형도 학교 다닐 때는 시를 쓰셨잖아요. 너무 몸만 움직이면 좋지 않으니까 정신적인 일을 좀 한 거죠. 실연 때문은 아니고? 아직까지는 실연한 게 아니에요. 그냥 인생의 밑바닥에서 조금 지냈을 뿐이에요. 거기도 환하더라구요. 그게 다예요. 그다음에는 혼자서 체력 단련을 했어요. 도서관 구석자리에 앉아서? 경험이 부족한 것 같아서 이런저런 책들을 읽었어요. 인간성에 대해서 아직까지는 희망을 버리지 않고 있으니까. 그걸 이해하지 못하면 우리는 외딴섬이나 마찬가지 존재죠. 그의 말에 선배는 아무런 대꾸도 없었다.

눈이 있으면, 이라고 선배는 말을 꺼냈다. 네 꼴을 한번 보라구. 지금 네 몸에게 가장 어울리는 곳은 소파나 침대야. 히말라야가 아니고. 히말라야는 잊어버리고, 혹시 등단하게 된다면 술이나 사라. 고줌바캉은 내게 맡기고. 선배는 술을 들이켜며 말했다. 그는 고개를 숙이고 중지 첫 마디에 굳은살이 생긴 오른손을 내려다봤다. 소설을 써보니 자일을 잡을 때와는 굳은살이 잡히는 자리가 달랐다. 1학년 겨울방학에 산악부에서 설악산에 동계 등반을 갔었어요. 그때만 해도 형이 얼마나 무서웠는지 몰라요. 신입부원들 사이에서는 형이 무서워서 몰래 도망가려던 애도 있었어요. 그때 등산화를 텐트 바깥에 내놓고 잠을 잤다고 해서 형에게 얻어터진 적이 있었죠. 때리고 나서 형이 신입생들에게 물었어요. 아프냐? 우린 당연히 안 아픕니다, 라고 소리쳤고요. 그때 형이 그랬어요. 아프면 그 아픔을 고스란히 다 느끼라고. 아픈데도 아프지 않다고 말하는 것은 거짓말이다. 왜 그런 거짓말을 하는가 하면 죽기 싫어서다. 그래서 눈물은 조롱거리가 되고 아픔은 비난받고 두려움은 무시되며 믿음은 당연하다고 여긴다. 하지만 산악인은 그 모든 것을 있는 그대로 받아들이는 사람이다. 그게 설사 죽음이라고 하더라도. 진정한 산악인은 그 모든 거짓말에 맞서기 위해 산에 오른다. 기억력이 좋구나. 하지만 듣고 보니 내가 한 말이 아니다. 형이 한 말이 맞아요. 그때 형이 무서워서 몰래 도망가려고 했던 신입생은 나였어요. 하지만 나는 도망가지 않았잖아요. 형의 그 말을 듣는 순간, 나는 진짜 산악부원이 됐던 거예요. 너는 거짓말에 쉽게 속는 사람이구나. 그건 형도 마찬가지라고 생각해요. 지난 일 년 동안, 나는 체력 훈련을 해왔어요. 오직 히말라야에 가기 위해서 말입니다. 꼭 가고 싶어요. 훈련대원이라도 괜찮아요. 나는 테스트를 통과할 테니까. 망신이나 당하지 않으면 다행이다. 고마워요, 형. 그는 선배의 손을 덥석 잡았다. 선배는 뜨악한 표정이었다.

일일 훈련, 야간 산행 훈련, 주말 훈련을 모두 빠지지 않고 그는 참가했다. 불어난 몸과 둔해진 몸놀림 자체가 이미 망신이었기 때문에 나이가 많아도 한참 많은 선배들에게 뒤처진다고 해도 그다지 신경쓰지 않았다. 중요한 건 하루라도 빨리 몸을 만들어 최종 원정대원에 선발되는 것이었다. 다행히 직장에 다니는 선배들에 비해서 연습할 수 있는 시간이 많아 두 달 정도가 지나면서 그는 어느 정도 예전의 체력을 되찾을 수 있었다. 원정대원을 선발하는 마지막 동계 훈련은 이듬해 2월, 울릉도 성인봉에서 있었다. 서울을 떠나기 전, 자신이 쓴 소설을 어떻게 할까 하다가 그는 여자친구가 마지막으로 도서관에서 빌려본 책을 떠올렸다. 그 책의 곳곳에 여자친구는 밑줄을 그어놓았는데, 그중에는 다음과 같은 문장도 있었다. '풍속이 지극히 고약해서 혼인을 막 뒤섞어서 하는바, 어머니나 자매를 아내로 삼기까지 한다. 파사국에서도 어머니를 아내로 삼는다. 그리고 토화라국을 비롯해 계빈국이나 범인국, 사율국 등에서는 형제가 열 명이건 다섯 명이건, 세 명이건 두 명이건 간에 공동으로 한 명의 아내를 취하며, 각자가 부인을 얻는 것은 허용하지 않는다.' 투신하기 전에 줄 친 문장치고는 기이하기만 했다. 그는 그 책 『왕오천축국전』을 옮기고 주석을 단 사람에게 자신의 소설을 우송하기로 마음먹었다. 그는 자신이 소설에 쓰지 않은 나머지 일들은 모두 히말라야로 가져갈 작정이었다. 고줌바캉 원정대에 선발되기만 한다면.

제2차 동계 훈련에서 돌아와 집에 있는데 어느 날 산악부 선배가 그에게 전화를 걸어 고줌바캉 원정대원 선발에서 그가 떨어졌다고 통보했다. 그가 아무런 대꾸도 하지 않자, 선배는 나지막이 미안하다고 말했다. 너는 아직 젊으니까 지금이 아니더라도 히말라야에 갈 기회는 많을 거야. 괜찮아요. 아마도 내가 나쁜 마음을 먹고 있어서 히말라야가 오지 말라고 하는 모양이네요. 나쁜 마음이라니? 선배가 소리 높여 물었다. 너 혹시? 그런 선배의 귀에다 대고 차마 사실은 히말라야에서 죽고 싶어서, 라고 말할 수는 없었다. 경로사상이 부족하니 다음에 오라는 뜻인가보네요. 주마링도 잘 못하는 늙은이들 제치고 먼저 히말라야 정상에 올라서려고 했으니. 늙은이들 핑계 대지 말고 니 인생 자기확보할 생각이나 해라. 안자일렌할 마음이 없으면 애당초 여자 따위는 만나지 말고. 히말라야에 가서 내가 잘 말해줄 테니까. 어차피 제 인생행로가 화이트아웃인데, 사정 봐가면서 자일 걸 처지가 아니에요. 어째 너는 등정보다는 등단에 더 어울릴 것 같은데, 이게 나 혼자만의 느낌은 아닌 것 같다. 이번에도 너는 팀 기여도 점수에서 꽤나 깎였어. 내가 하고 싶은 말이 뭔지 잘 알겠지? 그러니까 알파인 스타일로 움직이라는 뜻 아닙니까? 혼자서 세상 고통 다 짊어지지 말란 말이야. 선배가 소리쳤다. 그 전화를 끊고 나서 그는 이제 모든 게 지나갔다는 느낌을 받았다. 모든 게 끝났다. 그는 결국 살아남았다. 소설을 쓰기 시작할 때, 그는 자신이 패배했다고 생각했지만, 패배한 게 아니었다. 그러니까 그가 쓴 소설의 첫 문장은 다음과 같았다. 패배는 내 안에서 온다. 여기에 패배는 없다.

그 문장은 며칠 뒤 집으로 배달된 편지에 다시 나왔다. 편지에는 이렇게 씌어져 있었다. '우연한 기회를 통해 귀하가 쓴 소설을 읽게 됐습니다. '패배는 내 안에서 온다. 여기에 패배는 없다'라고 시작되는 도입부가 참 마음에 들었습니다. 몇 가지 부족한 부분은 있지만, 문장에 패기가 넘치고 인간에 대한 이해가 가득하다는 사실을 발견했습니다. 이 시대를 살아가는 젊은이들이 공감할 수 있는 부분이 많았습니다. 가능하면 만나뵙고 이런저런 얘기를 들어보고 싶으니 아래의 연락처로 전화를 한번 주십시오.' 처음에 그는 그 편지의 내용을 이해하지 못했다. 그도 그럴 것이 그는 출판사로 소설 원고를 보낸 적이 없었기 때문이다. 곧 그는 자신이 보낸 원고가 출판사로 넘겨졌을 가능성에 대해 생각하게 됐다. 그 원고는 여자친구의 죽음을 납득하기 위해서 쓴 원고였지, 출판하려고 쓴 게 아니었다. 우습게도 등정보다는 등단이 더 어울릴 것이라는 선배의 말이 적중한 셈이었지만, 쓰지 못한 사연이 훨씬 더 많은 그 소설을 출판하고 싶은 마음은 전혀 없었다. 그는 즉시 출판사에 전화를 걸어 어디서 그 원고를 받았느냐고 물었다. 편집장은 내 이름을 말했다. 그렇다면 아마도 그분이 오해를 했던 모양이네요. 저는 출판사를 알아봐달라고 원고를 보낸 게 아니었습니다. 그럼 왜 보낸 것입니까? 편집장이 물었다. 별 미친 녀석 다 보겠네, 여기가 출판사인 줄 알아? 그렇게 말하며 바로 쓰레기통에 버리리라 생각하고 보낸 겁니다. 댁에는 쓰레기통이 없나요?

다 찼습니다. 워낙 쓰레기 같은 원고가 많아서. 어쨌든 지금은 쓰레기통을 다 비웠으니까 돌려주십시오. 자, 들어보세요. 당신 소설 재미있어요. 누구도 그런 말 한 적 없죠? 재미있다고. 아버지만은 재미있다고 하셨습니다. 이런 소설을 아버님께 보여드렸단 말입니까? 사랑도 없이 만나고 사랑도 없이 연애하고 사랑도 없이 섹스하는…… 제 취향이 좀 독특합니다. 어쨌든 신경쓰지 마시고 원고를 돌려주세요. 재미있어요. 다들 요즘 대학생이라면 데모만 하는 줄 아는데…… 어서 돌려주세요. 안 그러면 화염병 잘 던지는 애들 몇 명 풀어서 출판사를 불질러버릴 테니까. 그럼 와서 직접 찾아가세요. 괜히 우편 사고 나서 출판사 불나는 꼴 보기 싫으니.

다음날 그는 출판사로 찾아갔다. 소설을 찾으러 왔다고 그가 말하자, 직원 중 하나가 그건 편집장이 가지고 있는데 지금은 기획위원들과 회의중이니 기다리라고 말했다. 그는 직원이 권하는 대로 편집장 책상 앞에 놓인 소파에 앉았다. 금방 끝날 것이라던 회의는 생각보다 길었고 소파에 앉아 있던 그는 깜빡 잠이 들었다. 아주 짧은 순간 잠들었지만, 꿈과 현실의 희미한 경계 속에서 그는 여러 가지의 꿈을 꿨다. 그때까지도 그는 죽은 여자친구의 꿈을 계속 꾸고 있었다. 여자친구와 그는 낯선 지방을 여행하고 있었다. 아마도 멀리 보이는 봉우리가 만년설로 뒤덮여 있었으니까, 그즈음 그가 줄곧 생각하고 있던 히말라야의 이미지가 꿈속으로 옮겨간 것이리라. 나무가 없는 황량한 벌판을 둘이서 걸어가고 있었는데, 여자친구가 조금만 더 가면 오아시스가 나온다고 말했다. 그 말에 그는 언제 가봤느냐고 물었다. 여자친구는 지난번에 함께 가보지 않았느냐고 물었다. 하지만 아무리 기억하려고 해도 그는 기억할 수 없었다. 여자친구는 차근차근 오아시스에 대해 설명했다. 둘이서 함께 가본 적이 있는 그 이상한 나라에 대해. 누이와 결혼하고 어머니를 아내로 삼는 나라에 대해. 함께 갔었잖아. 여자친구가 말했다. 우리가 언제 그런 곳까지 갔었어? 아무리 기억을 되살려봐도 그는 그런 나라에 가본 일이 없었다. 우리가 사랑하는 동안에. 우리가 사랑하는 동안에? 하지만 그는 기억할 수 없었다. 꿈속이었지만, 그 사실이 무척이나 괴로웠다. 하지만 더 괴로운 것은 여자친구에 대한 꿈을 꾸다가 깨어나는 일이었다. 그럴 때면 늘 그는 '걔는 죽었어. 걔는 죽었다구'라는 문장과 함께 눈을 떴다. 꿈속에 있다가 사랑하는 누군가가 죽어버린 다음의 세계에서 눈을 뜨는 일은 언제라도 괴로웠다.

그가 눈을 뜨니 두 사람이 소파에 앉아 있었다. 한 사람은 그에게 편지를 보낸 편집장이었고 한 사람은 편집장에게 그의 공책을 건네준 나였다. 편집장은 대뜸 그에게 무슨 일을 하기에 낮에 잠을 자느냐고 물었다. 취향이 독특한 일을 하고 있습니다. 그게 뭔가요? 대학교에 다닙니다. 희한한 일이지만, 곧 졸업도 할 거예요. 편집장은 껄껄거리며 웃었다. 제 소설을 찾으러 왔습니다. 어서 주세요. 그제야 편집장은 그에게 나를 소개했다. 그는 눈을 돌려 나와 시선을 맞췄다가 금방 눈길을 돌렸다. 그가 시선을 돌린 뒤에도 나는 물끄러미 그를 바라봤다. 원래 피부가 그렇게 까매요? 내가 물었다. 눈 때문이에요. 무슨 눈? 하늘에서 내리는 눈 말입니다. 올겨울에는 눈이 온 적이 별로 없지 않나요? 그리고 눈하고 까만 피부하고 무슨 상관이에요? 동계 훈련 기간 동안 눈 쌓인 설인봉에서 지냈기 때문에 그의 얼굴은 시커멓게 타버렸다. 하지만 설명하자니 구구절절 얘기가 길어질 것 같아서 그는 원래 피부가 그렇게 까만 것이라고 대답했다. 그건 나랑 똑같네. 나도 태어날 때부터 온몸이 까맸는데. 그는 다시 나를 바라봤다. 나는 그 시선을 피하지 않고 웃다가 말했다. 보내준 소설 잘 읽었어요. 그런데 아직 나이가 어려서 그런지 여자의 마음에 대해서는 잘 모르더군요. 여자친구는 당신을 아주아주 많이 사랑했어요. 당신은 그 사실을 인정하기 싫어서 그렇게 기나긴 소설을 썼지만 말이에요. 그렇다고 여자친구의 사랑이 없어지는 건 아니에요. 당신이 쓴 그 소설에도 나와 있고, 여자친구의 유서에도 나와 있고. 유서 어디에 그런 게 나와 있습니까? 유서 어디에도 당신에 관한 얘기가 없다는 그 자체가 그걸 말해주는 것이죠. 죽는 순간까지도 당신에게는 용서해달라는 말을 하지 않았잖아요. 당신과는 용서를 구할 일이 없을 만큼 사랑했으니까. 내 말에 그는 고개를 흔들었다. 내가 계속 얘기했다. 무슨 보고서를 쓰듯이 아무런 해석도 하지 않고 둘 사이에 일어난 일만 적어놓은 게 당신이 쓴 소설이잖아. 그것만 해도 한 권 분량이 되는데, 여자친구는 유서에다 당신의 얘기는 하나도 적어놓지 않았어. 그렇다면 정말 후회 없이 사랑했기 때문에 유서에는 쓰지 않았다고 할 수 있지 않나요? 내 말이 틀렸나요? 그는 나를 쳐다봤다. 나는 당신들이 부러워. 당신들은 사랑의 모든 국면을 다 경험했어. 심지어 죽음까지. 출판사로 가서 소설만 돌려받아서 금방 돌아오려던 그의 계획은 수포로 돌아갔다.

그날 저녁에 그는 출판사의 기획위원들과 함께 술을 마셨다. 나 때문에 따라간 자리였다고 그는 썼지만, 나와는 거의 얘기를 나누지 못했다. 박종철이 죽었으니, 이번에는 그냥 넘어가기 어려울 거야. 군부가 가만히 있을까? 그러니까 잘해야지. 뭘 잘해? 학생들 움직임이 심상치 않은데, 한 명만 더 죽는다면 아마 나라가 뒤집힐 거야. 치안본부에서 또 탁 치면 되겠네. 술자리에서는 혼란스런 시국을 둘러싼 얘기가 두서없이 오갔다. 그러다가 편집장이 그의 소설 얘기를 꺼냈다. 이런 시국에 그런 소설이 먹혀들까? 누군가 그렇게 말했다. 그렇지, 그런 소설이⋯⋯ 다른 사람이 그 말을 되받았고 좌중은 일제히 입을 다물었다. 그는 자신의 소설을 두고 얘기하는 게 영 거북해서 화장실로 갔다. 술이라면 누구보다도 자신 있다고 생각했는데, 동계 훈련에서 너무 무리한 탓이었는지 그날만은 그도 아주 빨리 취했다. 비틀거리며 화장실에서 돌아오는데, 누군가 말했다. 난 마음에 안 들어. 데모하느라 죽어가는 애들도 있는데, 연애 따위가 다 뭐야! 하지만 그가 걸어오자 다시 대화는 끊겼다. 그가 자리에 앉는 동안에도 말을 꺼내는 사람이 없었다. 분위기를 돌린답시고 편집장이 모두에게 건배를 청한 뒤, 빈 잔마다 술을 따랐다. 그러자 사람들은 다시 두서없는 얘기를 떠들어대기 시작했다. 모두에게 술을 따른 뒤, 편집장은 마지막으로 그에게 술을 따르려다가 그만 그의 앞에 놓인 물잔을 엎질렀다. 잔 속에 들어 있던 물이 상을 타고 흘러내려 그의 바지를 적셨다. 술에 취한 탓이었는지, 아니면 그 자리의 분위기를 견디지 못한 탓이었는지 그는 저도 모르게 욕설을 내뱉었는데, 하필이면 편집장이 물잔을 엎지르는 소리에 다들 말을 멈췄기 때문에 모두들 그의 욕설을 들을 수 있었다. 에이, 씨발. 다 젖었잖아.

  기획위원들은 대부분 교수들이었다. 그러니 그 자리에 앉은 대학교 4학년생이 할 만한 말은 아니었다. 그럼에도 그 말은 그의 머리를 폭발시키는 뇌관과 마찬가지였다. 느닷없는 욕설에 놀라 다들 자신을 바라보자, 그는 교수들을 향해 마구 욕설을 내뱉었다. 그는 욕설을 내뱉으면서도 자신이 왜 그러는지 이해할 수 없었다. 하지만 가슴 깊은 곳에서 욕설은 계속 터져나왔다. 그의 입을 막으려고 편집장이 자리에서 일어나는 통에 상이 흔들리면서 술병과 잔이 뒤집혔다. 교수들 중에서 하나가 소리쳤다. 닥쳐, 닥쳐! 닥쳐, 이 새끼야! 닥쳐! 하지만 그의 욕설은 그치지 않았다. 그도 어쩔 수 없었다. 편집장에게 입을 틀어막혀서도 계속 욕설을 내뱉으려고 애쓰는 자신의 모습을 지켜보면서 그는 미친 게 아니라면 있을 수 없는 일이라고 생각했다. 편집장은 그를 잡아서 밖으로 끌어내리려고 했다. 두 사람은 몇 번 실랑이를 벌였다. 그러다가 그는 꼴이 좀 우습게 됐다고 생각했다. 그런 생각이 몸의 힘을 빼게 만들었는지 그는 편집장의 손에 이끌려 밖으로 나갔다. 편집장이 주먹을 쓴다면 자신도 맞받아치리라 내심 마음먹고 있었는데, 의외로 편집장은 그의 구겨진 옷자락을 펴주면서 말했다. 오늘은 술 많이 마셨으니까 그냥 가게나. 얘기는 다음에 하고. 차비는 있나? 그는 고개를 끄덕였다. 걸어가면 되니까요. 미안하게 됐습니다. 괜찮아. 괜찮아. 오늘은 그냥 가. 얘기는 다음에 하고. 그리고 그 원고는 출간할 마음이 없다고 하니까 내가 우편으로 보내줄게. 그 말과 함께 편집장은 술집 안으로 들어갔다. 그는 그 자리에 쪼그리고 앉았다. 여전히 바람이 차가운, 초봄의 밤이었다.

가만히 땅바닥만 바라보고 있다가 그는 누군가 괜찮아? 라고 묻는 소리를 들었다. 그건 내 목소리였다. 그는 고개를 들어 나를 한번 바라보더니 다시 고개를 숙이고 말했다. 아니요. 안 괜찮아요. 제가 미쳤나봐요. 죄송해요. 술자리를 엉망으로 만들어서. 왜 그 소설을 나한테 보냈니? 그의 옆에 쪼그리고 앉으며 내가 물었다. 교수님은 혜초를 다 이해하시잖아요. 어머니를 아내로 삼는 나라에 대해서도 다 이해하시잖아요. 혹시라도 이해하지 못할

까봐 주석을 다 달아놓으시잖아요. 저는 제 여자친구가 왜 자살했는지도 이해하지 못하거든요. 그걸 이해하려고 소설까지 썼는데도 아직도 이해하지 못하거든요. 제 여자친구가 마지막으로 읽은 책이 교수님이 펴낸『왕오천축국전』이에요. 걔가 도대체 무슨 마음으로 죽기 전에 그런 책을 읽었는지 그것도 모르겠어요. 하지만 교수님은 다 아시잖아요. 고작 227행뿐인 두루마리를 가지고 한 권의 책을 쓰시잖아요. 말이 끝나기도 전에 나는 몸을 일으킨 뒤, 그를 잡아 세웠다. 일어나. 빨리 일어나. 그는 엉거주춤 일어섰다. 그가 일어서자마자 나는 두 손으로 그의 뺨을 잡고 입을 맞췄다. 오가는 사람들이 쳐다보는데도 우리는 오랫동안 입을 맞췄다. 그와 마찬가지로, 하지만 그의 짐작과는 달리, 그 순간 나도 사랑에 빠졌다.

3

뜨거운 햇살과 찌는 듯한 더위와 황량한 풍경과의 싸움이 끝나는 곳에 라토바가 있었다. 라토바에 도착한 1988년 한국 낭가파르바트 원정대는 가장 먼저 그룹별로 포터들의 대장 격인 사다를 불러모아 임금을 정산했다. 마침내 캐러밴의 목적지에 도달했다는 안도감과, 하지만 이제부터 시작이라는 긴장감이 동시에 원정대원들의 뺨을 스쳤다. 그 나른하고도 서늘한 느낌에 그들은 망연자실 루팔 측벽을 바라보며 앉아서 휴식을 취했다. 초원 지대인 베이스캠프에 앉아 눈 덮인 히말라야를 올려다보는 느낌은 대단히 비현실적이었다. 왜 그런지 다들 흥분했다기보다는 무기력했다. 얼마 지나지 않아 그들은 그 이유를 알게 됐다. 모두들 멍하니 앉아 있는데, 갑자기 날이 어두워지는가 싶더니 후드득 소리와 함께 우박이 쏟아져내렸다. 베이스캠프에 도착할 때까지만 해도 맑은 하늘이었으므로 도대체 어디서 떨어지는 우박인지도 알지 못했고 알 겨를도 없었다. 대원들은 서둘러 텐트를 설치하려고 몸을 일으켰는데, 그때 그 무기력함의 정체를 알게 됐다. 개인별로 정도의 차이는 있었겠지만, 그들은 저마다 두통을 느끼고 있었던 것이다. 가장 빠른 사람은 타라싱을 떠나면서부터, 가장 느린 사람은 자리에 앉아 있다가 몸을 일으키면서부터. 삼장법사의 주문 소리를 들은 손오공 머리의 긴고아처럼 두통은 주기적으로 그들의 머리통 전체를 눌렀다. 그게 책에서 보던 고소 증세라는 걸, 또한 고소 증세를 없애는 가장 좋은 방법은 조금 아래로 내려가는 일이라는 걸 모르는 대원은 아무도 없었다. 하지만 누구도 자신에게 고소 증세가 왔다는 것을 말하지 않았다.

느닷없이 차오르는 가스처럼 고소 증세는 베이스캠프에 도착한 원정대를 순식간에 감쌌다. 두통과 구토로 시작된 고소 증세는 개인별로 다른 부위의 고통으로 전이됐다. 치통을 호소하는 사람이 있었고 소화불량에 시달리는 사람도 있었다. 텐트가 설치되자마자 쓰러져 잠이 든 채 열두 시간이 지나도 깨어나지 못하는 사람이 있었고 며칠째 불면에 시달리는 사람도 있었다. 물론 사람들은 그게 고소 증세라는 걸 잘 알고 있었지만, 구토 증세 때문에 물도 들이켜지 못하는 사람이나 밤낮없이 텐트 속에서 나오지 않는 사람들도 자신이 고소 증세에 시달린다는 사실을 인정하지는 않았다. 그저 밥맛이 없다거나 캐러밴 때문에 몸이 피곤하다는 말만 되풀이했다. 거기에 분명히 고소 증세는 있었지만, 환자들까지도 그 존재를 무시하면서 지냈다. 마치 말로 표현하지 않기만 하면 고소 증세가 사라진다는 듯이. 그도 고소 증세에 시달리기는 마찬가지였다. 그의 경우에는 두통과 함께 악몽을 꾸는 것으로 나타났다. 그는 밤새 가위에 눌렸다. 정체를 파악할 수 없는 검은 물체들이 텐트 바깥으로 지나갔다. 자다가 그 기척에 깨어 누구냐고 소리친 적도 있었다. 물론 검은 물체들은 대답하지 않았다. 때로 그것들은 베이스캠프가 떠나가라 소리 내어 울기도 했고 미친듯이 뛰어다니기도 했다. 침낭 속에 들어가 눈을 감아도 그것들은 보였고 두 손으로 귀를 틀어막아도 그 소리는 들렸기 때문에 그는 결국 그 검은 물체들이 자기 내부에 있다는 사실을 깨닫게 됐다. 텐트로 햇살이 드리워질 때까지 그것들에 시달리고 나면 그의 몸과 마음은 몸을 일으키기 어려울 정도로 탈진한 상태였다. 그렇게 누워 있으면 늘 호흡이 가빠오고 가슴에 통증이 일었다.

사흘째가 되자, 고소 증세는 말끔히 사라졌다. 호흡도 정상적으로 돌아오고 가슴의 통증도 사라지면서 그는 차츰 베이스캠프 주변을 살필 만한 여유를 지니게 됐다. 고소 증세에 시달리면서도 몸을 움직일 수 있는 대원들은 베이스캠프를 건설하는 일을 멈추지 않았기 때문에 사흘째에는 입촌식을 거행할 수 있었다. 첫날에만 갑자기 날이 흐려지면서 우박이 내렸을 뿐, 사흘 연속 날씨는 화창했던데다가 대부분의 대원들에게서 고소 증세가 사라졌기 때문에 다들 마음이 들떠 있었다. 다들 세수도 하고 면도도 하고 머리를 감느라 분주했다. 입촌식은 본부 텐트 앞에서 이뤄졌다. 본부 텐트와 식당 텐트 사이에는 고정 로프를 드리워 태극기와 오륜기와 후원사 깃발을 매달아놓았다. 입촌식이 거행되는 동안, 그는 열중쉬어 자세로 서서 바람에 펄럭이는 그 깃발만 바라보고 있었다. 1988년은 민족사의 새로운 전환기라고 원정대장은 말꼭지를 땄다. 억눌린 민족의 혼이 이제 새로운 전환기를 맞이해서 웅비하려는 시점에 있다. 이런 중차대한 시기에 결성된 1988년 한국 낭가파르바트 원정대는 그 역사적 소임을 가슴에 새기고 기필코 정상 등정의 기쁜 소식을 고국의 동포들에게 전해야만 한다. 원정대장의 '한마디'는 의외로 길어지고 있었다. 애당초 원정대장이 마음에 두고 있었던 봉우리는 에베레스트였다. 워낙 사회 분위기가 들떠 있었기 때문에 88올림픽의 성공적인 개최를 기념하는 원정에 나서겠다고 하면 쉽게 후원을 받을 수 있었기 때문이다. 하지만 그런 생각은 원정대장 혼자만이 했던 게 아니어서 그해에 에베레스트를 정복하겠다고 나선 팀은 한둘이 아니었고 그 기회는 원정대장보다 더 경험이 많은 다른 사람에게 돌아갔다. 국위를 선양하는 것은 한 팀이면 족했으므로 아무리 이런저런 행사에 돈이 넘쳐나던 때라고는 하지만, 두번째 에베레스트 정복을 위해서 돈을 선뜻 꺼낼 후원자는 없었다. 그러자 원정대장은 네팔이 아닌 파키스탄을 선택했으며, 시기도 에베레스트 원정대보다 더 빠른 6월 등정을 목표로 삼았으며, 낭가파르바트 중에서도 가장 험난한 루팔벽 루트를 잡았다. 그럼에도 후원자들은 에베레스트만 높은 산인 줄 알고 있었다. 최고봉이 아니라면 등정 자체가 무의미했다. 그래서 원정대장은 천신만고 끝에 구한 생각보다 적은 후원금에 만족해야만 했다.

하지만 그는 원정대장이 말하는 역사적 소임보다는 낭가파르바트 어딘가에 있을 케른을 생각하고 있었다. 홧김에 낭가파르바트를, 그것도 루팔벽 루트를 생각했을 만큼 낭가파르바트는 많은 산악인들을 희생시킨 곳이었다. 그렇기 때문에 어딘가에는 반드시 등반 도중 죽은 산악인들을 기리기 위해 쌓아놓은 돌무덤인 케른이 있으리라 그는 짐작했다. 입촌식이 끝나고 나서 그는 오후 시간을 이용해 베이스캠프 주변을 돌아봤다. 낭가파르바트의 베이스캠프는 초록 일색의 목초지였다. 꽃도 많이 피어 있고 멀리 호수도 보였다. 그가 케른을 발견한 곳은 베이스캠프에서 제1캠프

사이의 빙하 지대를 조금 못 미친 지점이었다. 사흘째 햇살이 내리쬐면서 빙하 너머에 쌓인 눈이 녹아내리고 있었다. 케른에는 그동안 낭가파르바트에서 목숨을 잃은 등반가들의 이름이 새겨져 있었다. 그는 그 돌무더기 위에 작은 돌 하나를 얹었다. 그 행위는 등정을 앞둔 산악인에게는 자신의 자일 한쪽 끝에 죽음이 묶여 있다는 사실을 인정한다는 뜻이기도 했다. 그다음에 그는 고개를 들어 빙하 지대 너머에 보이는 루팔벽을 바라봤다. '벌거벗은 산'이라는 뜻의 낭가파르바트란 이름은 수직 암벽이라 눈이 쌓일 수 없어 검은 몸뚱어리를 그대로 드러낸 루팔벽에서 비롯했다. 그건 고소 증세에 시달리던 자신이 봤던 검은 물체와 비슷해 보였다. 또 한편으로 그는 어느 날, 무작정 찾아간 내 집을 떠올렸다. 언덕 위에 자리잡은 내 집은 30미터가량 되는 축대 위에 서 있었다. 그는 그 축대 위의 불빛들을 바라보며 한참 동안 서 있었다. 내게는 남편과 아이들이 있었다. 내게도 일상이 있었다. 하지만 그는 짐작할 수 있을 뿐, 그게 과연 어떤 것인지 알 수는 없었다. 그는 그 축대 밑에서 한참 서 있었다.

사 주에 걸쳐서 베이스캠프에서 제1캠프로, 다시 베이스캠프로, 베이스캠프에서 제2캠프로, 다시 베이스캠프로, 베이스캠프에서 제2캠프로, 다시 베이스캠프로, 베이스캠프에서 제2캠프로, 제2캠프에서 제3캠프로, 제3캠프에서 제4캠프로, 제4캠프에서 제2캠프로, 다시 베이스캠프로 오르내리는 동안, 원정대는 조금씩 지쳐가기 시작했다. 원정대와 함께 따라온 정부연락관은 한국 원정대가 루팔벽에 올라가기만 하면 폭설이 내리고 베이스캠프에 내려오면 날씨가 쾌청하다며 약을 올렸다. 속이 상해버린 원정대장은 정부연락관이 그 말을 할 때마다 'South Korea'에서 'South'라는 말을 빼달라고 요구했지만, 정부연락관은 죽어도 'South Korea'라고 말했다. 시간이 흐르면서 제1캠프 주위의 지형은 완전히 변해버렸고 제2캠프 위의 오버행 암벽에서는 눈 녹은 물이 흘러내렸다. 원정대장은 6월 안에 등반해야만 한다고 대원들을 다그쳤지만, 폭설과 눈사태 앞에서 대원들은 속수무책이었다. 하지만 그들이 초인적인 힘으로 루트를 개척해나간 것만은 틀림없었다. 그들보다 나중에 도착한 벨기에 원정대는 원정대장의 명령에 무모한 일정을 소화해내는 한국 원정대를 이해할 수 없다는 표정으로 바라보기 일쑤였다. 인간의 힘으로 안 될 일이 없다지만, 히말라야를 등정하는 일만큼은 불가능했다. 왜냐하면 히말라야의 고봉을 등정하기 위해서는 반드시 죽음의 지대를 거쳐야만 했기 때문이다. 의지만으로 죽음의 지대를 지날 수는 없다. 죽음의 지대는 모든 것을 있는 그대로 받아들여야만 지나갈 수 있는 지점이었다. 물론 원정대장이 그 정도의 지식이 없었다고는 볼 수 없다. 다만 그에게는 자금과 시간이 많이 남아 있지 않았고, 그래서 죽음의 지대를 뚫고 나갈 때 가장 필요한 감각을 상실했다고 볼 수 있었다. 그 감각은 희망 없이 절망을 받아들이는 일이었다.

한 달에 가깝게 고정 로프를 설치하고 장비를 운반하는 작업을 하게 되면서 원정대는 서서히 정상에 오르는 것은 불가능한 일이 아닐까고 생각하게 됐다. 영하 삼십 도에 가까운 추위, 희박한 공기, 순식간에 모든 시야를 가리는 화이트아웃, 설동 안에다 설치한 비좁은 텐트 속에서의 생활은 그들의 감각을 마비시켰다. 점차적으로 그들은 말을 줄이게 됐다. 그들은 자일을 묶고 함께 움직이는 사람들과도 거의 대화를 하지 않았다. 그들은 서로의 마음을 짐작했을 뿐이다. 하지만 그 짐작은 대부분의 경우 옳지 않았고, 그 때문에 서로를 오해했다. 하강기를 떨어뜨려 카라비너로 천천히 내려오는 동료를 기다리지 않고 그냥 베이스캠프로 철수하거나 베이스캠프와 제1캠프 사이의 크레바스 지역이 화이트아웃돼 한 치 앞을 분간할 수 없는데도 왜 빨리 내려오지 않느냐고 욕설을 퍼붓는 무전이 날아들곤 했다. 더 높은 고도로 올라가면서 다시 고소 증세가 나타나 거의 잠을 자지 못했기 때문에 그의 판단력도 점차 무디어갔다. 루트 개척을 하고 제2캠프로 돌아왔을 때 대부분 대충 밥을 먹고는 침낭 속으로 몸을 파묻었다. 추위를 견딜 수 없었으므로 그도 침낭 속에 몸을 파묻었지만, 잠은 오지 않았다. 책이라도 읽으면 좋으련만 제2캠프에는 읽을 만한 책이 없었다. 그래서 그는 침낭 속에 누워 머릿속에 생각나는 문장들을 떠올리며 밤을 보냈다. 예전에 읽은 연애소설의 문장들도 있었지만, 주로 떠오르는 건 『왕오천축국전』에 줄이 그어진 문장들이었다. 그러니까 여자친구가 죽기 전에 연필로 그어놓은 것들이었다. '無{桃}○○{甘}蔗'도 그렇게 해서 떠올리려고 애쓴 문장이었다.

나는 122행의 세번째 글자는 '감甘' 자가 확실하다고 책에 썼다. 그렇다면 앞의 두 글자는 무엇일까? 나는 이렇게 썼다. '따라서 전체적인 문장은 '無{桃}○○{甘}蔗'가 된다. 이는 건타라국, 오천축, 곤륜 등의 나라의 농작물 실태를 뜻하는 문장이다. 건타라국은 지금의 파키스탄 라왈핀디와 페샤와르, 아프가니스탄의 카불을 포함한 편자브 지방으로 여기에는 포도가 없다. 하지만 감자, 즉 사탕수수는 존재한다. 그러므로 비어 있는 두 자는 '있다'라는 뜻을 담은 한자일 것이다. 앞선 연구를 좇아 여기에서는 '유유唯有'라고 본다.' 그런데 얼음 결정이 맺힌 텐트 안에 누운 그는 그 문장을 정확하게 기억해낼 수 없었다. 그 문장의 뜻이 '모두 포도는 없지만, 사탕수수는 있다'라는 사실은 기억났지만, 원문 문장은 無와 甘蔗와 桃와 有가 서로 뒤섞이면서 도저히 정확하게 기억할 수 없었다. 게다가 그는 惣과 唯는 애당초 떠올리지도 못했다. 제2캠프에서 그는 자신이 떠올리려고 하는 문장이 '無桃有甘蔗'라고 생각했으며 내가 주석에서 말한 두 개의 결자缺字는 '桃有'라고 봤다. 나중에 베이스캠프로 내려간 뒤에야 그는 제2캠프에서 자신이 떠올린 문장이 틀렸다는 것을 알게 됐다. 그러나 그는 몰랐겠지만, 그가 떠올린 '無○○甘蔗'도 원문이라고 말할 수 있었다. 왜냐하면 내가 주석을 단 『왕오천축국전』 자체가 원래 존재했을 세 권짜리 『왕오천축국전』의 축약본이기 때문이었다. 그렇다면 원래의 문장은 '無{桃}○○{甘}蔗'보다 더 길 수도 있었다. 그렇기에 제2캠프에서 그가 떠올린 문장 역시 틀렸다고는 볼 수 없었다. 원문이 사라졌으므로 우리가 상상하는 모든 문장은 원문이 될 수 있었다.

그러다가 그는 죽은 여자친구의 유서를 떠올렸다. 여자친구는 죽으면서 다음과 같이 썼다. '부모님, 그리고 학우 여러분! 용기가 없는 저를 용서해주십시오. 야만의 시대에 더이상 회색인이나 방관자로 살아갈 수는 없었습니다. 후회는 없어.' 이 유서는 오랫동안 그를 괴롭혔다. '없었습니다'라는 존칭과 '후회는 없어'라는 비칭 사이의 거대한 틈 때문이었다. 그는 이 거대한 틈 사이에 많은 의미가 숨어 있다는 것을 알았다. '없었습니다'까지 쓰고 그다음에 '후회는 없어'라고 쓰기까지 여자친구는 무슨 생각을 하고 있었던 것일까? 자신의 죽음에 대해 그에게 설명하고 있었을까? 아니면 자살하려는 자신을 납득하고 있었을까? '후회는 없어'는 누구에게 하는 말이었을까? 그것은 누구도 알 수 없는 일이었다. 그가 할 수 있는 것이라고는 그 사이를 원래 그대로 틈으로 남겨두고 살아가는 일뿐이었다. 결국 그는 인정할 수밖에 없었다. 여자친구는 죽는 순간까지도 그를 생각했거나, 혹은 죽는 순간에도 그를 생각하지 않았다. 확실한 것은 없었다. 『왕오천축국전』의 원문을 상상하면서 주석을 다는 나나 내 일상을 상상하면서 괴로워하는 그나 서로 목숨을 의지하면서도 서로의 마음을 이해하지 못한 채 그저 짐작만 할 뿐인 원정대원들이나 그런 점에서는 모두 마찬가지였다. 사람들은 그저 서로를 짐작할 뿐이었다. 한 학생의 죽음이 때로는 세상을 바꾸기도 하겠지만, 어쩌면 그건 오해에서 비롯한 일일지도 몰랐다.

6월 26일까지 대원들은 두 개 조로 나뉘어 제4캠프까지 건설했다. 그날 제4캠프를 건설한 B조는 제3캠프에 내려와 있었고 A조는 베이스캠프에서 나흘 동안 휴식한 상태였다. 원정대장은 그가 속한 A조에게는 다음날 정상 공격을 위한 등정을 준비하라고, 제3캠프에 있던 B조에게는 거기서 사흘 동안 휴식하라고 명령했다. 두 조는 이틀 뒤, 제3캠프에서 만날 계획이었다. 원정대장은 최종적인 정상 공격조의 명단을 이틀 뒤, 결정해서 각 조에게 알려주겠다고 했다. 아마도 시간과 자금에 여유가 있었더라면 원정대장은 A조가 베이스캠프까지 내려오기를 기다렸다가 사흘간 휴식을 취하게 한 뒤, 정상 공격조를 구성해서 올려보냈을 것이다. 하지만 그렇게 하면 일주일이 더 소요되는데다가 대원들도 더 지체하는 것을 원하지 않았다. 그들은 하루라도 빨리 낭가파르바트를 등정한 뒤, 고향으로 돌아가고 싶어했다. 고정 로프 설치와 캠프 건설을 마치고 내려오면 원정대장은 물통에 넣어 몰래 들여온 소주를 내놓았다. 겨우 한 잔씩 돌아갈까 말까 한 소주에 그들은 취해서 노래를 부르곤 했다. 남쪽 머나먼 나라 낭가의 달밤. 십자성 저 별빛은 어머님 얼굴. 그 누가 불어주는 하모니카냐. 아리랑 멜로디가 향수에 젖네. 가슴에 젖네. 처음에는 고소 증세가 있던 자리에 이제는 무력감이 들어찼다. 향수병에 시달리는 대원들에게나 부족한 시간과 예산에 골머리를 앓던 원정대장에게나 할 수 있는 일은 빠른 정상 공격뿐이었다. 방법은 없다. 가장 빠른 시간 안에 낭가파르바트에 올라간다. 그다음에 우리는 집으로 돌아간다. 제1캠프를 향해 올라가는 원정대원들을 바라보면서 원정대장은 중얼거렸다. 일출의 햇살을 받은 루팔벽은 푸른색으로 물들기 시작했다. 맑은 날씨였으나 일어나던 눈사태가 그대로 얼어붙은 것처럼 손바닥만한 구름 한 점이 불길하게도 정상 부근에 붙어 있었다.

1988년 한국 낭가파르바트 원정대에서 벌어진 일을 말하면서 당시 원정에 참가했던 대원들은 대부분 이 손바닥만한 구름 한 점을 언급했다. 그들에 따르면 이 구름 한 점은 자신의 무모한 욕망 때문에 대원들을 죽음의 지대로 몰아넣은 원정대장의 어리석음을 상징했다. 6월까지 낭가파르바트를 정복해야만 한다고 대원들을 압박하지만 않았어도 그들이 실패할 것이 분명한 정상 공격에 나서지는 않았다는 게 그들의 얘기였다. 물론 그렇게 해석하는 게 가장 정상적이다. 실제로 베이스캠프에 있던 다른 나라 원정대들은 특수부대를 연상시키는 한국 원정대의 엄격한 규율과 과중

한 임무를 농담거리로 떠들어대곤 했다. 외국 산악인들은 한국 산악인들의 상명하복 문화를 전혀 이해하지 못했다. 그래서 원정대장의 명령이 불합리했음에도 대원들은 그에 따를 수밖에 없었다고 말해도 이상한 일은 아니다. 하지만 그렇게 말하면 일어난 일을 제대로 설명할 수 없다. 왜냐하면 정상 공격조가 제3캠프까지 올라간 뒤에는 원정대장의 명령에 불응하는 대원도 나타났기 때문이다. 상명하복으로는 그 모든 일들을 설명할 수 없었다. 그래서 어떤 사람들은 올림픽을 앞둔 그 당시의 사회 분위기를 거론하기도 한다. 후원금을 받아서 떠난 원정대에게 실패는 곧 이후에는 원정에 나서기가 어려워진다는 사실을 뜻했다. 그 점에 있어서는 원정대장이나 원정대원들이나 처지가 비슷했다. 1988년의 한국은 전반적으로 승자가 모든 것을 얻는 사회였다. 2등은 필요하지 않았으며, 실패한 원정대에 관심을 보일 여력이 없었다. 실제로 당시 신문사 중에서 1988년 한국 낭가파르바트 원정대에서 일어난 비극에 대해 다룬 곳은 단 한 곳뿐이었다. 그러므로 원정대는 각자의 필요 때문에 무모한 공격을 지시했고, 또 무모한 공격에 나섰다고 볼 수 있었다.

그는 그 무모한 정상 공격의 중심인물이었다. 베이스캠프에 오판을 거듭하는 원정대장이 있었다면, 제4캠프에는 고소 증세로 미쳐버린 그가 있었다. 당시의 등반 일지와 증언을 살펴보면 그가 베이스캠프로 돌아올 수 있는 기회는 여러 차례 있었다. 정상 공격조를 선발할 때, 첫번째 기회가 찾아왔다. 정부연락관의 말처럼 한국 원정대가 정상 공격을 위해 등정을 시작하자마자 멀쩡하던 하늘에 구름이 몰려들더니 눈이 쏟아졌다. 원래 계획에 따르면 A조는 첫날 제2캠프까지 올라가야만 했는데, 눈보라 때문에 5900미터 지점에서 더 나아가지 못하고 제1캠프로 철수했다. 세계에서 가장 높은 수직 암벽인 루팔벽에는 눈사태가 잦았기 때문에 제1캠프는 안전을 위해 오버행 암벽 아래에 설치됐다. 그런 탓에 밤새 폭풍이 휘몰아칠 때마다 텐트 앞으로 눈 무더기가 쏟아졌다. 그는 그 밤을 꼬박 새웠다. 고도가 높아지면서 다시 불면증이 찾아온 것이다. 밤새 침낭 속에 누워 그는 문장들을 떠올렸다. 이튿날에도 눈이 그치지 않아 그들은 하루를 더 제1캠프에 머물러야만 했다. 길기트에 날씨를 문의한 베이스캠프측은 하루가 지나면 날씨가 다시 맑아진다니 계획을 변경해 지금 정상 공격조를 선발하겠다고 말했다. 베이스캠프에서 뽑은 정상 공격조에 그의 이름이 들어 있었다. 그가 수면부족으로 제대로 서 있을 수도 없는 처지였다는 걸 다른 대원들은 알고 있었다. 하지만 어쨌든 그도, 다른 대원들도 베이스캠프의 결정에 이의를 제기하지 않았다.

두번째 기회는 제3캠프까지 올라갔을 때 찾아왔다. 그다음날은 날씨가 맑았기 때문에 그들은 새벽에 일어나 헤드램프와 달빛에 기대 제2캠프까지 쉬지 않고 등정했다. 그들은 루팔 계곡 너머로 동이 터오기 시작할 무렵, 제2캠프를 떠나 좌측 암벽을 향해 러셀을 했다. 새로 내린 눈이 채 굳지 않아 온몸을 사용해 눈을 다지면서 걸어야 했기 때문에 한 걸음 한 걸음 내딛는 일 자체가 고통이었다. 번갈아 선두에 서면서 러셀 작업을 했지만, 100미터 정도 떨어진 암벽까지 가는 데만 한 시간 가까이 걸렸다. 추위는 혹독했지만, 날씨는 매우 맑아서 암벽의 얼음들이 수정처럼 반짝였다. 아마도 그런 날씨가 이틀만 더 연장됐어도 문제는 달라졌을 것이다. 햇살이 뜨거워지자 이중화 바닥에 스노볼이 생겨 약 오 피치를 올라가는 데 상당한 시간을 허비한 뒤, 그들은 마침내 설능에 올라섰다. 하지만 거기서부터 눈에 묻힌 고정 로프를 찾아내며 다시 힘겹게 러셀 작업을 해야만 했다. 그들이 제3캠프에 도착한 것은 오후 두시가 다 되어서였는데, 위치 때문에 그곳은 벌써 해가 저물고 있었다. 제3캠프에서 그들은 베이스캠프에 도착 사실을 알리고 라면을 끓여먹은 뒤, 곧바로 잠들었다. 물론 그는 여전히 잠들지 못했다. 고도가 높아질수록 그 증세는 심해졌다. 그는 이제 '無桃有甘蔗'는 물론, 단 하나의 문장도 떠올리지 못했다. 며칠째 잠을 자지 못한 머릿속은 온통 뒤죽박죽이 되어버렸고 오감은 그릇된 신호를 뇌에 보냈다. 뭔가 잘못되어가고 있다는 느낌이 들었지만, 그게 정확하게 무엇인지 그는 말할 수 없었다.

그날 저녁부터 갑자기 구름이 생기는가 싶더니 눈보라가 몰아쳤다. 거대한 손가락이 훑고 지나가는 것처럼 텐트 측면이 바람에 긁혔다. 텐트가 금방이라도 뒤집힐 것 같았는데도 침낭 바깥으로 나가는 대원은 없었다. 그는 침낭에서 몸을 일으켜 램프를 밝힌 뒤, 텐트 천장에 매달았다. 천장에 맺힌 얼음들이 흔들리는 램프 불빛에 반짝이기 시작했다. 그 빛은 더없이 영롱했다. 침낭 속에서 그는 그 빛을 잡으려고 손을 뻗었다. 하지만 손에 닿는 빛들은 그의 침낭 옆으로 산산이 부서져내렸다. 침낭 주위가 환해지면서 그의 몸이 따뜻해졌다. 손을 뻗으면 뻗을수록 더 많은 환한 빛들이 그의 주위에 쌓였다. 그 환한 빛이 텐트를 밀고 내려오는 눈더미라는 걸 깨닫게 된 것은 다른 대원이 그를 깨웠을 때였다. 아니, 깨웠다는 말은 이상하다. 그는 분명히 눈을 뜨고 있었기 때문이다. 그는 눈을 뜬 채로 반짝이는 꿈들을 바라보고 있었던 것이다. 정신을 차렸을 때는 이미 텐트가 반 이상 눈에 묻힌 상태였다. 그들은 장비 텐트에 들어 있는 삽을 꺼내 번갈아가며 텐트 주위에 쌓인 눈을 걷어냈다. 암벽 밑으로 하얀 눈송이들이 떨어지는 꽃잎처럼 흩날렸다. 그 시점부터 그는 자주 웃었다. 흡사 우는 것 같기도 한 그 기기묘묘한 웃음은 그를 찍은 마지막 사진에 남아 있다. 밤새 텐트 옆으로 밀려드는 눈더미를 치우느라 탈진했으므로 그들은 거기서 산행을 포기해야만 했다. 영하 삼십 도에 육박하는 혹독한 추위와 세계의 저편으로 던져버릴 듯 불어대는 바람과 걸핏하면 한 치 앞을 내다볼 수 없게 만드는 화이트아웃은 그들의 정신적, 육체적 의지를 모두 앗아갔다. 그 상태로는 제4캠프에 올라가는 일 자체가 무의미했다.

제3캠프에서 그대로 하산했으면 비록 실패했겠지만, 비극은 일어나지 않았을 것이다. 그는 히말라야에서 돌아와 평범한 회사원으로 살아갈 수도 있었다. 어쩌면 소설가가 됐을 수도 있었다. 아마도 자신보다 열두 살이 많은 여인에게 사랑을 고백했을 수도 있었다. 하지만 제멋대로 돌아가던 머리가 하필이면 하산하기 위해 제3캠프를 떠나자마자 제대로 작동돼 그는 제3캠프에서 정상 공격을 위해 자신들을 기다리고 있던 B조 대원을 떠올리게 됐다. 그들은 제3캠프에 있으면서 그 대원에 대해서는 전혀 생각하지 못하고 있었다. 그들이 고정 로프를 잡고 제3캠프로 올라오는 동안 하산하는 사람은 없었으니 그 대원은 제3캠프와 정상 사이의 어딘가에 있을 것이었다. 간신히 무선이 연결된 베이스캠프는 그들이 올라오던 날, 그 대원이 혼자서 제4캠프로 올라갔으며 그다음날 새벽 한시에 정상 공격에 나서겠다고 말한 뒤 통신이 두절된 상태라고 알려왔다. 그 소식은 그들의 하산을 막았다. 혹독한 날씨 속에서 그들은 다시 걸음을 돌려 제4캠프로 향했다. 오늘이 며칠인가? 안자일렌을 하면서 빙하 지대를 지나는데, 누군가 묻는 소리를 그는 들었다. 서로 제4캠프로 올라가자고 말한 뒤, 처음 들은 사람의 목소리였다. 하지만 가장 가까운 대원도 10여 미터 뒤에 있는데다가 협곡 사이로 세찬 바람이 불고 있어 그 목소리가 들릴 리 만무했다. 그런데도 그는 아무런 의심 없이 그 목소리에 대답했다. 6월 30일이지. 그 사람이 그래서 혼자서라도 정상 등정에 나서겠다고 결심한 모양이군. 글쎄. 지금쯤은 정상 등정을 끝내고 제4캠프에서 쉬고 있을 거야. 그건 검은 그림자의 목소리였다. 아마도 7600미터를 넘어서 빙전氷田지역으로 들어섰을 때였던가보다. 그 검은 그림자가 그와 함께 걷기 시작한 것은. 그리고 베이스캠프로 돌아갈 수 있는 마지막 기회가 찾아왔다.

  그가 검은 그림자와 함께 제4캠프로 들어가던 날, 길기트에서 그가 내게 보낸 편지가 도착했다. 달이 무척이나 환한 밤이어서 나는 혼자 뜰에 나와 있었다. 열어놓은 창으로 가족들이 보던 텔레비전 소리가 흘러나왔다. 뉴스에서는 북한을 국제사회의 일원으로 받아들일 것을 동맹국과 우방국에 요청했다는 대통령의 언론 인터뷰 내용과 올림픽 남북한 공동 개최를 요구하는 학생들의 시위 소식이 흘러나왔다. 나는 몸을 내밀어 장미 넝쿨이 뻗어나간 담장 너머를 내려다봤다. 노란색 보안등이 켜져 있었지만, 담장 밑 골목길은 어두웠다. 내게 보낸 편지에다 그는 언젠가 그 축대를 기어올라간 적이 있었다고 썼다. 제가 워낙 높은 곳만 보면 올라가고 싶어하는 성격이어서. 그 축대 너머에는 뭐가 있는지 궁금하더군요. 평소에 갈고닦은 실력이 있으니까 조그만 크랙과 홀드만 있다면 그 어떤 벽이라도 넘어갈 수 있답니다. 막상 올라가보니 힘이 빠지더군요. 거기서 한참 앉아 있다가 다시 내려왔습니다. 뭘 훔쳐가지는 않았으니까 걱정하지 마세요. 참, 책을 읽다가 궁금한 게 생겼습니다. 토번에 쫓겨 수령과 백성을 버리고 소발률로 들어간 왕은 어떻게 됐습니까?

물론 나는 그 왕이 어떻게 됐는지 안다. 당나라 개원 8년, 그러니까 서기 720년 당은 소린타일의 아들을 발률국의 왕으로 책봉했다. 소린타일의 아들은 727년 무렵 토번에 쫓겨 소발률, 그러니까 지금의 길기트로 도망쳤다. 737년 소발률은 다시 토번의 지배하에 들어갔다. 소린타일의 아들은 741년 죽었고 그의 형이 소발률을 지배하게 됐다. 중요한 요충지를 빼앗긴 당은 747년 고구려 유민 출신인 고선지로 하여금 소발률 정벌에 나서게 했다. 고선지는 파미르 고원을 넘어 지금의 아프가니스탄 지역에 있던 토번의 요새인 연운보를 함락한 뒤, 길기트강과 인더스강이 만나는 지점까지 밀고 들어와 토번과 소발률을 연결하는 다리를 끊어버리고 소발률을 완전히 점령했다. 그가 듣고 싶어하는 얘기는 다른 것이었겠지만, 내가 달 수 있는 주석은 여기까지다. 그는 내가 모든 것을 이해한다고 말했지만, 내가 이해하는 것은 다른 사람들도 다 이해하는 것이다. 주석을 다는 행위는 그런 것이다. 주석이란 선택할 수 있는 많은 해석 중에서 가장 많은 사람들이 합당하다고 생각하는 해석을 채택하는 일에 불과하다. 거기에는 그 어떤 진실도, 상상도, 이해도 없다. 수령과 백성을 버리고 소발률로 떠나 거기에 주저앉은 소린타일의 아들은 고통받았을 것이다. 소발률은 늘 토번과 당에 시달렸을 테니까. 하지만 과연 그런 것인지는 누구도 모른다. 소린타일의 아들은 거기서 행복했을 수도 있다.

그는 6월 30일, 제4캠프에서 마지막으로 등반 일지를 썼다. 정상 등정에 나섰다는 B조의 대원은 제4캠프에 없었다. 이미 많은 시간이 지났기 때문에 그 대원의 생사는 확인할 수 없었다. 허탈해진 그들은 제4캠프에 남은 식량을 모두 먹은 뒤, 쓰러졌다. 기온은 영하 사십 도까지 떨어지는 것 같았다. 그런 곳에서 그는 달빛에 대해 쓰고 있었다. 달빛을 받은 빙하의 얼음이 푸른빛을 띠면서 반짝인다. 여기는 수정의 니르바나다. 검은 그림자의 이 친구는 걸핏하면 나를 보고 웃는다. 갈증이 심하다고 말하면 이 친구는 내게 한없이 솟구치는 맑은 샘물을 보여준다. 심심하다고 말하면 하늘로 울긋불긋한 불꽃을 터뜨린다. 이 친구가 해결해주지 못하는 게 하나 있다. 그건 바로 잠이다. 자고 싶다고 말하면 고개를 설레설레 흔든다. 금방 손이 얼어버리기 때문에 그 이상 쓸 수는 없었다. 마지막으로 쓴 문장은 '다시 한 달을 가서 설산을 넘으면'이었다. 그날, 함께 텐트에 있었던 대원은 그가 다 쓴 등반 일지를 자신의 배낭에 밀어넣는 것을 봤다고 했다. 원정이 실패한 뒤, 자신의 욕망을 위해서 젊은 대원들을 죽음의 지대로 몰아넣었다는 비난을 받게 되자 원정대장은 그날 정상 부근에서 죽은 두 사람은 스스로 죽음의 아가리로 기어들어갔다고 반박했다. 그러면서 원정대장은 그가 다른 사람의 배낭 속으로 밀어넣은 등반 일지를 그 증거로 들었다. 그는 애당초 죽기 위해서 낭가파르바트에 간 것이라고. 원정대장의 말이 완전히 틀렸다고는 볼 수 없지만, 어쨌든 이로써 원정대장은 다시는 남의 돈으로 히말라야에 갈 수 없게 됐다.

'다시 한 달을 가서 설산을 넘으면'이라는 문장은 70행에서 71행에 걸쳐 있다. '우일월정과설산又一月程過雪山'. 그다음에는 '동유일소국東有一小國'이 이어진다. 혜초는 자신이 가본 나라를 다룰 때는 예외 없이 종從, 행行, 일日, 지至 등의 글자를 사용했다. 예를 들면 '우종남천북행양월又從南天北行兩月 지서천국왕주성至西天國王住城', 이런 식이다. 그러므로 '又一月程過雪山 東有一小國'이라고 말했을 때는 혜초가 실제로 가보지 않고 들은 얘기가 나온다는 뜻이다. 다시 한 달을 가서 설산을 넘으면 나오는 나라에 대해 혜초는 이렇게 썼다. '이름은 소발나구달라蘇跋那具怛羅국이라고 한다. 토번국의 관할 아래 있다. 의상은 북천축과 비슷하나 말은 다르며 지대가 대단히 춥다.' 이 문장에서 혜초가 기록으로 남기지 않은 게 하나 있다. 이 나라는 『대당서역기』에 나오는 소벌랄나구달蘇伐刺拏瞿呾囉국이자, 다른 많은 문헌에 나오는 동녀국東女國, 즉 여자가 왕인 나라이다. 혜초는 가보지 못했으므로 소발나구달라국이 여국女國이라는 사실을 『왕오천축국전』에 남기지 않았다. 낭가파르바트에서 그가 남기지 않은 문장은 무엇일까? 등반 일지가 거기서 끝났으므로 이제 그가 어떻게 됐는지 알 도리는 없다.

낭가파르바트에서 돌아온 사람들의 얘기를 종합하면 그는 밤새 깨어 있다가(혹은 뜬눈으로 자신의 꿈을 바라보고 있다가) 새벽 한시가 되어 얼어붙은 신발을 신고 텐트 밖으로 나갔다. 마지막 등반 일지에 그는 달빛에 대해 썼지만, 증언에 따르면 사흘째 눈보라가 몰아치고 있었고 그날도 예외는 아니었다. 그가 혼자서 정상 공격에 나서겠다고 말했다는 걸 들었다는 대원도 있지만, 확인할 수 없었다. 다른 대원은 그가 이대로 있다가는 죽을 것 같으니 하산하겠다고 말한 것으로 들었기 때문이다. 그들 역시 사고가 정지된 상태였다. 계속 맑을 것이라던 베이스캠프의 정보와 달리 날씨는 계속 흐렸다. 종일토록 눈보라는 계속됐다. 남은 두 대원은 제4캠프를 떠나지 못하고 하루를 더 머물렀다. 그다음날은 화창했다. 하지만 추위와 허기와 고립감으로 반쯤 넋이 빠진 두 대원은 곧장 하산했다. 날씨가 화창해 낭가파르바트 정상이 손에 닿을 듯 가깝게 보였으므로 원정대장은 내려오지 말고 정상을 공격하라고 소리쳤다. 그도 반쯤은 미쳐 있었지만, 등정이 결국 실패했다는 사실을 인정하지 않을 수 없었다. 1988년 한국 낭가파르바트 원정대는 7월 2일 정상 등정에 최종 실패했다.

며칠 뒤, 정상 등정에 나선 벨기에 원정대에 의해 7800미터 지점에서 가장 먼저 정상 공격에 나선 B조 대원의 시신이 관측됐다. 그 대원이 정상을 밟고 내려오다가 죽었는지, 정상을 향해 올라가다가 죽었는지 확인할 방법은 없었다. 더 알 수 없는 것은 그의 경우였다. 7월 1일 새벽 한시에 제4캠프를 떠난 그의 흔적은 어디에도 남아 있지 않았다. 정상에도, 베이스캠프에도. 낭가파르바트 원정대를 다룬 유일한 기사에서는 그가 B조 대원을 구조하기 위해서 낭가파르바트를 올라가다가 히든 크레바스에 빠졌을 것이라고 썼다. 그건 낭가파르바트 제4캠프에서 실종된 그에 대해 사람들이 할 수 있는 가장 합리적이고 예의를 갖춘 상상이었다. 하지만 나는 그의 마지막에 대해 다르게 상상한다. 가장 많은 사람들이 할 수 있는 상상이 아니라 나만이 할 수 있는 상상의 힘으로. 7월 1일 새벽 한시에 그는 제4캠프를 떠난다. 다른 사람들과 달리 그의 하늘은 화창해 서늘한 달빛을 받은 낭가파르바트 정상이 환하게 반짝인다. 하얗게 얼룩이 진 검은 봉우리는 그 모든 고통과 슬픔과 절망을 고스란히 받은 채 벌거벗고 있다. 바람이 불어오면 눈물처럼 하얀 눈송이들이 바위를 타고 주르르 흘러내린다. 그는 천천히, 아주 천천히 벌거벗은 봉우리의 고통과 슬픔과 절망 속으로 걸어간다. 눈물은 그 고통과 슬픔과 절망을 따뜻하게 감싼다. 낯익은 얼굴처럼 환하게 웃는 암벽, 훈훈한 바람을 뿜어내는 설산, 서서히 그를 위쪽으로 밀어올리는 바람. 그리고 벌거벗은 산으로 붉은 꽃과 푸른 풀과 하얀 샘이 생겨난다. 그는 자신과 함께 걸어가는 검은 그림자의 친구와 농담을 주고받으며 껄껄거린다. 여기인가? 아니, 저기. 조금 더. 어디? 저기. 바로 저기. 다시 한 달을 가서 설산을 넘으면. 바로 저기. 문장이 끝나는 곳에서 나타나는 모든 꿈

들의 케른, 더이상 이해하지 못할 바가 없는 수정의 니르바나, 이
로써 모든 여행이 끝나는 세계의 끝.

(2005)

달로 간 코미디언

1

한 남자가 사막을 향해 걸어가고 십팔 년이 흐른 뒤인 2000년 12월 24일, 나는 갓 전임 교수가 된 선배의 집에서 열린 임용 축하 파티에 초대받아 갔다가 내가 어렸을 때 미국에서 선풍적으로 인기를 끌었던 배추머리 인형을 연상시키는 파마머리를 한 여자를 보게 됐다. 자연스럽게 나는 배추머리 인형에 대해 언급하게 됐고, 이야기는 못생긴 미국 여자애를 떠올리게 하는 그 인형이 유행하던 1980년대 초반의 일들로 이어지다가 마침내 라이트웨이트급 세계 챔피언이 되기 위해 미국 캘리포니아와 네바다 사이에 위치한 환락의 도시에서 사투를 벌인 끝에 뇌사 판정을 받은 한 권투선수에 대한 회상으로 이어졌다.

힙합 가수처럼 라임에 맞춰 "복싱boxing을 빼면 모든 것은 너무 보링boring하다"고 말한 사람은 마이크 타이슨이었는데, 그 말을 흉내내어 술에 취한 나는 여러 번 "아더 댄 뽁씽, 에블씽 이쏘 뽀링Other than boxing, everything is so boring"이라며 랩 비슷한 것을 중얼거렸다. 하지만 낯선 사람들 앞에서 그런 식으로 익살을 떨어대는 건 나의 평소 성격과는 좀 다른 것이어서 스스로도 의아스러웠는데, 얼마 지나지 않아 그 배추머리 여자가 "그걸 소설로 쓸 수 있겠어요?"라고 묻는 소리를 듣고 나서야 그 특별한 행동이 바로 그 여자 때문에 나왔다는 걸 알 수 있었다.

"무슨 소리죠?"

"그 선수 말이에요. 라스베이거스에서 죽은 선수. 그 선수의 고통을 소설로 쓸 수 있겠어요?"

"고통에 대해서 직접 말하는 건 소설이 아니고, 에세이죠. 소설은 단지 작가가 아는 고통을 이야기로 만드는 행위입니다. 내가 죽음을 예감하는 그 권투선수의 고통을 이해할 수 있다면, 난 소설로 쓸 수 있어요."

"그럼 다시 묻죠. 고통이 뭔지 이해할 수 있겠어요?"

"소설가에게 고통이란 자기가 쓴 소설을 독자들이 이해하지 못해서 책이 안 팔리는 일이지요."

그러자 사람들이 웃음을 터뜨렸다.

"웃을 일이 아니에요."

"야, 그럼 넌 그 권투선수에 대해서 쓸 수 있는 충분한 자격이 된다."

선배가 끼어들어서 한마디했다.

"아니지. 난 고통이라는 걸 모르는 소설가지."

내가 농담조로 말했다. 그러자 그 배추머리 여자가 내게 말했다.

"어쩐지 조만간 그 권투선수에 대한 소설을 쓸 것 같군요."

"글쎄요. 조만간 내가 고통에 대해서 이해하게 될 거라는 말씀인지, 조만간 고통이 뭔지 알게 해주시겠다는 건지."

우리는 의미심장한 눈빛으로 서로 바라봤다. 그녀가 말한 '조만간'이라는 게 어느 정도 시기를 뜻하는 것인지는 모르지만, 어쨌든 보다시피 나는 지금 그 권투선수가 나오는 소설을 쓰고 있는 중이니까 이제쯤은 고통에 대해서도 아는 셈인가? "그건 한 여자와 사랑에 빠지는 일과 비슷하다"고 말한 사람은 헤비급 세계 챔피언이었던 플로이드 패터슨이었다. 패터슨은 "신뢰가 가지 않고, 야비하고, 잔인하기까지 한 여자라고 해도 상관없다. 그 여자 때문에 상처란 상처는 다 받고 있는데도 그녀를 사랑하고 또 원한다면 어떻게 할 것인가? 나와 복싱의 관계가 그와 같다"고 덧붙였는데, 어쩌면 모든 이야기는 이 말에서 시작하는 것인지도 모르겠다.

내가 소설가라는 사실을 그녀가 알고 있다는 게 분명해지고 나서 채 십 분이 지나지 않아 나는 그녀가 앉아 있는 쪽을 바라볼 때면 몸에 이상한 온기가 발생한다는 사실을 깨닫게 됐다. 다른 사람들의 말을 통해, 또 그녀 자신의 이야기를 통해 그녀에 관한 정보를 얻어낼 때마다 그 온기는 조금씩 상승했다. 그녀는 선배의 아내와 고등학교 동기생이었고 한 라디오 방송국의 프로듀서였으며 나와는 나이가 같았다. 결과적으로 그날 밤 자정이 가까워질 무렵, 그러니까 이루 말할 수 없이 탐스러운 눈송이가 쏟아져내릴 무렵, 내 얼굴은 정월대보름 아이들이 돌리는 쥐불놀이의 잔상이 그대로 옮겨간 보름달처럼 발그스름했다. 그건 취기 때문이기도 했고, 온기 때문이기도 했다.

2

나뿐만 아니라 그녀 역시 나와 함께 있을 때면 심장박동이 빨라지고 그 결과 얼굴이 붉어지면서 손끝과 발끝에 이르기까지 온몸이 뜨거워진다는 사실을 확인한 것은 그로부터 한 달이 채 지나지 않아서였다. 밤새 함박눈이 내리며 화이트 크리스마스를 예고하던 그해 12월 24일 밤 열한시 무렵부터 육질이 단단해지고 뼈가 약해진 전어를 씹어 먹던 그 이듬해 9월 초까지 그 온기는 지속됐다. 온기가 지속되는 동안, 나는 1000미터를 전력 질주해 숨이 가빠진 중학생이 입을 한껏 벌려서 공기를 들이마시는 것처럼 거침없이 이 세상 모든 것들을 받아들였다. 우리 둘 사이에 온기가 남아 있는 동안 이 세상은 이해하지 못할 바가 하나도 없는, 참으로 무해한 공간이었다.

하지만 조금 시간이 흐르자, 마치 우리 두 사람은 조금 떨어져 앉은 채 하얀 꽃잎 사이로 이파리가 하나둘 돋아나기 시작하는 4월 중순의 벚나무를 올려다보고 있는 게 아닌가는 생각이 들었다. 아직 벚나무에 벚꽃은 가득하지만, 얼마 지나지 않아 그 꽃들 모두 져버리리라는 걸 아는 마음 같은 것도 세상에는 있지 않을까? 활짝 핀 벚꽃나무 아래에서 되레 슬퍼지는 그런 마음 말이다. 함께 누워서 그녀의 얼굴을 두 손으로 감싸고 한참 들여다볼 때면 그런 마음이 어떤 마음인지 알 것만 같았다. 모든 일이 지나갔기 때문에 할 수 있는 말이긴 하지만, 우리는 역설적으로 행복했고 또 역설적으로 불행했다.

내가 기억하는 한, 우리가 가장 순수하게 행복했던 기간은 삼십구 일간이나 계속됐던 지루한 장마가 마침내 끝난 2001년 8월 2일부터 8월 5일까지였다. 그때 나는 그녀의 여름휴가에 맞춰 충주 호반에 있는 리조트로 함께 여행을 떠났다. 우리의 소원은 자고 싶은 만큼 충분히 늦잠을 자고, 얘기하고 싶은 만큼 충분히 얘기하고, 읽고 싶은 만큼 충분히 책을 읽고, 수영하고 싶은 만큼 충분히 수영하고, 취하고 싶은 만큼 충분히 취하고, 사랑하고 싶은 만큼 충분히 사랑하는 일이었다. 사람의 욕심은 끝이 없다고 하던데, 그 기간 동안 내게는 아무런 욕심도 없었다.

8월 4일. 휴가의 마지막 저녁. 우리는 손을 맞잡고 호수가 내려다보이는 붉은색 아스팔트길을 따라 산책했다. 기나긴 장마로 호수의 물은 흐릿하게 불어 있었고, 붉은색 아스팔트 산책길을 따라 서른 걸음 정도의 간격으로 설치한 가로등 주위로는 날벌레들이 이따금 전등에 가서 부딪히는 소리를 내며 버글거렸다. 당시 〈우리 인생의 이야기〉라는 프로그램을 제작하던 그녀는 그날 길을 따라 천천히 걸으며 내게 방송에 관계된 인원만 제외하고 모든 사람들이 방송국을 빠져나간 뒤 편집실에 앉아서 한 사람이 들려주는 인생담을 편집하는 일이 어떤 기분인지에 대해 말했다.

　"한국전쟁이 터지자 둘째 오빠를 따라 덕유산에 올라가 빨치산이 된 의사가 있었어. 전쟁이 끝나고 마지막 소탕 작전에서 생포돼 옥살이를 하고 나온 뒤 한평생 과거를 숨기고 살면서 번 돈을 대학에다가 모두 기부해서 유명해졌지. 그런 사람이 평생 누구에게도 말하지 않았던 이야기를 하는 거야. 또 첩의 아들로 태어나서 부자가 되겠다는 일념으로 일했는데, 무리한 사업 확장 끝에 결국 부도를 맞고는 자살하겠다며 지리산까지 들어간 동양화가의 이야기도 기억나. 거기서 매화나무 한 그루를 봤는데, 어차피 죽을 목숨이니까 매화꽃이나 질리도록 보자는 마음으로 한 삼 년 매화나무만 들여다보다가 처음으로 붓을 잡고 그림을 그리게 된 거지. 나는 아무도 없는 편집실에 앉아서 그런 사람들의 이야기를 몇 번이고 되풀이해서 들어. 처음에는 이야기를 따라가지만, 나중에는 감정의 흐름을 지켜봐. 그럴 때면 그들의 인생이란 이야기에 있는 게 아니라 그 이야기 사이의 공백에 있는 게 아닐까는 생각마저 들어. 그런데 편집은 목소리 사이의 공백을 없애는 일이잖아. 목소리와 목소리 사이에서 기침이나 한숨 소리, 침 삼키는 소리 같은 걸 찾아내서 없애는 거야. 그러면 이상하게 되게 외로워져. 그런 소리에 귀를 기울이고 있다가 릴테이프를 잘라내면 외로워진단 말인데…… 어, 저게 뭐지?"

그렇게 해서 편집이 다 끝나고 방송이 흘러나올 때면 그녀는 자신이 직접 만나서 들었던 바로 그 인생담이 아닌 것 같다는 느낌에 번번이 좌절했다. 어쩌면 '우리 인생의 이야기'란 목소리와 목소리 사이, 기침이나 한숨 소리, 혹은 침 삼키는 소리 같은 데 담겨 있는 것인지도 몰랐다. 그리하여 인생이 바뀌는 순간의 망설임이나 두려움은 릴테이프를 돌려가며 그녀가 가위로 오려낸 조각들과 함께 사라졌다. 어디로? 우주 저편으로. 마치 그 말을 하면서 호수의 윤곽을 따라 왼쪽으로 크게 방향을 틀던 붉은색 아스팔트 산책길의 모퉁이에서 그녀가 "저게 뭐지?"라고 말하며 달려가 바라본 부엉이처럼 말이다.

얘기하다가 나무 사이로 그녀가 본 건 부엉이였다. 비록 그녀가 내게 이별을 통고한 것은 그로부터 한 달이 더 지난 뒤의 일이었지만, 실제로 우리가 헤어지게 된 건 바로 그 순간이었다고 나는 생각한다. 그날 보름달을 배경으로 하늘을 가로질러 날아가던 크고 검은 부엉이의 실루엣을 보면서 나는 그 또렷한 실루엣처럼 나의 미래가 더없이 명료할 것이며, 또한 동시에 그녀가 그 순간의 인간이 되기까지의 모든 과정마저도 그처럼 분명하게 이해할 수 있으리라고 믿었다. 그런 명징한 세계 안에서 나는 그녀에게 죽을 때까지 잘 자라는 인사를 건넬 수 있는 사람이 되고 싶다고 생각했다. 부엉이가 숲으로 사라지고 나서 몇 분이 지날 때까지 우리는 그렇게 저녁 하늘을 올려다보고 있었다. 나는 감동에 겨워 얼마 전부터 마음속에 품고 있던 이야기를 꺼냈다.

"우리 결혼하자."

내 말에 그녀는 고개를 돌려 나를 바라보더니 빙긋 웃었다.

"진지하게 하는 이야기야. 웃지 말고."

그러자 그녀는 정말 재미난 이야기를 들었다는 듯이 고개를 젖혀가면서 깔깔거리며 웃었다. 나는 그녀의 팔을 잡아끌며 "웃지만 말고 대답해봐. 빨리, 빨리"라고 채근했고, 그녀는 웃으며 그만하라고 몸을 뺐다. 그 행복했던 몇 분 사이에 팔 개월 남짓 우리에게 존재했던 온기가 부엉이를 따라 눈부시도록 푸른 저녁 하늘을 가로질러 우주 저편으로 날아갔다는 사실을 나는 한 달쯤 뒤에야 깨닫게 됐다. 그나마 그녀와 나 사이에 존재했던 온기가 아주 없어진 게 아니라 우주 어딘가로 날아갔다고 생각할 수 있어서 다행이었다. 그렇지 않았더라면 나는 실연의 고통으로 이미 오래전에 죽었어야만 했을 테니까.

3

우리가 살면서 겪는 우연한 일들은 언제나 징후를 드러내는 오랜 기간을 전제한다는 점에서 필연적이라고도 볼 수 있었다. 설사 그게 사실이 아니라고 해도 내가 실연의 고통에 잠겨서 죽지 않고 살아나기 위해서는 그렇다고 인정해야만 했다. 예기치 않게 쏟아진 함박눈만큼이나 갑작스럽게 시작된 우리의 사랑은 또 그만큼이나 느닷없이 끝나버렸다. 그녀에게서 이별 통고를 받은 뒤 나는 우울한 심정으로 긴 시간을 두고 그 이유를 알아내려 애썼지만, 그 이유가 무엇이든 보름달을 배경으로 날아가던 부엉이를 바라보던 내가 감격에 젖어 청혼한 일 때문이 아니라는 것만은 틀림없었다. 별다른 이유 없이 사랑을 시작할 때까지만 해도 이 세상에서 내가 이해하지 못할 일은 하나도 없는 것 같았는데, 막상 별다른 이유 없이 헤어지고 나니 왜 지구는 자전 따위를 해서 밤이라는 걸 만들어내 나를 뜬눈으로 누워 있게 만드는지조차 이해할 수 없었다.

이런 당혹감은 얼마간의 시간이 지나자 내 의식 깊숙이 잠복했다가 그로부터 삼 년 정도의 시간이 흐른 뒤인 2004년 겨울, 문학 담당 기자와 동료 소설가 등 몇 명의 지인들이 모인 오뎅바에서 각자 9·11 테러가 벌어지던 날에 무슨 일을 했는지 말하던 도중에 느닷없이 터져났다. 며칠이 지나서야 그 사실을 알았다는 사람

도 있고, 택시를 타고 퇴근하다가 그 소식을 듣고 자진해서 회사
로 차를 돌렸다는 사람도 있었는데, 나는 9·11 테러로 약혼녀를
잃었다고 말해서 그 자리에 모인 사람들을 처음에는 매우 놀라게,
그다음에는 폭소를 터뜨리게 만들었다. 물론 나의 전 애인이 그날
세계무역센터나 펜타곤 같은 곳에 있다가 숨진 것은 아니었다. 내
가 하고 싶은 말은 다만 그 테러로 인해서 오랫동안 우리 사이에
잠재했던 많은 문제들이 도저히 이해할 수 없는 방식으로 터져나
와 결국에는 이별로 이어진 것 같다는 자평이었는데, 손바닥으로
테이블을 두들겨가면서 웃어대는 그들 앞에서 나는 그만 입을 다
물 수밖에 없었다.

그 자리에서 내가 말하지 못한, 그러니까 9·11 테러가 있고 나
서 내가 그녀에게서 들은 이야기를 그대로 옮기자면 다음과 같다.
9·11 테러가 벌어지고 나서 쏟아져나온 기사 중에는 노스트라다
무스가 그 사건을 암시하는 예언시를 썼다는 보도가 있었다. 그
구절은 다음과 같았다. '45도에서 하늘이 불타오르리라／불이 거
대한 새 도시를 향해 다가가／순식간에 거대한 불꽃이 사방으로
폭발하리라／그때 그들은 노르만족에게서 확인받고 싶어하리라'.
시를 다 읽고 나더니 그녀는 내게 노스트라다무스의 그 시 때문에
자신은 나와 결혼할 수 없다고 설명했다. 그건 사실상 지구의 해
수면 상승 때문에 우리가 헤어질 수밖에 없다고 말하는 것이나 마
찬가지였다. 그게 노스트라다무스의 예언 때문이건 투발루를 서

서히 잠식해 들어가는 해수면 상승 때문이건 그런 초자연적인 이유 때문에 일방적으로 이별을 통고받은 남자가 느낄 수 있는 감정이란 당혹감, 비참함, 분노, 적대감 등일 것이다.

말했다시피 나는 오랫동안 우울증에 시달리면서 그런 감정들을 차례로 겪고 난 뒤에야 마침내 이별을 받아들일 수 있게 됐다. 그리하여 그날 모임에서 그 이야기를 입 밖으로 꺼낼 수 있었다는 점이나 사람들이 소리 내어 웃는데도 내 마음이 흔들리지 않았다는 데 나는 큰 용기를 얻었다. 그로부터 일주일이 지나지 않아 나는 어느 출판사 편집장과 점심 겸 낮술을 하고 집으로 돌아가려다가 그 용기와 술기운을 빌려 택시를 타고 그녀의 회사로 무작정 찾아가게 됐다. 택시가 마포대교를 건너갈 즈음, 차창으로 한강을 내다보면서 나는 미국 록밴드 도어스의 〈People Are Strange〉의 가사를 중얼거렸다. People are strange, when you're a stranger. 내가 아는 부분은 거기뿐이었지만. 그때 내 마음은 좀 낯설었다. 아님, 까칠했다고나 할까.

4

방송국 일층에서 방문증을 받는 일을 두고 안내 데스크의 직원들, 호출을 받아 달려온 경비원들과 옥신각신 실랑이를 벌이는데

(그때는 취한 상태였기 때문에 애당초 왜 실랑이를 벌이기 시작했는지조차 기억하지 못한 채 어쨌든 나는 실랑이를 벌였다) 하얀 원피스에 인디언핑크빛 카디건을 걸친 그녀가 출입증을 목에 걸고 나타났다. 내가 여러 차례 그녀의 이름을 말했기 때문에 아마도 누군가 연락한 모양이었다. 그녀는 이제 서른 살을 갓 넘겼고 예전보다 여성적인 매력이 훨씬 더 넘쳐흘렀다. 지하철 개찰구처럼 한 사람씩 들어갈 수 있도록 설치된 철제 바 저편에서 걸어나오는 그녀를 보자마자, 애당초 술기운에 빌린 호기는 어디론가 슬그머니 사라지고, 이런 식으로 재회하지 말았어야만 했으니 최대한 이 사태를 수습해보자는 생각이 들었다.

"아, 그러니까 이 앞을 지나가다가 잠깐 생각이 나서, 점심을 먹지 못했는데, 혹시⋯⋯"라고 말한 뒤, '너'라고 부르려다가 나를 바라보는 사무적인 표정에 질려 "안피디님께서 혹시 점심 안 드셨으면, 점심이나 같이 먹으려고⋯⋯"라고 횡설수설 중얼대는데, 그녀가 로비 한쪽 벽에 걸린 디지털시계를 가리켰다. 오후 다섯시가 지난 시각이었다.

"점심을 먹기에는 시간이 좀 많이 지났네요. 술 많이 드셨나봐요?"

우리 주위에 서 있는 사람들을 둘러보면서 그녀가 말했다. 나는 이거 낭패라고 생각했다.

"아, 예. 출판사에 갔다가, 원래 낮에는 술을 잘 마시지 않는데,

동태찌개를 시키는 바람에."

뭔가 사태를 수습하려는데도 말이 제대로 나오지 않았다.

"그럼 저쪽으로 나가시면 되는데. 제가 안내해드릴까요?"

그녀는 엉거주춤 서 있는 나의 왼팔을 잡더니 출입구인 회전문 쪽으로 나를 이끌었다. 건물을 빠져나온 그녀는 힘없이 내 팔을 잡은 손을 빼더니 두세 대의 빈 택시가 정차해 있는 도로 쪽으로 걸어갔다. 엄마에게 혼이 난 아이처럼 고개를 푹 숙인 채, 어떻게든 실수를 만회해봐야겠다고 생각했지만, 뭐라고 할 말이 잘 떠오르지 않았다. 그렇게 두 눈을 질끈 감고 걷다가 나는 그만 가로수에 이마를 세게 부딪쳤다. 그것도 그냥 부딪쳤으면 됐는데, 술에 취해서인지 나도 모르게 뒤로 벌렁 자빠지고 말았다. 별이 보일 정도였지만, 눈을 뜨고 싶은 생각은 전혀 들지 않았다. 세상은 왜 이다지도 내게 까칠하게 구는 것일까? 이 모든 게 꿈이라면 얼마나 좋을까? 그녀가 자빠진 나를 그대로 방치하고 달아나버렸다면? 꼼짝도 하지 않고 두 눈을 감은 채 한참 누워 있는데, 깔깔거리며 웃는 소리가 들렸다. 그 웃음소리를 들으니 가슴 한쪽이 아팠다. 언젠가 내가 청혼했을 때도 그녀는 그렇게 깔깔거리고 웃었다.

"왜 그래? 너무 유치한 코미디잖아. 이게 뭐야?"

그녀가 소리쳤다. 나는 두 눈을 번쩍 떴다.

"웃을 일이 아니에요."

"그럼 뭐야?"

웃음을 그친 그녀가 정색하고 내게 말했다.

"그때 내 눈앞이 얼마나 캄캄했는지 보여주려고 일부러 그런 거지."

짐짓 아무렇지도 않은 듯 나는 벌떡 일어나 옷을 털었다. 오랜만에 만난 옛날 애인한테 보여줄 수 있는 한 가장 한심한 꼴을 보였기 때문에 창피해서 죽을 지경이었다.

"가자."

그녀가 말했다.

"그래."

헤어질 때 헤어지더라도 실수는 만회하자는 마음에 내가 덧붙였다. "궁금해서, 참을 수가 없어서, 너무 고통스러웠기 때문에, 게다가 할말도 있어서 여기까지 왔는데, 아니, 일이 있어서 요 앞에 왔다가 지나는 길에 들렀는데⋯⋯"라고 말하긴 했지만, 놀랍게도 혹은 우습게도 막상 그녀를 만나게 되자 그때까지도 여전히 내 마음 깊은 곳에 남아 있던 당혹감, 비참함, 분노, 적대감 등은 눈 녹듯이 사라지고 9·11 테러나 지구온난화에 의한 해수면 상승뿐만 아니라 그냥 그날도 해가 떴기 때문에 우리가 헤어질 수밖에 없었다고 그녀가 말한대도 다 이해할 수 있을 것만 같은 기분이 들었다.

하지만 그녀는 내 말은 듣는 둥 마는 둥 앞장서서 걷기 시작했다. 그래서 하는 수 없이 택시를 잡아타고 그 자리를 떠나서 다시는 그녀 앞에 나타나지 않으려고 하는데, 그녀는 정차한 택시를 지나쳤다가 내 쪽으로 다시 돌아와 머뭇거리던 내 팔을 잡고 차도를 무단 횡단한 뒤, 여의도공원으로 들어갔다.

5

뉘엿뉘엿 저무는 햇살이 잎을 모두 떨군 나뭇가지 사이를 힘없이 지나와 벤치에 앉은 그녀의 옆얼굴을 노랗게 물들였다. 그녀는 미간을 약간 찌푸려 콧잔등에 두어 개의 주름을 만든 뒤, 오른손을 들어 햇살을 가렸다. 그러더니 팔짱을 끼고 내 쪽을 향해 고개를 돌린 채 약간 몸을 떨면서, 때로 눈앞이 캄캄해져서 길을 걸어가다가 가로수에 부딪쳐서 넘어지는 경우가 어떤 경우인지 얘기해보라고 말했다. 내게 따져 묻는 것인지, 아니면 정말 궁금하다는 것인지, 또는 혹시 그게 미안함이든 무엇이든 내게 아직 감정이 남아 있어서 묻는 것인지 나로서는 알 수 없었지만, 어쨌든 옛애인으로서 더이상의 실수는 안 된다는 생각으로 최대한 내 얘기를 정리해서 전달해보려고 나는 애썼다.

"수전 손택이라고, 타인의 고통을 바라볼 때는 '우리'라는 말을 사용해서는 안 된다고 말한 여자인데, 소설가이고 비평가로 우리나라에도 책이 몇 권……"

"알아. 나도 좋아하는 사람이야. 계속 얘기해봐."

"그러니까 그 여자 말로는 고통과 '우리'는 동시에 존재할 수 없다는 얘긴데, 소통하면 고통은 없는 거야, 맞지? 이 왼손이 남자고 이 오른손이 여자야. 이 두 사람이 늘 함께 붙어 있다가 이렇게 떨어지면, 서로 소통이 안 되니까 그게 고통이잖아."

나는 두 주먹을 쥐고 서로 붙였다가 뗐다가를 반복하면서 말했다.

"글쎄, 『타인의 고통』에 대해서 말하는 모양인데, 그런 뜻은 아니었던 것 같지만, 어쨌든 계속 말해봐."

"암튼 붙으면 고통이 없고 떨어지면 고통이 생기고, 그런 거야. 그래서 네가 내 곁에 없다는 것 자체가 고통이었던 거야. 곁에 없으면 소통이 안 되는 상황이고 이해가 안 되는 상황이야. 눈이 있어도 못 보고 귀가 있어도 못 듣는 처지가 되는 거지. 걔는 왜 그랬을까? 정말 이상한 애잖아? 이해할 수가 없어. 한때 나 자신보다 더 친했던 사람에게 느끼는 그런 의문 자체가 고통이라구. 여기 봐. 이렇게 바람이 불잖아. 여기 나무들 사이로. 그런데 네가 없으니까 이런 의문이 들더라. 왜 바람이 부는 거지? 이해가 안 돼. 그래서 바람이 불 때마다 고통스러워. 손뼉을 치잖아. 짝짝짝. 그러면 소리가 나잖아. 왜 소리가 나는 거지? 이런 소리 자체가 고통이었어. 세상 모든 게 고통이었어."

"그래서 오늘 말고도 길 가다가 가로수에 부딪친 적이 많았다는 소리야?"

"네가 왜 그런 질문을 하는지도 내가 알지 못하니까 고통인 거야. 이해할 수 없는 캄캄한 어둠 한가운데에 놓여 있는 셈이나 마찬가지니까 오늘처럼 어디 가로수에만 부딪치겠냐고!"

"그럼 또 뭐하고 부딪치는데?"

"바람소리하고도, 통닭 튀기는 냄새하고도, 하늘의 파란색하고도. 세상 모든 것하고 다 부딪치지."

"고통에 대해서 잘 아는 소설가라더니, 어째 안 팔리는 소리만 하는구나. 여기까지 찾아왔으니 도와주고 싶은 마음은 굴뚝같은데, 내가 무슨 말을 해주면 되겠니? 나한테 궁금한 게 뭐야?"

"말했잖아. 왜 바람이 부는지. 왜 손뼉 치면 소리가 나는지."

"난 네이버 지식검색이 아니거든."

"왜 네가 나한테 헤어지자고 말했는지. 그런 건 지식검색에도 나오지 않아. 아무런 이유도 없이, 이유라고 한다면 내가 청혼한 게 유일한 이유일 텐데, 어쨌든 아무런 이유도 없이 너한테 차였다고 생각하면 밤에도 잠이 안 오더라. 하지만 이젠 됐어. 괜찮아. 알 것 같아. 얼마 전까지만 해도, 아니, 여기 오는 택시 안에서 한강을 내다볼 때까지만 해도 그 이유를 몰랐는데, 이제 이해할 수 있을 것 같아."

"내가 왜 헤어지자고 말한 것 같은데?"

"왜긴, 9·11 테러 때문이지."

그리고 우리는 큰 소리로 웃음을 터뜨렸다. 그게 말이 되든 안 되든 뉴욕에서 일어난 테러 때문에 서울에서 헤어지는 연인도 세상에는 있는 법이었다. 그게 우리였다. 내 말이 억지스럽다면 다음과 같은 그녀의 말을 녹음해서 들려주고 싶다.

"네 말이 맞아. 세계무역센터 쌍둥이빌딩이 무너지는 바람에 우린 헤어지게 된 거야. 그때는 도저히 너랑 관계를 계속 유지할 수 없었어. 더구나 결혼 같은 건 하고 싶지 않았어. 이해해주면 좋겠지만."

"알아, 이해해. 아직도 세상에는 무너질 빌딩이 무지하게 많으니까. 중동 문제가 근본적으로 해결되지 않는 한, 언제 또 빌딩이 무너질지 알 수 없는 법이지."

나는 그녀가 무슨 말을 하든지 그 말을 전적으로 믿기로 했다.

"비아냥거릴 필요는 없을 텐데. 그럼 나한테 할말은 뭐였어?"

"비아냥대는 소리가 아니야. 사랑은 질병 같은 것일 거야. 맞아. 우린 1982년에 라스베이거스에서 시합을 벌이다가 14라운드에 링에서 쓰러져 죽은 한 권투선수 때문에 서로 사랑하기 시작해서 2001년 9·11 테러로 무너진 쌍둥이빌딩 때문에 이별하게 된 거야. 그건 우리가 아무런 이유 없이 사랑했고 아무런 이유 없이 이별했다는 소리이기도 하지. 이제 나도 그 정도는 이해할 수 있는 나이가 됐어. 그건 그렇고, 저녁 같이 먹을래?"

그녀는 내 얼굴을 바라보면서 고개를 흔들었다.

"약속 있어."

"음, 그렇구나."

나는 잠시 말을 끊었다.

"그럼 할말은 여기서 할게. 알래스카 앵커리지에 마리 스미스라는 에야크 인디언이 살아. 이 지구상에서 에야크어를 사용하는 마지막 인간이야. 사람들이 그 소감을 묻자, 할머니는 이렇게 말했대. '그게 왜 나인지, 그리고 왜 내가 그런 사람이 된 건지 나는 몰라요. 분명한 건 마음이 아프다는 거죠. 정말 마음이 아파요.' 듣는 사람이 없으면 말하는 사람도 없어. 세계는 침묵이야. 암흑이고."

그녀는 내 말을 듣고 한참 가만히 앉아 있다가 입을 열었다.

"좋아. 약속 취소하고 같이 저녁 먹을게. 대신에 그 얘기 자세히 말해봐."

"무슨 얘기?"

"침묵과 암흑의 세계."

6

권투에 대해서 글을 쓰게 되면 고통에 대해, 더 나아가서는 죽음에 대해 쓸 수밖에 없다는 사실을 내게 처음으로 일깨워준 사람은 미국의 소설가 조이스 캐럴 오츠였다. 그녀는 『권투에 대하여 On Boxing』란 에세이를 쓰기 전에 내가 우리를 서로 사랑하게 만들었다고 말한 바 있는 그 권투선수의 경기 장면이 담긴 비디오를 일부러 찾아본 적이 있다고 언급하면서 1945년부터 1985년까지 미국에서만 적어도 370명의 권투선수들이 시합으로 인해 직간접적으로 목숨을 잃었다고 말했다. 오츠는 권투의 패러독스를 이렇게 설명했다. '(권투는) 육체적 기술의 충격적 향연이라는 스펙터클뿐만 아니라 언어의 형태로 전달하는 일이 불가능한 감정적 경험을 찾으려는 사람들을 집요하게 자극한다. 권투는 유사한 예술을 전혀 찾아볼 수 없는 하나의 독자적인 예술 형태라고 나는 말하고 싶다.'

내가 오츠의 그 말을 떠올리게 된 것은 술에 취해서 방송국까지 찾아가고 다시 이 년이 흐른 뒤인 지난주였다. 아파트 현관을 나서려는데 우편함에 소포가 있었다. 뜻밖에도 그건 그녀가 내게 보낸 항공우편이었다. 겉봉에 적힌 주소는 미국 네바다주 라스베이거스의 시저스팰리스호텔이었다. 에어쿠션을 내장한 노란색 봉투를 뜯어보니 CD 한 장과 편지 한 통이 들어 있었다. 날카롭게 각이 진 노란색 호텔 로고가 찍힌 도합 열두 장에 달하는 장문의 편지에는 그녀가 사막의 한가운데에 있는 그 도시까지 가게 된 사연이 적혀 있었다. 편지는, 내가 들려준 이야기 덕분에 미국까지 오게 됐으니 우선 고맙다는 말부터 전해야겠다는 문장으로 시작했다.

얘기인즉슨 한국언론재단에서 진행하는 해외 장기 연수 프로그램이 있는데, 그녀는 그때 내가 들려준 마지막 에야크어 사용자 마리 스미스에 대한 이야기에 착안해 '언어의 죽음'이라는 주제를 택해 캘리포니아에 사라진 인디언 토착어의 운명과 인디언들의 정체성에 대해 연구하겠다는 계획서를 재단에 제출했고 그게 채택이 돼 지금은 샌프란시스코 근처에 있는 UC버클리에 방문학자로 머물고 있다는 것이었다. 거기까지는 별다른 느낌 없이 '아, 그랬었구나' 정도의 심경으로 건성건성 편지를 읽어갔는데, 한 장을 넘겨보니까 어느 정도 시간이 지난 뒤 다시 쓰기 시작한 듯 이번에는 좀 갈겨쓴 필체로 다음과 같이 적혀 있었다.

'네 말이 맞아. 소통할 다른 대상을 잃어버렸다는 건 자신을 표현할 방법을 상실했다는 것이나 마찬가지야. 내가 미국에 가봐야겠다고 생각한 것은 사실 죽어가는, 혹은 죽어간 언어에 대한 관심 때문만은 아니었어. 오래전 텔레비전으로 뉴욕에 있던 세계무역센터 건물이 붕괴되는 장면을 거듭해서 지켜보는 동안, 내게는 의문 하나가 떠올랐거든. 과연 1982년 가을 라스베이거스에서는 어떤 일이 벌어졌던 것일까?'

그 문장을 읽자마자 나는 우리가 처음 만났던 새천년의 첫 크리스마스이브에 그녀가 내게 했던 말, 즉 "그 선수 말이에요. 라스베이거스에서 죽은 선수. 그 선수의 고통을 소설로 쓸 수 있겠어요?"를 떠올렸고, 나는 그녀가 공연히 그런 질문을 던진 게 아니라는 걸 깨닫게 됐다. 맙소사. 그렇다면 우리가 1982년 라스베이거스에서 시합을 벌이다가 14라운드에 링에서 쓰러져 죽은 한 권투선수 때문에 서로 사랑하기 시작해 2001년 9월의 테러 때문에 이별하게 됐다는 건 절망에 빠진 내가 궁여지책으로 찾아낸 익살스런 논리가 아니라 실제 일어난 일이었단 말인가?

7

편지에 따르면 2001년 9월 11일 텔레비전으로 뉴욕의 쌍둥이 빌딩이 무너지는 광경을 목격한 뒤, 그녀는 오래전 미국에서 실종된 아버지의 행적을 찾아나서기 시작했다. 그녀가 기억하는 아버지는 알이 두꺼운 안경을 쓰고 가족들에게 신경질적으로 소리를 지르거나, 아침이면 숙취에서 깨어나지 못하고 얼음물에 담가둔 물수건을 얼굴에 뒤집어쓰고 누워 있었다. 아직 어렸던 그녀를 바라볼 때면 검정색 뿔테안경 너머의 두 눈동자가 연민으로 젖어드는 경우도 있었지만, 대개는 감정이 없는 짐승처럼 일없이 주르르 눈물을 흘리는 때가 더 많았다. 그녀로서는 아버지의 눈물을 단 한 방울도 이해할 수 없었다. 아버지가 안경을 쓰기 시작한 것은 1977년 이리역 폭발 사고가 일어났을 때 역 근처 삼남극장에서 공연을 앞두고 대기실에 있다가 크게 다친 뒤부터였다. 그때,

극장 지붕이 모두 내려앉은 삼남극장에는 하춘화도 있었고, 이주일도 있었다고 아버지는 회상했다.

늘 짜증스럽다는 듯 찌푸리거나 눈물을 흘리던 얼굴이었기 때문에 1980년 5월, 1970년대 내내 보조 MC로 지방 쇼단을 전전하면서 무명생활을 거친 끝에 마침내 아버지가 TBC 방송국의 한 쇼 프로그램에 등장했을 때, 그녀는 '과연 저 사람이 아버지가 맞는 걸까?'고 의아하게 여길 수밖에 없었다. 텔레비전에 나온 아버지의 얼굴은 어떤 일을 당해도 바보처럼 웃고 있었기 때문이었다. 일곱 살밖에 먹지 않았지만, 바보 연기를 하느라 안경을 벗은(검은색 뿔테안경을 낀 바보는 없었으니까) 아버지가 초점이 잡히지 않는 눈을 게슴츠레 뜨고는 다른 사람들에게 조롱당할 때 그녀는 수치심을 느꼈다. 그래서 서울 변두리 극장에서 공연할 때면 동네 골목길이나 전신주에 붙은 계란 모양 사진을 가리키며 친구들 앞에서 아버지가 연예인이라는 걸 자랑하던 두 오빠가 마침내 아버지가 텔레비전에 등장했다는 사실에 환호작약하는 동안, 그녀는 방 한구석에서 귀를 틀어막고 라푼젤이 나오는 동화책만 들여다봤다.

유랑극단 시절부터 그녀 아버지의 레퍼토리는 '달나라로 간 별주부전'이었다. 그는 지구에서 토끼가 멸종한 21세기, 토끼 간을 구해오라는 용왕의 특명으로 로켓을 타고 달까지 찾아간 별주부 역을 맡아서 시종일관 계수나무에 부딪치고, 먹다 버린 당근을 밟아 미끄러지고, 토끼의 꾀에 속아서 옷을 다 벗은 채 속옷 차림으로 엉금엉금 기어다니는 슬랩스틱코미디를 선보였다. 아버지가 선보인 바보 연기는 배삼룡의 뒤를 이은 것이긴 했지만, 비슷한 시기에 텔레비전에 데뷔해서 "콩나물 팍팍 무쳤냐?"라거나 "뭔가 보여드리겠다니까요."라고 말하며 〈수지Q〉에 맞춰 엉덩이춤을 추던 이주일에 비하면 구태가 역력했다. 더구나 '달나라로 간 별주부전'은 언제나 유랑극단 분위기로 〈쾌지나 칭칭나네〉를 부르면서 끝이 났으므로 그런 느낌은 더했다.

개개인의 평가야 어떻든 박정희 대통령이 암살된 뒤 한국인들은 어쨌든 시대가 바뀌었다는 사실을 체감하려고 했기 때문에 유신 시절 장충체육관에서 개최하던 전국민속예술경연대회풍의 그런 코미디보다는 바라보고만 있어도 웃음을 터뜨릴 수밖에 없었던 이주일의 얼굴에 더 환호했다. 바야흐로 이유 따위는 필요 없는 난센스의 시대였다. 그러므로 심지어는 텔레비전에 나온 아버지의 모습에 감동한 표정으로 눈물을 글썽거리며 껑충껑충 뛰어대던 그녀의 오빠들 역시 속바지 차림에 거북이 등짝을 짊어지고 엉거주춤한 자세로 서서 유일한 유행어인 "웃을 일이 아니에요"라고 말하는 아버지보다는 "얼굴이 못생겨서 죄송합니다"라고 자학적으로 말하는 이주일을 더 많이 흉내냈다.

그러므로 그녀의 아버지가 텔레비전에서 도태되는 건 시간문제처럼 보였지만, 뜻밖의 사태가 벌어지면서 그는 무주공산의 호랑이 노릇을 할 수 있었다. 1980년 9월 1일, 전두환 대통령 취임식을 앞두고 배삼룡, 나훈아, 허진, 이주일 등이 '저질 연예인'으로 낙인찍혀 사실상 방송 금지를 당했던 것이다. 저질이라면 그녀의 아버지도 빠져나갈 수 없었지만, 용케도 그는 이후에도 별다른 제재 없이 계속 텔레비전에 출연할 수 있었다. 그때가 아마도 코미디언으로서는 가장 행복했던 시기였을 것이다. 그녀에게는 그 행복이 그녀만의 독방이 있는 이층 양옥집의 형태로 나타났다. 그리하여 그 이층 양옥집의 뒷방 창가에서 그녀는 성에 갇힌 라푼젤이 되어 왕자님을 기다리는 상상도 할 수 있었던 셈이다. 하지만 그렇게 상상할 수 있게 되기까지 아버지가 무슨 일을 했는지는 아주 나중에야 알게 됐다.

8

그녀는 영상자료원 자료실에서 아버지의 이름을 검색하다가 〈대한뉴스〉 제1297호 '특보: 제11대 전두환 대통령 취임' 편을 발견했다. 자료에 대한 설명문 하단에 '시민들의 반응―〈쾌지나 칭칭나네〉를 부르는 희극인 安福男씨'라고 적혀 있었다. 자료실에서 비디오테이프를 대여한 그녀는 기기가 설치된 열람석에 앉아서 별다른 초조함 없이 '특보'라는 자막과 함께 취임식이 열리는 잠실실내체육관으로 가기 위해 세종로를 빠져나가는 '전두환 대통령과 영부인 이순자 여사' 일행의 차량을 담은 영상부터 시청하기 시작했다. 시민들의 반응은 뉴스가 거의 끝나갈 즈음에 나왔는데, 마침내 아버지의 모습이 등장했을 때, 하마터면 그녀는 그 자리에서 모니터를 꺼버릴 뻔했다. 오른손으로 입을 틀어막은 그녀의 얼굴이 시뻘겋게 바뀌었다.

화면 속에서 희극인 안복남씨는 1980년 9월 1일 한시적으로 일반에게 개방된 청와대 앞길에 모여든 사람들을 앞에 놓고 목이 터져라 "성군聖君이 나셨도다아!"라고 부르짖고 있었다. 설명문에는 '희극인 안복남씨'가 〈쾌지나 칭칭나네〉를 부른다고 돼 있었지만, 아버지가 등장하는 장면은 그게 다였다. 아마도 때가 때였으니만큼 〈쾌지나 칭칭나네〉의 가사를 그런 식으로 바꿔 불렀던 것인지도 모를 일이었다. 그래서 그 구절이 끝나고 나면 본격적으로 〈쾌지나 칭칭나네〉가 시작됐을지도 모른다. 하지만 어쨌든 제11대 전두환 대통령 취임을 알리는 〈대한뉴스〉에 희극인 안복남씨는 칠 초 정도 나와서 "성군이 나셨도다아!"라고 소리칠 뿐이었다. 당시 〈대한뉴스〉를 편집하던 사람의 관점에서는 "성군이 나셨도다"만 전달하면 되는 일이지, 후렴구 따위는 아무래도 상관없었을 것이다. 그녀는 1980년 9월에 그 〈대한뉴스〉가 전국 극장에 상영되는 걸 상상해봤다. 그건 너무나 끔찍한 일이었다.

피디가 되기 전부터 그랬지만, 그녀는 단 한 번도 아버지가 안복남씨라는 걸 스스로 말한 적이 없었다. 그건 단순히 아버지가 어느 날 가족을 버리고 미국으로 떠나버렸기 때문만은 아니었다. 일 년 남짓 텔레비전에 등장했던 그는 방송계에서조차 완전히 잊혀진 존재였기 때문에 아버지가 코미디언이었다고 말할 처지가 아니었다. 사람들은 그 시절의 코미디언으로 배삼룡과 남보원과 구봉서와 이기동과 이주일을 떠올릴 뿐이었다. 하지만 〈대한뉴스〉 제1297호를 보고 난 뒤에 그녀는 자신의 짐작과 달리 많은 사람들이 극장의 대형 스크린에 나와서 무고한 시민들을 죽이고 대통령이 된 군인을 향해 "성군이 나셨도다아!"라고 외쳤던 그 코미디언을 기억하고 있으리라 생각하게 됐다. 단 한 번도 아버지가 그런 일을 했으리라고는 상상하지 못했던 그녀로서는 그쯤에서 이제 아버지의 행적을 뒤쫓는 일을 멈춰야만 하는 건 아닐까 하고 생각했다. 일생을 통틀어 그녀가 아버지와 함께 보낸 시간은 1981년 5월부터 이듬해 10월까지 대략 십칠 개월의 기간이 전부였다. 안복남씨는 어쩌면 자신이 알던 그 사람이 아닐지도 몰랐다. 왜 안복남씨가 가족을 버리고 미국으로 도망쳐버렸는지 이해한다는 건 불가능한 일일지도 몰랐다. 그쯤에서 아버지에 대한 행적을 추적하는 일을 멈추는 게 옳았다.

그럼에도 그녀는 편지에다가 다음과 같이 썼다.

'옛날에 충주호에서 부엉이 볼 때 내가 했던 말을 기억하겠지? 사람들이 퇴근한 뒤 편집실에 혼자 앉아서 릴테이프를 이리저리 돌려가면서 한 사람의 일생을 편집할 때 그게 어떤 기분인지 내가 얘기한 적이 있었잖아. 밤이 늦도록 편집하다보면 어느 틈에 이야기의 내용은 더이상 들리지 않고 목소리의 톤과 빠르기가 들리지. 그런 목소리에 오랫동안 귀를 기울이고 있노라면 한 사람이 살아온 인생의 빛과 어둠, 열기와 서늘함, 고독과 슬픔마저도 들을 수 있을 것만 같아. 그 사람이 어떤 인생을 살아왔는지 말해주는 건 이야기가 아니라 목소리에서 느껴지는 그런 미세한 결 같은 것이라는 생각을 많이 했어. 아, 이 사람은 지금 고생한 이야기를 하고 있는데도 그 목소리만은 그 시절이 제일 행복했었다고 말하고 있구나. 몇 번이고 반복해서 듣다보면 그렇게 혼자 중얼거릴 때가 있어. 편집하면서 내가 제일 안타까웠던 순간은 목소리가 끊어질 때였어. 더 말할 수 있는데, 사람들은 어느 순간 말을 멈춰. 한동안 침묵이 이어지고 릴테이프는 혼자서 돌아가지. 침묵과 암흑. 내 귀에는 잡음만이 들려. 몇 번을 반복해서 듣다보면 어쩌면 바로 그 순간이 내가 귀를 기울이는 순간일지도 몰라. 거기에 진실이 있을지도 몰라. 일 초, 이 초, 삼 초, 사 초, 오 초. 나는 목소리가 다시 나타나길 기다리면서 없어진 그 목소리의 감정을 읽어.'

그녀는 아버지를 기억하는 사람들을 수소문하는 동시에 영상자료원과 방송국을 오가면서 아버지에 대한 영상을 몇 개 더 찾아낸 뒤, 테이프 하나에다가 그 영상들을 복사했다. 그녀는 그 테이프에다가 '달'이라고 적었다가 얼마 뒤 다시 '로 간 코미디언'이라고 덧붙였다. 그뒤로 그녀는 틈이 날 때마다 그 테이프를 반복적으로 돌려봤다. 화면은 바라보지 않은 채 그저 소리만 듣기도 했고, 소리를 완전히 줄인 채 화면만 바라보기도 했다. 비디오를 틀어놓은 채 설거지를 하기도 했고, 옷을 갈아입지도 화장을 지우지도 못하고 그냥 침대에 쓰러질 정도로 만취해서는 그 비디오를 틀어놓고 잠들었다가 다음날 아침 파란색 화면을 보고 어리둥절하게 생각한 적도 있었다. 처음에는 아버지의 행위가 낯이 뜨겁고 부끄럽기도 했지만, 결국 나중에는 철학 서적에 담긴 문장을 읽듯이 아무런 감정도 없이 보이는 것과 들리는 것을 그대로 받아들일 수 있게 됐다.

그 비디오에 담긴 자료들에 따르면 스티로폼으로 만든 로켓의 벽을 부수며 무대에 등장해서는 먹다 버린 당근을 밟고 넘어지고 계수나무에 가서 부딪치던 정도에 그쳤던 아버지의 슬랩스틱 연기는 1980년 9월 이후 눈에 띄게 이상해지기 시작했다. 그는 속옷 차림으로 쓰러져서는 두 손으로 바닥을 더듬으면서 거북이처럼 엉금엉금 기어다녔고, 옆에 서 있던 동료에게 부딪친 뒤에는 대사를 까먹은 것처럼 멍한 눈동자를 두 손으로 비벼가면서 카메라를 응시하고는 "웃을 일이 아니에요"라는, 그의 유일한 유행어를 말했다. 그럴 때면 그게 코미디의 한 장면이 아니라 실제로 벌어진 일인 것만 같아서 허탈한 웃음이 나왔다. 물론 나중에는 그런 웃음마저도 나오지 않았지만.

9

그가 등장하는 마지막 장면은 1981년 5월 여의도에서 벌어진 '국풍81'의 무대였다. 국풍國風이라는 말과는 딴판으로 그 무대에서 그는 저질 슬랩스틱코미디의 모든 것을 다 보여줬다. 거북이 등짝을 등에 메고 무대 한쪽 로켓 안에 있던 그는 별주부가 로켓을 타고 달나라까지 날아가는 장면을 성대모사로 표현했다.

"쓰리, 투, 원. 발사. 쿠우우우웅! 피쉬쉬쉬쉬. 여기는 별주부, 여기는 별주부. 용궁 관제센터 나와라, 오바. 지금은 토끼 잡으러 달로 가는 중. 휘영청 밝은 밤하늘에 연들이 날고 있다, 오바. 한 연, 두 연, 세 연. 할일 없는 연들 참 많이 모였다, 오바. 한국 연, 일본 연, 중국 연. 어쩌다 양洋 연도 보인다, 오바. 온갖 잡雜 연이 다 모였다, 오바. 지구 연들아, 이제 안녕. 오빠는 달로 간다, 오바. 두두두두두. 피용."

로켓을 뚫고 튀어나온 별주부는 중력이 약한 달에서 토끼와 방아를 찧는답시고 절구를 들고 야릇한 동작을 취하기도 하고, 토끼가 휘두르는 방아를 피해 도망가다가 계수나무에 부딪쳐 그 나무와 함께 바닥에 자빠지기도 한다. 부서진 소도구를 다시 일으키려고 사람들이 올라오고 하는 등 법석을 떠는 와중에 한참이나 바닥에 누워 있던 그는 또 예의 그 "웃을 일이 아니에요"라고 말하며 다시 벌떡 일어나더니 준비한 대사를 읊조린다. "지구에 가면 기차를 태워주겠다"며 별주부는 토끼를 꾀는데, 달에서 방아만 찧고 살았던 토끼는 기차가 뭔지 잘 모른다. 그러자 별주부는 토끼를 바닥에 눕히며 그게 기찻길이라고 관객들을 향해서 말한다. 두 뺨에 분홍색 분을 칠하고 토끼 귀가 달린 머리띠를 쓴 토끼는 어리둥절한 표정으로 "그럼 기차는 어디 있소?"라고 묻는다. 이에 별주부는 바지춤을 내리려는 시늉을 하는데, 토끼가 다시 "바지는 왜 내리시오?"라고 물으니 별주부는 "세상에 호루 씌우고 가는 기차 봤는감?"이라고 대답한다. 그게 은밀한 육담이라는 건 결국 자리에서 벌떡 일어난 토끼가 별주부의 사타구니를 걷어찰 때, "아이고, 거기는 내 머리요. 거북 귀 머리 두란 말도 못 들어봤소?"라고 비명을 지르면서 표면적으로 드러난다.

그날의 마지막 장면은 역시 토끼를 지구로 데려가는 데 실패한 별주부가 이제 다 죽게 된 용왕의 일대기를 코믹하게 재구성한, 예의 그 "성군이 나셨도다아!"라고 외치면서 시작하는 〈쾌지나 칭칭나네〉로 끝이 났다. 마이크를 잡은 그는 관객들에게 그 민요의 후렴구를 함께 부르자는 듯 무대 앞쪽을 향해 걸어가기 시작했다. 공연 내내 호응하지 않았던 관객들이 그 노래에 장단을 맞출 리는 없었다. 그럼에도 그는 거침없이 앞쪽을 향해 걸어가다가 어느 순간 쿵 하는 소리와 함께 화면에서 사라졌다. 그다음날 한 신문의 '횡설수설'란에 실린 기사에 따르면 그는 '1미터도 넘는 무대 앞쪽으로 떨어지는' '국풍81을 마련한 당국의 취지에 반하는' '전

무후무한 저질 코미디'를 선보였던 것이다. 카메라는 계수나무 옆에 반쯤 부서진 로켓 한 대가 서 있는 무대만 비추고 있었고, 오디오에는 반주 음악 사이로 그제야 터져난 사람들의 웃음소리가 담겨 있었다.

세번째 그 장면을 보게 됐을 때, 그녀는 이십 년 전 그 자리에 모였던 사람들과 마찬가지로 큰 소리로 웃음을 터뜨렸다. '성군이라니. 그런 사람을 두고 성군이라고 외쳐대면서 겨우 인기를 유지하다니. 정말 고소했지, 뭐야. 그래서 한참 동안 웃었어'라고 그녀는 편지에 적었다. 그뒤로 달로 간 코미디언은 다시는 지구로 돌아오지 못했다. '횡설수설'의 필자가 말한 대로 '그런 저질 코미디는 이제 지구에서 추방해야만' 했으니까. 국풍81의 그 무대는 그녀의 아버지가 나오는 마지막 텔레비전 화면이었다. 무대에서 떨어진 사건을 계기로 그에게는 방송 출연 제의가 다시 들어오지 않았다. 얼마간 시간이 흐른 뒤, 그녀 역시 더이상 그 비디오테이프를 보지 않았다. 그러니까 술에 취해서 방송국까지 찾아간 내가 고개를 숙이고 걸어가다가 그만 가로수에 부딪치기 전까지 말이다.

10

그 느릿느릿한 말투와 카랑카랑한 목소리로 짐작하자면 전화를 받은 사람은 오십대 중년으로 보였다. 그녀가 편지에 적어놓은 번호로 전화를 걸어 자초지종을 설명했더니 그 남자는, 그렇다면 자신은 운신이 힘드니 내게 찾아오라고 얘기했다. 그 사람이 찾아오라고 한 곳은 강동구에 위치한 점자도서관이었다. 그때까지 나는 단 한 번도 점자도서관에 가보지 못했을 뿐만 아니라 애당초 시각장애인을 위한 도서관이 이 세상 어딘가에 있으리라는 생각조차 해본 일이 없었다. 그래서 그 도서관에 가기 전까지 내가 상상할 수 있는 건 회상에 잠긴 듯 두 눈을 꼭 감은 채 책상 위에 펼쳐놓은, 요철이 새겨진 점역본點譯本을 두 손가락 끝으로 더듬는 시각장애인들로 빽빽한 열람실이었는데, 그건 어딘지 모르게 좀 기이한 장면이 아닐 수 없었다.

하지만 막상 그 도서관에 도착해서야 나는 그게 무지에서 비롯된 상상이라는 걸 깨달을 수 있었다. 재래시장의 한쪽 끝, 자동차 소리가 요란한 올림픽대로 옆에 위치한 그 사층짜리 도서관 건물은 내가 아는 그 어떤 도서관과도 비슷하지 않았다. 나는 도서관에 대해 어느 정도 일가견이 있었다. 내가 아는 한, 도서관에는 잘 가꿔놓은 화단이 딸려 있어야만 했다. 화단은 집중해서 책을 읽을 수 있도록 도서관을 세상과 격리시키는 동시에 계절의 변화를 보여주는 풍경을 담아 활자의 세계에 빠져 있는 사람들에게 현실감을 줘야만 하니까 말이다. 그래서 시장 안쪽 주택가 골목길에 바로 면해 있는 도서관 건물을 봤을 때, 나는 약간 당황스러웠다.

유리문을 열고 들어가자, 오른쪽에는 점자 스티커가 붙은 자동판매기가 있었고, 왼쪽으로는 대한성서공회에서 펴낸 점자 성서가 담긴 박스가 잔뜩 쌓여 있었다. 입구 맞은편에 있는 전시용 서가에 비치된 책들만이 거기가 도서관이라는 사실을 증명했는데, 『장애인·노약자 서울시 무료셔틀버스 이용안내』『기타 교본』『피아노 명곡집』 등의 책을 펼쳐보니 단 하나의 활자도 없이 그저 앞뒤 두 줄로 배열된 요철뿐이었다. 자동판매기 뒤로는 점자 인쇄기가 작동하는 소리가 들렸고, 점자 성서 박스 뒤의 사무실에서는 여자 두 명이 깔깔거리고 웃는 소리가 들렸다. 점자도서관이라고 생각해서 그런지 나는 소리에 더 민감해졌다. 그제야 나는 점자도서관에 화단 따위는 불필요하다는 사실을 깨달았다. 시각장애인들에게는 너른 공간이 오히려 위협적일 게 분명했다.
　일층에서 전화를 걸자, 남자는 왼쪽으로 놓인 계단을 밟고 삼층으로 올라오라고 말했다. 삼층까지 올라가니 '음향자료실'이라고 써붙인 문이 열려 있었다. 그 안에 방송국처럼 스튜디오 시설이 갖춰져 있었다. 스튜디오 안에서는 자원봉사자 한 명이 책을 낭독하고 있었고, 바깥에서는 한 여자가 콘솔 앞에 앉아서 그 모습을 지켜보고 있었다. 두 사람은 책을 녹음하느라 정신이 없었는지 내가 문 바깥에서 실내를 들여다보고 있다는 사실도 알지 못했다. 내가 온 것을 알아차린 건 콘솔 앞에 앉은 여자 뒤쪽에서 두 손으로 하얀색 지팡이를 잡고 앉아 있던 중년 남자였다. 내 짐작과 크게 다르지 않은 모습이었다. 남자는 내 쪽을 돌아보더니 내게 전화한 사람이냐고 물었다. 남자의 말에 콘솔 앞에 앉아 있던 여자가 힐끔 나를 돌아봤다. 그렇다고 말하자, 남자는 자기 옆에 있는 의자를 가리키며 낭독이 거의 다 끝나가니까 앉아서 조금만 기다려달라고 했다. 나는 남자의 옆에 앉아서 콘솔 앞에 앉은 여자의 어깨 너머로 보이는 스튜디오 안을 바라봤다.

나는 스튜디오 안에 있는 여자가 읽는 책이 무엇인지 알아내려고 무던히 애를 썼지만, "나는 그에게 고맙다고 말하려다가 그만두었다. 그럴 필요가 없었다. 눈 덮인 카르파티아산맥이 보였다. 나는 시원한 공기를 들이마셨다" 등의 문장만으로는 그게 누구의 책인지 알 수 없었다. 그러다가 "단테는 어떤 사람인가.『신곡』은 무엇인가.『신곡』이 무엇인지를 간단하게 설명하려 애쓰다보면 어느새 신선하고 낯선 감정이 생겨난다"라는 부분에 이르러 나는 그 책의 제목과 저자의 이름을 떠올릴 수 있었다. 그건 프리모 레비가 쓴『이것이 인간인가』였다. 수용소에서 프리모 레비가 동료에게『신곡』의 문장들을 기억해내 불어로 번역해서 읽어주는 장면이었다.

"이거야. 잘 들어봐, 피콜로. 귀와 머리를 열어야 해. 날 위해 이해해줘야 해. '그대들이 타고난 본성을 가늠하시오. 짐승으로 살고자 태어나지 않았고 오히려 덕德과 지知를 따르기 위함이라오.' 마치 나 역시 생전 처음으로 이 구절을 들은 것 같았다. 날카로운 트럼펫 소리, 신의 목소리가 들리는 듯했다. 잠시 나는 내가 누구인지, 어디 있는지 잊을 수 있었다."

옆에 앉은 남자는 고개를 끄덕여가며 여자의 목소리에 귀를 기울이고 있었다. 이따금 한숨이나 탄식 같은 소리가 들리기도 했다. 달리 할일이 없었기 때문에 나 역시 그녀의 이야기에 귀를 기울였다. 이야기 속에서 프리모 레비는 "용서해줘, 피콜로. 최소한 네 줄은 잊어버렸어"라거나 "그에게 말해야 한다. 중세에 대해, 그토록 인간적이고 필연적이고 그럼에도 불구하고 전혀 뜻밖인 그 시대착오에 대해 설명해야만 한다. 그리고 나 자신도 이제야 순간적인 직관 속에서 목격한, 이 거대한 무엇인가를, 어쩌면 우리의 운명을, 우리가 오늘 여기 있어야 하는 이유를 설명해야 한다"고 절규하고 있었다. 이윽고 그 절규는 "마침내 바다가 우리 위를 덮쳤다"는 문장으로 끝났다. 낭독이 모두 끝나자, 콘솔 앞에 앉아 있던 여자는 수고했다고 말했고, 남자는 지팡이를 품에 안은 채 두 손으로 손뼉을 쳤다. 나도 얼떨결에 따라서 박수를 쳤다.

11

남자는 내게 사층에 자기 방이 있으니 그쪽으로 가자고 말했다. 그는 자리에서 일어나 몸을 틀어 지팡이를 짚으며 걸어나갔고, 나는 그를 뒤따랐다. 콘솔 앞에 앉은 여자가 문을 빠져나가는 그를 향해 "이따가도 녹음 있으니까 오세요"라고 말했다. 남자는 뒤돌아보지도 않은 채, 왼손을 흔들며 "오늘은 그만"이라고 대답했다. 방이라고 해서 좀 의아스러웠는데, 막상 사층으로 올라가보니 그가 말한 '방'은 도서관장실이었다. 그는 문을 열고 문 왼쪽에 있는 스위치를 올려 실내를 밝히며 안으로 들어가더니 블라인드가 쳐진 창을 등지고 일인용 소파에 앉았다.

"그렇게 서 있지만 말고 앉으세요."

이인용 관장이 내게 말했다. 나는 소파 세트 뒤 책상에 놓인 명패를 보고 나서야 그가 도서관장인 이인용씨라는 걸 알게 됐다. 나는 소파에 앉았다. 인조가죽 소파에서 바람 빠지는 소리가 크게 들려 좀 민망했다. 나는 이관장에게 그녀가 편지로 내게 부탁한 일에 대해서 설명했다. 편지에다 그녀는 이인용씨에게 연락해서 편지에 동봉한 CD를 전해주면 고맙겠다고 써놓았다. 나는 가방에서 CD를 꺼내어 탁자 위에 올려놓았다. 아버지가 나오는 영상들을 담은 비디오테이프에 적어놓은 것과 마찬가지로 그녀가 CD에다 적어놓은, '달로 간 코미디언'이라는 글자를 나는 한참 들여다봤다.

"무슨 일을 하시는 분입니까?"

갑자기 이관장이 내게 물었다.

"소설을 씁니다."

내가 말했다.

"소설가란 말씀인가요?"

"예."

"재미있군요. 얼마 전에 녹음한 책에 보니까 아프리카에서는 노인이 한 명 죽을 때마다 도서관 하나가 없어지는 것이나 마찬가지라고 썼습디다. 그게 참 맞는 말이라고 생각했어요. 이제 책을 읽을 수 없게 됐으니까 내게는 한 사람 한 사람이 책이나 마찬가지입니다. 저처럼 눈이 안 보이게 되면 읽을 수 있는 책이 한정돼 있거든요. 소설가는 한 번도 만나본 일이 없으니까 소설가에 대한 책은 아직 읽어본 일이 없는 셈입니다. 이런 기회는 쉽게 오지 않는 법이죠. 그러니 몇 가지 물어보겠습니다. 요즘은 어떻습니까? 소설을 써서 먹고살 만합니까?"

그제야 나는 도서관장도 시각장애인이라는 사실을 눈치챘다.

"아무래도 사양산업이지요. 활자 산업이라는 것 말입니다. 요즘 사람들은 활자보다는 영상을 더 잘 이해합니다."

"선생의 소설은 어떻습니까? 팔리는 쪽입니까, 안 팔리는 쪽입니까? 혹시 베스트셀러가 있습니까?"

처음 만나서 소설의 내용이나 제목에 대해서 물어보는 사람은 봤어도 그런 식으로 질문하는 사람은 처음이어서 나는 좀 당황스러웠다.

"굳이 말하자면 안 팔리는 쪽입니다. 다섯 권을 출판했지만, 그중에 베스트셀러는 한 권도 없습니다."

"이건 전적으로 제 입장에서 말씀드리는 것이지만, 그렇다면 우리처럼 앞이 보이지 않는 사람들에게는 당신의 소설은 존재하지 않는 것이나 마찬가지입니다. 책 한 권을 오디오북으로 만들거나 점역하는 일은 비용이 많이 들기 때문에 주로 장애인들의 자립을 도와주는 책이나 베스트셀러만 우리는 접할 수 있으니까요. 우리는 장애인이니까 그렇다고 할 수 있겠지만, 아마도 많은 비장애인들에게도 그건 마찬가지일 것입니다. 그들은 선생의 소설이 이 세상 어딘가에 있으리라고 생각해본 일조차 없을지도 모릅니다. 안 팔리는 쪽이라면 말이죠."

"그렇지만 꼭 많이 팔려야만 좋은 소설이 될 것이라고는 생각하지 않습니다. 저는 한 명의 독자만 있어도 소설을 쓸 겁니다."

"아, 저는 그냥 인식론의 차원에서 제 생각을 말한 것뿐입니다. 누군가 선생의 소설을 제게 읽어주지 않는 한, 저는 선생의 소설을 읽을 수가 없습니다. 그게 현실이라는 거죠. 뭐가 좋은 소설이고, 뭐가 나쁜 소설인지 저는 몰라요. 하지만 제가 읽고 싶은 소설은 선생의 소설처럼, 죄송합니다만 잘 안 팔리는 소설들입니다."

"이제는 더이상 읽을 수 없게 된 책이니까 그렇다는 뜻인가요? 그러니까 희소성의 문제 때문인가요?"

"그렇죠. 제가 마지막으로 읽은 책은 이제하의 소설이었습니다. 『초식』이라는 소설이었죠. 그때까지만 해도 나는 국문과에서 박사과정을 밟고 있었지요. 선천성백내장으로 왼쪽 눈이 이미 보이지 않는 상태에서 오른쪽 눈만으로 매일 책을 읽었습니다. 그때는 요약이 불가능한 책만을 골라서 읽었습니다. 왜냐하면 결국 눈이 멀고 나면 더이상 책을 읽지 못하게 될 텐데, 실용서나 베스트셀러는 읽은 사람에게 내용을 요약해서 들어보면 되는 일이라고 생각했으니까요. 오른쪽 눈에도 이미 검은색 타원이 나타나 눈앞의 일부가 보이지 않았던 시절이었죠. 책을 읽는 동안, 그 원이 점점 더 커지더니 어느 날 완전히 눈앞을 가리게 됐습니다. 시력을 완전히 상실하기 전이니까 1981년 여름의 일인데, 이제하 선생에게 '『초식』은 10·26 사태의 예고로 쓴 소설입니까?'라고 묻는 편지를 보낸 적이 있습니다만, 그다음에 그 원이 완전히 제 눈앞을 가로막는 바람에 답장이 왔는지, 왔다면 어떤 대답이 담겼는지 알 수 없게 돼버렸지요. 그다음부터는 요약이 불가능한 책들, 잘 안 팔리는 책들은 나의 세계에서 완전히 사라졌습니다. 눈이 멀기 전까지는 이런저런 책들을 읽을 수 있으니까 이 세상에 얼마나 많은 종류의 사람들이 사는지 알 수 있었습니다만, 이제는 이 세상에 그렇게 많은 종류의 사람들이 살고 있었다는 게 잘 믿기지 않습니다."

"실용서와 베스트셀러만 읽는다고 해도 사는 데는 아무런 지장이 없지 않습니까?"

"지장이 많습니다. 얼마 전에는 영국의 한 시각장애인 교수가 쓴 책을 점자로 읽다가 메를로-퐁티가 쓴 『지각의 현상학』에 대해 알게 됐습니다. 그는 그 책을 읽고 자신이 왜 가끔씩 유령이 된 것같이 느끼는지 이해했다고 하더군요. 하지만 저는 그 책을 읽을 수 없습니다. 내가 왜 가끔씩 유령이 된 것처럼 느끼는지 알 도리가 없습니다. 독서의 차원에서 보자면 우리는 최대한 노력할 때 상식적인 인간이 될 뿐입니다. 그 사실이 나를 우울하게 만들죠."

나는 아무런 대꾸도 없이 고개를 끄덕였다. 그러다가 그만 말할 타이밍을 놓쳐서 둘 다 입을 다물고 있었다. 이관장은 내 얼굴을 보지 못하기 때문에 이관장의 얼굴에서 내 표정에 대한 반응을 읽을 수가 없었고, 이 때문에 나는 의사소통에 약간 불편함을 느꼈다. 말이 모두 끝났는지 알 수 없어 망설이는데, 이관장이 내게 말했다.

"말하세요."

"어, 어떻게 제가 말하려고 하는지 아셨나요?"

"앞이 안 보이면 귀가 뚫리죠. 사람들은 대개 말하기 전에 입으로 '스으' 하는 소리를 냅니다. 그러면 '아, 이 사람이 무슨 말을 하려고 하는구나'라고 생각하게 됩니다. 짐작하시겠지만, 책을 읽는 일이 힘들기 때문에 저 같은 경우에는 낯선 사람을 만나서 토론하는 걸 좋아합니다. 그렇게 해서라도 다양한 의견을 들어야만 하니까요. 그래서 말이 길었습니다. 말씀해보세요."

"그렇군요. 안미선씨와는 어떻게 알게 된 사이입니까?"

"아아, 아까 봐서 아시겠지만, 이 도서관에는 썩 괜찮은 녹음 스튜디오가 있습니다. 그 녹음 스튜디오를 만든 게 작년의 일이었는데, 그때 한 후원자분의 소개로 안피디를 알게 됐지요. 음향 자료를 만드는 방법에 대해서 아는 사람이 없어서 안피디에게 도움을 많이 받았어요."

이관장이 내게 말했다.

"안피디는 지금 미국에 있습니다."

"잘 알고 있습니다. 미국에 가기 전까지 매주 여기에 찾아와 자원봉사 활동을 했으니까요."

"그랬었군요. 그런데 미국에서 제게 우편물이 왔는데, 거기에 관장님에게 전해달라는 CD가 있었습니다. 그래서 처음에는 궁금했어요. 왜 나더러 이 CD를 관장님에게 전해달라고 말했는지."

"하하하, 그거야……"

이관장이 웃으면서 다시 말했다.

12

시력을 상실한 지 일 년이 채 지나지 않았을 무렵, 이관장은 옷을 갈아입기 위해서 장롱을 향해 걸어가다가 누군가 열어놓은 문에 오른쪽 눈을 세게 부딪치면서 안구가 파열되고 말았다고 했다. 가뜩이나 안압이 높아서 눈동자가 물을 가득 채워놓은 풍선이나 다름없었던 상황이었다. 어차피 밤과 낮만 구별하던 눈이어서 그 일로 갑자기 눈앞이 캄캄해진다거나 심리적으로 크게 절망하지는 않았고, 다행히도 상처 부위가 아물기 시작하면서 완전 파열도 면하게 됐다. 하지만 그뒤로 눈동자를 움직일 때면 견딜 수 없이 강한 통증이 느껴졌다. 통증이 심하다고 해도 안압 안정제를 마시고 가만히 두 눈을 감고 누워 젖은 수건을 눈두덩에 올려놓은 채 눈동자를 안정시키며 고통을 견디는 일밖에는 할 수 있는 일이 없었다. 그렇게 안압 안정제를 마시면 의식이 몽롱해지고 정신이 어지러웠다. 현실과 환상을 구별하지 못하고 고통 속에서 언뜻언뜻 망막으로 스쳐지나는 것들에 대해 중얼거렸는데, 그게 다 미치광이의 헛소리처럼 느껴졌다.

과연 미치광이의 헛소리 같은 게 뭐냐고 물으니 이관장은 부족국가 시대였다면 장님 예언자로 추앙받을 만한 그런 소리들이라고 대답했다. "말하자면"이라고 내가 말을 꺼냈다.

"노스트라다무스의 예언시 같은 게 되겠군요."

그 말을 하고 나니 많은 생각들이 내 머리를 스쳤다.

"그렇지요. 불길이 온 세상을 뒤덮고, 땅으로 거대한 뱀이 처박힌다, 뭐 이런 식이라오. 안구가 파열되면 눈동자로 피가 들어차게 되는데, 그때는 붉은 빛이 환한 세상을 물들이는 걸 보게 되지요."

마침내 이관장은 두 가지 길 중 하나를 선택해야만 했다. 하나는 그렇게 일상을 포기하고 고통 속에서 현실과 환상을 온통 뒤섞어버리는 눈동자 속의 압력을 견디는 일이었고, 다른 하나는 시각장애인으로서의 운명을 받아들이고 안구를 적출해 그 고통에서 영원히 해방되는 일이었다. 안구를 적출한다는 건, 시력을 잃었다고는 하지만 강한 빛이나 사람들의 움직임 정도는 희미하게 분간할 수 있으니 앞으로 의학이 발달하면 다시 시력을 되찾을 수도 있으리라는 막연한 희망을 버린다는 뜻이기도 했다. 그 두 길 사이에서 오랫동안 고민한 끝에 이관장은 마침내 안구를 적출하기로 결심했다.

그건 새롭게 태어나는 일이나 마찬가지였다. 프리모 레비가 『이것이 인간인가』에서 인용한 단테의 『신곡』에는 '그리하여 깊고 광활한 바다를 향해 나를 던졌다'는, 오디세우스의 문장이 나오는데, 안구를 적출한 뒤 이관장이 맞닥뜨리게 된 세계를 이보다 더 정확하게 설명할 수 있는 문장은 없었다. 그뒤부터 고통이 없는 광활한 세계가 그의 눈앞에 펼쳐졌다. 그 세계 안에서 시간은 매우 더디 흘렀고, 사물은 존재했다가 한순간 완전히 사라져버리는 일을 반복했으며, 시각적으로 보자면 꿈이 현실보다 훨씬 더 생생했다. 그리고 얼마 지나지 않아 이관장은 자신이 보지 못하게 되면서 시각적 세계가 사라졌듯이 그 시각적 세계 안에서 자신의 몸도 다른 사람들에게 보이지 않는 존재, 투명 인간의 존재, 유령의 존재가 됐다는 걸 알아차렸다.

"내가 보지 못한다는 사실을 알게 되면 사람들은 내가 마치 거기에 없는 것처럼 행동합니다. 마주앉아 있어도 내 얼굴을 보지 않고 말하는 사람들이 대부분이죠. 한번은 몹시 추운 겨울날 목도리를 두르고 밖에 나간 적이 있어요. 내가 지팡이를 두들기고 지나가니까 시각장애인이라는 걸 모르는 사람은 없죠. 바람이 어찌나 세차게 불어대던지. 그때 어떤 아줌마가 나한테 '어차피 앞도 안 보이는데 그냥 목도리로 얼굴을 다 감아버리지, 왜 목만 가리느냐'고 묻습디다. 그럴 수도 있겠다는 생각이 들었어요. 어차피 나는 앞을 볼 수 없으니까. 그 말은 어차피 남들이 나를 볼 수 없으니까, 라는 말과 마찬가지입니다. 그러면 내 존재 자체가 사라져요. 시각장애의 핵심은 내가 사라진다는 점입니다. 보여져야만 존재할 수 있기 때문입니다."

이관장의 설명은 계속됐다.

"안구를 적출한 뒤에도 거기 캄캄한 어둠만이 존재하는 건 아닙니다. 시신경이 아직도 살아 있어서 그런 것인지는 모르지만, 내가 보는 건 완전한 어둠이 아니라 회색, 때로는 분홍빛이 감돌고 때로는 푸른빛이 감도는 회색에 가까워요. 꿈에서는 더욱더 잘 보이지요. 1981년 여름에 제가 알던 시각적 세계는 종말을 고했습니다. 그뒤로 제가 아는 세계는 촉각과 청각으로만 이뤄진 세계입니다. 시각 하나가 사라졌다고 해서 뭐가 다를까 싶지만, 크게 달라요. 지금 제가 있는 세계에는 하늘이 없습니다. 별도 없습니다. 넓게 탁 트인 공간이 제게는 암흑의 공간입니다. 저는 좁은 공간일수록 잘 느끼죠. 예컨대 아아, 소리를 지르면 그 소리가 벽을 타고 반사되는 걸 듣고 그 방의 크기를 짐작할 수 있어요. 거기, 앉아서 얘기를 듣고 있습니까?"

"예, 듣고 있습니다."

"이런 식입니다. 그렇게 목소리를 내어서 대답하기 전까지 당신이 내 앞에 있는지 없는지 나는 알 수 없어요. 청각적으로 봐서는 당신은 지금 존재하지 않습니다. 그러다가 대답하면 '아, 거기 있구나' 그렇게 생각하게 됩니다. 그래서 어떨 때는 혼자 막 떠들고 있는 거죠. 앞에 없는 줄도 모르고. 제가 사는 세계는 그런 세계예요. 하지만 잠을 잘 때는 여전히 많은 것들을 봅니다. 물론 내 무의식 속에 남아 있는 시각적 잔영이겠지만. 꿈속에서는 많은 것들을 봐요. 마찬가지로 이렇게 눈이 멀기 전까지 내가 봤던 것들에 대한 시각적 기억은 희미하나마 아직도 남아 있어요."

이관장은 말을 끊고 문 옆에 정수기가 있으니 물 한 잔만 달라고 했다. 나는 위에 놓인 종이컵에다 물을 받아서 탁자 위에 놓은 뒤, 그의 손을 잔까지 잡아끌었다. 이관장이 잔을 들어 물을 마셨다.

"좋습니다. 잘하십니다. 이렇게 하면 저희는 물을 마실 수 있죠. '거기 앞에 있잖아'라고 말하면 물을 한 모금도 마실 수 없습니다. 길을 걷다가 주차한 차에 부딪치면 '왼쪽으로 가세요'라고 말하는 사람들이 있어요. 우리에게 왼쪽은 무한대의 공간인데 그걸 아는 비장애인들은 드물죠. 어쨌든 하던 이야기를 계속하면, 결국 저는 1981년 여름까지 살았던 시각적 세계에서 한번 죽은 뒤, 시각이 사라진 세계에서 다시 태어난 셈입니다. 그건 마치 전생의 기억을 안고 사는 것과 비슷해요. 누군가 광화문 거리에 대해서 얘기할 때 제가 머릿속으로 떠올리는 광화문 거리는 1981년 여름까지의 광화문 거리죠. 안구를 적출한 뒤에는 전에 한번 가본 곳일수록 다시 가지 않으려는 성향이 생기는데, 그건 혹시라도 제 기억과 다른 부분을 발견할까 두려워서죠. 그건 아마도 성장을 두려워하는 일과 비슷할 테죠. 완강하게 과거의 시각적 잔영만 붙들고 있는 셈입니다. 하지만 그 통에 다른 사람들은 잘 기억하지 못하는 일도 저는 잘 기억합니다. 예컨대 안피디의 아버지에 대해서도 마찬가지였습니다. 안피디의 아버지가 코미디언 안복남씨라는 건 아시겠죠?"

"이번에 편지 받고 알게 됐습니다."

"아, 그렇습니까? 두 사람은 서로 사랑하는 사이인 것 같은데, 안피디는 아버지에 대해서 한마디도 하지 않았군요."

나는 좀 겸연쩍었다.

"지금은 사랑하는 사이라고 말할 수 없습니다만, 어쨌든 그 이전에도 아버지에 대한 이야기를 들어본 일은 없었어요."

"제게 남은 마지막 시각적 잔영에 대해서 설명하다가 국풍81에 대한 이야기가 나왔어요. 그때는 안복남씨가 아직 유명할 때였습니다. 그 안복남씨가 자기 아버지라고 안피디가 말하기에 제가 '그분은 지금 어떻게 됐느냐'고 물었습니다. 안피디는 침을 삼키며 머뭇거리다가 '가족을 버리고 양옥집을 몰래 판 돈을 들고 애인과 함께 미국으로 도망쳐버렸어요'라고 말하더군요. 그래서 제가 말했어요. '저런. 치료를 받아야 했을 텐데, 그렇게 애인과 도망칠 여력이 있었다니요. 연예인이니 돈도 많으셨을 텐데 빨리 치료받았더라면'이라고 중얼거렸습니다. 그랬더니 안피디가 그게 무슨 소리냐고 묻더군요. '아버님은 시력을 잃어가고 있는 상태였는데, 그걸 몰랐나요?'라고 말했더니 '그걸 어떻게 아시나요?'라고 안피디가 되묻더군요. 그래서 말했어요. '그분이 하신 연기를 보면 알 수 있잖아요. 아무리 코미디를 한다고 해도 앞이 어느 정도 보이는 비장애인들은 그런 식으로 계수나무에 부딪치거나 무대에서 떨어지지 못합니다. 그렇게 심하게 부딪치거나 떨어진다면 눈앞이 희뿌연 상태였다고 봐야겠죠', 그랬더니……"

이관장이 말을 멈췄다.

"그랬더니요?"

"그랬더니 안피디에게서 아무런 기척이 느껴지지 않더라구요. 말했다시피 제 앞에서 누군가 얘기하다가 기척을 내지 않으면 마치 눈앞에 있던 사람이 갑자기 사라진 것처럼 당황하게 됩니다. 그래서 간 줄 알았어요. '거기 있습니까?'라고 내가 조심스럽게 물었어요. 그런데도 아무런 대답이 없었어요. 괜히 제 마음이 불안해져서 더듬더듬 손을 뻗었는데, 그랬더니 안피디의 얼굴이 만져지더군요. 새벽, 이슬이 맺힌 풀잎을 만질 때와 비슷한 느낌이었습니다. 젖은 목소리로 안피디가 '예, 저 여기 계속 있어요'라고 말했고, 그렇게 안면 근육이 움직이는 게 제 손끝으로 느껴졌습니다."

13

1982년 10월 8일 오후 여덟시, 이틀 뒤 벌어질 라이트웨이트급 세계 챔피언전을 앞두고 로스앤젤레스에서 국내선 비행기로 환승한 한국인 일곱 명이 라스베이거스 매캐런공항에 도착했다. 그 한국인 일행은 시합을 벌일 권투선수와 그의 코치 등 체육관 관계자들과 국내 프로모터, 그 권투선수의 후원자인 모 그룹의 젊은 회장과 그가 데려온, 알이 두꺼운 검은 테 안경을 낀 중년 남자로 구성돼 있었다. 공항에서 현지 코디네이터가 대기시켜놓은 밴을 타고 중심가인 '더 스트립The Strip'으로 이동하는 동안, 미국 방문길에 카지노를 하기 위해서 라스베이거스를 몇 번 다녀간 적이 있는 젊은 회장을 제외하고는 다들 라스베이거스가 그런 곳일 줄은 상상조차 해본 일이 없다는 듯 입을 다물고 네온사인으로 번쩍이는 밤거리를 바라볼 뿐이었다.

UC버클리에서 금융공학을 전공하는 유학생이었던 그 현지 코디네이터는 조수석에 앉아 몸을 뒤로 비튼 뒤, 그의 표현을 그대로 옮기자면 "마치 다들 이틀 뒤의 비극을 예감하기라도 한다는 듯이" 기이할 정도로 숙연하던 그 분위기를 바꾸기 위해 라스베이거스의 역사와 더 스트립의 호텔들의 특징에 대해서 설명하기 시작했다. 그러다 유학생이 라스베이거스에 왔다가 큰돈을 잃어버린 연예인들, 재벌 2세들, 권력자들과 장성들에 대한 소문을 들려주고 나서야 그 얼어붙은 분위기는 조금씩 풀리기 시작했다. 그러자 흥이 난 유학생은 거짓말을 약간 보태 소문을 과장해서 들려줬고, 그럴 때마다 사람들은 "그게 정말인가?"라거나 "저런!" 따위의 추임새를 넣으며 유학생의 노력에 보답했다.

하지만 모든 사람들이 그에게 호응한 것은 아니었다. 어떻게 생각하면 당연한 일이기도 했지만, 시합을 앞둔, 그 눈매가 매섭고 하관이 빨던 권투선수는 회색 후드를 뒤집어쓰고 시트에 등을 바짝 붙인 채 차창 밖의 현란한 조명이 아니라 흐릿한 주황빛 실내등만 바라보고 있었다. 그 선수의 한 칸 뒷자리에 앉은 중년 남자역시 그저 고개를 숙이고 아래쪽만 바라보고 있었는데, 얼마 지나지 않아 젊은 회장이 자신에게 "저 뒤에 있는 사람이 진짜 코미디언인데, 니가 그래 말을 잘하믄 저 사람은 고만 밥숟가락 놔야겠다"고 말하는 걸 듣고 나서야 유학생은 그가 코미디언이라는 사실을 알았다.

"제가 조국을 떠나온 지가 오래되어서 유명하신 분을 못 알아뵈었네요. 나중에 사인 좀 부탁드립니다. 존함이 어떻게 되십니까?"라며 유학생이 너스레를 떨었다. 하지만 그 코미디언은 그게 자신에게 하는 말인 줄도 모르고 가만히 앉아 있다가 젊은 회장에게 퉁바리를 맞은 뒤에야 더듬더듬 "안복남이라고 합니다"라고 대답했다.

"별주부 양반, 라스베가스에 온께 소감이 어때요? 웃을 일이 아입니꺼? 핫하하."

젊은 회장이 뚱뚱한 몸을 돌려 그 코미디언을 바라보면서 말했다. 코미디언은 창밖을 힐끔 내다보고는 더듬거렸다.

"바, 밝아서 참 좋습니다."

"밝아서 참 좋습니다. 하하핫."

정말 웃긴 이야기를 들었다는 듯이 젊은 회장이 무릎을 치면서 웃음을 터뜨렸다.

"라스베가스에 와가꼬 그런 말이 어데 있나? 밝아서 좋습니다! 우리 김선수 시합하기 전에 긴장 좀 풀게 할라꼬 특별히 여기까지 데려온 양반인데, 달나라까지 갔다 왔다 카민서 우째 코미디가 시차 적응이 좀 덜 되는갑다. 핫하하."

유학생은 자신의 이야기에 호응하지 않았던 그 두 사람, 이틀 뒤 제가끔 자신의 운명이 뭔지 보게 된 그 권투선수와 코미디언을 오랫동안 잊을 수 없었다. 그러니까 그로부터 이십삼 년이 지난 뒤, 학교로 찾아와 "1982년 10월 10일, 라스베이거스에서 무

슨 일이 있었는지 알고 싶어요"라고 말하는 젊은 여자에게 "데스
밸리Death Valley를 가보세요. 꼭 가보세요. 그럼 뭔가를 보게 될 겁
니다"라고 말할 때까지 말이다.

그 이틀 뒤, 시저스팰리스호텔에서 벌어진 타이틀매치의 결과
에 대해서는 많은 사람들이 잘 기억하고 있으니 새삼 여기서 다시
말할 필요는 없겠다. 그 시합은 주말이면 도박을 하기 위해 몇 시
간씩 차를 운전해서 라스베이거스를 찾아와 몇 시간이고 카지노
를 즐기는 미국인들에게는 화려한 복장의 무희들이 펼치는 카니
발 쇼나 조련사를 등에 태우고 모터보트처럼 물위를 달리는 돌고
래 쇼처럼 잠시 머리를 식힐 때 유용한 여흥거리에 불과했다. 그
래서 시합은 머리를 식힐 수 있을 정도만 하고 끝내는 게 가장 좋
았다. 빨리 경기 결과를 보고 나서 다른 도박을 해야만 했으니까.
1라운드에 도전자가 쓰러진다면 좀 아쉽겠지만, 3라운드 정도면
그럭저럭 봐줄 만했다.

하지만 막상 경기가 시작되자 도전자에게는 쉽게 경기를 포기
할 마음이 없는 것 같았다. 경기는 지루할 정도로 길게 이어졌고,
때리는 챔피언도, 맞는 도전자도, 그 잔인한 경기를 계속 지켜보
던 관객들도 모두 지쳐갔다. 경쾌하게 내뻗던 주먹도 점차 그 속
도가 줄어들었고, 춤을 추듯 매트 위를 밟아대던 두 다리도 무거
워졌다. 10라운드가 넘어가면서부터 남한이라는 나라에서 온 사
람들만 빼놓고는 다들 뭔가 잘못되어가고 있다는 사실을 깨닫기

시작했다. 돌고래 쇼처럼 시작된 경기는 점차 악몽으로 바뀌고 있었다. 다들 도전자가 쓰러지기만을 학수고대했다. 그리고 14라운드에 동양의 작은 나라에서 온 도전자는 마침내 링 위에 쓰러졌다. 이미 탈진한 지 오래된 머리가 바닥에 부딪치면서 벌린 입에서 붉게 물든 마우스피스가 허공으로 솟구쳤다. 링을 향해 비추던 그 조명이 도전자가 이 생에서 본 마지막 환한 빛이었을 것이다.

그 시합에 돈을 걸었던 사람들이 챙길 수 있었던 배당금은 많지 않았고, 그들도 애당초 그 사실을 알고 있었다. 말했다시피 그건 쇼에 불과했으니까. 이 말은 그 시합에 돈을 걸었던 사람들은 대부분 돈을 땄다는 얘기다. 그럼에도 그 시합으로 큰돈을 날려버린 사람도 있었다. 이기지 못한다면 죽어서 고국으로 돌아가겠다던 그 선수의 말만 믿고 5,000달러를 도전자에게 걸었던 젊은 회장이 바로 그 드문 케이스였다. 하지만 젊은 회장의 경제적 손실은 거기에서 그치지 않았다. 호텔방으로 돌아온 그는 밀반출해서 들고나온 돈 50,000달러가 없어졌다는 사실을 알게 됐다. 일행 중 자신에게 100달러짜리 신권 500장이 있다는 사실을 아는 사람은 김포공항에서 자기 대신에 그 돈을 들고나온 그 코미디언뿐이었기 때문에, 젊은 회장은 사흘 내내 카지노에 처박혀 코빼기도 보이지 않았던 그를 찾아 더 스트립에 있는 호텔 카지노를 샅샅이 훑었다.

그 두 가지 일로 유학생은 잠시 앉아 있지도 못할 정도로 정신이 없었다. 한편으로는 도전자측의 대변인이라도 되는 양 외국 기자들의 인터뷰에 응해야만 했고, 그런 와중에도 젊은 회장의 성화에 못 이겨 50,000달러를 들고 달아난 코미디언의 행방을 찾기 위해 라스베이거스 경찰 당국에 신고해야만 했다. 라스베이거스에서는 거금을 딴 사람들의 돈을 가로채 달아나는 일이 드물지 않게 일어났으므로 경찰들은 그런 문제를 해결하는 일에 익숙했다. 이틀 전 매캐런공항에 도착한 한국인들은 그날 밤 뇌사 상태에 빠진 도전자와 함께 다시 비행기를 타고 로스앤젤레스로 돌아갔다. 돈을 잃어버린 젊은 회장 역시 거기서 더이상 시간을 지체할 수 없었기 때문에 함께 돌아가야만 했다. 그는 50,000달러 정도는 카지노에서도 잃을 수 있는 돈이니 크게 개의치 않지만, 자신을 배신한 것만은 용서할 수 없으니 그 코미디언을 꼭 잡아야겠다고 유학생에게 말했다. 그는 유학생에게 며칠 더 라스베이거스에 머물면서 수사가 어떻게 진행되는지 꼭 체크해서 자신에게 보고해달라고 말했다. 만약 그 코미디언이 잡힌다면, 그가 수중에 얼마를 들고 있든 간에 그 절반을 유학생에게 주겠노라고 그는 약속했다. 이미 그 코미디언이 한국에서 들고 온 돈을 카지노에다 쏟아부었다는 사실을 알고 있었던 유학생으로서는 젊은 회장의 돈마저 다 날려버리기 전에 코미디언을 잡아야만 했다.

하지만 그 코미디언이 훔쳐간 돈만은 도박에 사용하지 않았다는 사실이 이내 밝혀졌다. 다음날 아침, 유학생은 미국 경찰 두 명과 함께 라스베이거스에서 로스앤젤레스 방향으로 이십오 마일 정도 떨어진 고속도로 옆 사막에 거꾸로 처박힌 렌터카를 보러 갔다. 가는 차 안에서 경찰은 그 렌터카 안에서 발견된 대여 관계 서류를 유학생에게 건네며 전날 경기장에서 쓰러진 한국 권투선수의 용태에 대해 물었다. 당시 이미 남의 손에 넘어간 한국의 이층 양옥집 주소와 함께 'BOK NAM AHN'이라는 이름이 적힌 서류를 들여다보면서 유학생은 "지금쯤 아마 죽었을 것"이라고 대답했다. 렌터카는 조슈아 트리 사이에 전복돼 있었다. 그 차의 앞부분은 달의 풍경이라고 해도 믿을 만큼 황량해 보이는 사막을 향해 있었다. 렌터카에는 50,000달러가 없었으므로 경찰들은 그가 고속도로를 지나가는 차를 히치하이크해서 라스베이거스를 빠져나갔을 것이라고 추정했다. 유학생은 렌터카에서 사막 방향으로 세 걸음 정도 떨어진 곳에서 안복남씨가 끼고 있던 안경을 집어들면서 아마도 히치하이크했을 것 같지는 않다고 말했다. 유학생은 도저히 믿기지 않는다는 듯 아침햇살을 받아 노랗게 물든 사막을 바라봤다. 차마 경찰들에게 안경을 끼고도 가까운 곳만 겨우 분간하던 그 사람이 사막을 향해 걸어간 게 분명하다고는 말할 수가 없었다.

14

우리는 음향자료실에 나란히 앉아서 CD에서 흘러나오는 목소리에 귀를 기울였다. CD는 그녀가 비디오테이프에서 옮겨놓은 아버지의 목소리들, 예컨대 "지구 연들아, 이제 안녕. 오빠는 달로 간다"라거나 "웃을 일이 아니에요" 같은 우스갯소리로 시작했다. 그다음부터는 1982년 그 권투선수와 함께 라스베이거스로 갔던 사람들의 증언이 흘러나오기 시작했다. 몇 번의 부도와 재기를 오가며 사기 전과 8범의 처지로 서울에서 개인택시를 운전하고 있는 '젊은', 하지만 이제는 머리칼이 하얗게 세어버린 회장, 아직도 10월 10일이면 무슨 일이 있더라도 죽은 선수를 대신해 생전에 그가 그렇게 좋아하던 쇠갈비를 구워서 억지로 삼킨다는 코치, 유학에서 돌아온 뒤 모교에서 교수로 재직중이던 코디네이터 등의 증언이 흘러나왔다. 아버지와 관계된 이야기인 한, 그녀는 그 누구의 목소리도 편집하지 않았다.

거기에는 "이런 말 하믄 서운하다고 생각하겠지만서두 당신 아버지는 내 원수다. 그때부터 내 운이 종말을 고했단 말이다"라거나 "있었지. 장회장이 데려왔지. 그게 다지" 등과 같은 목소리뿐만 아니라 기계류가 작동하면서 내는 잡음, 멀리서 들려오는 사람들의 대화, 빠른 속도로 지나가는 발걸음, 열렸다가 이내 닫히는 문, 오랫동안 저 혼자서 울리는 전화벨 등이 고스란히 담겨 있었다. 이

따끔 아무런 소리도 들려오지 않을 때도 있었다. 그럴 때면 이관장과 나는 가만히 앉아서 다시 누군가의 목소리나 주위의 소리가 들려올 때까지 기다려야만 했다. 그러는 동안, 창에 드리운 블라인드로는 기울어가는 햇살이 노랗게 물들었고, 골목길에서 뛰어놀던 아이들의 목소리가 점점 멀어졌다. 나는 이어지다가 끊어지고, 다시 이어지다가 끊어지는 사람들의 목소리가 참 고독하다고 생각했다. 나는 두 눈을 감고 그 목소리들에 귀를 기울이다가 이관장에게 "불을 꺼도 괜찮겠습니까?"라고 말했다. 전자식 손목시계에 달린 버튼을 누르면서 "왜, 지금 방안이 어둡습니까?"라고 이관장이 내게 되물었다. 시계에 내장된 여자 목소리가 "지금 시각은 오후 여섯시 삼십오분입니다"라는 문장을 만들었다. "아니, 지금 불은 켜져 있습니다. 꺼도 괜찮겠느냐고 물었습니다"라고 내가 말했다. "저야 아무런 상관이 없습니다"라고 이관장이 대답했다.

나는 일어나 방안의 불을 껐다. 아직 빛이 드문드문 남아 있는 성긴 어둠이 방안에 들어찼다. 목소리들은 이십사 년 전 라스베이거스에서 50,000달러를 들고 사라진 코미디언에 대해 때로는 유창하게, 때로는 잘 기억나지 않는다는 듯, 때로는 여전히 분노를 이기지 못해, 때로는 그 일이 여전히 혼란스럽다는 듯 더듬더듬 증언하고 있었다. 나는 가만히 앉아서 저마다 빛을 발하는 CD플레이어와 앰프와 콘솔의 불빛들을 바라보다가 이윽고 두 눈을 감았다. 두 눈을 감으니 졸린다는 생각이 들 즈음, 처음으로 그녀의 목소리가 나왔다. 2006년 10월 8일, 그녀는 차를 한 대 빌려서 혼자서 라스베이거스를 향해 출발한다고 말했다. 운전석에 앉은 그녀는 자신이 타고 가는 도로의 번호와 자신이 반드시 지나가야만 하는 도시 이름을 중얼거렸다. 580번을 타고 가다가 5번으로, 다시 베이커즈필드에서 58번으로, 모하비를 거쳐 바스토에서 15번으로. CD에는 버클리에서 라스베이거스로 가는 여덟 시간 동안, 그녀가 녹음기를 켰다가 끄는 흔적이 고스란히 남아 있었다. 나는 무덤덤한 그녀의 목소리 사이에서 자동차의 엔진소리를, 틀어놓은 라디오 소리를, 창을 스쳐가는 바람소리를, 그녀의 기침 소리를 들었다. 나는 쭉 뻗은 길의 좌우로 펼쳐진 사막을, 꿈결처럼 부드럽게 오르내리는 도로의 굴곡을, 열어놓은 창으로 들어오는 공기의 서늘함을 들었다. 나는 어느 날 사막에서 실종된 한 남자의 고독을, 그 남자를 이해하기 위해 사막을 향해 달려가는 한 여자의 욕망을, 그리고 그 남자와 그 여자가 보게 될 사막의 빛과 어둠, 열기와 서늘함, 고독과 슬픔을 들었다.

그리고 다시 녹음기를 껐다가 켜는 기척이 들렸다. 저 멀리에서 자동차 한 대가 달려오는 소리가 들리는가 싶더니 이내 다가온 속도 그대로 우리에게서 멀어졌다. 자동차 소리가 사라지니 실내는 문득 고독해졌다. 처음과는 약간 다른 종류의 고요가 찾아왔다. 누군가 낮은 음으로 휘파람을 불어대는 소리 같기도 하고, 한 오백 미터 정도 떨어진 곳에서 파도가 치는 소리 같기도 하고, 코요

테가 밤하늘을 향해 울부짖는 소리 같기도 한 바람소리가 들렸다. 아주 오랫동안, 지루할 정도로 길게 바람소리는 계속 이어졌다. 그녀는 지금 어디에 있는 걸까 하는 의문이 들 즈음, 그녀의 목소리가 불쑥 등장하더니 "지금, 보이세요?"라고 물었다. 그 목소리는 젖어 있었다. 하지만 그녀의 목소리는 그게 다였고, 십오 분 가깝게 규칙적으로 마이크를 스쳐가는 바람소리만 계속 이어지다가 어느 결엔가 모든 소리는 사라지고, 우리는 어둠과 침묵 속에 앉아 있었다.

CD는 멈춰 있었고 양쪽 스피커에서는 아무런 소리도 들리지 않았다. 우리는 미동도 하지 않고 그대로 앉아 있었다. 한참 있다가 "아무래도"라고 말하며 이관장이 입을 열었다.

"다시 한번 더 들어보는 게 좋겠죠?"

"그래야 할 것 같네요. 관장님은 뭔가 보이십니까?"

"그러지 말고 일단 다시 들어봅시다."

나는 두 눈을 뜨고 자리에서 일어나 CD플레이어를 향해 걸어간 뒤, 연주 시간이 표시되는 부분의 숫자를 바라보면서 빨리 감기 버튼을 눌렀다. 몇 번 시행착오를 거친 끝에 나는 그녀 혼자서 라스베이거스를 향해 출발하는 부분을 찾아냈다. 그녀는 한번 더 580번 도로를 타고 가다가 5번으로, 다시 베이커즈필드에서 58번으로, 모하비를 거쳐 바스토에서 15번으로 갈아탄 뒤 라스베이거스에 도착했다. 그리고 바람소리가 계속 지루하게 이어진다고 생각할 즈음에 그녀가 등장해 "지금, 보이세요?"라고 물었다.

　나는 규칙적으로 들려오는 바람소리에 귀를 기울였다. 어둠과 침묵 속에서 밤의 사막, 그리고 전복 사고로 안경을 잃어버린 한 코미디언의 모습이 보일 때까지. 이제 시작도 끝도 없이 광활한 사막에 혼자 남게 된 그가 고개를 두리번거리다가 마침내 환한 빛의 세계를 향해 걸어가는 모습이 보일 때까지. 그가 걸어가는 길의 먼 끝 지평선에서부터 사막의 벌거벗은 윤곽이 밝게 드러날 때까지. 그가 그 밝은 길을 따라 걸어가 마침내 다다르게 될 그 둥근 원이 떠오르게 될 때까지.

　"아, 이건 만월이군요. 맞지요?"

　이번에는 눈을 감지도 않은 채, 내가 중얼거렸다. 이관장에게서는 아무런 대답도 들리지 않았다. 나는 혼자서 더없이 밝고 환한 보름달을 마주보고 있었다. 거기에는 나 혼자뿐이었다.

(2007)

깊은 밤, 기린의 말

1. 엄마와 아빠는 우리를 동물원에 버리려고 한 적이 있었다

태호가 '기린'이라는 말에 반응을 보일 때부터 자기는 눈치채고 있었다고 진희가 말했다. 태호가 그날을 기억한다는 사실을. 진희는 절대로 그날을 잊지 못하겠다고 하던데, 글쎄, 나는 잘 모르겠다. 하얀 벚꽃들, 그 그늘 길이 환하던 봄날이었다는 것만 생각날 뿐. 대공원 입구가 꽃구경을 하러 온 사람들의 검은 머리통으로 빼곡했다. 인파에 밀려 꽃길을 따라 한참 걸어가니 동물원이 나왔다. 아빠가 입장권을 끊었다. 엄마와 쌍둥이인 우리 것까지. 태호는 그때 유아차에 누워 있었으니까 당연히 무료입장이었다. 우리는 하얀색 원피스에 우스꽝스러울 정도로 굵은 금목걸이를 하고 유아차 손잡이를 잡고 선 엄마의 양쪽에 서서 기념사진을 찍었다.

동물원 입구에 세운 플라스틱 동물 인형 앞이었다. 너구리인지 다람쥐인지 원숭이인지. 그건 태호의 첫 동물원 방문 기념으로 찍은 사진이었는데("아니, 마지막으로 우리 모습을 남기려고 찍은 사진이라니까!") 이제 우리의 마지막 동물원 방문 기념사진이 됐다. 그뒤로 우리 가족이 함께 어딜 놀러간 적은 한 번도 없었으니까. 그게 벌써 오 년 전의 일이다.

"처음에는 얼룩말이었잖아, 맞지? 난 다 기억해."

진희가 태호에게 말했다. 태호는 발을 끌면서 걸었다. 태호의 걸음에 맞추느라 걷는 속도가 느렸다. 밤 열두시가 가까워지고 있었다. 그렇게 늦은 시간에 집밖으로 나간 적은 한 번도 없었기 때문에 그 밤의 모든 것들이 신비롭고 생생하고 두려웠다.

"아니야, 홍학이었어. 홍학들이 서 있어서 연못이 빨갛게 보였잖아."

태호 대신에 내가 대답했다.

"그랬나? 아닌데. 홍학들이었나? 태호야, 맞니? 네가 제일 잘 기억할 것 같아. 당한 사람은 너니까."

태호는 아무런 대답이 없었다.

"홍학이었어. 홍학, 맞아. 그리고 그다음이 기린이었어."

'기린'이라는 말이 나오자, 태호가 좋아했다. 나는 계속 말했다.

"그때 입구에서부터 엄마가 싫은 기색으로 말한 거 기억나? 이게 뭐야? 동물원이야, 사람원이야? 그래서 아빠가 대답하기를……"

우리는 동시에 외쳤다.

"사람도 동물이잖아!"

태호 역시 그런 것들을 다 기억하는 것일까? 홍학을 구경하고 조금 더 걸어갔더니 기린이 나왔다. 멀리서 걸어갈 때는 기린의 얼굴이 보였는데, 가까이 다가가니 어른들에게 가려 잘 보이지 않았다. 아빠는 병풍처럼 늘어선 사람들 뒤에 유아차를 세우고 태호의 양쪽 겨드랑이를 두 손으로 잡아 높이 치켜들었다. 그러더니 아빠는 다시 태호를 안아 몸을 반대로 돌린 뒤 목말을 태우며 "저기린 봐라. 먹을 걸 안 주는지 삐쩍 말랐다"라고 말했다. 사람들에게 가려 기린을 볼 수 없게 된 우리 쌍둥이는 아빠의 어깨 위에 올라탄 태호가 부러웠다. 지금이나 그때나 태호는 아무 말도 하지 않았다. 울지도 않았다. 버둥거리지도 않았다. 기린을 바라보지도 않았다. 그저 밀가루를 채운 검은색 비닐봉지처럼 태호는 아빠의 뒤통수에 붙어 있었다. 조금 더 걸어가니 우리 눈에 다시 기린이 보였다. 기린은 멀리서 우리 쪽을 바라봤다. 우리는 기린에게 손을 흔들었다. 기린은 아무것도 흔들지 않았다. 기린은 아무 말도 하지 않았다.

그다음에 우리는 어린이동물원이라는 곳에 있었다. 코끼리를 닮은 미끄럼틀, 낙타 모양의 스프링 의자, 정글처럼 생긴 콘크리트 미로 등이 기억난다. 토끼와 햄스터와 염소처럼 순한 동물들도 몇 마리 있었다. 걸어다니며 심심찮게 울어대던 검은 수탉도 있었다. 우리 셋은 거기 한쪽에 있는 모래밭에 앉아 있었다. 엄마와 아빠는 조금 걷고 오겠다며 자리를 비웠다. 그 일 때문에 진희가 자꾸 우기는 것이다. 모래장난을 할 나이는 지났기 때문에 우린 벤치에 앉아 있었다. 한참 새들을 올려다보는데 태호가 좀 이상하다고 진희가 말했다. 모래를 뿌리며 놀던 태호는 고개를 돌리고 우리를 빤히 쳐다보고 있었다. 그러더니 고개를 외로 돌린 그 자세 그대로 모래밭을 향해 앞으로 넘어졌다. 마치 머리통이 너무 무거워 이젠 더이상 감당할 수 없다는 듯이. 장난치는 것 같아서 우리는 넘어가는 태호를 그냥 보고만 있다가 쓰러진 뒤에는 손뼉을 치고 깔깔대고 웃었다. 태호는 모래밭에 얼굴을 묻은 채 가만히 누워 있었다. 누군가 버리고 간 곰 인형처럼. 엄마와 아빠는 한참이 지나도록 돌아오지 않았다. 태호가 이상해 소아과에 정밀 검진을 받으러 가기 하루 전의 일이었다.

"엄마하고 아빠는 그때 우릴 버리려고 했던 거야. 그렇지 않으면 동물원에 갈 사람들이 아니거든. 엄마는 지금까지 동물에 관한 시는 한 편도 쓴 적이 없어. 아빠는 동물원의 동물들은 모두 정신병에 걸렸다고 늘 우리한테 얘기했었고."

"아빠가 동물을 싫어하는 건 사실이지. 기린도 싫어했어. 하지만 우린 동물이 아니잖아. 아빠의 아들딸이잖아."

"잊었어? 사람도 동물이야!"

진희가 외쳤다.

"구차하다는 생각이 들 정도로 정확하게 얘기해야 해. 그렇다고 우리까지 버릴 이유는 없어."

'태호만 버린다면 또 몰라도.' 구차하다는 생각이 들 정도라면 거기까지 말해야만 했지만, 태호가 듣는 데서 그런 말을 할 수는 없었다. 게다가 말하지 않아도 진희는 내가 하려는 말이 뭔지 알고 있었다.

"우리한테 태호를 부탁하려던 것이겠지. 사실 엄마 아빠보다는 우리가 나아."

"하긴 우리가 없으면 태호는 하루도 못 살 거야. 엄마는 얘 때문에 죽겠다 죽겠다 하지만 제일 오래 살 것 같고. 아빠는 잘 모르겠다. 너무 불평이 많으니까."

"우리가 없어지면 오래 살 거야. 엄마한테는 아빠가 필요해. 우리 셋은 없어지는 게 더 좋아."

"아아, 허무한 소리 좀 그만해. 없어지는 게 더 좋다니. 그건 네 생각일 뿐이야."

"기린이라면 지금쯤 내 말이 무슨 뜻인지 이해하겠지. 어서 기린을 우리가 구해야 돼."

"아무튼 빨리 기린한테나 가자. 가자, 태호야."

우리는 태호를 바라봤다. 태호는 눈부시도록 환한 로터리를 보고는 좀 당황하는 눈치였다. 우리는 태호가 우리 손을 뿌리치고

도로로 뛰어들까봐 걱정이었다.

2. 단 하나의 희망은 돌멩이처럼 단단해진다

엄마가 좋아, 아빠가 좋아? 참으로 오래된 만큼, 아이들에게 던질 수 있는 가장 명청한 질문이다. 누군가 그렇게 물어본다면 우리는 좀 망설일 것 같다. 엄마는 자신이 옳다고 생각하면 누구의 말도 듣지 않고 끝까지 그 길을 향해 걸어가는 고집불통이었고, 아빠는 세상에 대한 불평불만으로 가득찬 비관주의자였다. 그런 엄마와 아빠 사이에서 태어난 우리는 두 개의 달처럼 어두운 가정의 한 귀퉁이를 맴돌고 있다. 그러니 우리는 기필코 밝고 환해야만 한다. 그래서 우리는 일단 엄마도 좋고, 아빠도 좋다고 대답하리라. 왜 좋은지 그 이유는 그다음에 찾아도 된다. 아빠의 장점이라면? 말하자면 현명하고 정의롭다고나 할까. 아빠는 손톱만큼도 다른 사람 때문에 손해를 보는 일이 없는 현명한 사람이자, 대학생 때부터 사회의 불의를 보면 견디지 못하는 성격이었다. 이게 장점인지 단점인지는 우리도 잘 모르겠으나. 여기 두 군데의 소아과에서 전반적 발달장애 의심이란 진단이 태호에게 떨어지고 난 뒤, 아빠가 쓴 행동 지침이 있다. 우리는 이 지침을 '우리 가족의 역사책'에 보관했다.

_완치 같은 말은 잊자. 그건 너무 아름다운 말이다. 너무 아름다운 건 진실하지 못하다.

_구차하다는 생각이 들 정도로 정확하게 얘기하자. 지금 태호는 깊은 우물 속에 빠져 있다. 우리 목소리는 거기까지 가닿지 않는다.

~~_이 이야기는 지루할 정도로 길어질 것이다. 아마 평생에 걸친 이야기가 될 것이다.~~

_먼저 인내심을 기르자. 상상력을 발휘하자. 감각을 일깨우자. 매일매일 관찰하자. 우리의 말들을 전하자. 우리가 지금 여기에 있고, 너를 도울 수 있다는 그 말들을.

_우리 모두 태호가 되자.

하지만 그 지침과 달리 진단 초기 아빠는 전혀 인내심을 발휘하지 못했다. 아빠는 닥치는 대로 관련 서적을 사들이고, 창이 열리는 대로 인터넷 사이트를 읽었다. 곧 아빠에게는 조금의 지식이 생겼다. 아빠는 한국의 의사들은 토끼보다도 못한 겁쟁이들이어서 손톱만한 책임이라도 피하는 데에만 급급하며 한국의 병원은 시장 장사치들보다 못한 사기꾼들이 운영하기 때문에 음식만 가려 먹어도 고칠 수 있는 환자들을 외래로 돌려 평생 약장수질을 한다고 비판했다. 그때 아빠에게는 막연하나마 가장 많은 희망이 있었다. 그러나 병에 대해 더 깊이 알아갈수록 아빠의 희망은 점점 더 줄어들었고, 또 그만큼 단단해졌다. 여러 개 중 하나의 희망이라면 이뤄져도 그만, 안 이뤄져도 그만이겠지만, 거기 단 하나의 희망만 남는다면 그건 돌멩이처럼 구체적인 것이 되리라. 그리하여 하얀 구름이 검은 하늘을 하염없이 떠다니던 10월의 어느 밤, 아빠는 식탁에 앉아서 엄마에게 그 단 하나의 희망에 대해 말했다.

"이 책에 이렇게 쓰여 있어. '이 시점에 이르러 부모는 대개 아이보다 하루라도 더 살 수 있기를 간절하게 소망한다.' 아이가 자기보다 하루라도 먼저 죽기를 애타게 바라는 부모가 이 세상에 있으리라고는 한 번도 상상한 일이 없었어. 그런데 이제 내가 그런 아빠가 됐네. 우리에게 남은 희망이라고는 이게 전부네."

그리고 아빠는 비명을 지르듯 짧게 울었다.

3. 나 보이니? 예뻐? 엄마, 예뻐? 내가 네 엄마야

엄마는 혼자서 중얼거리기 시작했다. 엄마는 다니던 출판사에 사직서를 제출한 뒤, 태호를 뒷좌석에 태우고 대학병원을 뻔질나게 드나들었다. 집밖으로 태호를 데려가려면 한바탕 전쟁을 치러야 했다. 뒷좌석 카시트에 앉아서도 태호는 발버둥을 치고 소리를

질렀다. 벌린 입에서는 침이 쉴새없이 흘러내렸다. 엄마는 일단 마음먹고 일을 시작하면 어떤 난관에도 굴하지 않기 때문에 그 침에 대해서 충격을 받거나 놀라지 않았다. 대신에 엄마는 태호에게 또박또박 얘기했다.

태호야, 옷을 적시기 위해서 침을 계속 흘릴 필요는 없어.
태호야, 얼굴 전체로 말하지 않아도 돼.
태호야, 엄마는 웃는 얼굴만 알아봐.
태호야, 세게 말한다고 듣는 사람이 새겨듣는 건 아니야.

하지만 태호는 엄마의 말에 전혀 귀를 기울이지 않았다. 그렇다면 그 말들은 참 외롭고 슬프다고 해야만 할 텐데, 그렇다면 그 말들을 하는 사람도 참 외롭고 슬퍼야만 할 텐데, 그 말들도 엄마도 외롭거나 슬프지 않았다. 엄마는 태호가 자기 말을 알아들을 때까지, 그리고 설사 태호가 자기 말을 알아듣지 못한다고 해도 계속 중얼거릴 생각이었다. 병원과 집을 오가는 자동차 안에는 엄마가 중얼거리는 단어와 문장이 가득했다.

한번은 유리창에 머리를 계속 부딪치는 태호를 말리기 위해서 오른손을 뒤로 뻗은 적이 있었다고 엄마가 말했다. 엄마가 몸을 뒤로 돌리면서, 자동차는 중앙선을 넘어서 마주 오는 차를 향해 달렸다. 앞쪽과 뒤쪽에서, 거의 동시에 경적이 울렸다. 물을 끼얹

듯 마주 오던 차의 상향등 불빛이 번쩍였다. 정신을 차린 엄마는 가까스로 원래의 차선으로 자동차를 돌렸다.

"그때, 어떤 생각이 내 심장을 움켜잡는 것 같았어."

"무슨 생각?"

우리가 입을 모아 물었다.

"좋은 생각. 그냥 그렇게, 태호와 둘이 죽어도 좋겠다는 생각. 태호가 없다면 내겐 일 초도 영원이나 마찬가지야. 네 아빠는 태호보다 하루를 더 사는 게 소원이라던데, 난 일 초도 더 살고 싶지 않아."

얼굴빛 하나 바꾸지 않고 엄마가 말했다.

"잠깐만. 나는 좀."

거북한 표정으로 진희는 자리에서 일어나 방으로 들어갔다. 잠시 후, 내 코끝이 빨개졌다. 하지만 그걸 아는지 모르는지 엄마는 그런 순간에도 계속 태호에게 말을 걸었다고 태연스레 얘기했다.

태호야, 방금 우리가 죽었으면 난 너의 엄마도 아니고, 넌 나의 아들도 아니게 됐을 거야.

태호야, 몸이 찢어지는 고통은 오래가지 않을 거야.

태호야, 넌 당장 죽을 수도 있어.

태호야, 하지만 넌 원하는 만큼 살 수도 있어.

여전히 뒷좌석에 앉은 태호는 전혀 귀를 기울이지 않는, 그런데도 외롭거나 슬프지 않은 말들. 그러다가 문득 엄마는 차 안이 조용해졌다는 사실을 알아차렸다. 뒤쪽을 보려고 룸미러를 들여다보다가 엄마는 소리를 지를 뻔했다. 거기 거울 안에서 태호가 엄마를 빤히 쳐다보고 있었다. 너무나 멀쩡한 눈빛으로, 지금까지 한 이야기들을 다 듣고 있었다는 듯이. 저도 죽는 줄 알고 깜짝 놀라서 저러는 걸까? 그렇게 생각하며 엄마는 그 착하고 예쁜 눈망울 속으로 빠져들었다. 그러면서도 엄마는 중얼거렸다. 말들이 넘치면 그 말들은 언젠가 깊은 우물 속의 어둠에도 이를 테니까.

태호야, 나 보이니? 예뻐? 엄마, 예뻐? 내가 네 엄마야. 내가 태호 엄마야.

널 만나서 무척 반가워. 사랑해, 태호야.

내 이름은 정희영······

이번에는 태호의 작은 두 귀가 그 말을 듣는 것 같았다. 그러자 그 말들이 갑자기 외롭고 슬프게 들려 엄마는 말을 다 끝맺지 못했다. 엄마는 부끄러웠단다. 병원 대기석에서, 주차장 정산소에서, 마트에서 미친 여자처럼 중얼거렸던 게. 그다음에는 해일처럼 한없이 슬픔이 목까지 차오르는 것 같았단다. 그렇게 일 년 정도 태호는 엄마의 중얼거림을 들으며 병원을 찾아가 언어 치료와

놀이 치료를 받았다. 그 일 년이 지나는 동안, 엄마는 그때까지 자신이 뭔가를 진심으로 인내한 적은 한 번도 없었다는 사실을 깨달았다. 인내심이란 뭔가 이뤄질 때까지 참아내는 게 아니라 완전히 포기하는 일을 뜻했다. 견디는 게 아니라 패배하는 일. 엄마가 알아낸 인내심의 진정한 뜻이 그게 맞다면, 그 일 년이 지난 뒤부터 엄마는 진짜 인내하게 됐다. 진단 초기에만 해도 '엄마' '맘마' '어부바' 같은 간단한 말 정도는 할 수 있었던 태호는 이제 아무 말도 하지 못하는, 혹은 하지 않는 아이가 됐으니까.

4. 진희는 방으로 들어가 이불을 뒤집어쓰고 울었다

우리는 한 번도 태호가 이상한 아이라고 생각하지 않았다. 다른 사람처럼 말하지 않는다고 해서 이상한 아이라고 한다면, 우리역시 이상한 아이들일 테니까. 진희와 나는 태어날 때부터 말하지 않고도 서로 마음을 알 수 있었다. 어떻게 아는 것인지는 나도 모르겠다. 쌍둥이라서 그런 것 같다. 그냥 진희가 슬퍼하면 내 마음도 슬퍼졌다. 그래서 엄마의 이야기를 듣는 동안, 엄마가 우리보다 태호를 더 많이, 그리고 더 깊이 사랑한다는 사실 때문에 진희가 슬퍼한다는 걸 나는 느낄 수 있었다. 그러면 안 된다는 걸 알지만, 태호가 없는 세상에서는 일 초도 더 살아가지 않겠다는 엄마에게 진희는 배신감이 들었던 것이다. 진희만큼 확실하진 않았지만, 태호의 마음도 느껴질 때가 있었다. 어쨌든 우린 가족이고, 태호는 우리 동생이니까. 태호는 평범한 사람들과는 다른 방식으로 마음을 전할 뿐이었다. 그게 어떤 방식이냐면, 아마도 기린과 태호가 말하는 방식이 아닐까?

작년 여름, 엄마는 무척 지쳐 있었다. 밤만 되면 잠자지 않으려는 태호 덕분에 엄마의 두 눈 주위에는 다크서클이 떠나지 않았다. 우리가 듣는 앞에서도 죽고 싶다는 말을 서슴없이 내뱉던 여름이었다. 진희도 이젠 아무렇지도 않은 듯 시샘 없이 그런 말을 흘려들었다. 그러던 어느 밤, 엄마는 드라이브를 하고 오겠다며 자동차 열쇠를 들고 태호와 함께 나갔다. 드라이브? 그것도 이 밤에 태호와? 우리의 의심을 사기에 충분한 드라이브였다. 우리는 아무래도 드라이브를 하러 간 게 아닌 것 같다고 서로 얘기했다. 마침내 우리가 아파트 주차장으로 달려갔을 때, 엄마의 차는 붉은 불빛을 남기며 아파트를 빠져나가고 있었다. 가지 말라고 목이 빠져라 우리가 외치는데도 엄마는 듣지 못했다. 집으로 돌아온 진희는 방으로 들어가 이불을 뒤집어쓰고 울었다. 진희가 무슨 생각을 하는지 다 느껴졌다. 눈앞에 보이는 듯 생생했다.

망울진 불빛들이 너울거리며 엄마와 태호가 탄 승용차 뒤로 날아간다. 밤의 도로에는 근무를 마치고 퇴근하는 승용차와 짐을 잔뜩 싣고 밤새 달릴 예정인 화물차와 피곤한 입석 손님들이 줄지어 선 좌석버스 들로 가득하다. 엄마는 어떤 차를 고를까 생각하며 반대 차선에서 달려오는 자동차들을 하나하나 살핀다. 도로는 도심의 바깥으로 길게 휘어졌다. 길의 끝으로 구름들이 몰려든다. 그리고 빗방울이 하나둘 떨어진다. 엄마는 자신이 살아온 삼십팔 년 인생을 회상한다. 화창한 나날도 있었고, 비바람이 몰아치던 날도 있었다. 쌍둥이를 낳을 줄은 정말 몰랐고, 태호처럼 눈이 예쁜 아들을 만난 것도 행운이라고 생각한다. 태호가 아니었다면, 죽을 만큼 누군가를 사랑해본 경험도 없이 엄마는 이제 세상을 하직하는 셈이 되니까. 아아악! 안 돼! 엄마!

두려움과 공포의 시간이 지난 뒤 마침내 엄마와 태호가 현관문을 열고 들어왔을 때, 우리는 죽었다가 되살아난 사람들을 보듯이 반가워하며 엄마에게 가서 매달렸다. 그런데 이상한 것은 저승에 갔다 온 사람들에게서 어딘가 맛있는 냄새가 났다는 점이었다.

"어, 이게 무슨 냄새야?"

진희가 물었다.

"냄새가 나니? 태호랑 둘이 프라이드치킨 먹고 왔거든."

"어째서, 태호랑 둘이만?"

"태호가 프라이드치킨 좋아하잖아."

진희가 두 주먹을 쥐고 부들부들 떨면서 말했다.

"엄마, 나도 프라이드치킨 좋아하거든!"

진희는 방으로 뛰어갔다. 거기서 진희가 무엇을 했을지는 이제 쌍둥이가 아니어도 짐작할 것이다. 약간 미안한 얼굴로 엄마는 강변까지 자동차를 몰고 갔다고 했다. 거기 둔치 주차장에 주차한 뒤, 차 안에 앉아 강 저편 아파트 단지의 불빛들을 바라보며 중학교 시절에 품었던 다채로운 장래의 꿈들에 대해 생각했다. 제일 먼저 아나운서가 되고 싶었고, 그다음에는 만화가였다. 그즈음, 성장호르몬이 집중적으로 분비되면서 장래희망이 들쑥날쑥했다. 하루는 꽃집 주인이 되는 게 꿈이라고 말했다가 그다음날에는 외교관이라고 했다. 그러다가 중학교를 졸업할 무렵이 되어 비로소 시인이 되는 꿈을 꾸기 시작했다. 하지만 엄마는 시인이 되지 못하고 결국 내성적인 쌍둥이와 말 못하는 자폐아의 엄마가 됐다. 어떤 여중생이 나중에 어른이 되면 내성적인 쌍둥이와 말 못하는 자폐아의 엄마가 되려는 꿈을 꾸겠는가. 엄마는 자신의 인생이 완전히 실패했다 생각했다. 엄마는 다시 시동을 걸었다.

그렇게 해서 도착한 곳이 시내 로터리 부근의 치킨집이었다. 엄마는 프라이드치킨을 한 마리 시켜서 태호와 나눠 먹었다. 프라이드치킨은 밥을 무척이나 싫어하는 태호가 가장 좋아하는 음식이었다.("나도 프라이드치킨 좋아하거든!" "알았어. 알았어.") 그러니 엄마와 태호가 사이좋게 나눠 먹었다는 말은 절대로 못하겠다. 태호가 프라이드치킨을 먹는 걸 한 번이라도 본 적이 있다면 내 말이 무슨 뜻인지 알 것이다. 태호를 둘러싼 일상사가 대개 그렇듯, 그것 역시 일종의 전쟁이다. 하지만 그날은 엄마 역시 지지 않겠다는 기세로 프라이드치킨을 뜯어먹었다고 한다. 한 마리의 치킨이 순식간에 사라졌다. 뼈까지 다 씹어 먹을 수도 있을 것 같았다고 엄마는 말했다. 닭고기를 뜯어먹으며 두 사람은 서로를 끔찍하게 미워했다. 그렇게 프라이드치킨 한 마리를 다 먹고 난 뒤, 둘은 서로를, 혹은 적어도 엄마는 태호를 받아들였다. 엄마는 차를 몰고 다시 집으로 돌아왔다.

5. '우리 가족의 역사책'에 우리는 엄마의 글들을 모으기 시작했다

맹렬하게 프라이드치킨을 먹고 돌아온 뒤부터 엄마는 밤이면 식탁에 앉아 뭔가를 쓰기 시작했다. 처음에는 그냥 끄적이는 글 같은 것이었다. 부끄럽지도 않은지 글을 쓴 공책을 그냥 식탁에 펼쳐놓았으므로 우리는 엄마가 쓴 글을 읽을 수 있었다. 거기에는 이런 글들이 적혀 있었다.

우리 눈에는 보이지 않겠지만, 우리 머리 위에는 거대한 귀 같은 게 있을 거야. 그래서 아무리 하찮고 사소한 말이라도 우리가 하는 말들을 그 귀는 다 들어줄 거야. 그렇다고 이뤄질 수 없는 사랑을 맺어주거나 내 안에 가득한 슬픔을 없애준다는 뜻은 아니니 아무짝에도 소용없는, 그저 크고 크기만 한 귀라고 말할 수도 있겠지. 하지만 그런 귀가 있어 깊은 밤 우리가 저마다 혼자서 중얼거리는 말들은 외롭지도 슬프지도 않은 거야.

엄마가 쓰는 글들은 점점 어려워졌는데, 나중에야 우린 그게 시라는 걸 알게 됐다. 그제야 우리는 엄마가 중학교 시절의 꿈을 다시 찾았다는 걸 알아차렸다. 내성적인 쌍둥이와 말 못하는 자폐아의 엄마가 될 줄은 꿈에도 몰랐다고 말하느니, 그래서 자기 인생은 완전히 실패했다고 생각하느니, 그냥 아무 공책이나 가져와서 거기다가 행을 바꿔가면서 뭔가를 쓰면 여중생 시절의 꿈을 이루는 것이라는 걸 엄마는 깨달았던 것이다. 그렇게 해서 쓴 최초의 시가 「보이는 소망은 소망이 아닐지니」다. 우리는 역시 이 시도 '우리 가족의 역사책'에 옮겨 적었다.

　　단 하나의 여름은 가고
　　이제 세상에 나온 지 사흘째의 가을,

　　바람개비의 푸른 원 안에 든 하늘,
　　아이는 석류처럼 웃는다.

　　보이는 소망은 소망이 아닐지니

보이는 것을 누가 더 바랄까.[*]

  시라는 건 정말 이해하기 어려웠다. 바람개비의 푸른 원 안에
든 하늘이라는 건, 그날 밤 북상하던 제4호 태풍을 뜻하는 것일
까? 아이가 석류처럼 웃는다는 건 또 무슨 소리일까? 그리고 왜
보이지 않는 소망만 진짜 소망이란 말일까? 우리는 마트에 가서
석류까지 사서 먹었지만, 석류처럼 웃는다는 게 어떻게 웃는 것인
지 여전히 잘 모르겠다. 대신에 우리는 그 석류가 이란에서 온 것
이라는 걸 알게 됐다. 입에 넣고 석류알을 하나하나 터뜨리며 그
먼 나라를 상상했지만, 이란에 대해 우리가 떠올릴 수 있는 건 하
나도 없었다.

  그 한 편의 시로 엄마가 오랜 소원을 이뤘다면, 태호의 삶은 강
아지가 구했다. 그날 밤, 치킨집에서 계산하고 돌아섰는데 바로
옆에 서 있던 태호가 사라지고 없더란다. 워낙 가만히 놔두면 다
른 곳으로 도망치는 아이라 잠시도 눈을 뗄 수가 없었는데, 엄마
가 그만 실수를 한 것이다. 엄마는 정신없이 밖으로 나가 길거리
를 둘러봤다. 태호는 치킨집에서 10여 미터 정도 떨어진 애견센터
유리창에 코를 박고 있었다. 태호는 마치 강아지의 온기가 느껴진
다는 듯이 오른손을 유리창에 대고 있었다. 유리창 안에는 몰티즈

_____

[*] 로마서 8장 24절에서 인용.

새끼가 몸을 웅크리고 잠들어 있었다. 인간을 포함해서 살아 있는 동물에 대해 태호가 관심을 보인 건 그게 처음이었다. 엄마가 가까이 다가갔더니 유리창 안에 있던 몰티즈가 눈을 뜨고 태호를 쳐다봤다. 태호가 좋아했다. 다음날, 담당 의사에게 문의한 엄마는 만약 그게 사실이라면 큰 변화이니 태호에게 강아지를 사주는 게 좋겠다는 대답을 들었다. 강아지를 사러 다 같이 다시 갔을 때, 놀랍게도 태호는 전날 본 강아지를 알아봤다. 태호는 그 강아지를 품에 안았다. 엄마가 눈물을 흘렸다.

그날 저녁, 엄마는 부엌 식탁에 앉아 이런 글을 썼다.

들리지 않는 목소리, 보이지 않는 길, 잡히지 않는 손······ 우주는 한없이 넓다고 했으니 어딘가에는 그런 것들로만 이뤄진 세계도 분명히 존재하리라. 그런 곳에서는 보이는 길은 우리를 어디로도 데려가지 못하리니, 그런 곳에서는 모두들 세상 누구도 알지 못하는 사이에 소망하는 곳에 이르리라. 심지어 우리 자신들도 모르는 사이에. 만약 우리가 들리지 않는 목소리를 듣고, 보이지 않는 길을 걷고, 잡히지 않는 손을 잡을 수만 있다면.

6. 그럼, 이름은 기린으로

우리는 태호가 데려온 몰티즈의 이름을 짓기로 했다.

"하얀색이니까, 설탕으로 했으면 좋겠어."

진희가 말했다.

"설탕아! 탕아! 탕아! 이상해, 이건. 총소리 같아. 탕탕탕! 난 평화주의자야."

아빠가 반대했다.

"슈거라고 부르면 되잖아요."

"수컷인데?"

내가 말했다.

"그럼 수컷이라고 부르든가."

진희가 짜증을 냈다.

"넌 뭐라고 하면 좋겠니?"

아빠가 내게 물었다.

"스노이. S, N, O, W, Y."

"제법인데. 하지만 발음하기 힘들지 않을까?"

역시 흠잡는 데는 달인이신 트집 김민규 선생이었다.

"그래서 누니라고 부르자고 할 생각이었어요. 우리말 눈에다 Y 를 붙여서."

"누니? 그것 괜찮은데. 진희는 어때?"

"난 그냥 수컷이라고 부를래."

나쁜 년.

"누니야!"

"수컷아!"

가만히 누워서 천장만 쳐다보는 태호의 옆에 강아지는 꼭 붙어 있었다. 그때, 안방에서 엄마가 나왔다.

"강아지 이름은 태호가 벌써 지었어."

"엉? 태호가? 뭐라고?"

아빠가 놀라서 물었다.

"기린이야."

"기이리인?"

우리가 한목소리로 말했다.

"태호가 기린이래? 물어봤어?"

엄마는 고개를 끄덕였다. 무슨 영문인지 우리는 알 수 없었다. 얘기인즉슨, 강아지를 집에 데려온 뒤, 엄마는 한때 매일 아침마다 태호에게 읽어주던 손바닥만한 크기의 낱말책을 펴놓고는 이름을 짓자며 한 장 한 장 거기 적힌 단어들을 큰 소리로 읽었다고 한다. 딸기, 사과, 수박…… 혹은 연필, 공책, 책상…… 같은 단어들을. 그 어떤 단어에도 관심을 보이지 않더니, 엄마가 "사자, 호랑이, 기린"이라고 말하자 태호가 좋아했다고 한다. 그래서 다시 "사자, 호랑이"라고 말했더니 무표정했다가 "기린"이라고 말했더니 태호

가 또 좋아했다. 그래서 강아지 이름을 기린으로 정했다는 게 엄마
의 말이었다. 우리는 믿기지 않아 누워 있는 태호에게 소리쳤다.

"사자!"

반응이 없었다.

"호랑이!"

역시 반응이 없었다.

"기린!"

태호가 좋아했다.

"정말 신기하네. 기린이라니까 좋아하네."

우리는 계속 "기린! 기린! 기린!"이라고 소리쳤다. 그때마다 태
호는 좋아했다. 우리가 자꾸 소리를 지르니까 눈을 감고 웅크리고
있던 기린이 엉금엉금 한쪽 구석으로 기어갔다. 그게 자기 이름인
줄도 모르고.

7. 2009년 가을, 진정한 우정의 시작

이름부터가 그랬지만, 기린은 아주 특이한 강아지였다. 생김새
는 다른 몰티즈와 크게 다르지 않았다. 슈거라거나 누니라고 불러
도 좋을 만큼 하얀 털에 늘 꼬리를 흔들고 다녔다. 다른 점이 있다
면, 사람을, 그중에서도 태호를 너무나 좋아한다는 사실이었다.

태호의 곁에서 조금만 떨어져도 기린은 낑낑거리며 울었다. 원래 태호는 옆에 누가 있어도 도통 알아차리지 못했다. 어릴 때는 우리가 번갈아 태호를 안기도 했는데, 그건 꼭 솜뭉치가 든 곰 인형을 안는 느낌이었다. 사람 같지가 않았다. 그런데 태호는 기린만은 옆에 있는지 없는지 알아봤다. 영혼이 서로 연결된 것처럼 가까이 있지 않으면 둘 다 불안해했다. 아빠는 그게 분리 불안이라며, 원래는 좋은 것이라고 말할 수 없는 습성이지만, "우리 태호에게 이건 암스트롱이 달에 첫걸음을 내디딘 것보다도 더 의미 있는 진전"이라고 말했다. 아빠가 뭘 좋다고 얘기한 건 정말 오랜만이었다.

그러고 보면 기린과 태호는 서로 비슷한 점이 많았다. 예를 들면 특정한 소리에 민감하다는 점. 청소기 돌리는 소리가 나면 기린은 어쩔 줄을 모르고 덜덜 떨다가 구석으로 도망갔다. 때로는 청소기 소리를 피해 달아나다가 의자에 머리를 부딪히기도 했는데, 그건 어린 시절의 태호 모습을 연상시켰다. 그럴 때면 태호가 기린을 불렀다. 우리처럼 "기린아"라거나 "괜찮아"라고 말할 순 없으니 태호가 내는 소리는 풍선이나 자전거 타이어에서 바람 빠지는 소리 같기도 했고, 아기 오줌 누라고 엄마가 내는 소리 같기도 했다. 기린이 거실을 걸어갈 때도 태호가 그런 소리를 낼 때가 있었는데, 그건 조심하라고 주의를 주는 소리 같았다. 태호와 기린은 나름대로 소통하고 있었다. 우리는 태호와 기린이 서로 몸을 붙이고 자는 모습을 사진으로 찍어 '우리 가족의 역사책'에 붙였다. 사진 밑에다 우리는 '2009년 가을, 진정한 우정의 시작'이라고 적었다.

2009년의 가을하늘은 너무나 푸르렀다. 매일 새하얀 구름이 하늘에 떠 있었다. 우리 가족에게는 태호가 태어난 이래 가장 아름다운 가을이었다. 엄마와 아빠는 매일 아침 기린의 발에 입을 맞출 수도 있었으리라. 그 작은 강아지가 깊은 우물 속에 갇혀 있던 태호를 잡아끌어 조금씩 바깥세상으로 나오게 했으니까. 그 가을에 엄마는 한 시 전문지의 신인상 공모에 당선돼 정식으로 시인이 됐다. 시상식에 참석하느라 우리 가족은 오 년 만에 옷을 차려입고 다 같이 외출했다. 기린까지 포함해서. 시끄럽고 낯선 공간에 있으니까 기린은 어쩔 줄을 몰라 정신없이 사방팔방으로 뛰어다녔다. 당연히 태호도 기린을 따라 사람들 사이를 비집고 다녔다. 우리는 각자 기린과 태호를 잡으러 다녔다. 덕분에 시상식이 좀 어수선해졌지만, 엄마는 아랑곳하지 않고 좋아했다. 그날, 엄마의 수상을 축하하러 온 사람 중에는 전에 엄마가 다니던 출판사의 동료도 있었다. 화장실에 갔더니 그 아줌마가 나를 알아봤다. 아줌마는 왼손으로는 가느다란 담배를 피우며 오른손으로는 내 머리를 쓰다듬었다.

"니네 쌍둥이들 돌잔치가 엊그제 같은데 콩나물처럼 쑥쑥 잘도 자라는구나. 동생 때문에 니네가 고생이 많겠다. 너, 언니니, 동생이니?"

"동생이에요."

알 게 뭐람, 난 언니지만. 그날로 우리를 두번째 본 것이라면 사실대로 말한다 한들 방금 자기하고 얘기한 사람이 나인지 진희인지도 모를 게 뻔한데. 그 아줌마는 화장실에서 담배를 두 대나 피운 뒤에야 시상식장 안으로 들어왔다. 나중에 듣기로 그 아줌마는 아줌마가 아니라 사십대 중반이 되도록 결혼하지 않고 혼자 사는 아가씨로, 개를 네 마리나 키운다고 했다. 그 아줌마는 시상식장에서 정신없이 달려가다가 의자나 사람들 발에 가서 부딪히고, 귀엽다고 쓰다듬을라치면 깜짝 놀라며 사람들의 손을 깨물려고 하는 기린을 보고는 엄마에게 "자기네 강아지에게는 병이 있는 것 같아"라고 말했다. 하지만 엄마는 그런 자리에서 병 얘기 같은 건 하고 싶지 않아 그 아줌마의 말을 못 들은 척했다. 병 이야기는 엄마가 수상 소감에서 직접 말했다.

"이 자리에서 고백하는 말이지만, 우리 아들은 마음이 닫힌 아이입니다. 아무리 큰 목소리로 사랑한다고 말해도 그 말들은 우리 아들에게 가닿지 않습니다. 제게 말들이란 얼마나 무기력한 것인지 모릅니다. 아무도 들어주지 않는 말들은 외롭고 슬픕니다. 한때는 너무 힘들어 같이 죽겠다고 자동차를 몰고 어두운 밤거리로 달려나간 적도 있었습니다. 그때 마지막으로 우리 아들에게 엄마의 꿈들에 대해서 말해주고 싶었습니다. 나는 아들이 좋아하는 치킨집에서 중학교 시절의 제 꿈에 대해서 들려줬습니다. 그때 프라이드치킨을 한 마리 다 먹는 동안, 저는 시인이 되기로 결심했습니다. 프라이드치킨이 없었다면 지금 저는 이 자리에 서지도 못했을 겁니다. 제 시가 누군가에게도 그런 따뜻한 프라이드치킨 같은 게 됐으면 좋겠습니다."

그날 저녁, 우리도 프라이드치킨을 좋아한다며 곡을 하는 우리 등쌀에 못 이겨 엄마는 그 치킨집으로 직행했다. 차를 타고 가는 동안, 나는 옆에 앉은 진희의 손을 잡았다. 진희도 내 손을 잡았다. 그리고 진희는 옆에 앉은 태호의 손을 잡았다. 태호의 무릎에는 기린이 있었다. 손을 잡은 채, 우리는 중앙선 너머 반대편 차선에서 자동차가 달려올 때마다 핸들을 꺾을까 말까 갈등하는 엄마의 모습을 상상했다. 엄마의 말이 옳았다. 그날의 프라이드치킨이 없었다면, 지금의 우리도 없었을 것이다.

8. 엄마는 손가락으로 기린의 눈을 찌르려고 했다

한참 프라이드치킨을 먹는데, 화장실에서 담배를 피우던 그 아줌마에게서 엄마의 핸드폰으로 전화가 걸려왔다. 엄마가 전화를 받았다. 기린에 대한 이야기였다. 정말 지칠 줄 모르는 성가신 아줌마였다. "동물병원에는 왜? 강아지를 의인화해서 생각하면 안 된다고 한 사람은 자기잖아?"라고 엄마가 말했다. 얘기하는데 엄마의 표정이 점점 어두워졌다. "정말? 그게 그런 거야?" 엄마가 말했다. 전화를 끊고 난 뒤, 무슨 내용이었냐고 아빠가 물었다. 엄마는 그 말에는 대꾸도 하지 않은 채, 입맛이 없다며 들고 있던 포크를 내려놓았다. 엄마는 자리에서 일어나 태호의 발에 몸을 붙이고 앉은 기린의 얼굴을 들여다보며 쪼그려앉았다. 기린을 한참 바라보던 엄마는 별안간 검지와 중지를 세우고 기린의 두 눈 쪽을 향해 푹 찔렀다. "엄마, 왜 그래? 미쳤어?" 닭고기를 입에 문 채 진희가 소리쳤다. 하지만 정작 기린은 가만히 있었다. 그저 코를 킁킁대며 엄마가 가까이 온 것을 알고는 꼬리를 흔들 뿐이었다.

9. 태호가 또 좋아했다. 태호는 계속 좋아했다

열두시가 넘은 거리는 암흑 세상일 줄 알았는데, 웬걸 휘황찬란한 빛의 세계였다. 형형색색의 네온사인이 번쩍이고 술집마다 실내등이 환하게 켜져 있었다. 우리와는 다른 세상에서 살고 있는 듯한, 얼굴이 밝고 몸이 날씬한 언니 오빠들이 깔깔거리며 거리를 걸어다녔다. 음악소리, 자동차 소리, 사람들 떠드는 소리에다가 번쩍이는 불빛들까지, 거리는 어지러웠다. 태호는 나와 진희의 손을 꽉 잡았다. 우리는 로터리에서 신호등이 바뀌기만을 기다렸다.

"어느 쪽이지?"

내가 진희에게 물었다.

"밤에 나오니까 어디가 어딘지 나도 모르겠어. 저쪽인가? 아니면 이쪽인가?"

"그런 말은 나도 하겠다. 저쪽이 아니면 이쪽이겠지. 엄마한테 물어볼까?"

"전화 가져왔어?"

내가 고개를 끄덕였다.

"그럼 얼른 꺼. 엄마가 전화하면 어떡할 거야?"

진희가 하도 다그쳐서 나는 전화를 꺼버렸다. 그때까지도 엄마는 우리가 몰래 밖으로 나왔다는 걸 모르고 계속 자는 모양이었다. 신호가 바뀌었다.

"일단 길을 건너서 가보자."

우리는 계속 걸었다. 로터리 쪽이 가장 화려하고 밝았다. 조금 더 걸어가자, 불빛은 물론 사람들도 많지 않은 어두운 거리가 시작됐다.

"아, 이제 알 것 같아. 저기 모퉁이 빵집을 돌아서 조금 더 올라가면 나올 거야."

"치킨은 네가 제일 많이 먹어놓고, 어딘지를 모르니? 빨리 나왔으면 좋겠어. 무서워. 그리고 얘도 이젠 지쳤나봐. 잘 걷지를 못하네."

"이 정도면 환한 거야. 열두시도 넘었는데. 아무튼 이게 다 아빠 성질 때문이야. 아무리 앞을 못 본다지만, 어떻게 기린을 다시 가게에 갖다놓고 올 수가 있어?"

"그 강아지 가게에서 앞 못 보는 개인데도 모르는 척 팔았다는 거잖아. 다 부숴버린다고 간 거였는데, 설마 그래서 그 가게가 안 보이는 건 아니겠지?"

"만날 말만 그렇지, 뭐. 우리 아빠가."

"태호도 아픈데, 강아지도 앞을 못 본다고 생각하면 내가 아빠여도 그랬을 거야."

"말도 안 돼. 그러니까 처음에는 태호도 버릴 생각을 했던 거지."

"아니야. 그렇지 않아."

"맞아. 우릴 버리려고 동물원에 간 거야, 그때."

우린 좀 옥신각신했다. 나쁜 년. 슬슬 다리도 아프고 겁도 나는데, 빵가게 모퉁이를 돌아서 십 분이나 더 가보았지만 아빠가 기린을 떠맡기고 왔다던 애견센터는 보이지 않았다. 거기에 애견센터가 있다고 치더라도 거리가 어두컴컴해서 한 발짝도 더 가고 싶지 않았다.

"아무래도 환할 때 와야겠어. 어디가 어딘지 하나도 모르겠네."

내가 말했다.

"무슨 소리야? 이 캄캄한 데서 기린이 혼자 울고 있을 걸 생각해보라구. 그리고 애도. 태호도."

"내가 지금 울고 싶거든. 너, 집에 돌아가는 길은 아니? 응?"

"당연하지. 온 대로 돌아가면 되는 거잖아."

물론 이치는 그랬지만, 다시 뒤돌아 걸어가면 되는 일이었지만, 어쩐지 돌아서 계속 가는데도 그 환한 로터리는 나오지 않고 어둡고 작은 네거리뿐이었다. 방향이 잘못됐다고 생각해서 우리는 거기서 다시 왼쪽 길로 들어갔다. 그 왼쪽 길은 모든 불이 완전히 꺼진 길이었고, 자동차 소리도 잘 들리지 않는 길이었다. 아예 그쪽으로 가지 않는 게 제일 좋았는데, 진희가 그 끝에서 오른쪽으로 돌면 그 빵가게가 나온다고 하도 우겨 셋이서 손을 꼭 잡고 어둠 속을 걸었다. 태호는 자꾸 손을 흔들었다. 손을 잡고 있으려니 내 손도 덩달아 흔들렸다. 손이 흔들리니 몸도 떨리고 점점 겁이 났다. 그때 오른쪽 골목에서 뭔가가 빠른 속도로 뛰어나왔다.

"엄마야!"

우리는 정신없이 달렸다. 그렇게 달리는 와중에도 우리는 손을 놓지 않았다. 손을 놓으면 영영 헤어지기라도 하는 것처럼. 무서워서 소리도 못 지르고 우리는 어둠 속을 달렸다. 오른쪽으로 돌면 나오던 빵가게는 나오지 않았다. 거기는 아예 아무 가게도 없는 좁은 골목길이었지만, 금방이라도 뒤에서 목덜미를 낚아챌 것 같아 뒤돌아보지도 못하고 우리는 달리기만 했다. 그 골목을 빠져나가니 오른쪽으로 환한 로터리가 보이는 큰길이 나왔다. 나는 토할 것 같아서 두 손으로 무릎을 짚고 기침을 했다.

"근데 도대체 아까 뭐가 쫓아온 거니?"

진희도 헉헉대고 있었다.

"몰라. 무슨 갠가, 개?"

"개보다는 훨씬 컸던 것 같은데……"

"그럼 표범? 사자? 호랑이? 기린? 코뿔소?"

진희가 동물을 말하는데, 태호가 소리를 질렀다.

"얜 그러니까 기린이라는 말만 나오면 이렇게 좋아하는 거네. 동물원에 갔던 걸 기억하는 게 아니라."

태호가 또 좋아했다. 우린 좀 허탈했다.

"근데 기린은 어디 있는 거지?"

태호가 또 좋아했다.

"엄마에게 전화해서 물어볼까?"

우리는 다시 로터리 쪽으로 걸었다.

"박살날 거야. 아빠가 우릴 박살낼 거야."

진희가 고개를 절레절레 흔들었다. 하긴 아빠는 참을성이 좀 없었다.

태호가 또 좋아했다.

"얼씨구, 이젠 아무 말에나 막 좋아하네."

진희가 말했다. 태호가 또 좋아했다.

"이젠 기린이라는 말 안 해도 좋아하네."

내가 말했다. 이번에는 당연히, 태호가 좋아했다.

태호가 또 좋아했다. 태호는 계속 좋아했다. 거기 우리 바로 옆에 불이 꺼진 애견센터가 있었다. 애견센터의 쇼윈도에는 기린이 앉아서 애처로운 표정으로 보이지 않는 거리와, 그 거리를 걸어가는 우리 쌍둥이와, 그 사이에서 마냥 좋아하는 태호를 바라보고 있었다. 우리가 가까이 다가가자, 기린이 입을 움직였다. 끼끼거리는 그 소리가 우리 귀에 들렸다. 유리창이 두꺼워 그럴 리가 없었지만, 우리는 그 소리를 들을 수 있었다.

(2010)

난주의 바다 앞에서

1

며칠 전 도착한 메일에는 바람에 대한 언급이 있었다. 강연 전날에는 바람이 많이 불어 배가 결항될 수 있으니 하루 더 일찍 섬으로 들어와달라는 것이었다. 정현은 섬 생활에 대해 아는 바가 많지 않았다. 그래서 메일 속 바람의 의미를 이해하지 못했다. 요청받은 대로 그는 강연일보다 이틀 먼저 출발했다. 지금 생각하면 다행이었다. 그날은 12월 중순이었지만 온화하고 맑은 하늘이 펼쳐져 있었다. 바람은 상쾌하다고 느껴질 정도였다.

섬의 선착장에서는 강연을 요청한 김선생이 정현을 기다리고 있었다. 인사를 나눈 뒤, 두 사람은 숙소까지 타고 갈 자동차가 있는 주차장으로 걸어갔다.

"배 타고 오느라 힘드셨지요?"

운전해서 주차장을 빠져나오며 김선생이 말했다.

"바람이 많이 불 거라고 해서 조금 긴장했는데 배가 심하게 흔들리지는 않았습니다. 날씨도 아주 좋았구요."

"지금은 날씨가 좋지만 내일부터는 나빠진다고 하네요. 묵으실 곳은 여기서 조금 떨어져 있어요. 마을 뒷산 너머에 있는 펜션이에요."

출발하고 얼마 지나지 않아 김선생이 누군가를 발견하고 차를 멈췄다. 차창을 내린 그녀는 멀리 집 앞에 서 있는 한 여자를 향해 손을 흔들며 "내일모레 세시예요. 꼭 오세요"라고 외쳤다. 정현도 그 여자를 쳐다봤다. 마스크를 쓰지 않은 맨얼굴이었다. 김선생을 알아봤는지 그녀가 자동차 쪽을 향해 손을 흔들었다. "잊지 마세요"라고 김선생이 한번 더 확인했다. 그러고는 차창을 올리며 정현에게 말했다.

"선생님이 오신다고 저분이 아주 좋아하셨거든요."

"저분 성함이 어떻게 되시나요?"

정현이 물었다.

"손유미 선생님이라고 해요. 왜 그러시나요?"

"아, 혹시 제가 아는 분인가 싶었는데 아니네요."

얼굴을 자세히 알아보기에는 조금 멀리 있었는데도 자신 쪽을 향해 손을 흔드는 그 모습 때문에 오랫동안 잊고 지냈던 기억 하나가 정현에게 불쑥 떠올랐던 것이다.

"사실 저분도 소설을 쓰세요."

"그래요? 소설가이신가요? 몰라뵀네요."

깜짝 놀라며 정현이 물었다.

"모르시는 게 당연해요. 아직 정식으로 출판된 책은 한 권도 없으니까요."

김선생은 오르막으로 막 접어든 차를 다시 세우더니 뒷좌석에 있는 책 두 권을 집어 그에게 건넸다.

"저희 학교에서 만든 책이에요. 한 권은 시집입니다. 전교생에게 시를 쓰게 해 매년 시집을 묶어 내거든요. 또 한 권은 학생들이 이 섬에 사는 어르신들을 인터뷰해서 펴낸 책이고요. 그 책들을 만드는 김에 아까 그분이 쓴 소설도 책으로 만들어 주민들끼리 나눠 읽었어요. 거기 인터뷰 책에 그분 이야기도 나와요. 그런데 재미있는 게 뭔지 아세요?"

그가 책을 넘겨가며 내용을 살펴보는 동안, 김선생은 다시 차를 출발시켰다. 지대가 높아지면서 바다가 보이는가 싶더니 길이 가팔라졌다.

"뭔가요?"

"그 소설이 연쇄살인범이 등장하는 추리소설이라는 점이에요. 추리소설을 쓴다고 하면 어쩐지 무서운 상상만 할 것 같지만, 실제로는 마을 돌봄 센터에서 일하시는 분이에요. 낮에는 어르신들과 아이들을 돌보고, 밤에는 그런 추리소설을 쓰고 있었다니 멋있지 않나요?"

"그럼 여기 섬마을이 배경인 건가요?"

정현이 물었다.

"배경은 서울인데, 연쇄살인마를 뒤쫓는 난주라는 형사가 여기 출신으로 돼 있어요. 이 섬 이야기가 많이 나와 주민들도 좋아하세요."

"원래 소설을 쓰시던 분인 모양이죠?"

"아니에요. 서울에 사실 때는 평범한 주부였는데, 인터뷰를 보면 이 섬에 정착하고 난 뒤에야 비로소 소설을 쓸 수 있게 됐다고 말씀하시더라구요. 추리소설을 쓰는 게 어릴 때부터의 소원이었대요."

"그럼 이 섬에 와서 꿈을 이룬 셈이네요."

"그런 셈이죠."

두 사람이 얘기하는 동안, 자동차는 도로의 가장 높은 곳을 넘어갔다. 그 너머는 다시 바다로 향하는 내리막길로 멀리까지 시야가 트여 있었다. 언덕 아래로 해안과 바다와 구름과 하늘이 아름답게 펼쳐졌다. 숙소는 그 길의 왼편에 있었다. 주변에 다른 건물은 보이지 않았다. 머무는 동안 조용히 지낼 수 있겠다고 그는 생각했다.

2

남해의 한 섬에 있는 중학교에서 강연을 해달라는 요청이 들어온 건 반년 전인 2020년 여름의 일이었다. 그때까지는 이름만 들어봤을 뿐, 정현은 그 섬이 정확히 어디에 있는지조차 알지 못했다. 도착해보니 섬은 하나가 아니었다. 중학교가 있는 남쪽 섬 말고도 북쪽에 섬이 하나 더 있고 두 섬은 다리로 연결돼 있었다. 그 두 개의 섬을 합쳐 '추자'라고 불렀다. 정현이 머무는 숙소의 창으로 멀리 북쪽 섬의 번화한 항구가 보였다. 밤에 보이는 불빛은 그것뿐이었다. 첫날 밤, 정현은 어둠 속에서 반짝이는 먼 항구의 불빛을 아련하게 바라봤다. 그때까지만 해도 섬의 밤은 고요했다. 그 고요한 밤, 그는 김선생에게 문자를 보내 손유미씨가 언제, 어떻게 섬으로 들어와 살게 됐는지를 물었다. 그러자 자신도 이 년 임기로 들어왔기 때문에 잘 알지 못한다는 답이 돌아왔다. 제대로 된 답변을 내놓지 못했다고 생각했는지 그녀는 '아이들이 인터뷰를 상세하게 했으니 자세한 건 『우리들의 역사』를 봐주세요.^^'라는 메시지를 덧붙였다. 『우리들의 역사』는 학생들이 만들었다는 인터뷰 책이었다. 정현은 그 책에서 손유미씨에 대한 부분을 찾아 읽으며 첫날 밤을 보냈다.

그러나 둘째 날 밤은 달랐다. 낮부터 바람이 세차게 불고 어두컴컴해지더니 저녁 무렵에는 눈발이 흩날리기 시작했다. 바다에서 밤새 바람이 불어왔는데, 덜컹거리는 문을 열고 나가보면 바람의 반은 눈송이들이었다. 날아오는 눈을 맞고 선 언덕의 나무들이 기이하고도 무서운 소리를 냈다. 겨울의 언덕으로 불어오는 눈보라 때문에 정현은 밖으로 나갈 엄두를 내지 못하고 밤새 방에 갇혀 있었다. 언제부터인가 그는 세상을 거울이라고 생각해왔다. 자신의 내면에 어떤 문제가 생긴다면, 자신이 바라보는 세상의 모습도 어딘가 뒤틀릴 수밖에 없다는 것이다. 그것은 지극히 주관적인 믿음에 가까웠지만, 그는 늘 눈앞에 펼쳐진 세계의 모습을 통해 지금 자신의 내적 상태를 점검하곤 했다. 거리의 풍경을 면밀히 살펴보거나 들리는 소리에 자세히 귀를 기울이는 건 그의 오랜 습관이었다.

그러므로 자연이 무섭게 느껴진다면, 그것은 자신의 내부에 두려움이 있다는 뜻이었다. 나는 지금 이 눈보라의 무엇을 두려워하고 있는 것일까? 어둠이 내린 밤, 보이는 거라고는 그저 자신의 모습뿐인 칠흑 같은 창을 바라보며 그는 생각했다. 아마도, 그 의미 없음을 두려워하는 것이리라. 의미 없는 것들의 무자비함을. 이 무자비함의 그물에서 벗어나려면 사람은 자기 내면에 의미를 세워 자연을 해석해야만 한다. 그간 그가 읽은 시와 소설들은, 그리고 어느 순간부터 저도 모르게 쓰기 시작한 글들은 모두 그런 노력의 결과물들이었다. 아무런 의미가 없어 무자비할 수밖에 없는 자연에 맞서기 위해 상징을 부여하고 이야기를 만드는 것, 그게 바로 정현이 평생 몰두해온 일이었다.

또한 그건 중학생들에게서 당신은 어떤 삶을 살았느냐는 질문을 받고 그에 대한 대답을 내놓아야만 했던 섬 주민들의 일이기도 했다. 인터뷰 속에서 어떤 사람은 자신의 치부를 숨김없이 드러냈고, 어떤 사람은 이제 와 그런 이야기를 하면 무엇 하겠느냐며 입을 다물었다. 자연을 닮아 인생의 나날로도 아무런 의미가 없는 비와 눈과 바람 같은 일들이 느닷없이 벌어지곤 했다. 그때마다 그들은 그럴듯한 이야기를 짜려는 소설가나 숨겨진 의미를 알아내 불가해한 것들을 상징으로 만들려는 시인처럼 자신의 인생사를 설명했다. 그건 손유미씨도 마찬가지였다. 정현은 손유미씨의 인터뷰를 읽으며 그녀가 맞닥뜨린, 거대한 푸른 벽과 같은 바다의 의미를 이해했고, 그녀가 그 바다 너머의 삶으로 나아갔음을 알게 됐다. 그녀는 중학생들에게 그 초월을 '세컨드 윈드'라는 체육 용어로 설명하고 있었다. 중학생들은 요즘 아이들답게 포털사이트의 지식백과에서 찾아낸 그 용어에 대한 설명을 인터뷰 옆에 붙여놓았다.

세컨드 윈드

요약: 운동하는 중에 고통이 줄어들고 운동을 계속하고 싶은 의욕이 생기는 상태.

제2차 정상상태라고도 한다. 운동 초반에는 호흡곤란, 가슴

통증, 두통 등 고통으로 인해 운동을 중지하고 싶은 느낌이 드는데 이 시점을 사점死點, dead point이라고 한다. 이 사점이 지나면 고통이 줄어들고 호흡이 순조로우며 운동을 계속할 의욕이 생기는데, 이 상태를 세컨드 윈드라고 한다. 숨막힘이 없어지고, 호흡이 깊어지며, 심장박동수도 안정되고, 부정맥도 없어지게 되어 힘차게 운동할 수 있게 된다. 속도가 빠를수록 일찍 나타난다. 이는 환기와 깊은 관계가 있는 것으로 누구나 운동하는 중에 경험하는 것이다.

대개 운동 초기의 호흡곤란으로부터 환기가 적응되고, 운동 초기에 산소 부족으로 생성된 락트산이 혈액의 흐름 증가 등으로 인해 산화되고 땀과 소변을 통해 제거되며 호흡근이 적응하여 운동 초기의 피로에서 회복되기 때문에 일어난다. 또 한 가지는 초조·공포 등이 증가했다가 운동이 지속되는 동안 이런 현상들이 해소되므로 세컨드 윈드가 촉진된다.

3

셋째 날 아침, 창밖을 보니 세상이 온통 하얀색으로 덮여 있었다. 땅바닥뿐만 아니라 풍경도 전부 하얀색이었다. 완성한 풍경화 위에 흰 크레파스를 죽죽 그어대는 심술쟁이 아이처럼 자연은 항구와 바다를 시야에서 지워버렸다. 그럼에도 정현은 그 하얀 풍경을 한참 쳐다봤다. 눈 내리는 풍경을 바라보며 오전을 보낸 뒤, 그는 첫날 차를 타고 올라온 도로를 따라 학교까지 걸어갔다. 그가 묵는 펜션에서 봉우리만 넘어가면 학교가 나왔지만, 쌓인 눈 탓에 산길로 걸어갈 수는 없었다.

강연장인 도서실에 전교생이 앉아 있었으나 전교생이라고 해봐야 스무 명 남짓이었기 때문에 교실 하나를 다 채울 수도 없었다. 뒤쪽의 빈자리에는 교사와 학부모와 주민 들이 앉아 있었다. 아이들의 볼이 발그스레했다. 눈 구경하기 힘든 남쪽 고장이라 아침부터 아이들이 운동장에 모여 눈사람을 만들고 눈싸움을 했다고 김선생이 정현에게 설명했다. 학교는 산중턱에 있어 교실 창으로 선착장과 방파제와 바다가 한눈에 들어왔다.

눈을 밟으며 학교까지 걸어온 그에게는 도서실 안이 적당히 따뜻했지만, 아침부터 뛰어논 학생들은 노곤했으리라. 강연을 시작하고 얼마 지나지 않아 꾸벅꾸벅 조는 아이들이 보였다. 그는 강연 내용을 정리한 자료까지 프로젝트 화면에 띄워놓았지만 준비한 강연을 그쯤에서 그만하기로 했다. 아이들이 졸아서만은 아니었다. 갑자기 어떤 시가 생각났기 때문이었다.

정현이 아이들에게 말했다.

"제가 여러분 나이였을 때만 해도 21세기가 되면 세끼 식사 대신에 알약처럼 생긴 캡슐을 먹고, 귀찮은 집안일은 인공지능 로봇

이 해결해주는 세상에서 살 줄 알았습니다. 하지만 세상은 우리가 생각하는 것만큼 쉽게 바뀌지 않네요. 아직도 꼬박꼬박 세끼 밥을 챙겨 먹어야 하고, 그러자면 돈을 벌어야 하고, 게다가 이제는 이렇게 마스크까지 쓰고 다녀야만 하니까요. 여러분이 살아갈 미래는 좀더 나아지기를 바라겠습니다. 하지만 나이가 들면 힘든 일이 생길 때도 있을 거예요. 저도 그랬으니까요. 힘들어서 죽고 싶다는 생각이 들 때, 오늘이 생각나면 좋겠습니다. 코로나가 유행해서 사람들이 마스크를 쓰고 다니던 그해 겨울, 섬에 눈이 펑펑 내리던 날 서울에서 온 소설가가 이런 시를 읽어주었었지, 하고 기억해준다면 제가 무척 기쁠 겁니다."

그리고 그는 일본 시인 미야자와 겐지의 「비에도 지지 않고」를 읽기 시작했다.

비에도 지지 않고
바람에도 지지 않고
눈에도 여름 더위에도 지지 않는
건강한 몸을 가지고
욕심은 없고
절대로 화내지 않고
언제나 조용히 웃고 있는
하루에 현미 네 홉과

된장과 약간의 야채를 먹고
……

　그러면서 그는 중학생들을, 그 뒤에 앉은 어른들을, 그리고 창 너머 눈 내리는 풍경과 그 하얀 풍경 너머의 바다를 바라봤다. 그가 낭독을 마치자 사람들이 박수를 쳤다. 하지만 그것으로 강연 시간을 다 채울 수는 없었기에 이번에는 미야자와 겐지가 쓴 짧은 이야기인 「목련」을 기억하는 대로 들려주기로 했다. 그 이야기는 다음과 같았다.

　주인공은 료안. 료안은 산골짜기를 홀로 건너가고 있었다. 봉우리에는 새까맣고 탐욕스러운 바위가 차가운 안개를 뱉어내고도 시치미를 떼고 있어 힘들게 올라가도 기댈 데 없이 쓸쓸했다. 험준하게 파인 길을 따라 걷느라 힘이 든 료안이 스르르 잠이 들었을 때, 누군가 그의 귀에다 대고 이렇게 외쳤다.
　'이것이 너의 세계야, 너에게 딱 어울리는 세계야. 그보다 더 진실은, 이것이 네 안의 풍경이야.'
　료안은 꾸벅꾸벅 졸면서 그 말에 동의했다. 그리고 그렇기 때문에 어쩔 수가 없는 것이라고 대답했다.
　다시 눈을 뜨고 가파른 절벽을 기어올라 정상에 섰을 때, 골짜기의 안개가 모두 걷혔다. 그 모습을 지켜보던 료안은 깜짝 놀라고 말았다. 자신은 분명 험난하고 지독한 곳을 건너왔다고 생각했는데, 돌아보니 거기에는 새하얀 목련이 가득했기 때문이었다.

그 순간, 안개 속에서 료안에게 외쳤던 목소리의 주인공이 나타났다. 그는 자신 또한 료안이라고 말했는데, 료안은 이미 그 사실을 알고 있었다. 두 사람은 웃으며 자신들이 서 있는 고원의 평평함에 대해 얘기했다.

"이곳은 정말로 평평하군요."

"네, 평평합니다. 하지만 이 평평함은 험준함에 대한 평평함입니다. 진정한 평평함은 아닙니다."

"그렇습니다. 내가 험준한 산골짜기를 건너왔기 때문에 평평한 것입니다."

그 평평함을 안 뒤에 료안은 자신이 지나온 골짜기에 목련이 가득한 것을 다시 보았다. 그 사람은 목련나무를 가리키더니 그게 바로 '부처의 선'이라고 말했다.

그리고 이야기는 다음과 같은, 료안의 말인지 그 사람의 말인지, 혹은 두 사람 모두의 말인지 알 수 없는 말로 끝난다.

"그렇습니다. 또한, 우리들의 선입니다. 부처의 선은 절대입니다. 그것은 목련나무에도 나타나며, 험준한 봉우리의 차가운 바위에도 나타납니다. 골짜기의 어두운 밀림과 강이 계속 흘러 범람하는 곳의 혁명이나 기근, 역병도 모두 부처의 선입니다. 하지만 이곳에서는 목련나무가 부처의 선이며 또한 우리들의 선입니다."

학생들과 마찬가지로 뒤편에 앉은 어른들도 모두 마스크를 쓰고 있어 그들의 생김새는 반만 알 수 있었다. 그들의 눈에 비친 정현의 모습도 마찬가지였을 것이다. 반쪽의 만남. 그렇기에 강연이 끝나고 학생들이 도서실을 빠져나간 뒤, 남은 어른들과 인사를 나누면서도 그는 거기에 손유미씨가 와 있는지 알아채지 못했다. 한 여성이 그에게 다가오기 전까지는 말이다.

"질문 하나 해도 될까요?"

뒤로 묶은 그녀의 머리칼이 희끗희끗했다.

"말씀해보시지요."

"「비에도 지지 않고」를 아이들에게 읽어준 이유는 잘 알겠는데, 「목련」은 왜 들려주신 건가요? 말씀하신 대로 정말 시간이 남아서는 아니겠지요?"

"미야자와 겐지가 쓴 이야기 중에 제가 가장 좋아하는 것이거든요. 그런데 제가 「비에도 지지 않고」를 들려준 이유는 어떻게 그리 잘 아시나요?"

"질문은 제가 먼저 했어요. 대답은 아직 못 들었구요. 그 이야기를 좋아하는 이유를 물어봐도 될까요?"

그녀가 정현의 눈을 가만히 쳐다봤다. 그때 비로소 정현에게 확신이 들었다.

"오래전에, 어떤 사람을 원망한 적이 있었거든요. 제 안에 미움이 가득해지니까 온 세상이 다 싫어지더라구요. 그때 「목련」을 읽고 그 사람을 그만 원망하기로 했지요."

"혹시 저 기억하시겠어요?"

그녀가 마스크를 벗으며 말했고, 정현은 그 맨얼굴을 대면했다.

"그럼요. 며칠 전에 봤잖아요. 김선생님이 모는 차에 타고 있었거든요."

그러자 그녀는 약간 실망하는 듯했다.

"저도 봤어요. 그날 배로 오신다고 해서 일부러 나가봤으니까."

그러고는 뭔가 얘기하려고 하는데, 정현이 먼저 말했다.

"소설을 쓰신다고 김선생님이 말하던데요. 그것도 추리소설을."

'추리소설'을 강조하면서 정현이 말했다.

"안 그래도 보여주려고 여기 가져왔어요."

그녀가 들고 온 책을 정현에게 내밀었다. 별다른 기교 없이 만든 표지에는 '새 바람은 그대 쪽으로'라고 적혀 있었다.

"그럼 이제 꿈을 이룬 건가? 맨날 추리소설 쓰는 게 꿈이라고 했잖아."

그 책을 받으며 정현이 말했다. 느닷없이 튀어나온 반말에 시간은 순식간에 삼십여 년 전으로 되돌아갔고, 그는 어떤 현기증마저 느꼈다. 그건 손유미씨도 마찬가지였는지 그녀의 눈동자가 커졌다.

그때 짐을 챙겨오겠다며 교무실에 갔던 김선생이 들어왔다.

"다 끝났어요. 이제 저녁 먹으러 가요."

정현이 돌아보니 김선생이 약간은 호기심을 품은 표정으로 두 사람을 쳐다보고 있었다.

"이분도 같이 식사하면 어떨까요? 어때? 우리랑 같이 밥 먹을 시간 있어?"

정현이 그새 마스크를 다시 쓴 손유미씨에게 물었다. 그러자 김선생이 두 사람에게 물었다.

"두 분은 아시는 사이인가요?"

손유미씨가 머뭇거리는 사이에 정현이 고개를 끄덕였다.

4

세 사람은 차를 타고 다리 건너 북쪽 섬에 있는 식당으로 향했다. 김선생은 다소 들뜬 목소리로, 대학 시절 같은 동아리에서 친구로 지냈던 두 남녀가 삼십여 년이 지나 남해의 한 섬에서 우연히 재회할 확률이 얼마나 될까를 상상하면 어쩐지 가슴이 두근거린다고 말하며, 그럼 왜 첫날 손유미씨를 봤을 때 아는 사람이라고 말하지 않았느냐고 정현에게 물었다. 그건 이름 때문이었다. 대학 시절, 손유미씨의 이름은 은정이었다. '통계학과 은정이'를 그는 그때까지도 기억하고 있었다. 철저하게 계획대로 살아온 자신과는 다른 유형의 사람들을 만나 견문을 넓히고 싶어 문학 동아리에 들어왔다고 말해 동아리 사람들이 "우리가 뭐가 어때서?"라고 반발했던 일도 떠올랐고, 자기는 동아리 사람들처럼 까탈스럽지 않아 순문학은 어렵겠고 추리소설은 꼭 한번 쓰고 싶다고 말한 일도 생각났다. 말은 그렇게 했지만, 정현이 기억하는 은정은 이야기를 참 재미있게 하는 친구였다. 은정의 말을 듣고 있으면 시간이 어떻게 지나가는지 모를 정도였다. 그때는 그저 은정이 이야기를 재밌게 해서 그렇다고 생각했지만, 이제는 어떤 사람과 함께 있을 때 시간이 빨리 지나간다는 게 무슨 뜻인지 잘 안다.

정현이 제대하고 돌아왔을 때, 은정은 이미 졸업한 뒤였다. 그때는 그녀에 대한 원망이 거의 사라졌을 때였고, 애써 소식을 알려고 하지도 않았다. 스무 살 무렵의 많은 일들은 그렇게 망각 속으로 사라졌다. 그래서였겠지만 은정은, 그러니까 손유미씨는 둘의 과거를 궁금해하는 김선생에게 같은 동아리 친구 그 이상도 그 이하도 아니었다고 단언했다. 그러면서 그 근거로 정현이 중학교에 강연하러 온다는 소식에도 아는 사람이라고 말하지 못했다는 사실을 들었다. 괜히 알은척했다가 자신을 기억하지 못하면 어쩌나 싶었다는 것이다. 정현은 서운한 마음이 없지는 않았지만, 그럴 정도로 서로 알고 지내던 시절은, 어쩌면 그보다는 더 각별하게 지냈던 나날은 지금으로부터 너무나 멀리 떨어져 있다고 생각하며 그녀의 말에 이따금 고개를 끄덕였다. 무슨 이유에서인가 개명해야만 했던 것처럼, 손유미씨가 자신이 알던 은정과는 많이 다른 사람이 돼 있다는 사실쯤은 그도 인정할 수 있었다.

도로에는 눈이 녹아 있었다. 두 개의 섬을 모두 합쳐도 그다지 크지 않으므로 자동차를 타고 가면 식당까지는 금방이었다. 다리를 지나 바다를 건너갈 때는 작은 차체를 날려버릴 듯 세찬 바람이 불어왔다. 그렇게 도착한 식당에서 세 사람은 삼치회를 먹었다. 전날부터 들어오는 여객선이 없어 항구는 한산했고, 식당에는 그들뿐이었다. 공통된 대화 주제가 없어 세 사람은 음식에 대한 이야기를 주고받았다. 섬에서는 가을부터 겨울이 끝날 때까지 두툼하고 기름진 삼치회를 먹을 수 있다고 했다. 삼치회는 양념장에 푹 찍어 파김치와 함께 김에 싸서 먹어야 한다고도 했다. 그렇게 섬에서 맛볼 수 있는 신선한 해산물들, 예컨대 보말이나 한치 등으로 만든 음식 이야기로 이어진 대화는 이윽고 이 섬에서는 먹을 수 없는 음식들로 옮겨갔다. 에그타르트, 평양냉면, 치아바타 등등. 당연하겠지만 정현 앞에서 두 사람이 토로하는 섬 생활의 불편함은 음식에 국한되지 않았다. 일례로 치과 치료를 받으려면 매번 두 시간씩 배를 타고 제주시까지 나가야만 했다. "그렇다면 좋은 점은 없습니까?"라고 정현이 묻자 손유미씨는 매일 바닷가를 산책할 수 있는 것이라고 대답했고, 김선생이 섬과 섬 사이로 물드는 노을이라고 맞장구를 쳤다. 두 사람이 때로는 맞장구를 치고, 때로는 말을 보태면서 주고받는 섬 생활의 이모저모에 대해 들으며 정현은 조금씩 취해갔다.

그렇게 대화는 아무렇게나 흘러 두 사람이 아직까지 섬에 확진자가 한 명도 나오지 않았다는 사실에 불안 반 안심 반의 심정을 토로할 즈음, 정현이 손유미씨, 아니, 오래전의 친구 은정에게 물었다.

"어떻게 하다가 이 섬에서 혼자 살게 된 거야?"

"어떻게 한 게 아니라 아무것도 하지 못한 거야. 그랬더니 이 섬에서 혼자 살게 됐네."

쓸쓸한 표정으로 은정이 말했다. 정현과 김선생은 은정이 이야기를 이어나갈 때까지 기다렸다.

"누구에게나 인생의 계획 같은 게 있잖아. 거창하게 꿈이라거나 소원이라고 말하지 않아도 되는, 말하자면 새해가 밝았을 때 수첩에다가 끼적이는 것들. 살을 빼겠다거나 달리기를 하겠다거나 가족들을 친절하게 대하겠다거나 하는. 이를 악물고 참아야만 하거나 아무리 힘든 일이 있어도 반드시 해내고야 말겠다는 맹세 같은 게 전혀 불필요한, 말 그대로 평범한 계획. 우리가 마지막으로 본 게 언제였을까? 스물한 살? 스물두 살? 그때만 해도 내겐 그런 계획이 있었어. 평범한 사람들이 가진 평범한 계획. 좋은 회사에 취직하고, 성격 좋고 바르게 사는 사람을 만나 연애해서 결혼하고, 아이를 낳아 별 탈 없이 기르고…… 퇴근길에는 친구와 맛있는 안주에 술을 마시며 옛 추억을 얘기하고, 여름이면 가족들과 외국에 여행을 가는 삶. 새로 개봉한 영화를 보러 극장에 가고 서점에 들러 신간을 사서 돌아오는 삶. 그다지 큰 노력을 하지 않아도 그 정도 삶은 살 수 있을 줄 알았지. 그래서 그때는 네가 하는 말들이 다 부담스럽게 들렸나봐. 그때 나는 현실적인 사람이었거든. 내게는 그 정도면 충분하다고 생각했어. 그 너머의 삶 같은 건 꿈꿔본 적도 없어. 그랬는데……"

"그랬는데?"

"여기 섬에 살고 난 뒤로 네 생각을 몇 번 했었어. 너한테 무례했던 것 같아서."

"넌 나한테 무례한 사람이 될 수가 없었는데."

정현이 말했다.

"뭐, 그렇다면 다행이고. 어쨌든 그때는 돈 잘 벌고 평범한 사람이 좋았거든. 나도 별다른 일 없이 할머니로 늙어갈 거라고 생각했고. 그랬는데……"

은정이 다시 '그랬는데……'라고 말했고, 그러고는 자리에서 일어나 밖으로 나가버렸다. 놀란 정현이 유리문 쪽으로 가서 살펴보니 그녀는 가로등 불빛이 흔들리는 포구의 물결을 바라보며 서 있었다. 우는 것이리라고 그는 짐작했다. 자리에 돌아온 그에게 김선생이 빠르게 전한 이야기는, 그리고 손유미씨가 인터뷰에서 학생들에게 말한 이야기는 다음과 같았다. 은정의 아들이 아홉

살이 되던 해, 아이의 몸속에서 악성종양이 발견됐다. 그리고 은정을 둘러싼 세상은 빛을 잃었다. 어릴 때부터 몸이 허약하고 병치레가 심해 귀찮을 정도로 자신에게 엉겨붙었는데도 아이의 몸속에 그런 끔찍한 게 자라고 있다는 걸 까맣게 몰랐다는 것, 그 사실 때문에 그녀는 말할 수 없는 죄책감을 가졌다. 더 미안한 것은 종양을 발견한 뒤에도 그녀가 할 수 있는 일이 하나도 없었다는 점이었다. 섣불리 희망을 가질 수도, 그렇다고 무기력하게 절망할 수도 없는 진퇴양난의 상황 속에서 일희일비하는 동안 검게 물든 삶은 느리고 더디게 흘러갔다. 그렇게 오 년의 투병 과정이 지났다. 그리고 아이는 죽었다. 아이가 사라지고 나니 그 오 년이라는 시간이, 아니, 자신의 삶에 아이가 존재했던 십사 년이라는 시간이 너무나 허망하고 원통했다. 아이의 물건과 추억이 남아 있는 집에서는 하룻밤도 잠들 수 없었기 때문에 남편이 이사갈 집을 마련할 때까지 그녀는 친정과 친구 집을 전전했다. 하지만 곧 자신이 그들에게 성가신 짐짝이 됐다는 느낌을 떨칠 수 없어 그녀는 어떤 기억이나 추억도 없는 낯선 지방으로 차를 몰고 가 아무 곳에서나 잠들었다. 모텔 주인들은 그런 그녀를 수상히 여겼고, 개중에는 자살할 것 같다며 경찰에 신고하는 사람도 있었다. 그렇게 찾아간 곳 중 하나가 완도였다. 그 너머는 바다라 더이상 갈 곳이 없었다. 그 바다 앞에서 울고 또 울고 난 뒤에야 그녀는 새집으로 들어갈 수 있었다. 그러나 어떻게 해도 이전의 삶으로는 돌아갈 수 없었다. 그 사실을 깨달은 순간, 그녀는 남편에게 이혼을 하자고 말했다. 서로에게 깊은 상처를 남기며 기억하고 싶지 않은 수많은 밤들과 몇 번의 계절을 보내고서야 비로소 그녀는 혼자가 됐고, 이십대 초반에 세운 그녀의 인생 계획은 최종적으로 폐기됐다. 그녀가 다시 완도를 찾은 건 그즈음의 일이었다.

"그때 섬으로 가는 배가 보였대요. 그래서 거기가 끝이 아니구나 싶어 그 배에 올라탔다네요."

김선생의 말에 정현이 대답했다.

"끝까지 가려고 했던 모양이군요."

다시 자리로 돌아온 은정은 한결 차분해진 표정이었다. 몇 번 헛기침을 하더니 그녀는 김선생에게 자신들이 얼마나 달랐는지, 또 정현이 얼마나 괴짜였는지 생각이 났다고 말했다.

"그때는 이 친구가 동양 챔피언이 관장이던 복싱 체육관에 다녔어요. 복싱을 좋아했거든요. 제가 왜 좋아했다고 말하는지 아시겠어요? 좋아할 뿐이지, 잘하지는 못했거든요. 한번은 시합에 나간다고 해서 응원하러 갔는데, 뭐 신인왕까지는 바라지 않더라도 많이 안 맞았으면 싶었지요. 그런데 1라운드가 시작되자마자 일방적으로 얻어맞더니 KO패를 당한 거예요. 차마 볼 수가 없었어요. 그렇게 시합이 끝나고 친구들이랑 다 함께 장충동 어딘가의 술집에 갔는데, 이 친구가 부은 눈을 뜨지도 못하면서 아까 그 시를 소리 내서 읊어대는 거예요. 그래서 '비에도 바람에도 지지 않았는지는 모르겠지만 실컷 얻어맞고 경기에 진 건 맞는 것 같은데 뭐가 좋아서 그리 싱글벙글이야?' 그랬더니 '상대 선수보다 연습량도 경험도 다 부족한데 어쩌겠니? 얻어맞고 쓰러져봐야 내가 어떤 인간인지 알지' 이러더라구요. '인생 참 힘들게 사네'라고 말했더니 '은정아, 인생 별거 아니다. 버틸 때까지 버텨보다가 넘어지면 그만이야. 지금은 그거 연습하는 중이야. 얼른 소주나 줘'라고 대답하더라니까요."

"얼른 소주나 줘."

정현이 은정에게 말했다. 삼십여 년 전처럼. 정현의 잔에 소주를 따르면서 은정은 말을 이었다.

"얻어맞아 팅팅 부은 얼굴이 미워서 내가 '이딴 짓 하지 말고, 하던 대로 글이나 열심히 써'라고 말했어요. 그랬더니 '글쓴다고 인생이 가만히 놔둘 것 같니?'라면서 흘겨보더라구요. 그래서 내가 '그래도 일방적으로 얻어맞는 것보다는 낫잖아. 해도 안 되는 일, 질 게 뻔한 일을 왜 하고 있어?'라고 했더니 이렇게 대답했어요. '버티고 버티다가 넘어지긴 다 마찬가지야. 근데 넘어진다고 끝이 아니야. 그다음이 있어. 너도 KO를 당해 링 바닥에 누워 있어보면 알게 될 거야. 그렇게 넘어져 있으면 조금 전이랑 공기가 달라졌다는 사실이 온몸으로 느껴져. 세상이 뒤로 쑥 물러나면서 나를 응원하던 사람들의 실망감이 고스란히 전해지고, 이 세상에 나 혼자만 있는 것 같은 기분이 들지. 바로 그때 바람이 불어와.

나한테로.' 무슨 바람이냐고 물었더니 '세컨드 윈드'라고 하더라구요. 동양 챔피언에게 들은 말을 그대로 흉내내서 젠체하는 거였는데, 나중에 그 '두번째 바람'이라는 말이 두고두고 생각이 나더군요. 그래서 지금까지도 이렇게 기억하고 있지요."

맞다. 그랬다. 그랬던 적이 있었다. 정현은 혼자서 중얼거렸다.

5

다음날 아침 낯선 번호로 전화가 걸려왔을 때, 정현은 손유미 씨가 쓴 『새 바람은 그대 쪽으로』를 읽고 있었다. 받아보니 결항을 알리는 선사의 안내 전화였다. 다음날은 출항이 되느냐는 물음에 전화 속 목소리는 당일 아침이 되어봐야 알 수 있다는 답만 내놓았다. 섬에 머무는 날이 하루가 될지 이틀이 될지 알 수 없었다. 전화를 끊고 읽던 부분을 마저 읽은 뒤, 그는 기왕 발이 묶였으니 전날 밤 은정이 말한 정난주의 바다에 가봐야겠다고 생각했다. 술을 곁들인 저녁식사를 마친 세 사람은 식당 앞에 세워둔 자동차 대신 마지막 버스를 타고 남쪽 섬으로 내려왔다. 김선생이 숙소로 돌아간 뒤, 두 사람은 선착장이 있는 쪽으로 잠시 걸었다. 정현의 숙소로 돌아가려면 그 길을 따라 언덕을 넘어가면 됐는데, 어쩐지 아쉬움이 남아 둘은 은정의 집으로 가서 이야기를 더 나누기로 했다. 정난주의 바다에 대해 들은 건 그 자리에서였다.

그건 동화 같은 이야기였다. 정난주는 조선시대 명문가에서 태어났다. 다산 정약용과 『자산어보』를 쓴 정약전이 그녀의 삼촌들이었고, 고모부 이승훈은 북경에 가서 서양인 신부에게 세례를 받은 조선 최초의 천주교인이었다. 열여덟 살에 그녀는 두 살 어린 소년과 결혼했다. 그녀의 삼촌에게서 글을 배운 소년은 어려서부터 총명해 열여섯 살에 장원급제를 하고 정조 임금에게 직접 격려를 받은 천재였다. 명문가의 딸과 신동 소년의 혼인을 부러워하지 않을 사람은 아무도 없었으리라. 이 이야기는 마침내 두 사람의 아이가 태어나는 것에서 절정을 이뤘다.

"이 이야기 들어본 적 있어?"

은정이 물었다.

"자세히는 알지 못하고 있다가 『우리들의 역사』에서 읽었어."

정현이 대답했다.

"나는 섬에 와서 정난주의 바다를 보고 난 뒤에야 이 이야기를 처음 알게 됐어."

"그 바다가 그렇게 무서웠어?"

은정은 손유미라는 새 이름으로 학생들과 한 인터뷰에서 그 바다를 처음 봤을 때 자신은 너무나 무서웠다고 말했다. 그 바다는 정난주에게도, 그리고 은정에게도 죽음을 뜻했으니까. 정난주의 평탄한 삶은 정조가 갑자기 죽고 정권이 교체되면서 끝났다. 새

집권 세력은 천주교 탄압을 빌미로 반대파 제거에 나섰고, 그녀가 아는 많은 사람들이 그 그물에 걸렸다. 특히 그녀의 남편은 가장 흉악한 반역자가 됐다. 자신의 스승을 비롯해 어른들과 친구들이 처형되는 것을 지켜본 그가 동굴 속으로 피신해 외국 군대의 파병을 요청하는 편지를 북경의 주교에게 보내려다가 검거됐기 때문이었다. 어두운 동굴 속, 그 마음을 정현이 어떻게 이해할 수 있겠는가. 그러면서도 그런 편지를 쓰는 젊은 심정을 알 것도 같았다. 그리고 그게 얼마나 무책임한 일이며, 또한 그로 인해 얼마나 많은 사람들의 인생이 바뀌게 될지도. 그 일로 그는 사지가 찢기는 극형을 당했고, 남은 가족들은 모두 관아의 노비가 됐다. 정난주와 갓 태어난 아들의 운명도 마찬가지였다. 그들은 그때 한 번 죽었다. 그렇다면 삶은 그렇게 끝났어야만 옳았다. 하지만 그들에게는 두번째 삶이 기다리고 있었다.

"응, 나는 그 바다가 그렇게 무섭더라고."

그 바다를 보기 위해 정현은 펜션을 나섰다. 올레길 표시를 따라가면 된다고 했기에 그는 산길을 걸어갔다. 뭉게구름이 떠 있는 화창한 날이었다. 시야도 좋아 남해의 먼 섬들이 다 눈에 들어왔다. 이처럼 맑고 화창한데 왜 배가 뜨지 않는 것인지 그로서는 이해할 수 없었지만, 오히려 잘됐다고 생각했다. 예초리 포구를 지나자 다시 산길이 시작됐다. 시멘트로 포장된 길을 따라 걸어가니 '아기 황경한과 눈물의 십자가'라고 제목을 붙인 안내판이 멀리 남해의 섬들을 배경으로 서 있었다. 정현은 안내판에 적힌 이야기를 읽었다. 그건 전날 밤, 은정이 자신에게 들려준 이야기와 거의 비슷했다. 한 가지 부분만 제외하고. 그건 은정이 지어낸 이야기일까, 아니면 다르게 전해오는 이야기를 섬 주민에게 들은 것일까? 궁금해하며 정현은 오른쪽으로 놓인 계단을 따라 해안으로 내려가기 시작했다.

다른 부분이란 다음과 같았다. 안내판에는 "남편이 순교한 후두 살배기 아들 황경한과 함께 제주도로 유배 가던 정난주는 배가추자도를 지날 때 아들이 평생 죄인으로 살 것을 염려하여 경한을 섬 동쪽 갯바위에 내려놓고 떠났다"라고 돼 있었고, 나중에 정현이 찾아본 자료에도 모두 그렇게 나와 있었다. 하지만 은정에게 들은 이야기는 조금 달랐다. 엄마는 대정현의 관비로, 아들은 추자도의 관노로 삼는다는 처분이 있었으므로 아들이 죽었다고 둘러대며 갯바위에 버려두고 떠난들 관에서는 아이를 찾아내 다시 노비로 삼을 게 분명했다. 이를 피하자면 아들이 죽었다는 확실한 증거, 그러니까 아이의 시신이 필요했으나 압송되는 바다 위에서 그건 결코 구할 수 없었다. 그렇다면 자신의 시신이라도 있어야겠다고 정난주는 생각했다. 어미가 아들을 품고 바다로 뛰어들어 그어미의 시신만 인양했다고 보고한다면, 자신의 시신을 확인한 이상 관리들도 더는 문제삼지 않을 테니까. 사공들을 금품으로 회유한 그녀는 갯바위에 아들을 내려놓고 하느님께 아이를 보살펴달라는 마지막 기도를 올린 뒤, 바다로 뛰어들었다. 정현이 막 지나온 포구에 배가 닿기 직전의 일이었다.

눈물의 십자가로 내려가는 계단은 가팔랐다. 조금 내려가니 멀리 바위 위에 서 있는 십자가가 눈에 들어왔다. 위에서 내려다보고 있어서겠지만, 십자가는 바다라는 거대한 푸른 벽의 맨 아래에 피어난 풀잎처럼 보였다. 거기가 바로 정난주가 포대에 싸인 갓난아이를 내려놓고 간 곳이었다. 십자가를 향해 아래로 아래로 내려갈수록 그 푸른 벽은 더욱 높아졌다. 이백 년 전 정난주가 그랬던 것처럼, 은정 역시 그 푸른 벽 앞에서 절망을 느꼈다. 은정은 내려가고 또 내려갔다. 그렇게 바닥까지 내려갔을 때, 바람이 불어왔고 무슨 일인가 일어났다. 이제 더는 은정이 아닌 손유미씨는 그때 무슨 일이 일어났는지 정현에게 이렇게 설명했다.

"도저히 넘어가지 못할 푸른 벽에 가로막혀 그 바다로 몸을 던진 정난주는 아래로 아래로 떨어지기만 했어. 그렇게 모든 것이 끝나는가 싶었는데, 하느님이 그런 그녀를 건져올렸지. 죽은 줄로만 알았던 자신이 아직 살아 있다는 것을 안 그녀는 하느님을 원망해. 사랑하는 가족과 지인들이, 죄 없는 사람들이 형장에서 죽어가는 동안에도 한 번도 모습을 드러내거나 그들을 구해주지 않았던 하느님이 왜 정작 죽겠다고 바다로 뛰어든 자신을 살려냈는지 그녀는 이해하기 힘들었어. 하지만 그녀는 곧 마음을 고쳐먹고 기도해. '저를 죽여주십시오, 하느님. 저는 죽어야만 합니다. 제가 죽어야 제 아들이 살 수 있습니다.' 그러자 하느님은 그녀에게 올바르게 기도하는 법을 가르쳐. 따라 해보라시며, '제가 살아야 제 아들이 살 수 있습니다'라고 말해보라시며. 정난주가 머뭇거리며 그래도 되느냐고 묻자, 하느님은 그래야 된다고 말씀하셔. 그녀는 이제 막 말을 배우는 아이처럼 더듬더듬 그 말을 따라 해. '제가 살아야 제 아들이 살 수 있습니다'라고. 그 모습을 보고 하느님은 흡족해하셨지. 그녀의 기도는 받아들여져. 대정읍으로 압송돼 관비가 된 그녀는, 그럼에도 삼십칠 년을 더 살아 할머니로 죽고, 그러는 동안 그녀의 아들은 얼마든지 살 수 있었지. 그 하루하루는 늘 새 바람이 그녀 쪽으로 불어오는 나날이었다고 해."

(2022)

* 미야자와 겐지의 「목련」 번역은 『미야자와 겐지 전집 2』(박정임 옮김, 너머, 2018) 중 「목련」을 바탕으로 재구성했습니다.

2부

장편소설
일곱 해의 마지막

백석

경성부외 서둑도리 656. 일명 기행. 명치 45년 7월 1일, 평북 정주에서 출생. 시인. 오산중학, 동경 청산학원 졸. 영생고녀, 조선일보사 출판부를 역임하고, 현재는 시작에 정진. 저서에 시집 『사슴』이 있다.

―문장사 편집부, 「조선문예가총람」, 『문장』 1940년 1월호

1957년과 1958년 사이

우리 빨갛게 타고 타련다.
일곱 해의 첫해에도
일곱 해의 마지막 해에도.

_백석, 「석탄이 하는 말」 중에서

1957년의 포베다

벨라와 빅토르는 시인이다. 1924년생으로 둘은 동갑이지만 빅토르가 벨라보다 먼저 고리키 문학대학에 입학했다. 평범한 의사 아버지와 교사 어머니를 둔 벨라는 모스크바의 학교에 진학하기 위해서 편법을 사용해야만 했다. 그녀는 임시로 기술대학에 등록한 뒤, 문학대학 편입을 신청했다. 반면 당 간부를 아버지로 둔데다가 대조국전쟁 부상병이라는 이력을 가진 빅토르는 제대하자마자 문학대학에 들어갈 수 있었다. 재학중이던 스물두 살에 그는 벌써 첫 시집 『승리자의 봄』을 펴내 큰 주목을 받았다. 그 시집에는 제3근위전차군 소속의 전차병으로 드네프르강 전투에 참여했다가 오른팔에 부상을 입고 후송된 그의 개인적 체험이 녹아 있었다. 그 시절의 분위기에 맞게 애국심으로 가득한 시집이었고, 벨라도 질투인지 감동인지 모를 소감을 일기장에 남겼다. 둘은 문학대학 선후배 사이로 만나 사랑에 빠졌다. 그 사랑은 존경의 마음과 소유의 욕망이 뒤엉킨 것이라 처음부터 폭발적이었다. 그렇기 때문에 시간이 흐를수록 처음의 열기와 빛은 점차 사라지리라는 예감이 있었다.

그 예감은 1953년 스탈린이 죽은 뒤 '오테펠оттепель. 해빙', 그러니까 사회 전반에 걸쳐 변화의 물결이 조금씩 밀려오면서 점점 더 또렷해지다가 삼 년 뒤 흐루쇼프 서기장이 소련공산당 제20차 전당대회에서 스탈린 개인숭배를 비판하는 비밀 연설을 하면서 현실로 나타났다. 대학가에서는 「지마역驛」을 썼다가 개인주의라는 비판을 받고 고리키 문학대학에서 퇴학당한 예브게니 옙투셴코나 건축대학 졸업생이자 파스테르나크의 숭배자인 안드레이 보즈네센스키 같은 젊은 시인들의 낭송회가 큰 인기를 끌기 시작했다. 빅토르도 그 해빙의 물결을 타고 자유의 바람을 맘껏 즐기며 온갖 기행을 저지르고 다녔다. 그중에는 지나가는 택시를 잡아탄 뒤, "블라디보스토크로!"라고 외치는 짓도 있었다. 그러면 누군가는 "인민의 적이 되는 게 어때?"라고 되묻기도 했다. 스탈린이 살아 있을 때만 해도 시베리아로 가는 가장 빠른 방법은 소위 '인민의 적'으로 낙인찍히는 일이었으니까. 그러나 이제 빅토르에게는 "인민의 적이라면 악의 제국이자 파탄이 난 지상 지옥 미국으로 쫓겨나야지, 왜 아름다운 어머니의 땅 시베리아로 가겠소?"라고 능갈칠 여유까지도 생겼다. 그는 스탈린의 얼음 동상이 녹아내린 물웅

덩이에서 물장난을 하는 아이와도 같았다.

　그러다가 빅토르는 자신보다 더 미친 택시기사 알렉산드르를 만났다. 카자크의 피가 섞인 그는 자기 조상들처럼 시베리아를 정복할 마음이 있었던 모양이다. 의기투합한 두 사람은 몇 달에 걸쳐 자동차 여행을 준비했다. 그들은 필요한 물품을 조달하고 수십 장의 허가증을 얻기 위해 육십여 곳이 넘는 관공서를 드나들었다. 빅토르의 몽상이 알렉산드르의 실행력을 만나 대륙 간 탄도미사일처럼 날아올랐다. 그리하여 그들은 작가동맹에서 얻은 석 달짜리 공무 여행 증명서와 소수민족들의 언어와 민요 등을 채집할 테이프 레코더와 여행 과정을 촬영할 카메라맨, 그리고 가즈GAZ에서 전천후 주행이 가능한 차종으로 새로 생산한, 누적 거리 4262킬로미터의 하얀색 M-72 사륜구동 승용차를 구했다. 그 차에는 '포베다победа, 승리'라는 이름이 붙었다. 그들은 축제 분위기 속에서 모스크바를 떠나기 위해 꽃향기가 흩날리고 깃발들이 펄럭일 노동절을 출발일로 택했다.

　벨라에게 북한의 조선작가동맹에서 초청 연락이 온 건 그보다 훨씬 더 전의 일이었지만, 빅토르를 찾아가 그 일에 대해 얘기한 건 1957년 4월 중순이었다. 그녀가 6월에 비행기 편으로 자신보다 먼저 극동에 가게 됐다는 사실을 안 그는 실망한 표정을 지어 보였다.

　"조선? 작가동맹? 그런 곳에도 동맹씩이나 할 작가가 있는 모양이지?"

"그런 곳이라니? 무슨 뜻이지?"

빅토르의 말에 벨라가 반문했다.

"말한 그대로야. 며칠 전에도 한 북조선 학생에게 들은 이야기가 있거든. 지난 전쟁에서 미국의 맥아더가 매일 B-29로 전략폭격을 감행해 그 나라는 석기시대의 폐허로 돌아갔다던데? 그 친구도 낙동강이라는 곳에서 부상을 당했다고 하더군. 표현이 재미있어. 먼저 작은 벌이 윙윙거리는 소리가 나고, 그다음에 말벌들이 몰려와 독침을 쏘았다는 거지."

벨라는 무슨 말인지 이해할 수 없었다.

"작은 벌이니 말벌이니, 그게 다 무슨 소리야?"

"프로펠러 정찰기가 먼저 오고, 그다음에 폭격기가 몰려왔다는 뜻이야. 독일군도 마찬가지였지. 그래서 무슨 말을 하는지 금방 알아들을 수 있었어."

빅토르가 설명했다.

"그게 시네. 독침을 쏘는 말벌이 하늘을 가득 뒤덮은 풍경. 그 나라에 적어도 시인이 한 명은 있는 셈이네."

"그 친구의 꿈은 시인이 아니라 영화감독이야. 북조선의 미하일 칼라토조프를 꿈꾸고 있지."

영화 〈학이 난다〉를 만든 미하일 칼라토조프는 소련에서는 처음으로 칸영화제에서 황금종려상을 받았다. 그의 흑백 화면 구성은 이루 말할 수 없이 아름답고 시적이었다.

"미래의 칼라토조프를 꿈꾸는 청년이 있는 나라라면 절대로 폐허일 수 없지."

벨라가 단호하게 말했다. 벨라의 고향은 스탈린그라드였다. 지난 대조국전쟁에서 히틀러의 나치군에 맞서 스탈린그라드의 남녀가 맹렬한 폭격으로 폐허가 된 도시를 지키려고 그토록 안간힘을 쓴 이유가 무조건 사수하라는 스탈린의 명령 때문만은 아니라는 것을 그녀는 잘 알고 있었다. 그 도시는 그들의 것이고, 그들이 청춘과 꿈을 묻은 곳이기 때문이었다. 그 청춘과 꿈의 이야기가 있기에 어떤 폐허도 가뭇없이 사라질 수는 없는 것이라고 그녀는 믿고 있었다.

1958년의 기린

  기행은 시인이다. 그러나 이태 전, 동시를 쓰기 전까지 그의 시를 읽어본 사람은 손으로 꼽을 정도였다. 사람들은 그를 소련문학 번역가로 알고 있었다. 조선작가동맹 건물의 노어번역실이 그의 근무지였다. 중복 더위로 후텁지근하던 1958년 7월, 출근하기 위해 대동문 쪽으로 걸어가던 그는 신문 전시대 앞에 몰려 있는 사람들을 봤다. 그들 쪽으로 다가가 살펴보니 1면에 '중앙위생지도위원회를 따라 위생방역 사업을 강화하자'라는 제목이 인쇄돼 있었다. 기사는 보건위생 사업이 사회주의혁명의 한 부분인 문화혁명의 중요한 내용을 이룬다며, 여름철 전염병을 예방하기 위해 우물에 뚜껑을 덮을 것과 물을 끓여먹을 것과 변소 청소를 철저히 할 것을 강조하고 있었다. 별다른 내용이 없는데도 사람들이 몰린 까닭은 그즈음 심각해진 전염병 때문이 아닐까고 기행은 생각했다. 병원으로 환자들이 몰리면서 몇 주 전부터 위생 검열이 잦아졌다. 검열관들은 각 가정을 돌며 정리정돈 상태, 의류와 침구의 세탁 상태, 부엌과 변소의 청소 상태 등을 점검했다. 각 사업 단위와 인민반에서는 선전 활동도 활발했다. 그럼에도 전염병의 기세는 꺾이지 않았으나 신문에서는 공산주의 건설자로 육성된 인민들의 자발적인 방역 사업으로 사회주의 수도 평양에서 전염병균이 성공적으로 퇴치되고 있다고 보도하고 있었다. 기행은 뒤로 물러났다. 그러다가 문득 기척을 느끼고 고개를 들었다. 사람들의 머리통과 신문 전시대 위에 기중기의 팔이 건둥 떠 있었다. 광장 주변에 새로운 건물이 올라가고 있었다. 서서히 돌아가는 기중기의 검은 팔에서 빛이 번뜩였다가 사라졌다. 거리는 아침부터 달아오르고 있었다.

그날 오후에는 조선작가동맹 아동문학분과에서 2/4분기 작품 총화 회의를 열었다. 기행이 문화회관 소강당에 도착했을 때는 이미 회의가 시작된 뒤였다. 문을 열고 들어가니 몇몇 사람들이 그를 돌아봤다. 기대와 달리 뒷줄에는 빈자리가 없어 그는 앞으로 가야 했다. 걸어오는 그를 보고 단상에서 발언하던 엄종석이 말을 멈췄다. 기행의 귀에 제 구두 소리가 크게 들렸다. 그의 목덜미를 타고 땀이 흘러내렸다. 중앙당 문화예술부 문학과 지도위원인 엄종석은 당의 문학 정책을 작가들에게 지도하는 일을 하고 있었다. 기행은 검질기게 자신을 노려보는 그의 시선을 모른 체하고 빈자리를 찾아 들어갔다. 그는 바짝 깎아올린 머리에 우람한 풍채를 지녀 언뜻 역도선수처럼 보였지만, 일제시대 때부터 지하에서 활동하며 평론을 써온 사람이었다. 기행이 자리에 앉자 그는 하던 말을 이어갔다.

"류연진의 시「송아지」는 고개 너머 장에 간 어미소와 떨어져 외양간에 갇힌 송아지의 외로운 심정을 노래한다지만, 조합의 공동 외양간 목책 속에 송아지가 한 마리밖에 없다는 사실부터가 틀려먹었습니다. 오늘의 우리 협동조합 목장 중에 이처럼 한적한 곳이 어디에 있습니까? 인민들의 생활 현실을 이처럼 혹심하게 왜곡시킬 수 있습니까? 송아지의 이 고독한 심정은 도대체 누구를 위한 고독입니까? 모두가 힘을 합쳐 일하는 협동조합 안에 이 송아지처럼 고독을 느낄 만한 사람이 도대체 있을 수 있습니까?"

기행은 가방에서 노트를 꺼냈다. 펼친 페이지에는 간밤에 긁적인 몇 개의 단상들이 적혀 있었다. 옆 사람이 볼세라 그는 얼른 빈 페이지를 찾아 넘겼다. 그리고 엄종석의 말을 두서없이 적었다. 송아지, 외로운 심정, 누구를 위한 고독…… 뒤이어 엄종석은 다른 시인의 시를 거론하며 높이 평가했다. 기행은 그런 평가를 받은 시구도 받아 적었다. 조국의 불기둥, 기중기를 돌리며, 붉은 깃발…… 그래서 그는 전혀 예상하지 못하고 있었는데 엄종석이 갑자기 그의 시를 읽었다.

기린아,

아프리카의 기린아,

너는 키가 크기도 크구나

높다란 다락 같구나,

너는 목이 길기도 길구나

굵다란 장대 같구나.

네 목에 깃발을 달아보자

붉은 깃발을 달아보자,

하늘 공중 부는 바람에

깃발이 펄럭이라고,

백 리 밖 먼 데서도

깃발이 보이라고.

그건 기행이 지난해 『아동문학』 4월호에 발표한 동시들 중 하나
인 「기린」이었다. 일 년도 더 전에 쓴 시가 왜 불려 나오는지 알 수
없었다.

엄종석은 기행에게 턱짓을 했다.

"오늘 지각한 동무, 본인이 쓴 시가 맞소? 일어나서 다른 동무
들에게 왜 하필이면 기린에 대해 쓰게 됐는지 말해보시오."

기행이 자리에서 일어났다. 사람들이 다들 그를 쳐다봤다.

"아이들에게는 사상성보다 교양성을 심어주는 게 우선입니다. 그래서 먼 나라의 다양한 동물들을 재미나게 소개하고 그 특징을 이용해서 사상성을 드러내려고……"

엄종석이 기행의 말을 잘랐다.

"지금 동무에게 강의를 듣자고 했소? 내 말은, 왜 여기서 기린이 나오느냔 말이오?"

"무엇을 물어보시는 것인지 모르겠습니다. 아프리카 기린에 대해 쓰면 안 되는 것입니까?"

"우리나라에 있는 곰이나 범을 두고, 왜 머나먼 아프리카의 기린을 끌고 와 붉은 깃발을 다느냔 말이오?"

기행은 말문이 막혔다. 질문의 의미를 이해하지 못하니 무어라 대답할 수가 없었다. 엄종석은 그런 그를 비웃듯이 바라봤다.

"아직도 순수문학의 잔재가 남아 사회주의 리얼리즘을 이해하지 못하니 안타깝소. 동무는 우리의 서정이란 우리나라 아동들의 실지 생활감정에 의거해야만 한다는 당의 창작 지침을 여태 이해하지 못하겠소? 아프리카의 기린이라면 거기다가 붉은 깃발을 달든 푸른 깃발을 달든 무슨 상관이오. 우리의 동물이어야 붉은 깃발이 의미가 있는 것이지. 단순히 재미난 것을 아동들에게 소개하겠다고 들면 이런 모호함을 피할 수 없다는 사실을 다른 동무들도 명심하시오. 이 시에는 주체적인 우리의 생활, 우리의 감정이 없소. 주체적으로 시를 창작해야 한다는 생각이 없으니 아프리카의 기린 같은 것을 떠올리는 것이 아니겠소."

아무리 노죽을 부려도 퇴짜를 놓는 여인 앞에 선 구혼자처럼 기행은 어쩔 줄 모르고 가만히 서 있었다. 그는 기린을 생각했다. 기행이 자리에 앉고 나서도 그런 식의 작품 총화 회의가 계속됐다. 그때까지도 기행은 기린을 생각했다. 붉은 깃발을 목에 매단 기린이 그의 눈에 보였다. 엄종석이 옳았다. 기린에게는 붉은 깃발을 다는 게 아니었다고 그는 생각했다.

1957년의 파라다이스

1957년 6월, 벨라는 평양을 향해 출발했다. 아주 긴 여정이었다. 옴스크, 노보시비르스크, 크라스노야르스크, 이르쿠츠크를 거쳐 치타까지 간 뒤, 거기서 이틀간 묵으며 일주일에 세 번 평양을 오가는 조선민항을 기다려야만 했다. 치타에서 옴스크에 막 도착한 빅토르와 연락이 닿았다. 두 사람은 벨라가 귀국하는 7월 말 울란우데에서 만나자는 약속을 했다.

북한으로 들어간 벨라는 작가동맹 위원장인 병도를 비롯해 많은 시인과 소설가를 만났고, 평양과 개성과 판문점과 함흥 등지를 여행했다. 그러는 동안 여러 명의 통역을 만났는데 기행도 그중한 사람이었다. 벨라 역시 그를 번역가로만 알고 있었다. 함흥에서 폐허가 된 수도원을 함께 보기 전까지는 말이다. 그날 밤, 그는 시를 쓰고 있다고 벨라에게 고백하고는 노트 한 권을 내밀었다.

북한 시인들에게 육필 시를 선물받곤 했기에 그녀는 무심히 그 노트를 받았다.

귀로에 벨라는 조선민항 편으로 치타로 나온 뒤, 거기서 울란우데행 기차를 탔다. 기차는 밤새 시베리아 벌판을 달렸다. 문득 그녀는 기행에게 받은 노트가 궁금해졌다. 가방에서 꺼내 펼치니 세로로 적어내려간 동양풍의 글자들이 눈에 들어왔다. 북한에서 본 대부분의 책들은 그렇게 세로로 인쇄돼 있었다. 두루마리를 펼치며 읽듯이 오른쪽에서 왼쪽으로 읽어간다고 들었지만 두루마리를 왜 오른쪽에서 왼쪽으로 펼쳐야만 하는 것인지부터 이해되지 않았다. 오른손으로 쓰면 막 쓴 글자에 손이 닿아 잉크가 묻을 텐데, 그렇다면 동양인들은 모두 왼손잡이들이란 말인가? 그런 의문이었는데 기행은 왼쪽에서 오른쪽으로 읽으면 결말부터 알게 되니 주의하라는 엉뚱한 대답을 내놓았다. 그런데 그녀는 그 엉뚱한 대답이 흥미로웠다. 어떤 이야기를 결말부터 읽는다면 어떻게 될까. 그런 생각을 하며 차창 밖을 내다보면 부드럽게 융기하는 낮은 구릉들의 희미한 윤곽 위로 별들이 도글도글 떠 있었다.

다음날 아침, 울란우데에 도착해 역 앞으로 나가니 벨라와 마찬가지로 밤새 차를 타고 달려온 빅토르가 그녀를 기다리고 있었다. 그새 그의 얼굴과 두 팔은 볕에 그을려 감실감실했다. 고생한 티가 역력해서인지, 아니면 오랫동안 이방인들 사이에서 지내다가 낯익은 얼굴을 봐서인지 벨라는 그가 무척 반가웠다. 그건 빅토르도 마찬가지였다. 그는 두 팔을 벌려 그녀를 안았다. 빅토르가 타고 온 차는 트럭이었다.

"포베다는 어디로 가고?"

벨라가 물었다.

"고장이 나서 수리중이야. 초원에서 오도 가도 못할 뻔했는데 그때 마침 이분을 만났어. 진짜 사냥꾼이지. 세르게이야."

빅토르가 트럭 옆에 선 노인을 가리키며 벨라에게 소개했다. 검은색 털모자를 쓴 그는 수염이 허옇고 얼굴 아래쪽이 갸름하게 생긴 동양 노인이었다. 그는 억울한 일을 당해 대처에 고발하러 나온 촌부처럼 커다란 눈을 껌석거리며 담배를 피웠다. 벨라는 눈짓으로 그 노인과 인사를 나눴다.

"그럼 지금 울란우데에 있는 게 아니야?"

벨라가 물었다.

"다른 친구들은 지금 세르게이의 마을에 있어. 거긴 파라다이스야. 바이칼호를 따라 북쪽으로 300킬로미터 정도 가면 나와. 야생의 삶이라 당신에게는 불편할 수도 있지만 결국 좋아하게 될 거야."

빅토르의 말에 벨라는 코웃음이 나왔다. 야생의 삶이라면, 크라스노야르스크의 개척지인 스트렐카에서 어린 시절을 보낸 벨라가 더 잘 알기 때문이었다. 봄가을이 없는 타이가의 빽빽한 침엽수림과 호수들. 첫눈이 내리고 나면 이듬해 여름까지는 예벤크족의 썰매로만 다닐 수 있었던 길. 그 시절에 대해 여러 번 말했지만 빅토르는 그 사실을 기억하지 못했다. 그는 자기밖에 모르는 사람이었다.

"파라다이스는 그보다 더 위로 올라가야 나와."

벨라는 그렇게 말하고 말았다.

역 앞의 식당에서 간단하게 아침을 먹은 뒤, 그들은 북쪽으로 출발했다. 하지만 길이 끊어진 곳이 많아 돌아가야만 했던데다가 감탕에 처박혀 헛도는 바퀴 탓에 지체할 수밖에 없었다. 그러느라 그들은 어두워질 때까지도 빅토르가 말한 파라다이스에 도착하지 못했다. 대신, 거기까지 가는 길 자체가 파라다이스였다. 새파란 하늘에 빨간 점 하나가 찍히는가 싶더니 순식간에 서쪽 하늘이 불그스레 물들었다. 그 은은한 물결은 늠실늠실 호수로 번졌다. 벨라는 그 빛에서 눈을 뗄 수 없었다. 파라다이스에는 밤이 되어서야 도착했다. 그들을 제일 먼저 맞이한 건 호수 옆에서 어슬렁거리는 개들이었다. 사냥과 어업으로 먹고사는 고리드족에게 개는 가족과도 같았다. 세르게이와 달리 젊은 고리드족은 얼굴이 털투성이라 사람처럼 보이지 않았다.

운전수 알렉산드르와 카메라맨 막심이 모닥불을 지펴놓고 기다리고 있었다. 거기까지 벨라가 찾아왔다는 사실이 감격스러웠는지 그들은 환호성을 질렀다. 다들 모닥불에 둘러앉아 바이칼의 생선 오물과 사슴 고기를 구워먹으며 보드카를 마셨다. 벨라는 예벤크족과 함께 지내던 십대 시절을 떠올렸다. 예벤크족은 근면하고 검박하게 생활하며 평화로운 삶을 누리고 있었다. 노동절이나 10월혁명일이나 붉은 군대 기념일처럼 명절이 찾아오면 다들 모여 함께 축제를 즐기곤 했다. 몇 년 뒤 전쟁이 벌어져 아버지와 어머니는 물론이거니와 친구들까지 전선으로 나간 뒤에야 벨라는 그 시절에 자신이 얼마나 행복했는지 새삼 알 수 있었다. 그런 회한과 슬픔이 그녀를 글쓰기로 이끌었다. 그렇게 그 아름다운 시절의 기억이 몇 줄의 문장으로 남게 됐다.

벨라는 여행 가방 속에 들어 있는 기행의 노트를 떠올렸다. 서양식대로 페이지를 넘기면 결말부터 읽게 된다는, 세로로 써내려간, 동양의 글자들. 인생을 거꾸로 산다면 어떻게 될까? 결말을 안 뒤에 다시 대조국전쟁을 거쳐 십대 시절로 돌아간다면? 장차 시인이 되리라는 것을 알고 있는 상태에서 네크라소프의 시를 읽는다면? 얘는 전쟁에 가서 돌아오지 못할 거야, 라고 생각하며 급우와 대화를 나눈다면? 그렇다면 원래보다 더 슬플지는 모르겠으나 그 순간에 더욱 집중하긴 할 것이다. 미래는 생각하지 않아도 되고 과거는 잘 알고 있으니, 오로지 현재에만, 지금 이 순간에만. 벨라가 거기까지 생각했을 때, 세르게이가 벌떡 일어섰다.

1958년의 시바이

저무는 서문 거리는 집으로 돌아가려는 사람들로 북적였다. 노을빛이 그들의 머리 위로 너울거렸다. 기행은 오로지 걷는 데만 신경쓰리라 마음먹었지만, 이런저런 생각이 오가는 것을 어찌할 수는 없었다. 머릿속에 가장 오래 머물다 간 건 5월 이후 뚝 끊어진 번역 일감에 대한 걱정이었다. 집에는 어린아이들이 넷이나 있는데, 이젠 배급만으로는 부족해 양곡을 빌려야만 할 처지였다. 단칸방에서 벗어나리라는 기대는 일찌감치 접었다. 생각에 잠겨, 하구로 흘러드는 물결처럼 이동하는 사람들의 틈바구니에서 걷고 있는데, 갑자기 사람들이 걸음을 멈췄다. 기행도 그 자리에 섰다. 얼마 지나지 않아 이유가 밝혀졌다. 고무로 만든 옷을 입고 모자에 마스크로 얼굴을 가린 방역대가 길을 막은 채 펌프 소독기로 크레졸 소독수를 뿌리고 있었다.

크레졸 냄새가 물큰 밀려왔다. 그렇게 가만히 서서 기행은 일제 말기 신혼생활을 시작할 때의 평양을 떠올렸다. 피아니스트였던 아내 경과 장 가뱅이 나오는 영화를 보러 다니던 중성리의 영화관, 화가인 처남의 친구들과 술 마시러 다니던 삿전골 나까이 술집과 반지하 다방 세르팡, 가보지 못한 냉면집을 찾아 혼자 헤매던 사창마당과 서문장의 골목들…… 흔적도 없이 사라진 그 시절의 평양을 떠올리며 침묵 속에서 거리를 소독하는 방역대를 바라보니 기억도 현실도 모두 꿈처럼 느껴졌다. 십여 분 뒤 통행이 재개됐다. 그는 로터리를 지나 강을 건너 어둑해진 뒤에야 준의 집에 도착했다. 여러 집이 함께 사용하는 마당에서 아이들이 놀고 있었다. 준의 막내가 기행을 보고 달려와 인사했다. 방문을 두드리자 준의 아내인 영이 나와 그가 아직 귀가 전임을 알렸다. 들고 온 소주를 마루에 내려놓고 기행이 앉아 있으려니 영이 김치보시기가 놓인 소반을 내왔다.

"준이 오고 나서 천천히 내와도 될 텐데요."

오래전 같은 신문사 동료였던 친구 현의 여동생이기도 한 그녀와는 알고 지낸 지가 벌써 스무 해도 넘었다.

"올 시간이 거진 되었어요."

통영 사람이라 그녀만 보면 어쩔 수 없이 남해 생각이 났다. 남해라는 단어는 이제 어지러울 정도로 아득해졌다. 판데목 좁은 물길을 보고 돌아설 때만 해도 통영에 금방 다시 갈 줄 알았는데, 벌써 이십이 년 전의 일이 되고 말았다. 그사이에 해방과 뒤이은 전쟁으로 휴전선이 생겼으니 언제 다시 남해를 볼 수 있을지 기약조차 힘들었다. 그런 간절함이야 친정 식구들을 두고 준을 따라 북으로 온 그녀가 더했으리라. 그렇기에 기행은 통영 얘기를 꺼내지 않았다. 물론 이유가 그것뿐만은 아니었지만.

한 잔을 채 마시기도 전에 준이 돌아왔다. 마침맞게 어느덧 통통해진 달도 좁은 지붕 사이로 떠올랐다. 준은 아이를 한 번 껴안고 다정하게 인사한 뒤 기행의 맞은편에 앉았다.

"무슨 바람이 불어 이 먼 곳까지 행차하셨을까?"

준이 잔을 내밀며 물었다.

"술냄새가 나기에 걷다보니……"

"이 친구가 언제부터 그렇게 술냄새를 잘 맡았나?"

둘은 잔을 부딪쳤다.

"번역은 잘 되어가나? 지금 하고 있는 게 니콜라이 두보프의 「시로타Сирота」였던가?"

기행이 물었다. 그러자 준이 옆에 놓인 가방을 툭툭 쳤다.

"응. 거의 끝나가고 있네. 그런데 하나 물어볼 게 있어. '시로타'는 '고아'라는 뜻이 아닌가? 그런데 출판사에서는 이 소설의 제목을 '고독'으로 바꾸자네. 자네 생각은 어떤가?"

준의 말에 기행은 대꾸 없이 씁쓸하게 웃으며 한 잔을 더 따라 마셨다. 준이 얼른 잔을 부딪쳤다.

"뭐야, 그 표정은?"

"아니야. 고독이라는 말을 들으니까 오늘 낮에 열린 2/4분기 작품 총화 회의가 생각나서."

그러더니 기행은 목소리를 낮춰 일본어로 말했다. 둘이서 은밀한 이야기를 할 때는 으레 일본어가 나오곤 했다.

"당에서 지도위원으로 내려보낸 엄종석이 「송아지」란 시를 두고 '송아지의 이 고독한 심정은 도대체 누구를 위한 고독입니까?'라고 되묻더군. 시인이 엄마 잃은 송아지가 외로워 보인다는 말도 할 수 없다니, 이거야말로 정말 고독한 일이 아닌가 싶은 생각이 들지 않겠나."

준도 일본어로 대꾸했다.

"외로움을 나쁜 것이라고만 생각하니까 그럴 수밖에. 외로워봐야 육친의 따스함을 아는 법인데, 이 사회는 늘 기쁘고 즐겁고 벅찬 상태만 노래하라고 하지. 그게 아니면 분노하고 증오하고 저주해야 하고. 어쨌든 늘 조증의 상태로 지내야만 하니 외로움이 뭔지 고독이 뭔지 알지 못하겠지. 요전번에는 종로의 한 화랑에서 그림을 봤는데, 무슨 제철소인가 어딘가에서 일하는 노동자들을 그려놓았더군. 그런데 육중한 철근을 멘 노동자들이 모두 웃고 있더라구. 고통을 느끼지 못하는 인간, 슬픔을 모르는 인간, 고독할 겨를이 없는 인간, 그게 바로 당이 원하는 새로운 사회주의 인간형인가봐. 그러니 나도 웃을 수밖에."

그때 방안에서 "아얏!" 하는 영의 소리가 들렸다. 어두운 방에서 바느질을 하다가 손끝이 찔린 모양이었다. 잠시 멈췄던 준의 말이 이어졌다.

"이건 마치 항상 기뻐하라고 윽박지르는 기둥서방 앞에 서 있는 억지춘향의 꼴이 아니겠나. 그렇게 억지로 조증의 상태를 만든다고 해서 개조가 이뤄질까? 인간의 실존이란 물과 같은 것이고, 그것은 흐름이라서 인연과 조건에 따라 때로는 냇물이 되고 강물이 되며 때로는 호수와 폭포수가 되는 것인데, 그 모두를 하나로 뭉뚱그려 늘 기뻐하라, 벅찬 인간이 되어라, 투쟁하라, 하면 그게 가능할까?"

준은 말을 끊었다가 이번에는 우리말로 돌아왔다.

"이런 상황이라면 결국 사람들은 둘 중 하나를 선택할 수밖에 없지. '시바이芝居, 연극, 속임수'를 할 것인가, 말 것인가. 그게 개조의 본질이 아닐까 싶어. 시바이를 할 수 있다면 남고, 못한다면 떠나라. 결국 남은 자들은 모두 시바이를 할 수밖에 없을 텐데, 모두가 시바이를 하게 되면 그건 시바이가 아니라 현실이 되겠지. 새로운 사회는 이렇게 만들어진다네. 이런 세상에서는 글을 쓴다는 것도 마찬가지야. 자기를 속일 수 있다면 글을 쓰면 되는 거지."

"그렇게 양자택일만 남아 있는 것일까? 다른 길은 없을까?"
기행이 물었다.

"우리의 불행은 거기서 시작됐지. 제3의 길이란 없다는 것."

"그럼 지금 자네는 시바이를 하고 있는 건가?"

기행이 다시 물었다.

"내게는 번역이 시바이의 길이네. 몇 년 전까지는 자네도 마찬가지였잖아. 그런데 왜 그랬어? 왜 다시 시를 쓰기 시작한 거야? 난 언제나 그게 궁금했어."

준이 물었다. 취기가 조금씩 올라왔다.

"그러게. 나는 왜 시를 다시 쓰기 시작했을까?"

혼잣말처럼 기행이 말했다. 그건 어쩌면 불행 때문일지도 몰랐다. 그는 언제나 불행에 끌렸다. 벌써 오래전부터, 어쩌면 어린 시절의 놀라웠던 산천과 여우들과 붕어곰과 가즈랑집 할머니가 겨우 몇 편의 시로 남게 되면서, 혹은 통영까지 내려가서는 한 여인의 마음 하나 얻지 못하고 또 몇 편의 시만 건져온 뒤로는 줄곧. 기행을 매혹시킨 불행이란 흥성하고 눈부셨던 시절, 그가 사랑했던 모든 것들의 결과물이었다. 다시 시를 써야겠다고 마음먹은 것도 그 때문이었다. 사랑을 증명할 수만 있다면 불행해지는 것쯤이야 두렵지 않아서.

"나는 자네가 시를 쓰지 않았으면 했네. 그 언제였던가, 자네와 소식이 끊어지고 우리가 저마다 시대의 광풍에 휩쓸려 낙엽처럼 이리 구르고 저리 뒹굴던 시절에 자네가 내게 맡긴 시가 있었지. 「남신의주 유동 박시봉방」. 나는 아직도 그 시를 기억하네. 전선을 따라 끌려다니며 그 시에 많이 의탁했다네. 그럴 때도 나는 자네가 살았는지 죽었는지도 모르고 지내던 무정한 친구였지. 이제는 자네가 자네의 시보다 더 불행해지지 않았으면 해. 더이상 나를 무정한 친구로 만들지 않았으면 한다네. 그러니 이젠 시는 그만 쓰고 번역에만 매진하자구. 병도에게 부탁하면 그 정도는 들어주지 않겠나. 어떻게 생각하나?"

다정한 준이 조곤조곤 낮은 목소리로 다그쳤다. 기행은 대답 대신 어느 틈엔가 손바닥만한 마당을 희뿜하게 비추고 있는 달빛을 바라봤다.

1957년의 수치심

세르게이가 일어났을 때, 보드카에 취한 알렉산드르는 막심에게 욕지거리를 퍼붓고 있었다. 두 사람은 성장 배경은 물론이거니와 관심사도 달랐지만 개성이 강한 것만은 서로 닮았다. 그 탓에 여행하는 동안 제가끔 쌓인 나쁜 감정이 마침내 폭발한 것이었다. 빅토르가 제지하자 알렉산드르가 사슴 고기를 꿰었던 쇠막대기를 집어던졌고 모닥불에서 불꽃이 튀었다. 그런 상황에서 세르게이는 두 팔을 흔들며 빙글빙글 돌기 시작했다. 그러자 서로 뒤엉켰던 세 사람은 엉금엉금 기어서, 혹은 뛰어가다가 넘어지면서 오두막으로 가 테이프 레코더니 노트니 카메라 따위를 가져왔다. 세르게이는 노래를 불렀다.

그해 겨울, 눈 많이 내려 순록들이 굶어죽었고,

아내는 다시 일어나지 못하는 몸으로 누워 있네.

우리가 여름의 눈을 볼 수만 있다면.

그녀와 호수로 걸어가는 날이 다시 찾아오겠지.

세르게이가 황홀경 상태에 빠져들면서 노래는 점점 무의미한 중얼거림으로 바뀌어갔다. 세르게이는 보드카가 아니라 다른 것에 취해 있었다. 빅토르는 그가 피우던 게 양귀비였을 것이라고 벨라에게 말했다. 폐허가 된 수도원에서 들었던 종소리처럼 궁근 목소리가 벨라의 마음을 울렸다. 그는 보드카 병을 들고 있었다. 불빛에 물든 병의 움직임은 이제는 사라진 빛의 자취나 궤적처럼 잔상을 남겼다. 그러더니 세르게이는 병에 남은 보드카를 모닥불에 끼얹었다. 주술에서 풀려난 영혼처럼 불꽃이 확 치솟았다. 그는 모닥불에 담뱃잎을, 말린 오물을, 고기와 소금과 쌀과 밀가루를, 무명을, 성냥을, 빈병을, 혹은 그게 무엇이든 손에 잡히는 대로 던져 넣었다. 세르게이는 썰매 개들을 다루듯이 불꽃을 자기 마음대로 움직였다. 불꽃은 일었다가 잦아지고 다시 너울거렸다. 벨라는 그 불꽃에 완전히 빠져들었다. 잠시도 쉬지 않고 일었다가 잦아지고, 그러다가 다시 너울거리는 그 불꽃에서 그녀는 멸망할 듯하면서도 끈질기게 이어지는 역사歷史의 모습을 발견했다. 벨라는 가방에서 노트를 꺼내 휘갈겼다.

나는 후회하지 않아. 앞으로도 후회하지 않을 거야. 처음으로 너를 찾아갔을 때, 나는 너를 믿었지만, 고요히, 고요히 흔들리며 흘러가는 볼가여

너는 결코 잠들지 않는구나. 밤과 낮, 어둠과 빛, 죽음과 생명 사이에서도 너는 쉬지 않는구나.

눈과 코와 귀와 혀가 모두 떨어져나간 슬픈 역사의 몸으로.

다음날, 통나무로 지은 고리드족의 오두막에서 잠을 깬 벨라는 간밤에 쓴 글을 다시 읽어보았다. 그리고 단어를 바꾸고 행갈이를 하면서 세로로 써봤다. 한자처럼 보이도록 글자 끝을 뾰족하게 써보기도 했으나 역시 키릴문자로는 어색했다. 그녀는 여행 가방에서 기행의 노트를 다시 꺼냈다. 잠에서 깬 빅토르가 그 글자들에 관심을 보였다.

"아름다운 시네."

"어떻게 알았어? 조선어를 읽을 줄 알아?"

"아니, 그냥 모양만 봐도 아름답잖아."

벨라는 실망했다.

"평양을 떠나올 때 받은 노트인데, 북조선 사람들에게는 절대 보여주지 말라고 하더라구."

벨라의 말을 들은 빅토르는 금방 심각한 표정을 지었다.

"왜 보여주면 안 되는지 이유는 들었어?"

"자기로서는 지켜주고 싶은 게 있는데, 지금 북조선에서는 그게 안 되니까 대신 맡아달라는 거였어."

"꽤 수상쩍은데. 거기에 뭐가 적혀 있는지 알고는 있어?"

"나야 모르지. 대신 맡아달라니까 가져온 것뿐이야."

그러자 빅토르가 나지막이 말했다.

"거기에 뭐가 적혀 있는 줄 알고 그걸 가져와? 북조선이라고 엔카베데NKVD가 없겠어? 남의 일에 끼어들어 좋을 게 하나도 없다구."

그러자 벨라가 쏘아붙였다.

"뭐가 적혀 있긴! 보면 몰라? 방금 아름다운 시라며!"

"소리를 좀 낮춰, 벨라. 해빙이라지만 언제 또 겨울이 닥칠지 알 수 없는 일이라구. 공연한 일에 얽히지 마. 자기를 위해서 하는 소리야."

"당신이야말로 이상한 짓 좀 그만해. 언제까지 이렇게 살 거야? 아무 계획도 없이, 몇 달씩 집을 비우고. 엘레나는 아빠 얼굴도 까먹었다구!"

벨라가 소리쳤다. 그러고 나니 수치심이 밀려왔다. 그녀는 문을 열고 밖으로 나왔다. 거기엔 너무나 아름다운 바이칼의 여름 풍경이 펼쳐져 있었다. 호숫가로 밀려드는 물결 소리와 멀고 가까운 곳에서 지저귀는 새소리가 서로 겹치며 연이어 들렸다. 당장이라도 엘레나가 기다리고 있을 모스크바로 돌아가고 싶었으나 거기서 모스크바는 너무나 멀리 떨어져 있었다. 모스크바는커녕 기차가 다니는 울란우데나 이르쿠츠크까지도 혼자서는 갈 수 없었다. 이제 인생은 매사에 벨라에게 질문을 던졌다. 인생의 질문이란 대답하지 않으면 그만인 그런 질문이 아니었다. 원하는 게 있다면 적극적으로 대답해야 했다. 어쩔 수 없어 대답하지 못한다고 해도 그것 역시 하나의 선택이었다. 세상에 태어날 때 그랬던 것처럼, 자신은 아무것도 하지 않았다고, 그러므로 그건 자신의 선택이 아니라고 말해도 소용없었다. 그리고 선택한 것에 대해서는 어떤 식으로든 책임을 져야만 했다. 설사 그게 어쩔 수 없이 선택한 것일지라도. 벨라는 호숫가에서 더 나아가지 못하고 섰다.

1958년의 옥심

밤새 모기에 시달리느라 잠 한숨 제대로 못 잔 기행은 일찌감치 작가동맹 노어번역실로 출근했다. 그의 책상에는 편지봉투가 놓여 있었다. 수취인의 이름은 잉크로 뭉개져 있었고, 봉투는 뜯긴 상태였다. 겉봉에는 소련 우편국에서 발매한 40코페이카짜리 우표 여러 장이 덕지덕지 붙어 있었고 그 안에는 러시아어로 쓰인 시 두 편이 들어 있었다. 시의 제목은 '트로핀카тропинка', 즉 '오솔길'과 '햄릿Гамлет'이었다. 「트로핀카」라는 시에는 '조선의 한 시인에게'라는 부제와 함께 벨라의 이름이 적혀 있었다. 그러나 「햄릿」에는 시인의 이름이 적혀 있지 않았다. 따로 편지는 없었다. 그는 들고 온 원서를 책상 위에 내려놓고 자리에 앉아 겉봉의 우표들을 쳐다봤다.

첫번째 우표에는 아프리카 대륙을 가운데 둔 지구의 둘레를 하얀 빛이 비스듬하게 선회하는 그림이 그려져 있었다. 우표 왼쪽 위에는 '1957년 10월 4일'이라는 날짜가, 오른쪽 아래에는 '세계 최초 소비에트 인공위성'이라는 글자가 적혀 있어 그 하얀 빛이 스푸트니크 1호의 궤적이라는 것을 알 수 있었다. 두번째 우표에는 어느 시골 마을 뒤편으로 하얀 연기를 일으키며 뭔가가 떨어지는 장면이 그려져 있었다. 거기에는 '시호테알린 운석 낙하 1947년 2월 12일'이라는 문구가 인쇄돼 있었다. 기행이 사전을 펼쳐 '시호테알린'을 찾아보니 '프리모르스키 지방과 하바롭스크 지방에 걸쳐 있는 산맥'이라고 나와 있었다.

가깝다면 가까운 곳에 운석이 떨어졌는데 십 년이 지나서도 기행은 그 사실을 모르고 있었다. 연해주의 시골 마을에 불덩어리 같은 운석이 떨어질 무렵, 그는 평양에서 조선민주당을 이끌던 고당 선생을 모시고 있었다. 고당 선생과는 인연이 깊었다. 선생은 오산학교에 재직하던 시절 기행의 집에서 하숙을 했고, 몇 년 뒤 그가 오산고보에 입학했을 때는 교장을 맡고 있었다. 해방이 되어 소련인들을 상대할 일이 많아지자 고당 선생은 고향 정주에 머물던 기행을 평양으로 불러들여 통역 겸 비서로 삼았다. 그때만 해도 기행은 고당 선생이 곧 남쪽의 인사들과 함께 민주공화국을 만들면 소련군과 미군이 철수하리라고 생각했다. 이제 돌이켜보면 순진한 생각이었지만, 그땐 다들 그랬다. 모두가 모두의 선의를 믿었다.

해방 이후의 삶만 따지자면, 그 무렵이 기행에게는 가장 행복한 시절이었다. 정치인과 군인들의, 때로는 따가울 정도로 직설적이고 때로는 선문답처럼 의뭉스러운 말들에 시달리느라 하루하루가 괴로웠지만, 마침내 자신을 누구보다도 잘 이해해주는 여인을 만나 결혼했고, 아이도 낳았다. 통역관으로 능력도 인정받았고 경제 사정도 좋았다. 무엇보다 밤늦게 퇴근할 때면 종일 궁굴린 시구 하나 정도는 머릿속에 담아가곤 했다. 민주공화국이 건국되고 정국이 안정되면 선생으로 살면서 적어도 한 달에 한 편 정도는 시를 꼭 쓰리라 다짐하곤 했다. 그리고 보면 자신과 동갑인 젊은 수령을 어느 요정에서 만난 것도 그 무렵이었다. 그는 깍듯하고 살뜰하게 고당 선생을 대했으나 헤어지고 나서 들리는 말들은 살벌하기 짝이 없었다. 그 둘의 차이가 정치술의 핵심임을 알게 된 것은 선생이 고려호텔에 연금되고 조선민주당에서 일하던 많은 사람들이 분계선 너머 남쪽으로 떠나고 난 뒤의 일이었다. 너는 왜 그때 그들을 따라가지 않았나? 문득, 그런 목소리가 들렸다. 잊을 만하면 마음속에서 울리는, 기행 자신의 음성.

그리고 뒤이은 현실의 목소리.

"벌써 나오셨습니까? 그거 번역을 부탁드리려고 제가 책상에 올려놓았습니다."

기행이 고개를 돌렸다. 한 달 전 노어번역실에 배치된 옥심이라는 젊은 여자였다. 몇 년간의 모스크바 유학을 마치고 지난봄 귀

국했다고 했다. 호리낭창한 몸매에 너슬너슬한 파마머리가 꽤 이
국적이었는데, 그 때문인지 구설이 많았다. 연애 사건에 연루돼
유학 도중 소환됐다는 풍문도 있었고, 아버지가 당 고위 간부라
작가동맹 번역분과 위원장이 쩔쩔맨다는 소리도 들렸다. 어떤 경
우인지는 몰라도 별달리 하는 일도 없고 잘 나오지 않는데도 번역
실에서 쫓겨나지 않는 걸 보면 믿는 구석이 있는 것 같았다. 하지
만 그런 배경에 비해서는 그늘진 표정이었는데, 그날은 웬일인지
밝아 보였다.

"어디서 이 시가 나왔소?"

기행이 물었다.

"문학신문에 발표할 시로 제게 들어온 번역 청탁인데, 기행 동
무한테 양보하겠습니다."

스무 살도 더 많은 남자에게 무람없이 동무라고 부를 수 있는
건 역시 소련 국적자라서 그런가는 생각이 기행에게 들었다. 그간
작가동맹의 젊은 '동무'들에게 낡은 봉건주의적 관념을 떨치지 못
한다는 비판을 자주 받았지만, 그에게 그건 절대 관념이 아니었
다. 차라리 몸에 밴 반사작용이었다. 기행 동무라는 옥심의 말에
저도 모르게 찌푸려지던 그의 눈살처럼.

"굳이, 왜 그런 일을?"

"저는 아무래도 소설이 더 편합니다. 시는 무슨 뜻인지는 알아
도 조선어 단어를 잘 몰라 번역은 귀찮습니다. 게다가 기행 동무

한테 온 것이니, 기행 동무가 하는 게 옳겠지요."

기행은 조금 충격을 받았다. 그래서 아무 대꾸도 하지 못하는데, 그녀가 덧붙였다.

"노어번역실에서는 제일 한가하신 분 같으신데, 굳이 왜 빼십니까? 벌써 번역이 끝난 듯한 그 책만 들고 왔다갔다하면 쌀이 나옵니까, 고기가 나옵니까? 기본노임만으로는 여섯 식구 살기 어렵습니다."

기행이 충격을 받은 이유는 세번째 우표 때문이었다.

"이렇게 마음대로 하면 안 될 일 같소. 상부에서 시키는 대로 하는 게 좋겠소. 나는 일없으니 얼른 가져가시오."

기행이 봉투를 내밀었다.

"위원장 동지에게는 제가 말해놓을 테니 걱정하지 마세요."

옥심은 기행이 내민 봉투를 거들떠보지도 않고 그냥 돌아섰다. 뭐라고 더 말하려다가 기행은 입을 다물었다. 그녀는 자기 자리로 가 가방을 내려놓은 뒤, 창문을 열어젖혔다. 아침의 서늘한 바람이 밤새 갇혀 있던 공기를 밀어냈다. 옥심은 기지개를 한 번 켜더니 창밖으로 몸을 빼고 걸탐스레 숨을 들이마셨다. 그러더니 누군가를 향해 손을 흔들어 인사했다. "안녕하시오?"라고 대답하는 남자의 목소리가 들렸다. 들뜨고 경망스러운 목소리라고 기행은 생각했다. 그리고 그는 봉투에 붙은 세번째 우표를 바라봤다.

1957년의 모닥불

모스크바로 돌아온 벨라는 바이칼 호수에서 마음먹은 일을 하나하나 실천에 옮기면서 그해 가을을 보냈다. 법원에 이혼소송을 제기하고 스탈린그라드에 직장과 집을 알아봤다. 11월이 되어서야 재판이 끝나 엘레나의 양육비 문제가 해결됐다. 겨울이 오기 전에 스탈린그라드로 떠나기 위해 짐을 꾸리던 그녀는 노트 한 권을 발견했다. 기행에게 받은 노트로 여백에는 바이칼 호수에서 그녀가 끍적인 글들이 적혀 있었다.

벨라는 막심의 소개로 거기 적힌 글을 해독할 사람을 만나기 위해 국립영화대학을 찾아갔다. 그가 바로 북한의 미하일 칼라토조프를 꿈꾼다는 시나리오과 리진선이었다. 막심은 그가 기행의 노트에 뭐가 적혀 있는지 물어봐도 괜찮을 만큼 믿을 만한 사람이라고 했다. 벨라는 수업이 끝난 시나리오과 교실로 들어가 그를 만났다. 멀끔하게 생긴 얼굴에 호감이 들었다. 처음에는 경계심을 보였으나 벨라가 시인 빅토르의 아내였다는 말을 꺼내자마자 그의 낯빛이 바뀌었다.

"그럼 벨라? 당신이 벨라인가요? 우와, 반갑습니다. 빅토르에게 얘기 많이 들었습니다."

"빅토르는 어떻게 아시나요?"

"물론 막심을 통해 알게 됐는데, 보자마자 반했어요. 빅토르의 포베다를 탄 적이 있었는데, 옆자리에 타자기를 놓고서는 시를 쓰면서 운전하더라구요. 차에서 내린 뒤에 제가 다시는 안 타겠다니까 시는 목숨걸고 쓰는 거라데요. 재미있는 사람이에요."

"별로 좋은 사람이 아니니까 가까이하지 마세요. 남의 일에 끼어들어 좋을 거 하나도 없으니까."

벨라가 낮은 목소리로 말했다.

"사실은 그 사람을 보러 간 게 아니라 안드레이 보즈네센스키를 만나러 갔던 거예요. 그것도 또 보즈네센스키가 아니라 그 사람이 페레델키노에 사는 파스테르나크를 잘 안다길래."

"파스테르나크를 좋아하나요?"

"그럼요. 키옙스키역에서 기차를 타고 그의 다차까지 찾아간 적도 있답니다."

벨라는 그런 리진선의 모습이 마음에 들었다. 적어도 누군가를 고발할 사람처럼 보이지는 않았다.

"그럼 잘됐군요. 제가 몇 달 전에 북조선을 방문했다가 받은 노트가 하나 있는데, 조선어로 쓰여 있어요. 무슨 내용인지 알고 싶은데, 좀 봐줄 수 있나요?"

그러자 리진선의 얼굴에서 금방 웃음이 사라졌다.

"누구에게, 어떻게 받은 노트인지 알 수 있나요?"

"제 시를 번역한 사람이고, 아마 시를 쓰기도 하는가봐요. 얘기는 많이 했지만 정확하게 어떤 사람인지는 저도 잘 몰라요."

벨라가 말했지만 리진선의 표정은 여전히 굳어 있었다.

"그렇다면 저는 좀 곤란하겠습니다. 어떤 사람이 무슨 내용을 썼는지도 모르고 덥석 읽느니, 모르고 지나가는 편이 그 사람에게나 저에게나 도움이 될 것 같다는 생각이 듭니다만."

"그런가요? 그 사람이랑은 함흥에 여행 갈 때 동행한 것뿐이라 정말 저도 아는 게 많지 않네요."

그러자 리진선의 눈이 커졌다.

"아, 함흥에 다녀오셨나요?"

"함흥을 아시나요?"

"그럼요, 제 고향인걸요. 함흥은 어떻게 되었나요? 전쟁중에 모스크바로 유학 온 뒤로는 한 번도 가보지 못했어요."

벨라가 함흥에 갔다 왔다는 사실을 알고 나자 리진선의 태도는 다시 호의적으로 돌아왔다. 둘은 서로가 기억하는 함흥에 대해 한참 얘기를 나눴다.

"이제는 독일민주공화국에서 온 재건팀이 빌헬름 피크 대로를 만들었다는 이야기를 들었습니다."

"제가 기억하는 함흥은 이제 세상 어디에도 없겠군요."

함흥의 변화상에 대해 전해들은 리진선이 씁쓸하게 말했다.

"그런데 별다른 내용이 있는 건 아니겠지요, 그 노트?"

벨라는 어깨를 으쓱했다.

"그걸 확인해달라는 거예요. 저는 조선어를 모르니까."

리진선은 혀를 날름거리며 입술을 핥았다. 벨라가 가방에서 노트를 꺼내 내밀었다. 리진선은 노트를 받아들고 창가로 가서 한 장 한 장 넘겨가며 유심히 살폈다. 끝까지 다 확인할 때까지는 조금 시간이 걸렸다. 그리고 다시 벨라에게 돌아섰다. "이건 엄청나게……"라고 말했다가 그는 "아름다운 조선어로 쓰인 시들입니다"라고 덧붙였다.

"엄청나게 아름다운 조선어?"

벨라가 되물었다.

"사실은 저도 시를 쓰고 있습니다. 하지만 조선어로 이런 문장들을 쓸 수 있다고는 생각하지 못했습니다. 그래서 이렇게 시적인 장면이 조선에도 있을 수 있다는 걸 미처 몰랐어요. 손에 잡힐 것처럼 또렷한 단어들이라 번역하기는 쉽지 않네요."

그는 노트를 이리저리 넘겼다.

"예를 들면, 이런 시가 있군요. 번역이 제대로 되려나."

그가 더듬더듬 러시아어로 번역한 시는 다음과 같았다. 제목은 '모닥불'이었다.

새끼오리도 헌신짝도 소똥도 갓신창도 개니빠디도 너울쪽도 짚검불도 가락닢도 머리카락도 헝겊조각도 막대꼬치도 기왓장도 닭의 짗도 개터럭도 타는 모닥불

재당도 초시도 문장 늙은이도 더부살이 아이도 새사위도 갓사둔도 나그네도 주인도 할아버지도 손자도 붓장사도 땜쟁이도 큰 개도 강아지도 모두 모닥불을 쪼인다

모닥불은 어려서 우리 할아버지가 어미 아비 없는 서러운 아이로 불상하니도 몽둥발이가 된 슬픈 력사가 있다

어설픈 번역이었지만, 벨라는 단숨에 그 시에 매료됐다. 바이칼 호수 옆의 고리드족 마을에서 본 것과 똑같은 장면이었기 때문이었다.
"다른 시도 번역해줄 수 있나요?"
벨라가 물었다.
"방금도 제대로 번역을 못했어요. 시간을 조금 더 주신다면 제일 잘 쓴 것으로 골라서 한 다섯 편 정도 번역해볼 수 있을 것 같

습니다."

"하지만 제가 번역료를 챙겨드릴 수는 없는데……"

"아, 괜찮습니다. 제 공부도 되니까요."

"그럼 저는 식사 대접을 할게요. 언제 다시 만나면 될까요?"

"일주일 뒤에 여기서 다시 만나면 되지 않을까요?"

그 말에 벨라가 난처한 표정을 지었다.

"사실은 제가 모레 저녁에는 스탈린그라드로 가는 기차를 타야
해서요."

"아, 그렇군요. 모레까지는 저도 좀 어렵겠는데……"

리진선이 머리를 긁적이며 말했다.

"그럼, 노트를 주세요. 일단 시라는 것은 알았으니까 됐습니
다."

벨라의 말에 리진선은 노트를 돌려주려다가 다시 말했다.

"아닙니다. 시가 좋으니까 저도 좀 읽어보고, 제가 모레까지 번
역한 뒤에 돌려드릴게요. 모레 정오에 여기서 다시 만나지요."

"좋아요. 그럼 그날 점심을 제가 살게요."

다시 만날 약속을 한 뒤 벨라는 리진선과 헤어졌다.

이틀 뒤 정오, 같은 교실 앞에서 기다렸으나 리진선은 나타나지
않았다. 왼손에 기행의 노트를 든 모습, 그게 벨라가 본 리진선의
마지막 모습이었다. 수소문 끝에 기숙사를 찾아가 다른 조선인 유
학생을 만났지만, 그도 리진선의 행방을 알지 못한다고 했다. 하

지만 당황한 빛이 역력해서 아는 게 있다면 무엇이든 말해달라고 부탁했더니 쭈뼛거리며 무슨 일로 리진선을 찾는지 물었다. 벨라는 어떤 물건을 빌려줬다가 오늘 돌려받기로 약속했는데 그가 나오지 않았다고 말했다. 그러자 무슨 물건인지는 모르겠지만 아마 돌려받지 못할 것이라는 대답이 돌아왔다. 이유를 캐묻자 그 학생은 매우 난감한 표정으로 전날 조선인 유학생대회가 열렸는데 그 자리에서 그가 당과 수령에 대한 불경스러운 발언을 했고, 그 일로 북한대사관에 구금됐다는 소식을 들었다고 말했다. 벨라는 정신이 번쩍 들었다. 남의 일에 끼어들어 좋을 게 하나도 없다던 빅토르의 말이 떠올랐다. 그가 말한 대로 일이 벌어졌다고 생각하니 분통이 터졌다.

벨라는 집으로 돌아가 짐을 들고 저녁 일곱시에 스탈린그라드 행 기차에 올라탔다. 다시는 모스크바로 돌아가지 않고 딸 엘레나와 그 영웅 도시에서 두번째 인생을 살아갈 계획이었다. 그러다 기행에게 편지를 써야만 하겠다고 생각한 건 해가 바뀌고 난 뒤였다. 빅토르가 엘레나를 보기 위해 스탈린그라드로 찾아오면서 모스크바의 집으로 배달된 우편물을 가져왔는데, 거기에 북한에서 온 편지가 여러 통 있었다. 작가동맹에서 보낸 것도 있었지만 몇 통은 기행이 보낸 것이었다. 편지에는 북한 방문의 경험을 담은 신작시 한 편을 보내달라는 부탁과 함께 자신의 신작시도 보낸다고 적혀 있었다. 편지의 내용은 모두 똑같았다. 다만 세로로 쓰인 시들만 그 형태가 조금씩 달랐다. 며칠 뒤, 벨라는 기행에게 노트를 잃어버리게 된 과정을 설명하고 양해를 구하는 짧은 편지를 썼다. 그리고 망설이다가 빅토르의 강력한 충고대로 이제는 자신에게 조선어로 된 시들을 더이상 보내지 않아도 될 것 같다고 덧붙였다. 신작시를 함께 넣은 편지를 보내려고 우편국에 가보니 스푸트니크 2호 발사 기념우표가 나와 있었다. 그녀는 엘레나에게도 주기 위해 여러 장 구입했다. 그 우표에는 오른손을 높이 치켜든 여자의 모습이 그려져 있었다.

1958년의 스푸트니크 2호 우표

그 우표에는 오른손을 높이 치켜든 여자의 모습이 그려져 있었다. 그녀는 하얀색 튜닉을 걸치고 있었고, 머리칼은 그 옷처럼 풍성하게 넘실거렸다. 기행은 고개를 들어 창가 쪽을 바라보다가 돌아서는 옥심과 눈이 마주쳤다. 뜻밖의 시선이 민망한지 그녀가 배시시 웃은 뒤 "번역을 마치면 저한테 주세요"라고 말했다. 대꾸 없이 기행은 다시 우표 속의 여자에게로 시선을 돌렸다. 여자의 발밑에는 축소된 크기의 지구가 있었고, 그녀의 손이 뻗어가는 방향으로 우주선이 솟아오르고 있었다. 배경에는 온통 별들뿐이었다. 여자와 지구와 우주선과 별들을 J 자 모양으로 배치된, '2차 소비에트 인공위성 1957년 11월 3일'이라는 문구가 감싸고 있었다.

일 년 전의 일이었지만, 여전히 기행에게 그날이 생생한 까닭은 라디오에서 들은 뉴스 때문이었다. 그날 타스 통신은 인공위성에 탑승한 개가 최초 두세 시간 동안 온순하게 있으며, 전체적인 건강 상태는 만족스럽다고 보도했다. 나흘 뒤, 개기월식이 있었다. 쌀쌀했지만 아이들에게 월식을 보여주고 싶어 저녁을 먹고 온 식구가 달 구경에 나섰다. 언덕을 오르는 길에 기행이 아이들에게 해를 삼켰다가 뜨거워 뱉어버리고, 달을 삼켰다가 차가워 뱉어버린 전설 속 개 이야기를 했다. 아이들은 개를 찾겠다며 달을 올려다봤다. 기행은 평양의 밤 풍경을 바라봤다. 높이 솟은 기중기와 하나둘 재건된 웅장한 관청들과 그 너머에 가려진 누추한 움막들 위로 교교한 달빛이 공평하게 드리워지고 있었다. 개는 보이지 않았지만, 거기 개는 있었다. 달이 사라졌으니까. 내려오는 길에는 스푸트니크 2호를 타고 우주로 나간 개 이야기를 들려줬다. 아이들은 서로 자기가 먼저 인공위성을 찾겠다며 하늘을 올려다봤다. 아이들의 밤하늘에서는 달을 먹는 개와 우주선을 탄 개가 함께 있었다.

그리고 해가 바뀌어 1958년 5월 15일, 소련은 스푸트니크 3호를 쏘아올렸다. 문학신문 편집위원회에서 이를 기념하는 시를 게재하자는 의견이 나왔는데, 뜻밖에도 집필자로 기행이 결정됐다. 일 년 전 가을이 시작될 무렵, 『아동문학』의 확대 편집위원회 회의에서 기행이 발표한 동시들에 대한 비판이 제기된 뒤로 동시 청탁이 끊어진 상황인지라 기행 자신도 의아한 결정이었다. 문학신문은 당의 문예 정책을 정확하게 창작에 반영시키기 위해 만든 주간신문이었다. 1956년 창간할 때 기행은 편집위원이었고, 그래서 그 문예 정책이 무엇인지 잘 알고 있었다. 당은 생각하고 문학은 받아쓴다는 것. 그러자면 쓰는 동안에는 생각하지 말아야만 했는데, 기행은 그게 잘 되지 않았다. 비판자들의 표현에 따르면, '자아'가 너무 많았다. 그 자아는 비판받아 마땅하다고 그들은 말했다.

다음은 자아비판의 사례였다. 거절할 수 없어 기행이 쓴 그 기념시도 해와 달을 먹는 개와 소련의 과학자 개를 등장시켰다는 이유로 편집회의에서 종이가 너덜너덜해질 정도로 비판받았다. 주필과 편집위원들은 돌아가며 거의 모든 문장에 빨간 줄을 죽죽 그은 뒤 시를 새로 쓰다시피 했다. '나는 우주 정복의 제3승리자'라거나 '나는 공산주의의 천재'라거나 '지칠 줄 모르는 공산주의여'라거나…… "빌어먹을 개가 아니라 제3인공위성이 주인공이란 말이오"라고 한 시인이 말했다.

기행이 쓴 시 중에서 남은 건 두 연뿐이었다.

모든 착하고 참된 정신들에는
한없이 미쁜 의지, 힘찬 고무로
모든 사납고 거만한 정신들에는
위 없이 무서운 타격, 준엄한 경고로
내 우주를 나르는 뜻은

여기 큰 평화의 성좌 만들고저!

대기층을 벗어나, 이온층을 넘어
뭇 성좌를 지나, 운석군을 뚫고
우주의 아득한 신비 속으로
태양계의 오묘한 경륜 속으로
크게 외치어 바람 일구어
날아오르고 오르는 것이여,

며칠 뒤 한랭전선이 평양과 원산까지 내려와 냉기를 뿌리는가
싶더니 때 아닌 눈이 쏟아졌다. 5월의 눈은 기상관측이 시작된 이
래 처음이라는 보도가 나왔으나, 아는 척하는 자들 중에서는 격변
기에는 드물지 않은 자연현상이라는 말도 나왔다.

바로 그날, 엄종석이 지도위원실로 기행을 불렀다.

"이번에 문학신문에 쓴 시 봤소. 써보니 어떠시오?"

"편집위원들이 돌아가며 고쳐준 덕분에 제가 쓴 건 몇 자 되지
않습니다."

그러자 엄종석이 이맛살을 찌푸렸다.

"그런 걸 아쉬워하면 개인주의지, 사회주의자가 그런 소리 하
면 아니 되오. 작가동맹 위원장 동지 덕분에 당이 여러모로 동무
를 배려하고 있다는 사실을 잊지 마시오. 지면을 또 마련할 테니

월말까지 시를 써 내시오. 주제는 노력영웅 전승복에 대해서요. 전승복에 대해서는 알고 있소?"

"모릅니다. 누구입니까?"

"동무는 독보 시간에 뭘 하시오? 문덕군의 농민이오. 자세한 자료는 기요실에서 전달 받으시오. 그럼 일보시오."

기행은 나가지 않고 며칠 마음에 담아둔 말을 꺼냈다.

"그런데 지도위원 동지, 저는 시쓰기보다는 번역을 더 많이 하고 싶습니다. 요즘 번역거리가 통 제게 오지 않는데, 이 점을 어떻게 고칠 수 없겠습니까?"

그러자 엄종석이 눈을 치켜떴다.

"어째서 번역을 더 많이 하겠다는 거요? 동무는 시인이 아니오?"

"다 옛날 이야기입니다. 시를 쓰지 않은 지가 십수 년이 지나 이제 시인이라는 건 허울뿐인 이름이고, 실상은 기념시 한 편을 쓰는 데도 편집위원들의 도움을 빌려야만 할 처지입니다. 그러니 능력에 부치는 시작보다는 번역 쪽에 더 힘을 쏟는 게 나을 것 같습니다."

"옛날 이야기라…… 작가대회에서 나의 항의니 어쩌니 하며 시가 어떻고 저떻고 떠들어댄 게 얼마 되지 않은 것 같은데, 내 기억이 잘못된 것이오? 게다가 요 몇 년간 써댄 것은 시가 아니고 무엇이오?"

"그것은 동시였습니다만, 그 역시 지난해 아동문학분과에서 비판받은 뒤로 더이상 쓰지 못하게 된 것을 지도위원 동지가 오히려 잘 아실 겁니다."

"쓰지 못하는 것이오, 쓰지 않는 것이오?"

엄종석이 물었다. 기행은 그의 눈을 바라봤다.

"당연히, 쓰지 못하는 것입니다."

"그럼 좋소. 기회를 줄 테니 쓸 수 있을 때까지 계속 노력해보시오. 그러기 위해서는 번역의 짐도 줄여주라고 위원장 동지께서도 지시하셨소. 그게 아니더라도 소련이면 최고라는 식의 사대주의, 관료주의를 극복하고 우리 식대로의 주체적인 문학을 일궈나가라는 수령님의 교시를 듣지 못하였소? 앞으로는 번역보다는 창작에 매진하는 게 좋을 것이오. 지난해에도 동무는 부르주아 의식을 청산하지 못했다는 비판을 받지 않았소? 창작이 부진하다면, 그 이유를 추궁받을 것이오. 그때는 노동계급 속으로 파견돼 그들의 사상으로 재무장하는 절차를 거치게 될 것이오."

그제야 기행은 번역이 끊어진 것도 병도의 지시 때문이라는 사실을 알게 됐다. 엄종석이 말하는 '파견'이 무엇을 뜻하는 것인지 기행은 잘 알고 있었다. 그건 당이 요구하는 시를 써 내지 않으면 평양을 떠나야만 한다는 의미였다. 지방 신문사나 출판사로 갈 수도 있고, 기업소나 공장의 선전원으로 갈 수도 있다. 그중에서도 탄광이나 협동조합으로 가게 된다면 당이 그를 어떻게 처분했는지 다들 알 수 있었다. 그건 다시 평양으로 돌아오기 힘들다는 뜻이었다. 그 일을 피하자면 시를 써야만 했다. 시를 쓰는 것이야 어렵지 않았다. 기행은 얼마든지 쓸 수 있었고, 또 쓰고 있었다. 하지만 그건 당이 원하지 않을 뿐만 아니라 당장이라도 집필 금지를 당할 시가 분명했다. 이제 사상 검토에 내몰릴 각오를 하고 그런 시를 읽어줄 사람은 한 명도 없었다. 거기가 아닌 다른 어딘가, 지금이 아닌 먼 미래의 언젠가라면 혹시 모르겠지만.

기행은 잘 알겠다고 말한 뒤 돌아섰다. 그때 엄종석이 말했다.

"동무는 쓰지 못한다는 시를 소련의 시인은 많이 읽은 모양이라고 위원장 동지가 말하던데, 그건 또 어떻게 된 일이오?"

기행은 걸음을 멈추고 다시 돌아섰다.

"무슨⋯⋯ 말씀이신지?"

"나도 그게 무슨 말씀인지 몰라서 동무한테 묻는 거요."

"소련의 어떤 시인을 말씀하시는 건지 도통 모르겠습니다."

그렇게 얼버무리면서도 기행은 엄종석과 병도가, 작가동맹과 그 모든 위원회가, 그리고 위대한 당과 수령이 두려워졌다. 그들은 자신에 대해 어디까지 알고 있는 것일까? 그들은 자신의 속마음을 모두 꿰뚫어보고 있는 게 아닐까? 연극을 하고 있는 것인지, 아니면 진짜 믿어서 행동하는 것인지. 개조될 여지가 있는지, 아니면 영영 추방해야만 할 존재인지. 그렇다면 자신은 어떻게 해야만 할까? 기행은 선택해야만 했다. 그는 더이상 벨라에게 한글로 쓴 시를 보내지 않기로 했다. 번역거리가 없다는 불안을 묵새기며 매일 노어번역실로 출근했다. 책상 앞에 앉아 작가동맹 기요실에서 받아온, 천리마기수들과 노력영웅들에 대한 자료를 읽었다. 자료는 이렇게 시작하고 있었다.

문덕군 룡오리의 전승복 동무는 모를 기르지 않고 직접 파종하는 건직파 담수 재배법을 창안하는 성과를 이뤄 로력영웅 칭호를 얻게 되었습니다. 영웅 칭호는 우리 공화국에서 줄 수 있는 가장 영예로운 칭호로서 그 부모와 자식에게까지 물려줄 수 있으며, 기차는 무료승차임은 물론이거니와 영웅 칭호자 좌석까지 따로 마련돼 있으니 이 또한 영광스러운 일입니다. 어디를 가나 특별대우를 받으며 군중집회에서는 의례적으로 주석단에 모셔지니 농민과 로동자들은 앞다퉈 로력영웅이 되기 위해 오늘도 불철주야 땀을 흘리고 있습니다.

노어번역실로는 소련 작가동맹에서 보낸 책과 우편물이 끊임없이 배달됐다. 기행은 유심히 살폈지만 벨라의 편지는 없었다. 대신에 한동안 겉봉에 많이 붙어 있던 스푸트니크 2호 발사 기념우표는 6월이 지나면서 차츰 자취를 감추고 스푸트니크 3호 기념우표가 그 자리를 차지하기 시작했다는 사실을 알 수 있었다.

여름이 되자 수령은 사회주의 건설의 대고조를 선언했고, 그에

발맞춰 각 기업소에서는 오 개년 계획의 과제를 일 년 반, 혹은 그보다 더 짧은 기간에 수행할 것을 결의하는 종업원 총회와 열성자 회의가 잇따랐다. 세밀한 설명, 서양철학 용어, 이론과 복잡한 것을 싫어하고 작가들에게도 늘 노동자와 농민들이 알아들을 수 있을 정도로만 쓰라고 교시한 것처럼, 수령은 자신이 원하는 생산 속도를 하루에 천리를 달린다는 전설 속의 말 '천리마'에 비유했다. 그런 속도 경쟁의 와중에서도 기행은 노력영웅 전승복에 대한 시를 써 내지 못하고 있었다. 아니, 써 내지 않고 있었다.

창작 부진의 작가들을 위한 자백위원회

하지만 이제 다른 연극이 상영중이오니
이번만은 저를 면하도록 하옵소서.

_보리스 파스테르나크, 「햄릿」 중에서

스탈린 거리와 점점 지워지는 소설가

가을이 깊어지고 있었다. 모란봉극장 앞에서 잡아탄 버스가 스탈린 거리를 지날 무렵, 지붕을 때리며 빗방울이 떨어지기 시작했다. 작은 북을 메고 김일성광장에서 행진을 연습하던 소녀들이 소리를 지르며 근처 건물의 처마밑으로 순식간에 흩어졌다. 굵은 빗방울이 차창을 때렸고, 구슬처럼 작은 물방울들이 소리 없이 유리 위를 미끄러졌다. 버스는 광장 앞을 천천히 지나갔다. 불과 오 년 전까지만 해도 거기에는 휘어진 철근과 건물 잔해와 썩은 물이 고인 웅덩이뿐이었다. 하지만 전쟁이 끝나자 제일 먼저 본정통과 남문통을 잇던 옛 전찻길이 동유럽풍의 거리로 재탄생했다. 광장은 그 거리 북쪽에 만들어졌다. 평양 시민들이 모두 나서 땅을 골랐고, 덕분에 거기서 해방 팔 주년 기념 열병식을 치를 수 있었다.

팔 년이란 얼마나 짧은 시간일까. 또 얼마나 긴 시간일까. 조국이 해방될 때 기행은 서른네 살이었다. 그 나이에 예수는 십자가에 못박혀 세상을 구원했다. 구세주는 못 되더라도 새로 태어난 공화국을 위해 무엇이라도 할 수 있겠다는 열정은 있었다. 사람이 사람을 착취하지 않고 모두가 땀흘려 일해 얻은 바를 즐거이 나누는 새 세상에 대한 꿈으로 그의 가슴은 벅차올랐다. 그러나 그 환희는 그리 오래가지 않았다. 정전협정이 체결된 1953년 여름, 그는 폐허 위에서 모든 것을 다시 배워야만 했다. 잔해에서 쓸 만한 벽돌을 골라내는 법, 경사진 철로를 따라 밀차를 밀고 가는 법, 물을 많이 마시지 않고도 탈수를 피하는 법…… 그리고 희망과 꿈 없이 살아가는 법까지도. 십자가에서 절망을 온전히 받아들인 예수는 '엘리 엘리 라마 사박다니', 그러니까 '나의 아버지여, 나의 아버지여, 왜 나를 버리시나이까'라고 절규했다지. 그런 생각을 하며 고개를 들면, 한때 감리교회가 서 있던 남산재 빈 언덕이 눈에 들어왔다. 희망과 꿈을 버리고, 또 '나'를 버리면, 죽음과도 같은 이 깊은 골짜기를 지나 저 언덕에 다다를 수 있는 것인지.

몇 년 사이에 그 주변은 완전히 새로운 곳으로 바뀌었다. 전쟁이 끝나고 그 거리에 우후죽순처럼 들어섰던 판잣집 가게들을 모두 철거한 뒤, 폭 40미터가 넘는 대로를 닦고 스탈린 거리라고 이름 붙였다. 그 거리의 양옆으로는 전쟁이 끝난 뒤 지은 널집과 움집이 즐비했다. 쥐들 때문에 구멍 뚫린 아궁이에 이와 벌레들이 들끓고, 비가 내리면 바닥에 흥건하게 물이 고이는 집들이었다.

그런 방이나마 많지 않아 여러 명이 부대끼며 살아가고 있었고, 그 탓에 여름이면 전염병이 끊이지 않았다. 이런 열악한 환경을 신속히 개선하기 위해 학생, 노동자, 사무원 할 것 없이 모든 사람들이 복구 사업에 동원됐다. 하루에 일정 시간은 누구나 다 참가해야만 했고, 일요일도 예외는 아니었다. 기행도 일을 마치고 난 뒤에는 작가동맹의 몫으로 배정받은 구역으로 나가 돌을 나르고 흙을 쌓아야만 했다. 작가들 중에는 결핵에 걸린 이들이 많아 다른 구역보다는 작업이 더디게 진행됐다. 기행도 몸이 예전 같지는 않았지만, 다행히 큰 병은 없었다.

그렇게 몇 달이 지나는 동안, 처음에는 잘 보이던 모란봉의 해방탑이 올라가는 건물에 가려지는가 싶더니 언젠가부터 완전히 보이지 않게 됐다. 그리고 얼마 뒤 스탈린 거리에 오층짜리 아파트들이 들어섰다. 거리 양옆으로는 추위에 잘 견디는 네군도단풍나무가 가로수로 식수돼 봄이면 마치 빨간 색실로 술을 달아놓은 듯 꽃이 피었다. 덕분에 그 그늘 아래에서는 유럽의 한 도시를 거니는 듯한 기분마저 들었다. 하지만 눈을 돌리면 여전히 나무를 실은 소달구지와 하얀 저고리의 여인들과 맥고모자를 쓴 중년 남자들이 지나가고 있었다. 이는 완전히 새로운 풍경이었다. 새롭다는 것은 눈에 보이는 것만을 말하는 게 아니었다.

버스가 평양호텔을 지나 인민군 거리로 접어든 뒤에도 빗방울은 가늘어지지 않았다. 인민군 거리 중간쯤에서 하차한 기행은 가방을 머리 위로 들어 비를 가린 뒤, 평양의학대학 뒤쪽의 흙길로 뛰었다. 그 길 끝에는 판자로 얼키설키 지어놓은 가게들이 서 있었다. 전쟁이 한창일 때는 공장도, 시장도, 극장도, 학교도 모두 땅속으로 들어가야만 했다. 공습을 피할 방법이 없었던 것이다. 그러다가 전쟁이 멈춘 뒤로는 하나둘 토굴 바깥으로 나왔는데, 발 빠른 사람들은 부서진 집에서 쓸 만한 나무와 자재들을 가져와 새로 닦은 길 옆에 가게를 짓기 시작했다. 그러자 자연스럽게 시장이 형성됐다. 평양 인근의 농부들이 시장으로 나물과 과일과 곡식을 가져와 팔았고 그 옆으로는 두부 상자와 콩나물시루와 빵을 파는 좌판이 설치됐다. 사람들이 북적대자, 다리 사이로 털 빠진 강아지들이 지나가기도 했다. 조금 지나니 어물전도 생기고 잡화상도 생겼다. 잡화상에는 중국제나 소련제 상품들도 있었지만, 대개 집에 있던 값진 물건이나 죽은 사람들의 유품이 매대에 올랐다. 간혹 러시아 책이나 일본 책들이 굴러다녀 기행은 틈만 나면 시장의 잡화상을 찾아가곤 했다. 그럴 때면 늘 들르던 곳이 바로 대동강국수점이었다.

기행이 문을 열고 들어가 가방과 몸에 묻은 물기를 털어내고 있노라니 주인 할머니가 힐끔 내다보고는 방문을 열고 나왔다. 면 삶는 냄새에 군침이 돌아야 할 텐데, 축 처진 공기는 쿰쿰하기만 했다. 그는 한 사람이 더 올 것이라고 말한 뒤, 문가에서 비 내리는 거리를 내다봤다. 작업복을 입은 학생들이 차가운 가을비에도 아랑곳하지 않고 열 맞춰 걸어가고 있었다. 그들의 노랫소리가 아련하게 들렸다. '백두의 정기는 넘치고 우리 손으로 새 사회 꾸린다. 동무여 나가자, 혁신의 불길이 타오른다. 영명한 수령의 부르는 한 길로 아름다운 청춘의 희망은 꽃피네. 폭풍도 우뢰도 사나운 격랑도 우리의 앞길을 막을 자 없다네, 막을 자 없다네. 동해의 물결은 드높고 우리 힘으로 낙원을 꾸민다. 우리는 선구자 세기를 앞당겨……' 수령의 부름에 따라 그들이 만들려는 새 사회와 낙원이 어떤 모습일지는 기행에게 분명하지 않았다. 다만 그들의 앞길을 막을 자가 점점 줄어들고 있다는 것만은 분명했다. 제일 먼저 일제 치하 남쪽에서 투쟁한 공산주의자들이, 그다음에는 중국 관내에서 무장투쟁한 군인들이 사라졌고, 이제는 소련군과 함께 들어온 소련 국적자들이 하나둘 정치의 무대에서 내려가고 있었다.

"잘 오셨소. 이번주까지만 영업하고 문 닫으려던 참이오."

어느 틈엔가 다가온 주인 할머니가 기행에게 말했다. 평양에서 경을 사귀던 시절부터의 단골집이었다. 그러다가 어느 사이에 아내였던 경과도 헤어지고, 또 경과 같이 살던 집도 없어지고, 해방이 찾아오고 인민공화국이 건국됐다가 전쟁이 벌어지는 등 세상이 여러 번 변하는 와중에도 그 맛을 잃지 않던 곳이었다. 많은 것들이 바뀌는 세상이라고 해도 변하지 않는 게 하나쯤은 있어도 좋겠다고 생각했기에 기행에게는 무척 서운한 말이었다.

"그간에도 용케 버틴다고 생각했더랬습니다."

기행이 말했다. 그도 그럴 것이 전쟁이 끝난 뒤 당은 상공업자들의 자본 축적을 막기 위해 민간 상업을 억제하는 정책을 적극적으로 펼쳤기 때문이다. 그중 하나가 양곡, 술, 담배 등의 민간 거래를 금지하고 국가가 독점하는 법안이었다. 그 결과, 전쟁으로 배급 체계가 붕괴되고 각자가 먹을 것을 찾아 나서면서 우후죽순처럼 생겨났던 수많은 식당과 술집과 노점과 상점이 한꺼번에 문을 닫기 시작했다.

"오래 버티긴 버텼지. 인민지원군이 있어 고기며 곡식을 구할 수 있었는데, 이제 중국 군대가 돌아간다니 식당을 더 해나갈 재간이 없게 돼버렸소."

"그럼 이제는 뭘 하실 겁니까?"

"글쎄, 식당 조합으로 들어오라는데 이 나이에 들어가 무엇 하겠소? 남은 것만 다 팔고 문 닫을 작정이오. 근처에 전염병 환자가 나온 곳이 있다던데 그 김에 이 시장을 다 밀어버린다는 소문도 돌고, 아무튼 평생 역 앞에서 국수 팔았으니 장사할 만큼 한 것 같소."

"이 집 음식맛을 잊지 못하는 사람들이 많았는데, 아쉽게 됐습니다."

"그러게나 말이오. 단골들은 다들 기억나오만, 전쟁통에 죽은 사람도 있고 갑자기 사라진 사람도 있…… 상허 선생 소식은 좀 듣소?"

문득 생각났다는 듯이 그녀가 물었다.

"함흥 어디 신문사에서 교정원으로 일한다는 얘기는 들었습니다만."

"그 이야기야 나도 진즉에 듣긴 했지만, 그뒤는 말 그대로 함흥차사시네. 그 양반이 그렇게 될 줄은 어떻게 알았겠소? 세상일이 그냥 그렇게 되어가는갑소."

'그냥 그렇게'라고 말할 수밖에 없는 사정을 기행은 이해할 수 있었다. 그 국숫집은 해방 뒤 일가족을 이끌고 평양으로 온 소설가 상허가 자주 앉아 있던 곳이었다. 전쟁이 나기 전까지만 해도 가족들과 식사하는 모습을 종종 볼 수 있었다. 하지만 언젠가부터 평양 사람들에게 그는 없는 사람이 돼버렸다.

그런 그를 기행이 평양에서 마지막으로 본 건 이태 전 연초의 일이었다. 솜눈이 쏟아져 순식간에 세상이 하얗게 뒤덮이던 날, 그는 눈을 뒤집어쓴 채 비틀거리며 얼어붙은 길을 걸어왔다. 마치 물에 빠져 허우적대는 사람처럼 두 팔을 흔들고 있었다. 그러다가 기행을 알아보고는 환한 얼굴로 "자네, 돈 좀 있는가?"라고 말했다. 기행이 바로 대답하지 못하고 난감한 표정을 짓자, 변검술 하는 경극 배우처럼 금방 안색을 바꾸더니 "대동강국수점 오이장김치가 별미인데, 이런 날 안주 삼아 소주 마시면 좀 좋겠나?"라고 말했다. 그 무렵, 그는 집필을 금지당한 채 사실상 가택연금에 처해져 있었기에 그 행동이 기행에게는 새삼 대담하게 느껴졌다. 그래서 낮부터 술이라도 드셨는가 싶었는데, 그건 아니었다. 다시 상허가 "바쁘지 않으면 내 이야기 좀 들어보겠나?"라고 말했다. 기행은 대답을 망설였다. 당시에는 그와 만나기만 해도 사상을 의심받던 시절이었다. 마치 단 한 번의 접촉만으로 바이러스에 감염 됐다고 여기듯이. 그러는 동안에도 눈은 그의 머리 위에, 어깨 위에, 신발 위에 내려 쌓였다. 그는 그 거리에서 곧 지워질 것처럼 보였다.

'쥐바고 박사'가 피워 올린 불꽃

하늘이 맑아지면서 비가 그친 뒤에야 옥심은 국숫집 문을 열고 들어왔다. 번역실에서 갑자기 모습을 감춘 지 근 한 달 만에 보는 얼굴이었다. 파마머리는 온데간데없고 긴팔 셔츠에 몸뻬 바지 차림이었다. 기행이 잠깐만 보자고 몇 번이나 편지를 넣었지만 답장이 없다가 오늘 아침에 불쑥 번역실로 찾아왔다. 번역실에는 보는 눈이 많아 퇴근 후에 대동강국수점에서 보자고 약속했는데, 비 때문인지 늦게 나타난 것이다. 그럼에도 비를 피하지 못했는지, 머리카락과 얼굴에서 빗물이 뚝뚝 떨어졌다. 딱하게 여긴 주인 할머니가 수건을 줄 테니 빗물부터 닦으라며 그녀를 방안으로 잡아끌었다. 할머니가 옥심에게 뭐라고 다독이는 듯한 소리가 흘러나왔다.

한참 만에 다시 나와 기행의 맞은편에 앉은 옥심의 얼굴이 세수라도 한 것처럼 말겠다.

"오전에는 일이 많아 이따 보자고 말한 것인데, 비가 내릴 줄은 몰랐습니다. 공연히 비 많이 맞아 몸 상할까 걱정이군요."

"일없습니다, 감기 같은 거."

옥심은 창밖으로 시선을 돌렸다. 누르뎅뎅한 햇살이 두꺼운 구름장 사이로 삐져나오는 동안, 포대기로 아이를 업은 채 짐을 이고 가는 여인과 중절모를 쓴 중년 남자와 교복을 입은 학생들이 빗물이 고인 물탕을 피해 걸어가고 있었다.

"세상은 변한 게 하나도 없네요. 여느 때와 마찬가지군요. 무심해진다는 건 이런 것일까요?"

기행도 고개를 돌려 창밖을 내다봤다. 그는 아직도 무심이라는 게 무슨 뜻인지 알지 못했다.

"선생님은 어떤 분이신가요? 번역실에 몇 달 안 있기도 했지만, 좀체 말씀이 없으시니 저는 잘 모르겠습니다. 시를 쓰셨다니 분명 좋은 분이시겠지요?"

"그냥 동무라고 불러도 됩니다."

"번역실에 있을 때야 남들 들으라고 그렇게 불렀지만, 이제는 자유로운 몸인걸요. 이 자유를 만끽하고 싶네요."

뜻밖의 말이었다.

"자유를 만끽한다니 부럽군요."

기행은 약간 심술이 났다. 중앙당학교 교장이었던 그녀의 아버지가 숙청당해 그녀도 번역실에서 쫓겨나게 됐다는 뒷말을 기억하기에 그게 자조 섞인 말임을 짐작하면서도, 자신이 이제 조롱에 갇힌 새 신세가 되고 보니 그녀의 말이 고깝게 들렸다. 그러고 보면 좋은 분이라니 가당치도 않은 말이었다.

"난 절대로 좋은 사람이 아닙니다. 남들에게 폐만 끼치며 엉망진창으로 살아왔어요. 이제 그 대가를 톡톡히 치를 것 같군요."

"왜 대가를 치른다는 건가요?"

"중앙당에서 파견된 지도 그루파가 나를 위한 자백위원회를 열겠다고 하니 그간 내가 행했던 그 모든 우둔한 실수와 미욱스러운 실패가 만천하에 드러나지 않겠소?"

그러자 옥심이 말했다.

"좋네요. 좋아요. 그럼 됐어요."

"뭐가 좋고, 뭐가 됐다는 거요?"

기행이 말했다.

그때 주인 할머니가 온면 두 그릇을 들고나왔다.

"일단은 먹고 말씀드릴게요. 맛있겠다."

옥심이 젓가락을 들면서 말했다. 둘은 정신없이 젓가락을 놀렸다. 그러다가 기행이 먼저 그릇을 다 비우고 젓가락을 내려놓았다. 그는 왼손으로 흘러내리는 머리칼을 잡고 하얀 면에 입김을 불어가며 국수를 먹는 옥심을 물끄러미 바라봤다. 기행과 마찬가지로 옥심도 국물까지 싹 비웠다. 먹고 나니 그녀의 표정이 한결 부드러워졌다. 그건 기행도 마찬가지였다.

"오랜만의 외식이네요. 처음 모스크바에서 돌아왔을 때만 해도 혼자서도 씩씩하게 게장집을 찾아가곤 했었는데…… 게장은 원래 아빠가 좋아하던 음식이었는데, 그때 혼자 먹은 게 두고두고 미안했었어요. 그런데 지금도 그렇네요. 비 오는 날, 국수 한 그릇. 이렇게 작은 것에 인생의 행복이 있는데, 도대체 사람들은 어디서 무엇을 찾고 있는 것일까요?"

"먹고 싶으면 한 그릇 더 드시오. 이제 이 국숫집도 문을 닫는다고 하니."

옥심은 한숨을 내쉬었다.

"내가 좋아했던 것들이 하나씩 없어지네요. 이 작은 행복조차도 가질 수 없는 땅이라니. 선생님은 좋은 사람이 아니라고 했으니까 이런 말을 해도 되겠죠?"

"그런 말을 들었으니 이제 좋은 사람이 되긴 틀려버렸군요."

"왜 겁나세요? 자백위원회가?"

"말했잖아요. 나는 좋은 사람이 아니라고. 솔직히 겁납니다. 거기서 또 무슨 말이 나올지."

"그렇게 겁 많으신 분이 저는 왜 보자고 하신 건가요?"

옥심이 물었다.

"옥심 동무가 번역실을 그만두기 전에 내게 번역해달라며 준 시들이 있지 않소? 혹시 그 시들이 담긴 편지봉투를 누구에게 받았는지 알 수 있겠습니까?"

"그것 때문에 저를 보자고 하신 건가요? 자꾸 연락이 와서 사실 무서웠습니다. 왜 그러시는지 몰라서."

"옥심 동무는 어떤 사람이오? 좋은 사람이오? 내가 계속 얘기를 하는 게 옳을지 아닐지 잘 모르겠네."

기행이 말했다. 그녀는 기행의 눈을 한참 바라봤다.

"이런 세상에서는 좋은 사람으로 산다는 것이야말로 너무나 나쁜 짓이 아닙니까? 저는 지금 혼자서 살아보겠다고 집에서 나와 있는 거예요. 그게 최선이라는 엄마의 말을 인정할 수밖에 없기에."

그러더니 그녀는 가방에서 뭔가를 꺼내 기행에게 내밀었다.

"이게 뭡니까?"

"보면 모르세요?"

물론 그게 뭔지 기행이 모를 리는 없었다. '떼떼T.T. 권총'이라고 부르는 소련제 권총이었다.

"왜 이런 걸 들고 다니는 거요? 어서 가방에 넣어요."

기행이 권총을 옥심 쪽으로 밀었다. 옥심은 권총을 다시 가방에 넣었다.

"자, 이제 제가 좋은 사람은 아니라는 걸 확인했으니 말씀해보세요. 왜 저를 보자고 하신 건가요?"

기행은 옥심을 바라봤다. 누구도 믿을 수 없었다. 옥심도 마찬가지였다.

"나는 다만 벨라가 보낸 그 봉투를 옥심 동무가 누구에게 받았는지, 받는 사람이 지워져 있는데도 왜 동무는 그게 내게 온 거라고 말했는지, 그렇다면 봉투 안에 벨라가 보낸 편지는 없었는지 등등 궁금한 게 많아서 만나자고 했습니다."

"왜 그게 궁금하신 건가요?"

"그건 내가 자백위원회에 소환됐기 때문이오. 적어도 무엇을 자백해야만 하는지는 알아야겠기에."

"자백위원회가 그런 곳은 아닐 텐데요. 아는 것을 자백하라고 강요하는 곳은 아니라는 말입니다. 모르는 걸 자백하라고 하는 곳이지."

옥심은 여전히 냉소적이었다.

"좋습니다. 말씀드리지요. 그 봉투는 고매하고 위대하신 작가동맹 위원장 동지에게 받았습니다."

그건 병도를 뜻했다.

"왜 그렇게 비꼬듯이 말하는 거요?"

"서로 잘 아시는 분인가요?"

"그렇소. 얼굴을 본 지는 꽤 오래됐지만……"

"그럼 조심하시길요. 저는 잘 모르지만, 경멸할 만한 인간이라는 사실 정도는 잘 알고 있으니까."

가시 돋친 말이 거듭돼 기행은 당황스러웠다.

"물으셨기에 저는 대답했을 뿐이에요."

기행이 굳은 표정을 짓자 옥심이 말했다.

"알겠소. 나는 그걸 누구에게 받았는지만 알면 되는 것이었소. 오늘은 이만 헤어집시다."

기행이 자리에서 일어섰다. 그러자 따라 일어선 옥심이 그의 팔을 잡았다.

"선생님은 좋은 사람이 아니라면서요. 좋은 사람도 아니면서 양심 없는 이를 욕하기로서니 이렇게 벌떡 일어나십니까? 저와 저희 가족은 한 번도 나쁜 마음을 먹고 산 적이 없는데 말입니다."

순식간에 옥심의 두 눈에 눈물이 가랑가랑 맺혔다. 기행은 한숨을 내쉬었다. 그즈음 그렇게 갑자기 눈물을 쏟아내는 사람들을 흔히 볼 수 있었다. 뒷길로만 걸어다니는 남자들이 있었고, 아이들의 손을 잡고 세대주의 이름을 부르며 우는 여자들이 있었다. 되도록 그런 사람들을 피해 다녀야만 한다는 건 저절로 몸에 밴 처세술이었으므로 그러면 안 된다는 것을 알면서도 기행은 그만 주저앉듯이 다시 자리에 앉고 말았다.

"그게 내게 보내는 거라는 것도 위원장에게 들은 것이오?"

기행이 물었다. 옥심은 두 손으로 눈물을 닦아내고 말했다.

"그 사람이 내게 봉투를 건네기 전에 잉크로 수취인을 지웠는데, 제 눈에는 선생님의 이름처럼 보였습니다. 하지만 어쩌면 아닐 수도 있어요."

"그렇다면 내 이름이 맞을 거요. 제목이 '트로핀카'인 시는 내게 보낸 게 맞으니까."

"그럼 거기 적힌 '조선의 시인'이라는 건 선생님을 말하는 건가요?"

"그렇소."

기행이 고개를 끄덕였다. 벨라가 보낸 그 시에는 '조선의 한 시인에게'라는 부제가 붙어 있었다. 시는 다음과 같이 시작했다.

러시아말, 나의 말에 정든 그대
먼 나라 조선에서 들려주더니―
러시아말, 나의 말, '트로핀카'가
그지없이 그 마음에 드노라고.

"그렇다면 편지가 있었을 텐데…… 편지 없이 시만 보냈다는 것도 이상하고, 위원장 동지가 그걸 내게 주지 않고 오랫동안 가지고 있었다는 것도 이상하고. 게다가 같이 들어 있던 시「햄릿」은 잘 모르겠소. 벨라가 그 두 시만 넣어 보냈다면 그건 내게 보낸 게 아닐 겁니다."

"「햄릿」은 제가 넣은 겁니다. 첫 문장부터 번역이 막혀 선생님은 어떻게 번역할지 궁금했거든요. 「햄릿」도 번역하셨나요? 'Гул затих'를 어떻게 번역하셨나요?"

274

만난 뒤 처음으로 옥심의 표정이 환해졌다. 기행은 그 시를 외고 있었다.

"'지껄임은 잔자누룩해졌다'입니다."

"솔직히 무슨 말인지 모르겠군요. 저는 아직도 조선말이 어렵습니다. 저는 뭐라고 옮겼더라."

그러더니 그녀는 가방에서 노트를 꺼내 페이지를 넘기고는 말했다.

"여기 있군요. 저는 '소요는 진정되었다'라고 옮겼네요. 역시, 시는 어렵네요."

"이건 누구의 시요? 벨라의 시는 아닌 것 같은데."

"보리스 파스테르나크의 시입니다. 소설 『쥐바고 박사』에 실려 있습니다. 스스로 최고의 작품이라고 공언했는데, 『노비 미르』에 보냈다가 주필인 시모노프에게 반소비에트적이라는 이유로 게재 거부를 당했죠."

그 사건은 기행도 잘 알고 있었다. 그는 콘스탄틴 시모노프의 『낮과 밤』을 번역했기에 스탈린상을 여섯 번이나 받은 그 소설가의 정치적 성향에 대해 잘 알고 있었다. 시모노프는 파스테르나크가 『쥐바고 박사』에서 지식 계층이 10월혁명에 대해 올바른 결정을 내렸는지에 대한 질문을 던지고는 무조건 그 대답이 부정적으로 나오도록 소설을 구성했다고 비판했다.

"그래서 『쥐바고 박사』는 출판이 금지된 게 아니오? 그런데 거기 실린 시를 어떻게 읽었소?"

"물론 『쥐바고 박사』는 읽을 수 없습니다. 하지만 소설 속 쥐바고 박사가 죽고 난 뒤 그의 시라면서 소설 말미에 실렸다는 시들은 읽을 수 있어요. 파스테르나크의 다른 시들과 함께 타자기로 인쇄해 손으로 묶은 시집이 은밀하게 돌고 있거든요. 소설이면 몰라도 시집은 하룻밤이면 다 베낄 수 있으니까. 해빙 이후로 모스크바에서는 출판이 금지된 시들을 그렇게 읽고 있어요. 파스테르나크가 서방으로 망명하지 않은 것도 시 때문이죠. 러시아인들만큼 시와 시인을 사랑하는 민족은 없으니까. 모스크바의 대학가에서 열리는 젊은 시인들의 낭독회에는 발 디딜 틈이 없어요. 그들이 새로운 영웅들이지요. 궁금하시다면 다른 시도 보여드릴 수 있어요."

옥심이 말했다.

"뭐, 그렇게까지 궁금하진 않소."

"모스크바에 있을 때, 이 노트에 다 베껴놓았거든요."

옥심이 노트를 내밀었다. 기행은 그 노트를 받아 한 장씩 넘겨가며 천천히 훑어봤다. 모든 시를 탐낼 수는 없었다. 하나 혹은 두 편 정도를 골라 외워버릴 작정이었다. 그러다가 「겨울밤」이라는 시를 발견했다. 러시아어로 쓰인 그 시를 읽어가며 그는 상상했다. 거친 바람에 눈보라 천지가 된 세상을 상상하고, 혼자 있는 방 창 밑의 책상 위에서 옹골차게 타오르는 촛불 하나를 떠올렸다.

그다음은 겨울의 촛불이 꾸는 여름의 꿈과, 붕붕대는 소리를 내며 날벌레가 날아드는 꿈을, 요란스레 창문을 흔들며 그 꿈을 깨우는 눈바람을 생각했다. 그렇게 그는 시를 한 줄 한 줄 외워나갔다.

그리고 종이를 한 장 넘기니 거기 옆의 여백에 손으로 쓴 한글 문장이 나왔다.

시대의 눈보라 앞에 시는 그저 나약한 촛불에 지나지 않는다. 눈보라는 산문이며, 산문은 교시하는 것이다. 당과 수령의 말은 눈보라처럼 휘몰아치는 산문이다. 준엄하고 매섭고 치밀하다. 하지만 시는 말하지 않는다. 시의 할일은 눈보라 속에서도 그 불꽃을 피워 올리는 데까지다. 잠시나마 타오르는 불꽃을 통해 시의 언어는 먼 미래의 독자에게 옮겨붙는다.

"이것도 옥심 동무가 쓴 것이오?"

그러자 그녀는 고개를 흔들었다.

"그럼 누가 쓴 것이오?"

기행이 다시 물었다. 대답 대신 그녀는 다시 눈물을 흘리기 시작했다. 그 눈물을 보니 기행은 점점 마음이 무거워졌다. 일어났을 때, 그대로 자리를 떴어야만 했다고 생각했다. 아니, 지금이라도 늦지 않았다고. 그녀가 눈물을 그치고 무슨 이야기를 꺼내기 전에 일어나야 한다고. 머리로는 그 사실을 잘 알고 있었지만, 마음이 그렇지 않았다. 결국 자백위원회의 무대에 서서 몇 시간이고 비판받기만 할, 바로 그 마음이. 어쩌면 그건 이태 전 상허에게 보였어야만 할 마음이었는지도 모를 일이다.

평범한 사람들의 죄와 벌

이태 전, 상허의 말에 '술 한 잔 정도쯤이야'라고 생각했지만, 끝내 기행은 국숫집으로 들어가지 않았다. 시간이 없으니 서서 얘기하면 어떻겠느냐고 그는 말했다. 비겁했으나 어쩔 수 없었다. 정전 직후, 남쪽에서 올라와 북한 정권에 참여한 공산주의자들이 미제의 간첩이라는 혐의를 뒤집어쓰고 체포될 때, 문예총 부위원장이라는 직함으로 활발하게 활동하던 상허도 그들과 연루됐다는 의심을 받고 자리에서 물러나 두문불출 집에서만 지내고 있었다. 그때 잘 나오던 배급이 확 줄어들어 그 부인과 딸들이 장마당에 가재도구와 금붙이를 내다팔아 먹을 것을 구한다는 소문이 돌아도 누구 하나 들여다보는 이가 없었다. 염량세태였다기보다는 다들 도깨비감투를 뒤집어쓰기 싫은 까닭이었다. 남한 출신들과는 말만 주고받아도 내통한다는 오해를 살 때였다.

소주 얘기를 꺼내긴 했으나 기행의 기억 속의 상허는 술을 즐기는 사람이 아니었다. 해방 직후의 돌변에, 그러니까 문학의 순수성을 고수하던 입장에서 공산주의를 찬양하는 쪽으로 선회할 때 다들 놀라긴 했지만, 그가 고박하기 이를 데 없는 사람이라는 평가에는 변화가 없었다. 반면 기행은 좀 변했다. 마흔 살이 지나면서부터 만사가 허무해졌고, 술이 늘었다. 따져보니 인생은 전반적으로 실패였다. 원했던 삶이 있었는데, 모두 이루지 못했다. 시인으로 기억되지도 못했고, 사랑하는 여인을 아내로 맞이하지도 못했으며, 시골 학교의 선생이 되지도 못했다. 주변에서 제일 성공한 사람은 병도였다. 그는 해방 직후 소련군과 함께 평양에 나타난 젊은 수령의 귀환을 전설적인 장군의 개선으로 묘사한 소설을 누구보다도 빨리 썼기에 그뒤로 승승장구했다. 병도에 비하자면 기행이나 상허는 실패자들이었다. 실패자들끼리 얘기해봐야 더욱 의심만 살 뿐이라 서서 얘기하자는 기행의 말은 그저 인사치레에 불과했다.

그런데 정말 상허가 그 자리에 서서 이야기를 시작했다. 기행이 주변을 살피면서 들어보니 이십여 년 전 금강산에 놀러갔을 때, 원산 아래의 어촌들인 송전과 고저 중에서 숙소를 어디다 구할까 고민했다는 이야기였다.

"누가 고저가 편리하다고 해서 가봤더니만 일본식 여관이며 우편소가 있어 편리하기는 하다마는 그 편리가 당최 정이 안 가더

란 말이지. 그래도 꾹 참고 신문 연재소설 한 회 차를 쓰려고 여관 방 책상 앞에 앉았더니 옆방에 묵은 보통학교 국어 선생이 축음기에 〈노래는 듣는 것, 춤은 보는 것歌は聞くもの, 踊りは見るもの〉이라는 노래를 걸더란 말이야. 덕분에 소설은 쓰지도 못하고 유행가나 듣고 앉았는데, 그 외진 곳까지 와서 여관에 장기 투숙하며 유행가 몇 곡에 고단한 하루를 달래는 그 일본인 선생이 안됐다는 생각이 들더군. 하지만 소설 쓰기에는 좋지 않아 나는 송전의 동해여관으로 거처를 옮겼어. 거기서 가족을 불렀지."

송전은 통천항이 있는 고저보다는 한결 조용한 어촌이었다. 여인숙 정도밖에 안 되는 소박한 규모인데도 자기들끼리는 여관이라 부르는 곳이 두 군데였다. 하지만 그는 그 소박함과 고즈넉함이 좋았다. 무엇보다도 해풍을 맞고 자라 통 굵고 가지 적은 해송들이 마음에 들었다. 송전에서 묵은 첫날 밤, 객창으로 달빛이 환히 비쳤다. 주인에게 물으니 그날이 마침 보름이라고 해 상허는 달을 보기 위해 바다로 나갔다. 여관에서 해변으로 나가는 길은 양옆으로 소나무들이 서 있는 곧은길이었는데, 밤이 되니 그 길에 다니는 사람은 하나도 없고 달빛만 가득차 있었다. 그는 물속을 걷는 것처럼 달빛 속을 걸었다. 그러면서 그는 생각했다. 달빛은 어찌 이리도 밝은 것인가? 아무도 봐주지 않는데 달빛은 어찌 이리도 고운 것일까?

"그때 나는 한 사람도 살지 않는 세상을 상상했다네. 제일 먼저는 사막이나 바다, 혹은 북극과 남극처럼 실제로 사람이 살지 않는 곳을 생각하다가 그다음에는 송전처럼 외진 마을을, 그다음으로는 또 서울이나 평양처럼 큰 도시에 사람이 하나도 없는 풍경을 떠올렸지. 그랬더니 무서운 생각이 들더군. 그때에도 보름이면 이 세상은 달빛으로 가득차지 않겠나? 달이야 거기 사람이 있든 없든 찼다가 이지러지는 그 자연의 법칙을 반복하겠지. 그런 무심한 것이 자연이라는 것도 모르고 인간들은 거기에 정을 둔단 말이지. 마치 해와 달이 자기 인생을 구원해주기라도 하듯이 말이야. 오호, 우리의 태양이시여, 영원한 달님이시여, 라고 찬양하면서. 하지만 해와 달은 그 누구의 인생도 구원하지 않아. 우리도 그런 자연을 닮아 노래는 들리는 대로 들으면 되고, 춤은 보이는 대로 보면 되는 거지, 좋으니 나쁘니 마음을 쏟았다 뺏었다 할 필요는 없었던 거야."

해와 달의 이야기를 할 때, 상허의 얼굴에서 잠시나마 표정이 사라졌다. 기행은 그 무표정이 반가웠다. 잘 모를 때는 그 무표정이 까끈한 성격에서 기인한다고 여겼으나 상허가 조금 이상해지고 난 뒤부터는 그게 얼마나 인간적인 표정인지를 기행은 알게 됐다. 아무런 표정을 짓지 않을 수 있는 것, 어떤 시를 쓰지 않을 수 있는 것, 무엇에 대해서도 말하지 않을 수 있는 것. 사람이 누릴 수 있는 가장 고차원적인 능력은 무엇도 하지 않을 수 있는 힘이었다. 상허의 말처럼 들리는 대로 듣고 보이는 대로 볼 뿐 거기에 뭔가를 더 덧붙이지 않을 수 있을 때, 인간은 완전한 자유를 얻었다. 1958년 북한의 사람들에게 자유가 전혀 없었다는 말은 이런 맥락에서다. 그들은 들으라는 대로 듣고, 보라는 대로 봐야만 했다. 그리고 그들은 말하라는 대로 말해야만 했다.

상허는 해방 전까지만 해도 프롤레타리아문학과는 거리가 먼, 어쩌면 그 반대편에서 소설을 써온 사람이었다. 그렇지만 전쟁 때 종군작가가 되어 낙동강 전선까지 내려갔다가 돌아온 뒤 그 역시 반쯤 미쳐 있었다. 그 시기에 그가 쓴 소설들은 미군에 대한 적개심으로 가득차 있었다. 바로 그 시점에, 그의 인생에서 가장 격렬하고 직설적인 문장을 쓰고 있을 때, 해방 후 새로 등장한 젊은 문인들이 상허를 반동사상에 물든 작가, 소위 '순수문학'에 향수를 느끼는 작가, 반인민적이고 해독적인 작가로 몰아붙인 것이야말로 아이러니였다. 전쟁이 멈춘 뒤 몇 년 동안 계속된 사상 검토의 잔인함은 바로 거기에 있었다. 그건 매일 오전 일과 시간이 시작되기 전이나, 오후부터 밤까지 사람을 단상에 세워놓고 스스로 가장 믿어 의심치 않는 바로 그 점을 부인할 때까지 자백을 강요하는 일이었다. 예컨대 무차별폭격의 참상에 충격을 받고 미군을 저주하게 된 작가에게서 미제의 스파이였다는 자백을 이끌어내는 일. 지켜보는 자들 모두가 뭔가 이상하다고 생각해도 문제는 없었다. 당사자만 자백하면 그 모든 의문은 해결되니까.

사상 검토가 그런 것이라는 사실을 몰랐기에 전쟁이 멈춘 뒤 병도의 주도로 문예극장에서 처음 작가동맹 자백위원회가 소집됐을 때만 해도 기행이 보기에 상허는 주눅든 모습이 아니었다. 처음에 자아비판의 무대에 올라가는 자가 흔히 그러듯이 모든 것을 솔직하게 고백하고 나면 위원회가 자신의 무죄를 밝혀주리라 생각했을 것이다. 그래서 그는 담찬 표정으로 자신이 인간의 모든 문제들을 해결한 소비에트 사회를 얼마나 지지했는지, 새로 탄생한 인민공화국을 얼마나 사랑하는지 고백했다. 하지만 자백위원회는 그 이름에서 알 수 있다시피 고백이 아니라 자백을 원했다. 그러면서도 자백과 고백이 어떻게 다른지에 대해서는 설명해주지 않았다. 자백을 하라는 말에 상허는 우두커니 서 있었다. 그날, 집에 돌아온 기행은『표준조선말사전』을 찾아봤다.

고백 〔명〕 숨긴 일이나 마음속에 생각하는 바를 그대로 솔직히 말하는 것.

자백 〔명〕 (해당 기관이나 조직 또는 남들 앞에서) 자기가 저지른 죄과에 대하여 스스로 고백하는 것 또는 그러한 고백.

그 해설에 따르면, 자백은 오로지 죄과만을 고백하는 것이었다. 그것도 해당 기관이나 조직이나 남들 앞에서. 그러나 다음날 다시 무대에 오른 상허는 전날과 마찬가지로 종작없이 애정과 충성을 고백했다. 그는 자신이 위대한 당과 작가동맹의 문학 정책을 얼마나 지지하는지 납득시키려고 애썼다. 그러나 이미 수령에 의해 반동 부르주아 작가로 규정된 소설가에게 자백위원회는 매몰차게도 자백만을 원했다. 어떤 고백으로도 그들의 마음을 돌릴 수 없다는 사실을 받아들이면서 상허는 조금씩 흔들리기 시작했다. 이제 그에게는 더이상 털어놓을 이야기가 없었다. 하지만 자백위원회의 무대에서 침묵은 유죄의 간접적 증거였다. 비밀이 없는 사람은 가난하다고 말했던 친구가 누구였지? 그땐 다들 그 친구를 불쌍히 여겼지만, 지금 돌이켜보니 해방이 되기 전에 요절한 그이가 가장 행복했구나. 상허는 한 번쯤 그런 생각을 했을지도 모른다.

마지막으로 상허는 송전의 해산물 값이 얼마나 싼지에 대해 말했다. 가자미, 홍합, 꽁치, 해삼, 전복 등등. 일원이면 그 전부를 몇 두름이고 사먹을 수 있었다고 했다. 그래서 처음에는 좋았지만 곧 아내가 싫증을 내서 그는 하는 수 없이 이웃집 할머니에게 부탁해 암탉 한 마리를 잡아달라고 했다. 하지만 칼을 들고 삼밭으로 간 할머니가 시간이 지나도 오지 않아 닭을 놓쳤나 해서 찾아가니 그때까지도 한 손으로는 닭을 붙들고, 또 한 손으로는 칼을 잡은 채 울고 있었다고 했다. "왜 여태 안 죽이고 앉아만 있소?"라고 상허가 물었더니만 그 할머니가 대답하기를, "차마 내가 기르던 걸 못 찌르겠어요"라고 했다고. 그러면서 상허는 돌이켜 생각하니, 눈물겹다고 했다. 돈은 받았으되 기르던 닭을 찌르지는 못하는 처지.

차마 아무것도 못하는 처지.

"그런 게 바로 평범한 사람들이 짓는 죄와 벌이지. 최선을 선택했다고 믿었지만 시간이 지나 고통받은 뒤에야 그게 최악의 선택임을 알게 되는 것. 죄가 벌을 부르는 게 아니라 벌이 죄를 만든다는 것."

그게 그날 반쯤 지워질 때까지 하얗게 눈을 맞으며 기행이 상허에게서 들은 이야기의 전부였다. 그럼에도 그날 기행이 그에게서 송전 바닷가 이야기만 들었느냐고 묻는다면, 물론 그것은 아니었다.

아직 식지 않은 빵과 당나귀와 카자흐 여인들

"사실은 아빠가 며칠째 집으로 돌아오지 못하고 있어요. 어디에 계신지 아무도 말해주지 않아요. 대신 내무서원들이 우리집을 검열하러 온다고 해서 엄마가 챙겨주는 가방을 들고 저만 허겁지겁 나온 거예요. 나와서 보니까 권총이랑 부모님 사진이랑 결혼증명서 같은 게 들어 있네요. 이걸 들고 갈 곳이 없어 오전에는 번역실로 찾아간 거였습니다."

울음을 그친 옥심이 질문에는 대답하지 않고 아버지 얘기를 꺼냈다.

"혹시, 아버지도 소련 국적자입니까?"

기행이 물었다.

"원래는 그랬는데, 중앙당학교 교장으로 계속 있으려면 국적을 정리해야 한다기에 작년에 소련 국적을 정리했습니다. 하지만 엄마와 동생들은 아직도 소련 국적을 가지고 있습니다."

"그럼 옥심 동무는요?"

"저는 아빠를 따라 조선 국적을 선택했습니다. 본래 이름도 라리사였는데, 그때 옥심으로 바꿨습니다."

"요즘에는 여길 떠나기 위해 반대로 소련 국적을 회복하려고들 하던데, 옥심 동무는 왜 그랬나요?"

"아빠가 중앙당학교 교장에서 해임된 뒤, 우리 가족이 아직도 소련 국적을 가지고 있는 것과 제가 소련에 유학중이라는 사실에 대해 집중적으로 사상 검토를 당하고 있다는 이야기를 모스크바의 대사관을 통해 들었거든요. 엄마는 제게 보낸 소설책에 감춘 비밀 쪽지에서 절대로 평양에 돌아와서는 안 된다고 썼지만, 저는 그럴 수 없었어요. 아빠는 저의 전부나 마찬가지예요. 아빠를 구해야만 했어요. 그래서 저는 귀국을 종용하는 대사관의 권유를 받아들이고 평양으로 돌아왔습니다. 하지만 그럼에도 상황은 바뀐 게 아무것도 없었습니다."

그녀는 입을 앙다물었다.

"아빠에게 신세를 졌던 사람들은 우리를 도와주기는커녕 아예 상종도 안 해주더군요. 해방 직후에 젊은 수령과 만날 자리를 놔달라고 졸랐던 작가동맹 위원장은 타슈켄트에 갈 준비를 해야 하니 바쁘다며 손사래를 쳤구요. 하지만 저와 엄마는 포기하지 않았어요. 당사黨舍를 찾아가고 해방산의 간부 사택을 일일이 돌았습니다. 그렇게 해서 지난 7월 마침내 아빠에 대한 사상 검토가 끝나 청진광산금속대학 부학장으로 보낸다는 언질을 받았어요. 그땐 정말 기뻤습니다. 아빠가 집으로 돌아오면 우리는 모두 아빠를 따라 청진으로 가려고 이사할 계획을 세워두고 있었습니다. 그때 번역실을 그만두겠다고 분과위원장 동지에게 말했었고요."

"그래서 벨라의 시를 내게 넘긴 것이군요. 아버지를 따라 청진에 가려고."

"네. 그렇지만 아빠는 한 달이 다 지나서야 완전히 딴사람이 되어 저희에게 돌아왔어요. 서글픈 표정에 쭈뼛거리는 말투의 사람이 되어서요. 하지만 평양을 떠나면 모든 게 다 좋아지리라고 생각하고 우리는 기차표를 끊고 이삿짐까지 싸놓았는데, 며칠 전 저녁에 군관 두 명이 찾아와 다시 아빠를 데려갔습니다. 집에 계실 때 아빠가 무슨 말을 했느냐면, 왜 소련 국적을 가졌는지 자백하라는 말까지 들었다고 하더군요. 아빠는 스탈린에게 일본 스파이라는 누명을 뒤집어쓰고 처형장까지 갔다가 살아 돌아온 분입니다. 1946년 가족이 기다리던 알마티의 사범대학으로 돌아가려던 아빠에게 수령의 이름을 붙인 종합대학 어문학과장을 맡아달라고 요청한 건 북조선 정부입니다. 그래놓고서는 어떻게 이럴 수가 있나요! 분해서 견딜 수가 없어요. 우리 아빠한테 그러면 안 되는 거예요. 정말 그래서는 안 됩니다."

옥심이 다시 눈물을 뚝뚝 흘리며 중얼거렸다. 그 무렵, 평양역에는 소련으로 돌아가는 소련 국적자들이 많았다. 국제 기차 앞에서 기념사진을 찍는 가족도 있었지만, 세대주가 없이 엄마와 아이들만 있는 경우도 많았다. 가는 도중에 무슨 일이라도 일어날까봐 소련대사관의 직원이 신의주까지 동행하는 일도 있었다. 누가 그들을 배웅하는지 감시하기 위해 나온 내무서원들만이 그들이 떠나는 모습을 지켜보았다. 그런 상황이니 옥심에게 기행이 무슨 말을 할 수 있겠는가. 그는 좋은 사람이 아닐뿐더러 무기력하고 비겁하고 초라한, 어떻게 하면 자백위원회의 비판을 모면하고 평양에 남을 수 있을까 궁리하는 늙은 남자일 뿐이었는데.

"그렇지만…… 믿으세요. 결국 다 잘될 것이라고."

그랬더니 옥심이 젖은 눈으로 말했다.

"꼭 아빠 같은 말씀을 하시네요."

그러면서 옥심은 어떤 기억에 대해 이야기했다. 최초의 기억. 웅웅거리는 소리에 대한 기억. 그 기억 속에서 그녀는 팔십 명이 넘는 사람들과 함께 환풍구 철창 두 개만 뚫린 기차 화물칸에 타고 목적지도 모른 채 한 달 이상을 달렸다. 먹을 것은 금방 떨어졌고, 난로도 없었다. 아침에 일어났을 때 우는 소리가 들리면 간밤에 누군가 죽었다는 것을 알 수 있었지만, 시간이 흐르자 우는 소리도 들리지 않았다. 대신 철로를 달리는 기차 소리만이 모든 것을 압도했다. 기차가 멈춰 있는 동안에도 바퀴가 굴러가는 환청이 들렸다. 매장할 곳도 마땅찮아 시체들은 싣고 가다가 발하슈 호수에 모두 던져버렸다.

 스탈린에 의해 강제로 연해주에서 쫓겨난 그들은 그렇게 6000킬로미터를 달려와 중앙아시아의 한 역에 도착했다. 그들을 내려놓은 기차가 먼지바람을 일으키며 떠나간 뒤 옥심이 제일 먼저 들은 건, 전신주의 웅웅거리는 소리였다. 전신주들을 따라 철로가 놓여 있었다. 철로는 마치 세상의 한쪽 끝에서 다른 쪽 끝으로 이어진 것처럼 끝없이 펼쳐진 스텝 위에 놓여 있었다. 그들은 그 외로운 길에서 멀어지면 다시는 고향으로 돌아가지 못할까 걱정되었는지 조립식 직원 사택 대여섯 채와 창고 등이 있는 역구내에서 쫓겨난 뒤에도 철로 주변을 떠나지 못했다. 아니, 역 말고는 사방에 건물이 하나도 없으니 그럴 수밖에 없었다. 1937년 10월, 그녀가 다섯 살 때의 일이었다.

 "저는 전봇대가 계속 웅웅거렸다고 기억하는데, 아빠 이야기는 그렇지 않아요. 아빠는 기차가 떠난 뒤로는 세상이 적막했다고 기억해요. 기차가 떠나고 누군가 말했대요. 우리는 세상에 버려진 것이라고. 그리고 또 말했대요. 죽으라고, 우리 죽으라고 이런 곳으로 보낸 것이라고. 그랬더니 아이들이 울기 시작했고, 그러자 엄마들도 울었고, 할머니들도, 아빠들과 할아버지들도 다 울었다고요. 지평선 쪽에서 워낭 소리가 들린 건 바로 그때였어요."

 "워낭 소리?"

 "네, 당나귀를 몰고 한 무리의 사람들이 나타난 거예요."

그 작은 역 주변은 낮은 언덕들이 부드럽게 융기하며 계속 이어질 뿐, 시선이 가닿는 끝까지 광활한 초원이었다고 했다. 있는 그대로의 초원은 인간을 윽박지르지도 어르지도 않건만, 거기서 한 해를 보낸 사람들은 초원 생활이 혹독하다고도 말했고, 풍요롭다고도 말했다. 거기서 살아가려면 초원을 있는 그대로 받아들여야만 했다. 있는 그대로. 그것은 혹독함과 풍요로움이 같은 상태를 뜻한다는 걸 이해하는 일이었다. 그날, 연해주에서 중앙아시아까지 쫓겨난 한인들 앞에 나타난 사람들이 바로 그런 사람들, 카자흐 여인들이었다. 그녀들은 동쪽에서 정체불명의 낯선 민족이 화물칸에 실려와 황야에 버려졌다는 소식을 듣고 빵을 굽기 시작했다. 그리고 그 빵이 식을세라 모포에 감싸 당나귀에 실은 뒤, 한 번도 만난 일이 없는 그들을 찾아왔다. 한인들이 울면서 그 빵을 먹는 동안, 카자흐 여인들도 울음에 합세했다. 빵과 울음, 새로운 삶이 거기서 시작됐다. 그들은 톈산산맥의 눈 녹은 물이 모여 이뤄진 강물을 젖줄 삼아 땅을 일궈 다시 일어섰다.

"아빠는 늘 우리 남매들에게 세상에 죽으라는 법은 없다고 말씀하셨어요. 생명의 법칙은 그렇지가 않다고. 그러니 생명의 힘, 인간의 힘을 믿으라고. 그 힘은 살려는 힘, 살리려는 힘이라고 하셨어요. 하지만 저는 아직도 그게 무슨 말인지 모르겠어요. 대신에 저는 그렇다면 어디서부터 잘못된 것일까를 줄곧 생각해왔습니다. 어디서부터 잘못됐기에 우리는 중앙아시아의 황야에 버려지게 된 것일까? 어디서부터 잘못됐기에 소련군과 미군은 식민지로 고통받았던 땅을 분할 점령했던 것일까? 어디서부터 잘못됐기에 우리 민족은 서로를 죽이게 됐을까? 중앙아시아에서 겨우 살아 돌아온 저는 신생 공화국에서 스무 살의 기쁨을 누릴 틈도 없이 수많은 시체들을 보아야만 했어요. 팔다리가 잘려나가고 걸레처럼 구겨진 채 핏물을 쏟아내는 몸뚱어리들을. 고여드는 피와 들끓는 구더기들을. 그런 풍경을 뒤로하고 젊은 군인들은 군가를 부르며 전선으로 죽음의 행진을 계속했지요. 집으로 돌아온 아빠에게 제가 물었어요. 어디서부터 잘못됐기에 이런 일들이 벌어지는 걸까요? 그랬더니 아빠는 힘없는 목소리로, 빵이 식을세라 모포에 감싼 채 당나귀에 싣고 온 카자흐 여인들을 잊지 말라고 하셨어요. 그 모든 잘못된 역사를 바로잡을 수 있는 건 그런 인민들의 힘이라며. 그 말을 듣고 저는 아이 때로 돌아간 것처럼 엉엉 울었습니다. 그리고 외쳤습니다. 믿을 수 없어요, 아빠, 다 거짓말이에요, 라고."

옥심이 소리 높여 얘기했다.

1936년 겨울, 서울 계동의 난향

자백위원회에 소환되고 며칠이 지나자, 상허는 더이상 말하지 않았다. 말해봐야 소용없다는 생각이 들었을 것이다. 하지만 자백의 무대에서 침묵은 허용되지 않았다. 자백위원회는 동료 문인들에게 그의 묵비를 깨뜨릴 것을 명령했다. 토론자로 젊은 소설가가 나섰다. 그는 수령의 초상화를 향해 만세 삼창을 한 뒤, 이것저것 따질 것 없이 단도직입적으로 묻겠다고 했다.

"그렇다면 왜 쓰지 않는 겁니까?"

그 질문에 상허는 당황했다.

"요 몇 년 동안 나보다 더 많이 그 질문을 나 자신에게 던진 사람은 아마 없을 게요. 그것은 내가 지난 전쟁 시기에 종군했다가 허리를 다쳐 오래 책상에 붙어 있지 못한 까닭이기도 하거니와, 또 쉰 살이 넘어가니 예전만큼은 집중이 잘 되지 않아……"

"나는 동무에게 왜 쓰지 않느냐고 물었습니다."

젊은 소설가가 그의 말을 잘랐다. 질문의 핵심을 이해하지 못한 상허가 더듬거렸다.

"이, 이, 이보오, 난 쓰지 않는 게 아니라 쓰지 못하는 것이오."

"동무는 쓰지 못하는 게 아니라 쓰지 않는 것이오. 그리고 그건 동무의 반역적 문학 활동이 어제오늘의 일이 아니라 해방 전부터의 문제라서 그런 것이오. 동무가 일제의 주구로서 구인회라는 반역적 문인 단체를 조직한 것은 엄연한 사실이지 않소? 왜 자백하지 않소!"

"그것은 이십 년도 더 전의 일이에요. 동무는 그때 어려서 잘 모르겠지만, 당시에는 일제의 탄압으로 프로문학이 퇴조기에 들어 나는 그 인연을 맺지 못했을 뿐입니다. 구인회를 조직한 건 결코 사상 문제가 아니었음을 지금까지 누차 밝혀왔어요."

"그렇다면 왜 쓰지 않는 것입니까?"

그가 다시 물었다.

"아까도 말했다시피 내가 쉰 살이 넘어가니……"

상허의 대답도 되풀이됐다.

젊은 소설가가 이십 년 전의 일을 끄집어내니 자연스레 기행도 그때 자신은 무엇을 하고 있었는지 떠올리게 됐다. 그즈음 그는 도쿄의 기치조지에서 살면서 아오야마학원 영문학과에 다니고 있었다. 그 이듬해 졸업을 앞두고 멀리 눈 쌓인 후지산이 보이는 이즈반도를 한 바퀴 여행하고 서울에 돌아와보니 구인회라는 게 만들어져 있었다. 그 구인회의 멤버 중에서 이상과 유정은 젊어서 죽고, 기림과 지용은 전쟁 뒤에 생사를 알 수 없게 됐으며, 상허와 구보는 북으로 와 이십 년 전의 일을 추궁받고 있었다.

기행의 마음이 그런 상념들로 복작거릴 때, 젊은 시인이 종이를 들고 와 읽기 시작했다.

"그럼 저는 이렇게 물어보겠습니다. 동무는 1936년 겨울, 서울 계동에 살던 시인 이병기의 집에 난이 피었다는 소식을 듣고 반동 문인인 정지용, 노천명 등과 함께 그 향을 맡겠다고 찾아간 일이 있습니까, 없습니까?"

갑자기 이병기, 정지용, 노천명 등의 이름이 흘러나오니 상허는 바짝 긴장했다.

"그런 일이 있었소? 해방 전 일은 잘 기억나지 않소."

"동무는 기억하지 못해도 동무가 쓴 글은 과거의 행적을 고스란히 기억하고 있습니다. 그럼 또 묻겠습니다. 동무는 당시 신문에서 동북인민혁명군에 대한 기사를 하나라도 읽은 적이 있습니까, 없습니까?"

"그 비슷한 기사는 읽은 적이 있소."

"혁명 군대가 일제 침략자들을 몰아내기 위해 항일 전쟁을 펼치던 시기에 반동 문인들을 모아 난향이나 맡으러 다닌 동무의 행위를 우리가 어떻게 이해해야 하겠습니까? 동무가 수령님과 동북

인민혁명군에 대한 소설을 쓰지 않는 것은 오래전부터 싫어하는 감정을 품고 있었기 때문이 아닙니까?"

몇십 번이고 되풀이되던 비판에 지친 것인지 상허는 고개를 숙였다. 그리고 다시 고개를 들고 말했다.

"그렇지 않아요. 아무리 다시 생각해봐도 그렇지 않습니다."

"동무가 수령님과 동북인민혁명군에 대한 소설을 쓰지 않는 것은 오래전부터 싫어하는 감정을 품고 있었기 때문이 아닙니까?"

그녀가 재차 물었다.

"내가 말했잖소. 그간에도 당의 문예 정책에 부응하는 소설을 줄곧 써왔지만 최근 들어 창작이 부진한 것은 나이도 나이인데다가 전쟁 때 허리를 다쳐……"

상허의 거듭된 해명은 객석에 앉은 젊은 문인들의 아우성에 묻혀버렸다. 그들은 자리에서 일어서며 상허에게 자백하라고, 잘못을 시인하라고 소리를 질렀다. 기행은 아무 말도 못하고 가만히 앉아 있었다. 그러다가 옆에 앉은 한 시인과 눈이 마주쳤다. 해방 전 평양 시내의 다방에서 자주 봤던 얼굴이었다. 둘은 시선을 돌렸다가 다시 마주봤다. 옛날만큼 쓰지 못하는 것은 기행이나 그 시인이나 마찬가지였다. 둘은 다시 서로를 외면했다.

몇 달에 걸쳐 열린 자백위원회에서 그보다 더 내밀한 사생활까지도 모두 폭로당한 뒤, 상허에게도 표정이라는 게 생기기 시작했다. 이악스러운 표정, 서운한 표정, 부아 난 표정, 꼬부라진 표정.

마치 연기에 푹 빠져 본래의 자신이 누구였는지 잊어버린 배우처럼, 연단에 선 그는 수다스럽다가도 금방 침울해졌고, 아첨꾼 같다가도 싸움패처럼 보이기도 했다. 당의 의중을 눈치챈 자들은 껍데기만 남은 그를 더욱 세차게 물어뜯기 시작했고 그의 모든 작품이 비판의 도마에 오르게 됐다. 심지어 마지막 순간까지 미군을 둘이나 사살하고 죽은 인민군 전사를 다룬 애국적 소설도 전사의 시체가 미군들의 시체와 함께 발견된 장면 때문에 비판받았다. 인민군대의 고귀한 희생이나 미국 군대의 죽음이나 결국 시체인 점에서는 아무 다를 것이 없다는 사실을 상허가 보여주려고 했다고 그들은 비판했다.

우연히 길에서 만난 상허와 대화를 나누고 얼마 지나지 않아서였다. 기행은 오전 독보 시간에 병도가 평양시당 문학예술부 열성자 대회에서 상허의 문예총 부위원장 직위와 집필권을 박탈했다는 소식을 들었다. '그의 반역적 문학 활동은 그것이 해방 후에 처음 시작된 것이 아니라 해방 전부터 일제의 주구로서 조선 인민의 반일 민족해방 투쟁을 반대하여 적극적으로 나선 반역적 문학으로 일관되었으며' 운운하는 문장이 그 이유를 밝히고 있었다. 기행은 그 문장이 아니라 그 문장을 쓴 사람이 참 못났다고 생각했다. 오죽하면 이십여 년 전에 문인들의 모임을 결성했다는 이유로 한 소설가의 일생을 '반역적 문학 활동'이라고 단죄할 수 있을까.

전쟁이 터진 뒤로는 춥지 않은 겨울이 한 해도 없었다지만, 그해 겨울은 또 얼마나 추웠던지. 시베리아에서 밀려내려온 추위가 북반구 각지를 휩쓸었다. 심한 곳은 영하 삼십삼 도까지 떨어졌고, 얼어죽는 사람들이 속출했다. 또 크고 작은 화재도 겨우내 이어졌다. 그렇게 2월 말까지 평양에 20센티미터가 넘는 폭설이 내리더니 『조선문학』 3월호에는 상허가 미제국주의의 간첩으로 북파됐다고 주장하는 문학평론이 실렸다.

그렇게 봄은 왔으나 봄 같지는 않은 시절이 흘러가다가 그해 4월 조선로동당 제3차 대회가 열릴 즈음, 진정한 봄소식이 들려왔다. 소련공산당이 스탈린 '대원수'의 개인숭배와 독재정치를 비판하고 나섰다는 놀라운 소문이 퍼지기 시작한 것이다. 그 소문에는 앞으로의 정세에 대한 예측들이 주석처럼 붙어 있었는데, 제일 유력한 건 수령이 실각하고 집단지도체제가 들어설 것이라는 전망이었다. 소문에 따르면, 흐루쇼프 서기장이 소련공산당 제20차 전당대회에서 스탈린 개인숭배를 비판하는 비밀 연설을 한 건 상허가 함흥의 한 신문사로 쫓겨간 것과 비슷한 시기였다. 처음에는 반신반의하면서 소련 잡지들을 따라 읽던 기행은 그해 여름, 로동신문에 소련 지도부의 스탈린 비판을 지지하는 논평이 실리는 것을 보고 확신하게 됐다. 상허가 평양으로 돌아올 날이 그리 머지않았음을. 평양의 거리에서 다시 만난다면, 이번에는 피하지 않고 그에게 소주를 사리라고. 그래서 송전의 그다음 이야기를 계속해달라고 말하리라고 그는 마음먹었다. 그리 머지않아, 그러하게 되리라고.

막다른 골목 끝, 불타는 집

두 사람이 국숫집을 나왔을 때는 이미 어둠이 내린 뒤였다. 옥심의 집이 륜환선 거리에 있다고 해 평양역 앞에서 버스를 타야 하는 기행은 그녀와 조금 걷기로 했다. 해방 전 그 일대는 일본군 보병 제77연대의 주둔지가 있던 자리로 평양역 앞쪽으로는 일본식 요정과 중국요릿집과 여관과 기생집이 즐비했지만, 미군의 폭격으로 그 빨간 벽돌집이며 목조 가옥들은 모두 잿더미가 되어버렸다. 그 폐허에 자로 줄을 긋듯이 평양역에서 보통문까지 일직선으로 도로를 만든 뒤 만수대 거리와 연결시켰다. 그렇게 하니 자연스럽게 만수대 거리와 스탈린 거리와 인민군 거리를 거쳐 다시 평양역으로 순환하는 도로가 만들어지기에 이를 순환선이라는 뜻의 륜환선 거리라고 불렀다.

륜환선 거리에는 오층 아파트들이 속속 들어서고 있었다. 평양의 재건은 소련과 동유럽 국가들의 원조와 소련의 건축 기술이 큰 기여를 했다. 재건을 지휘하는 건설상을 비롯해 설계자들 역시 소련에서 건축을 배운 사람들이었다. 그들은 콘크리트 건축 자재를 공장 생산화한 PC공법을 들여와 방과 부엌과 벽체 등을 표준 설계해 거푸집으로 미리 제작한 뒤, 기중기로 쌓아올리는 방식으로 아파트를 조립했다. 다다미 깔린 방 하나에 부엌 하나, 온돌 대신 페치카로 난방하고, 일자형 복도 끝에 공동 화장실이 설치돼 불편은 있었지만 건설 속도만은 정말 빨랐다. 그즈음 신문에는 지난해까지만 해도 한 세대를 조립하는 데 두 시간이 걸렸지만 올해에는 삼 분에 벽체 한 개를, 십사 분에 주택 한 채를 조립하는 기적을 창출했다는 기사가 실리기도 했다. 이를 두고 당에서는 '평양 속도'라고 불렀다.

기행과 옥심은 말없이 걸었다. 온통 캄캄한 가운데 멀리 평양역의 팔각형 시계탑이 보였다. 저녁 여덟시가 지나고 있었다. 그 웅장한 건물을 건설한 사람들도 소련 출신의 건축가들이었다. 그들은 평양역을 스탈린그라드역처럼 중심에 거대한 아치형 입구가 있고, 그 위에 시계탑을 올린 고전적 건축양식의 삼층 구조물로 설계했다. 내부에는 1.7톤짜리 상들리에를 설치했고, 해방 전 러일전쟁의 승전을 기념해 일제가 세운 '경의철도 창립 기념비'가 있던 역광장에는 그 치욕을 만회할 수 있도록 총을 든 소련 군인의 동상을 세웠다. 사회주의 수도의 관문인 평양역을 준공하는 일도 시급한 과제여서 1956년 가을이 시작될 무렵 내외부 미장을 모두 마쳤다. 그즈음, 기행은 『조선문학』 9월호에 '나의 항의, 나의 제의'라는 제목의 글을 발표했다. 이 글은 협동조합과 공장에 관한 것이라면, 내면을 깊이 추구하지 않아도, 문학적 감동이 없어도 무조건 좋은 시라고 말하는 당시의 시단에 대한 정면공격이었다.

어린 시절로부터 벌써 새나 개구리나 풀이나 꽃에서, 인형에서, 갖은 장난감에서, 비와 눈, 어머니와 동생들, 또 동물들에게서 아름다움과 사랑을 찾을 수 있도록 아동들을 교양할 때에라야만 그들은 자라서 의로운 일에 제 목숨을 희생할 수 있으며, 사람을 열렬히, 충실하게 사랑할 수 있으며, 사업에 강의한 정열을 기울일 수 있으며, 인류 사회의 커다란 아름다움을 감수할 수 있으며, 이 세상에서 볼 수 있는 모든 사악한 것들과 용감하게 싸울 수 있는 사람들로 될 수 있다는 것을 거듭 말하여야 할 것이다. 현실의 벅찬 한 면만을 구호로 외치며 흥분하여 낯을 붉히는 사람들의 시 이전의 상식을 아동시는 배격한다. 인간과 인간, 인간과 자연과의 관계에서 보는 인간 감정의 복잡성을 무시하려는 무지한 기도를 아동시는 타기한다. 시는 깊어야 하며, 특이하여야 하며, 뜨거워야 하며 진실하여야 한다.

기행이 이런 글을 작가동맹 기관지에 실을 수 있었던 것은, 세계가 바뀌고 있었기 때문이었다. 그해 6월 17일자 로동신문에는 베이징에서 열린 과학자와 작가, 예술인 회의에서 중국공산당 선전부장 루딩이가 행한 연설의 요약문이 실렸다. 그 연설에서 루딩이는 모든 작가들은 자기가 가장 좋다고 생각하는 어떠한 방법이라도 사용할 수 있으며 인민으로부터, 소련과 다른 인민민주주의의 여러 나라로부터, 심지어는 '우리의 원쑤로부터' 배워야 한다고 주장했다. 또한 폴란드, 루마니아, 몽골, 독일민주공화국, 헝가리, 체코슬로바키아 등과 집중적으로 문화 협정을 체결한 결과 서적, 음악, 연극, 영화, 전시회 등의 교류가 활발하게 전개되기도 했다. 그러다 마침내 8월 11일자 로동신문에 소련공산당의 스탈린 격하 운동을 지지하는 논평이 게재됨으로써 북한 정부도 소련이 스탈린의 철권 공포 체제에서 벗어났음을 공식적으로 확인했다.

　이런 분위기에 편승해 제2차 작가대회에서는 해방 후 십여 년 동안의 경직된 도식주의에서 벗어나 문학의 감동과 개성을 되찾자는 목소리가 여기저기서 터져나왔다. 심지어 대회장에서는 작품들이 따분하고 저조하며 유형적이고 도식적이라는 독자들의 항의도 소개될 정도였다. 그때만 해도 아동문학 분과위원장이었던 엄종석도 그런 분위기에 편승해 부정적 인물 형상을 금기시해온 오류를 지적하면서 긴박성이 있는 작품을 써야 하며, 그러기 위해서는 작가의 권리와 자유를 보장해야 한다고 주장했다. 북한 문단의 변화를 촉구하는 그런 말들 중에서도 기행의 목소리는 도드라 졌다. 기행의 항의와 제의는 받아들여졌다. 그는 작가대회에서 아 동문학 분과위원회 위원으로 이름을 올리고 문학신문의 편집위원 이 되었으며, 외국문학 분과위원회 소속으로 『조쏘문화』의 편집을 맡았다. 이제 그는 한동안 쓰지 않았던 시를 다시 쓸 수 있겠다고 생각했다. 모든 것이 순조롭던 그 시절, 그를 의아하게 만든 것은 딱 하나, 평양역사의 준공식이 계속 늦춰지고 있다는 점이었다.

평양역 앞에 이르자 옥심은 걸음을 멈추더니 가방에서 국숫집 에서 본 노트를 꺼내 기행에게 건넸다.

"저의 소중한 친구에게서 받은 노트예요. 그 친구를 다시 만나 게 되는 날 돌려주려고 했는데, 가지고 있다가는 내무서원들에게 빼앗기고 추궁받을 게 분명하네요. 저 대신에 보관해주셨으면 해 요. 러시아어로 된 시들이니까 선생님이 가지고 계시면 누구도 이 상하게 여기지는 않을 거예요."

기행은 그 노트를 받아들었다.

"그럼 제가 가지고 있다가 나중에 세상이 좀더 살 만해지면 돌 려드리겠소."

"아빠의 말이 맞는다면, 곧 그렇게 되겠죠. 그 말을 믿어야죠."

그러더니 옥심은 손을 내밀었다. 기행은 그 손을 잡고 악수를 했다.

"힘내시오, 옥심 동무. 포기하지 말고. 다 잘될 거요."

"고맙습니다."

기행은 잘 가라며 옥심에게 손을 흔들었다. 옥심은 돌아서 륜
환선 거리를 향해 걷기 시작했다. 그녀를 바라보다가 기행은 손에
든 노트를 봤다. 노트에는 '리진선'이라는 이름이 적혀 있었다. 누
구일까? 문득 그는 옥심 쪽을 돌아봤다.

그때 옥심은 걷고 있지 않았다. 대신 가만히 서서 오른쪽 골목
안쪽을 바라보고 있었다. 한참을 지켜봐도 움직이지 않기에 무슨
일인가 싶어 기행이 그녀를 향해 걸어갔다.

"옥심 동무, 왜 안 가고 서 있소?"

그녀는 고개를 돌려 기행을 한 번 쳐다보더니 다시 골목 안쪽을
바라봤다. 기행이 그녀의 옆으로 가서 골목 안쪽을 바라보니 막다
른 끝에 있는 집 한 채가 불타고 있었다. 골목 입구에서는 위아래
방역복을 입고 마스크를 쓴 사람들이 통행을 막고 서 있었다. 무
슨 일이냐고 물었더니 어차피 철거 예정의 판잣집이었는데 전염
병 환자가 나와 소각한다며 둘을 밀어냈다. 몇 걸음 뒤로 물러난
뒤에도 둘은 그 불을 한참 바라봤다.

우리가 알던 세상의 끝

그대와 나는 이제 영영 만날 수 없네요.
그대의 말들을 내게 보내주세요.
때로 깊은 밤, 별들을 통해……

_안나 아흐마토바, 「꿈속」중에서

지옥의 탈출구, 완전한 패배

평양에 첫눈이 내렸다. 휴일이라 아침부터 인민반장이 밖으로 나와 눈을 치우라며 집집마다 돌아다녔다. 기행은 귀마개에 장갑을 낀 아이들과 함께 골목으로 나갔다. 가래와 빗자루가 바닥을 긁는 소리가 요란했다. 그렇게 아침을 보낸 뒤, 기행은 점심을 먹고 집을 나섰다. 병도의 집은 보통강이 굽어보이는 언덕 위에 있었다. 버스를 타고 강을 건너니 그해 봄에야 완공된 평양역의 팔각형 시계탑이 보였다. 어느 잡지에서 미술사가인 근원 선생이 그 시계탑을 두고 남성적인 석가탑보다 여성적인 다보탑에 가까우니 난간과 탑신을 좀더 섬세하게 다듬었어야 했다고 쓴 글을 기행은 읽은 적이 있었다. 다들 민족적인 것, 주체적인 것만 부르짖느라 평양역사가 본래 소련 출신의 건축가들에 의해 서양 고전주의 양식으로 설계됐다는 사실은 깡그리 잊어버렸거나 모른 체하고 있었다. 소련의 흔적을 지우기 위해 준공식을 이 년이나 늦춘 것이었다. 그사이에 건축상을 비롯한 소련파 토목 관료들은 모두 숙청되고 그들이 지은 숱한 건축물들은 사대주의자들의 착오 전시물처럼 성토되고 있었다.

평양역에서 내린 기행은 보통강가의 언덕에 있는 병도의 집까지 걸어갔다. 일제시대 때만 해도 보통강 변은 게딱지 같은 오막살이와 숨막히는 토굴집들이 덕지덕지 붙어 있던 빈민굴이었다. 해마다 여름이면 강물이 범람해 수해가 잦았던 곳인데, 해방 뒤 대대적인 개수 공사를 거쳐 유원지로 바뀌었다. 지난해 여름, 벨라의 환영 만찬이 열린 식당이 바로 거기에 있었다. 한참을 걸어 그 식당 앞까지 간 기행은 걸음을 멈췄다. 눈이 쌓이긴 했으나 작년에 본 간판은 그대로 붙어 있었다. 간판에는 '평화'라는 글자 옆에 나뭇잎을 입에 문 비둘기 한 마리가 그려져 있었다. 눈빛으로 주위가 환해서인지 비둘기의 하얀색 몸과 빨간색 발, 초록색 나뭇잎이 또렷했다. 노아의 방주 이야기를 기억하고 있었기에 기행은 보자마자 그게 올리브 잎이라는 걸 알아차렸다. 그 올리브 잎은 노아의 방주가 곧 가게 될 세상, 아직 오지 않은 세상에서 저 혼자 먼저 온 것이었다. 전쟁으로 폐허가 된 도시의 한가운데에 저런 그림을 그려놓은 사람은 누구였을까? 기억 속에서 일 년 전 여름의 햇살은 무성하게 잎을 매단 버드나무 그늘을 그 간판에 절반쯤 드리우고 있었다. 그 때문에 비둘기의 하얀 몸이 빛과 그늘로 나뉘었다. 바람이 불면 빛과 그늘의 경계가 흔들렸다. 그늘은, 빛이 있어 그늘이었다. 지금 그늘 속에 있다는 건, 어딘가에 빛이 있다는 뜻이었다. 다만 그에게 그 빛이 아직 도달하지 않았을 뿐.

기행이 벨라의 환영 만찬에 참석하라는 연락을 받은 건 1957년 6월의 일이었다. 그녀의 시를 번역한 인연으로 환영 만찬에서 기행은 병도와 그녀 사이에 앉았다. 이런저런 이야기가 오가던 중, 그녀의 고향이 스탈린그라드라는 사실이 알려졌다. 그러자 병도는 벨라에게 스탈린그라드 인민들의 영웅적인 항전에 대해서는 북한 문인들도 잘 알고 있다며, 스탈린의 영웅적 의지와 붉은 군대의 완전한 승리에 대해 갈채를 보낸다고 말했다. 그는 장내의 사람들에게 건배를 제안하며, 벨라가 영웅 도시 스탈린그라드에서 왔다는 사실과 그 전투에 대해 장황하게 소개한 뒤, 모스크바에 갔을 때 본 소련공산당원들의 품성에 대해 찬사를 늘어놓았다.

"조선의 스탈린그라드인 함흥에 가보지 않겠습니까?"

술을 마시고 자리에 앉은 병도가 벨라에게 물었다. 기행이 그 말을 통역했다.

"조선에 와서 스탈린그라드라는 말을 이렇게 많이 들을 줄은 미처 몰랐네요. 우리는 이제 더이상 스탈린그라드라는 이름을 자랑스러워하지 않는걸요."

거북한 표정을 지으며 벨라가 말했다. 벨라의 대답을 기다리지도 않고 병도는 계속 혼자 얘기했다.

"지난 전쟁에서 미제국주의자들이 인민군대의 확고한 항전 의지를 꺾어보겠다는 허망한 계획을 들고 와서는 매일 수천 발의 폭탄을 함흥에……"

그 장황한 설명이 이어지는 동안, 기행은 함흥의 영생고보에서 영어 교사로 근무하던 시절을 떠올렸다. 초여름이면 포플러나무가 서 있는 운동장에서 학생들과 공을 차곤 했는데, 이따금 아카시아 냄새가 훅 밀려와 정신이 아득해질 때가 있었다. 그럴 때면 그 자리에 멈춰 서 공을 향해 뛰어다니는 아이들을 바라보며, 십 년 뒤, 혹은 이십 년 뒤 저 아이들은 어디서 어떤 일들을 하고 있을까 생각하곤 했다. 그때만 해도 자신은 그 아름다운 북관의 도시에서 선생으로 늙어갈 줄 알았다.

병도의 설명이 끝난 뒤 기행이 벨라에게 물었다.

"오래전에 〈스탈린그라드의 격전〉이라는 영화를 본 적이 있습니다. 스탈린상을 받았다고 들었는데, 보신 적이 있나요?"

"그럼요. 한때는 모두가 봐야만 했던 영화였죠."

"그 영화에서 하늘에 새카맣게 몰려온 독일 비행기가 폭탄을 투하해 온 도시가 화염과 포연에 휩싸이는 장면이 나오지 않나요? 함흥도 그런 식으로 미군에게 폭격당해 완전히 폐허가 됐다는 이야기를 방금 한 것입니다."

그제야 벨라는 그들이 왜 자신의 고향에 이토록 큰 관심을 보이는 것인지 이해했다. 그러나 그녀는 좀 시큰둥했다.

"스탈린그라드가 자랑할 것은 전쟁의 기억이 아니라 볼가강입니다. 그 도시는 볼가의 것이지, 스탈린의 것이 아니에요."

벨라의 말에 병도는 당황하는 눈치였다.

"그렇다면 함흥은 성천강의 도시라고 말할 수 있겠군요."

헛기침을 하더니 병도가 말했다.

"그 도시에도 강이 흐르나요? 그렇다면 그 강은 한번 보고 싶군요. 여기 평양도 마찬가지지만, 도시의 강은 바라보기만 해도 눈물이 나옵니다. 거기 늘 흐르는 강은, 어쩔 수 없이 이제는 사라진 것들을 떠올리게 하니까."

벨라의 말을 들은 병도는 "전쟁으로 폐허가 됐습니다만, 1955년부터 독일민주공화국의 도시 설계 기술자들이 함흥에 머물면서 도시를 재건하고 있습니다. 그들은 함흥을 모스크바와 베를린에 버금가는 계획도시로 건설하고 있어요"라며 묻지도 않은 말을 했다. 그 말에 벨라가 별 반응을 보이지 않자 병도는 누군가를 발견하고 손을 들더니 그쪽으로 가버렸다.

"당에서는 전쟁으로 폐허가 된 걸 나쁘게만 여기지 않습니다. 전쟁 덕분에 공화국은 백지상태에서 새로 시작할 수 있게 됐으니까요."

"조선의 스탈린그라드라는 말은 그런 뜻이었군요. 하지만 스탈린그라드는 영웅 도시일 수 없어요. 비통의 도시지. 저는 세상의 어떤 도시도 스탈린그라드가 되지 않기를 바랄 뿐입니다."

"아까 〈스탈린그라드의 격전〉에 대해 얘기할 때, '한때는'이라고 말했잖아요. 그럼 요즘 소련에서는 그 영화를 보지 않나요?"

"흐루쇼프의 스탈린 비판에 대해서는 들으셨겠죠? 이젠 많이 시들해졌습니다. 오래전의 영화이기도 하고, 너무 영웅주의적으로 스탈린을 묘사한 것이 요즘 유행과는 맞지 않기도 하고요. 그럼에도 저는 그 영화를 좋아합니다. 정확하게 말하자면, 마지막 장면을 좋아해요."

벨라의 표정이 밝아졌다.

"마지막 장면이라면?"

"마지막에 나치 지휘관인 프리드리히 파울루스가 붉은 군대에 항복하는 장면이 있잖아요. 영화 전체가 악몽과도 같은데, 그 장면에서 영화는 마치 악몽에서 깨어나는 듯하죠. 그게 바로 패배의 미덕인데, 파울루스는 그걸 아는 듯한 표정이지요. 지옥의 탈출구를 발견한 사람의 표정이랄까요."

"지옥의 탈출구?"

"그러니까, 완전한 패배 말이에요."

기행은 낮은 탄식을 내뱉었다. 그 마지막 장면에서 그는 승리만을 봤기 때문이었다. 승리와 패배가 같은 걸 일컫는 다른 말이라는 생각은 미처 하지 못했다. 전쟁은 세상을 지옥으로 만들었다. 그보다 더 끔찍한 일은 없을 것이라고 기행은 생각했다. 차라리 죽어버린다면, 어떨까? 그러나 마흔이 지나자 죽는 일도 쉽지 않왔다. 모든 것이 불타버렸으므로 그는 가족을 이끌고 고향인 정주로 피난을 갔다. 고향 인근에서 숨어 지내며 그는 평화에 대한 시를 번역했다. 불붙은 산하 앞에서 그가 할 수 있는 일은 고작 그것뿐이었다. 그리고 전쟁이 끝나자 지옥보다 더 나쁜 게 있다는 것을 알게 됐다. 그것은 지옥 이후에도 계속되는 삶이었다. 그런 삶에도 탈출구가 있는 것일까?

생각에 잠긴 기행에게 벨라가 말했다.

"그리고 이제 그 상을 더이상 스탈린상이라고 부르지 않아요. 소련연방상으로 이름을 바꿨답니다. 이 세상을 살아가는 한, 아무리 혹독한 시절이라도 언젠가는 끝이 납니다. 사전에서 '세상'의 뜻풀이는 이렇게 고쳐야 해요. 영원한 것은 없는 곳이라고."

메디나충증 박멸의 교훈

정말 영원한 것은 없을까? 아무도 밟지 않은 눈 위를 걸으며 기행은 생각했다. 신발 밑에서 눈이 다져지는 소리가 들렸다. 딱히 쌓인 눈 때문만은 아니었지만, 병도의 집으로 향하는 발걸음은 무겁기만 했다. 어디서부터 잘못된 것일까? 기행은 생각했다. 어쩌면 1956년 8월 30일, 예술극장에서 열린 당 중앙위원회 전원회의에서 어떤 일이 벌어졌는지도 모르고 「나의 항의, 나의 제의」라는 글을 써서 『조선문학』에 보낼 때부터가 아니었을까? 그날, 전원회의의 안건은 두 가지였다. 하나는 6월 1일부터 7월 19일까지 사회주의 형제국가를 방문한 정부 대표단의 사업 총화에 관한 것이었고, 다른 하나는 인민 보건 사업을 개선, 강화할 데에 대한 보고였다.

하지만 긴급동의를 통해 토론자로 나선 상업상은 당이 중공업에만 치중해 인민 생활의 향상을 무시했다고 비판하며 경공업을 발전시켜 더 많은 의복, 식량, 주택 등이 인민에게 돌아가게 해야 한다고 주장했다. 보건 사업에 대한 토론장에서는 생뚱맞은 소리였지만, 이전부터 간간이 들리던 비판이었다. 그러나 이어지는 발언은 충격이었다. 그는 개인숭배 문제와 관련해 수령은 전혀 자아비판을 하려 하지 않으며, 이 점에서 당은 소련공산당 제20차 전당대회의 정신과 결정을 위반하고 있다고 발언했다. 그가 개인숭배를 거론하자마자 장내는 아수라장이 됐고, 이로써 전후 복구 건설 지원금을 받기 위해 대표단을 이끌고 두 달간의 여행에서 돌아온 수령은 집권 이후 최대의 위기에 놓이게 됐다.

이날의 소란은 엿새 뒤 두 안건에 대한 보고 및 결정을 소개하는 신문기사의 말미에 '또한 조직 문제도 취급되었다'라고 간략하게 보도됐다. 물론 신문 보도 이전에 이미 사람들은 수령의 개인숭배 문제를 공식 거론한 자들이 신변의 위협을 느끼고 그날 밤 자동차 편으로 압록강을 넘어 중국으로 망명했다는 소문을 전해 듣고 있었다. 그럼에도 고위 관료들이 수령의 개인숭배를 공개적으로 비판했다는 사실은 놀라웠다. 게다가 그들은 중국 옌안과 소련에서 활동하다가 해방 뒤 국내에 들어온 공산주의자들이라 중국공산당과 소련공산당이라는 든든한 배경이 있었다. 그건 남한에서 올라온 박헌영, 임화, 이승엽 등을 제거할 때보다 더 세심하고 치밀하고 장기적인 접근법이 필요하다는 뜻이었다. 그런 점에서 하필이면 인민 보건 사업을 개선, 강화할 데에 대한 보고를 하는 날 그 사건이 터진 것은 의미심장했다고, 방둑을 따라 걸으며 기행은 생각했다.

이튿날 전원회의를 마치며 당이 결정한 사항은 두 가지였다. 하나는 수령과 당을 비판한 자들과 이에 동조한 관료들의 출당 및 당직 박탈 조치였고, 다른 하나는 그때까지 유지해온 비상방역위원회를 해체하고 상시적인 위생방역위원회를 새로 조직한다는 것이었다. 언뜻 서로 무관해 보이는 이 두 결정 사이에는 유비 관계가 존재했다. 보건 위생의 관점에서 보자면, 그날은 병균이 발현된 곳을 방역대가 찾아다니며 소독하던 소극적인 태도에서 벗어나 사람들 스스로가 주체적으로 병균을 예방할 것을 결정한 날이었다. 그렇게 해서 그날 나온 방침이 '생활환경과 노동조건의 위생적 개조' '전염성 질환과의 투쟁 및 예방' '비유행성 만성질환의 예방' 등이었다. 당은 이를 위해서는 인민대중 속에서의 위생 교양 계몽 사업이 중요하다고 판단하고 중앙위생선전관을 새로 설치했다. 이런 결정의 배경에는 우즈베크공화국에서 벌인 한 연구가 큰 역할을 했다.

1922년, 소련의 기생충학자인 스크랴빈은 부하라에서 유병률이 이십 퍼센트에 달하며 연간 일만 건 이상의 감염 사례가 보고되던 메디나충증을 박멸하기 위해 역학조사를 시행했다. 조사 결과는 다음과 같았다. 메디나충의 유충은 우물이나 연못에 있는 물벼룩을 숙주로 삼고 있다가 사람이나 개가 그 물을 마시면 소화관

벽에서 발까지 살을 뚫고 이동한다. 발에서 유충은 성체로 변태한 뒤 산란기에 수포를 만든다. 그러면 감염자는 불에 타는 듯한 통증을 느끼면서 제 발로 물을 찾아 들어가고, 물에 닿은 성충은 피부를 뚫고 나와 수천 마리의 유충을 낳고 죽는다. 이 유충들이 다시 물벼룩에게 먹히면 한살이가 완성된다.

이슬람 성지 메디나에서 기승을 부려 순례자들을 괴롭힌 이 기생충을 물리칠 구충제는 없었기 때문에 스크랴빈은 역학조사를 바탕으로 주민들의 생활환경 전체를 바꾸는 방법을 택했다. 교육을 통해 사람들의 사고방식을 바꾸는 일부터 시작해 우물과 연못의 수리 공학적 개조를 통해 사람들과 물벼룩 사이의 접촉을 차단했고, 감염이 확인된 사람들은 물가에서 격리시켰다. 극단적인 처분도 피하지 않았다. 메디나충이 발견된 연못이나 우물에는 기름을 부었고, 개에 대해서는 광범위한 살처분을 실시했다. 충란에서 유충을 거쳐 성충에 이르는 모든 발육단계에 대해 가능한 모든 방법을 총동원해 이를 공격하고 박멸하는 적극적인 예방법으로 스크랴빈은 구 년 만인 1931년 감염 사례를 한 건으로 줄이는 데 성공했다. 스크랴빈의 연구는 병원균의 박멸을 위해서는 환자의 치료나 비감염자의 예방 같은 소극적인 차원을 넘어 유행을 유발하는 외부 환경 전체를 바꿔야만 한다는 교훈을 남겼다.

당은 보건 사업에 '데바스타치야Девастация'라고 하는 이 예방법을 도입했다. 이는 사상 교육을 통해 사람들의 생활 습관을 바꿔

궁극적으로 환경 전체를 개조하는 일을 뜻했다. 그렇게 해서 8월 전원회의에서 나온 첫번째 강령이 바로 인민 보건 사업은 자신들의 일이라는 사실을 인민들에게 철저하게 자각시켜야 한다는 것이었다. 그러나 이 년간 '변소 및 우물 개조 주간' '손 씻기 운동' 등 다양한 보건 사업을 벌인 결과는 그다지 만족스럽지 않았다. 몇몇 모범 마을을 제외하자면 전국적으로 소기의 성과를 거두지 못했다. 이에 1958년 5월 4일, 수령은 보건 위생 사업은 사회주의 문화혁명의 중요한 요소라고 강조하면서 이를 국가적 과업으로 추진하겠다고 선언했다. 당은 8월 전원회의의 결과물인 위생방역위원회를 해체하고 새로 중앙위생지도위원회를 조직한 뒤 강력한 위생 지도에 나섰다. 위생지도원들이 여관, 식당, 식료품 공장 등은 물론 가정에까지 파견돼 위생 상태를 점검하는가 하면, 위반 사실이 나오면 당사자를 위생검열위원회로 소환해 교양 사업을 벌였다.

그 무렵 기행은 신문에서 함경남도 단천군 쌍룡리에 사는 한 노인이 내각 결정을 몰라 옛날에 하던 대로 채소밭에 인분을 거름으로 주었다가 위생 상식을 배운 며느리의 고발로 리 위생검열위원회에 소환됐다는 기사를 읽은 적이 있었다. 노인은 아마도 자기 안의 낡은 관념을 없애고 새로운 사상 의식과 생활 습관을 익힐 때까지 교양 사업을 받았을 것이다. 이것을 일러 당은 개조라고 했다. 그렇기 때문에 일 년 뒤, 중앙당 집중지도라는 미명하에 전국 각 기관과 단위별로 모든 이들의 사상 검토가 시작된다는 발표가 나왔을 때 사람들은 별다른 거부감 없이 그 지시를 받아들였다. 흙을 뒤집어 번데기를 골라냈던 것처럼 주위에서 암약하는 종파주의자를 색출하면 되는 것이니까. 게다가 자기 안에 있는 보수주의와 소극성을 불살랐다는 것을 생산량으로 증명해 보이라는 명령에도 그들은 당황하지 않았다. 매주 박멸 책임량에 맞춰 잡아들인 파리와 쥐의 숫자가 자신의 위생 관념이 개조됐음을 보여준다는 것을 충분히 학습했기 때문이다. 수령은 이것이 바로 사회주의 인간형의 창조 과정이라고 했다.

흰돌 동무와 에하라 노하라 상

천리마에 올라탄 기세로 사회주의 건설을 향해 가장 선두에서 달려가는 창조적인 인간이 되라고 모든 인민들에게 수령이 명령하기 일 년 전의 여름, 기행은 벨라의 함흥 방문길에 동행했다. 방문길에는 병도와 신안남이 이끄는 공연단도 함께했다. 아침 일찍 평양을 출발한 기차는 순천, 신양, 양덕을 지나 동해안의 고원으로 빠져나와서는 금야, 정평을 거쳐 해가 저물 무렵 함주에 이르렀다. 거기서부터 너른 들판이 펼쳐지며 멀리 백운산의 구름 낀 봉우리들이 시야에 들어왔다. 함흥의 첫 기미는 바람이었다. 동해에서 불어오는 바닷바람은 따뜻해서 좋으나 흥남 일대의 공장 연기를 몰고 오고, 장진과 신흥의 높은 고원지대에서 불어오는 삭풍은 새맑으나 스산할 뿐만 아니라 흙먼지를 거리에 흩뿌렸다. 병도는 반룡산이나 성천강이 모두 굴곡이 적다며 함흥은 시보다는 산

문의 도시라고 평했지만, 대보름날이면 사람들로 빼곡하게 들어
차는 만세교의 달빛 환한 풍경이며 여름이면 송어와 잉어가 올라
오는 해정한 백사장의 밝은 빛은 기행에게 충분히 시적이었다. 함
흥이고 흥남이고 공습으로 도시의 팔십 퍼센트 이상 파괴됐다는
기사를 여러 번 읽긴 했지만, 추억이 많은 도시라 기행은 마음이
설렜다.

"이제 사회주의도 완성이 됐는데 자네 이름도 신안남에서 신남
으로 바꿔야만 하는 게 아닌가?"

해가 산으로 완전히 넘어가는 동안, 병도가 옆에 앉은 안남에게
말했다. 함흥이 머지않았으므로 잠들었던 사람들도 다들 기지개
를 켰다.

"그랬다가 저만 신나고 청중들은 신 안 나면 만담가로서는 빵
점이올시다."

안남이 말했다.

"이 사람은 공훈배우요. 그런데 이름이 왜 '안남'인지 아시오?"

병도가 벨라에게 물었다. 그 말을 기행이 옮겼다.

"글쎄요. 인도차이나의 옛 지명에서 따온 이름인가요?"

"하하하. 그게 아니라, 이거 뭐라고 얘기해야 하나? 안남이 자
네가 직접 설명해보거나."

"한 자리에 앉아서도 자리를 백 석이나 차지하고 오신 우리 흰
돌 동무가 제대로 통역할 수 있을는지는 모르겠으나 본래 이름은

따로 있으되 세상에 나오고 보니, 일제가 판치는 사람 못 살 세상이 아니겠소? 그래서 태어나자마자 내가 말했소. 이런 세상인 줄 알았다면 나오지 않았을 것을. 그래서 이름을 안남으로 지었지요. 하지만 어디 제 이름이 그것 하나뿐인 줄 압니까? 일제 말기에는 조선인들도 모두 일본식 이름으로 바꿀 것을 명령했기에 저는 이름을 '강원야원江原野原'으로 지었습니다. 이 이름을 일본어로 하면 '에하라 노하라'가 되니, 실은 세계적인 무용가이신 우리 최승희 여사가 동경을 충격에 빠뜨린 조선무舞의 제목에서 따온 것으로 '에헤라 놀아라'라는 뜻이죠. 그런데 이게 통역이 되긴 되는가?"

안남이 앞좌석에 앉은 기행을 보며 물었다.

"그걸 어떻게 통역합니까? 그냥 안남 부분만 설명하겠습니다."

하지만 기행의 설명을 듣기도 전에 벨라는 웃음을 터뜨렸다.

"그냥 표정만 봐도 웃깁니다. 안경하고 얼굴하고 표정하고 다 따로 노네요."

그런 얘기를 나누는 동안 기차는 성천강을 건너갔다. 아직 철교를 짓지 못해 통나무로 얼키설키 엮어 만든 다리 위를 기차가 엉금엉금 기어갔다.

"오랜만에 고향에 왔으니 오늘은 기행 동무 좋아하는 가자미에 소주를 양껏 마셔야겠군."

병도가 말했다.

"위원장 동지는 술 쿠세가 나빠서 미스 벨라 같은 미인은 조심해야 합대."

자신을 보며 하는 말에 삘라는 눈을 껌뻑이며 기행을 쳐다봤다.

"예끼 이 사람아, 자넨 입 쿠세나 조심하게. 언젠가 한 번은 또 경을 칠 걸세."

쿠세란 '버릇'이란 뜻의 일본어라 이를 어떻게 옮겨야 하나 기행이 생각하는데 안남이 말했다.

"경을 치더래두 만담가는 속엣말 다 해야 만담을 채우지, 한 담두 담씩 해서 언제 만담을 채우누? 경을 칠 게 아니라 미를 칠 노릇일세."

안남의 너스레에 기차에 앉아 그들의 얘기를 엿듣던 사람들까지 모두 웃고 말았다. 어스름 내린 함주 들판과 성천강은 예나 지금이나 마찬가지였는데, 다리를 지나고 나서부터는 기행의 기억과 사뭇 달랐다. 본래 강 옆 성천동은 장이 서는 동네라 장날이면 하얀 옷을 입은 남녀들로 북적대던 곳이었는데, 기행의 눈에 들어오는 것은 몇 개의 굴뚝뿐이었다. 사위가 점점 어두워지며 지붕 낮은 집들이 흐릿하게 보였다. 기와를 올린 곳은 그나마 집의 형태를 갖췄으나 비탈을 벽 삼아 판자를 덧댄 곳은 마가리라고 해야 할지, 귀신굴이라고 해야 할지 알 수 없었다. 기행이 청춘을 보낸 함흥은 어디에서도 찾아볼 수 없었다. 문방구를 운영하던 백계러시아인에게 러시아어를 배우기 위해 걸어가던 군영통 큰길도, 회灰담들이 이어지던 북관의 정감 넘치던 좁은 골목길도 온데간데없이 사라졌고, 대신 바둑판처럼 반듯하게 구획된 길 위로 각진 건물들이 하나둘 들어서고 있었다.

대기하던 승용차에 올라탄 기행은 도 인민위원회가 있는 널찍한 도로를 따라 이동하면서 어두운 도시를 훑어봤다.

"왜정 때 우편국이라도 남아 있으면 어디가 어딘지 알아볼 텐데…… 대화정이고 군영통이고 흔적도 없이 사라져버렸네요. 저집들 있는 곳이 본정통인 것 같은데……"

옛 모습은 하나도 찾을 길이 없는 초라한 동네를 가리키며 기행이 말했다.

"동문동, 남문동이라야 알아먹지, 옛 이름들일랑 다 잊어버렸지. 당나귀도, 나타샤도."

뒷좌석에 앉은 병도는 그렇게 말하고는 소리 내어 웃었다. 함흥 시절에 기행이 쓴 시가 생각난 모양이었다.

"함흥은 곧 직할시가 된다지. 파괴가 오히려 도시를 더 성장시킨 셈이야."

병도가 말했다.

"그럼 함흥도 이제 고층건물과 수로와 공장 굴뚝으로 다시 일어서는 벅찬 영웅 도시가 되겠군요."

별다른 떨림 없는 목소리로 기행이 말했다.

"그렇지. 그게 바로 여기 소련에서 온 시인에게 우리 당이 보여주고 싶은 것이지."

그러더니 병도는 옆에 앉은 벨라를 바라보며 말했다.

"함흥은 제 고향이라 벨라 동무에게 보여주는 소회가 남다릅니다. 함흥에 오신 소감이 어떻습니까?"

"기차를 타고 오면서 강의 하구를 따라 펼쳐진 너른 벌을 봤습니다. 늘어선 백양목의 맑은 빛에 눈이 다 씻기는 기분이에요. 포연에도 파괴되지 않는 자연의 위대한 힘을 느낍니다."

기행이 그녀의 말을 통역하자 병도가 재차 물었다.

"이 거리는 어떻습니까? 독일 기술자들과 우리 건설자들이 합심해서 빚어내는 예술품입니다."

"그런가요? 전쟁의 상흔은 이제 말끔히 사라지겠군요."

벨라의 대답은 어딘지 매시근했다. 병도가 말하는 예술품에는 음영이 없었다. 음영 없는 예술이란 하얀색으로만 칠한 그림과 같다고 기행은 생각했다. 차창 밖으로 몰취미의 기중기와 무감동한 삼사층 건물들이 스쳐갔다.

"함흥에는 조선의 시조인 태조 이성계의 잠룡 시대와 양위 후의 사적들이 허다한데, 가장 유명한 곳은 이성계가 왕이 되기 전에 살던 집으로 이성계의 고조부 이후, 즉 목조, 익조, 도조, 환조 및 후비后妃의 위패를 모신 본궁이올시다. 태조가 아들에게 왕위를 물려주고 여기에 내려와 사는 동안 함흥차사라는 말이 생겨났는데, 그 말인즉슨……"

잠룡이니 후비니 하는 말들이 쏟아져나와 어떻게 통역해야 하나 생각하던 찰나, '함흥차사'라는 말에 기행의 머리가 딱 멎어버렸다. 새로 닦은 빌헬름 피크 대로의 한 식당에서 저녁을 먹은 뒤 그들은 함흥역 앞의 호텔로 갔다. 그날의 일정은 그것으로 끝이었다. 기행은 다음날 조소朝蘇 친선의 날 행사에서 낭독할 벨라의 시를 번역한다는 핑계로 방을 따로 얻어 일찍 들어갔다. 그때까지도 그의 머릿속에선 '함흥차사'라는 말이 떠나지 않았다. 그는 창가로 다가가 창문을 열고 호텔 맞은편의 건물을 바라봤다. 건물 벽에는 함흥으로 쫓겨난 상허가 교정원으로 일하다던 신문사 간판이 붙어 있었다. 간판을 비추는 전등에 날벌레가 극성스럽게 꼬여들었다. 간판 옆에는 그즈음 어딜 가나 붙어 있던 포스터 한 장이 어둠 속에 숨어 있었다. 마치 숲속에 숨은 여우의 눈처럼, 거기에 어떤 붉은 눈동자가 있어 기행을 바라보고 있었다.

동무는 천리마를 탔는가?

일 년 전 함흥의 호텔에서 본 그 눈빛이 거기 평양 보통강 유원지의 입간판에도 붙어 있었다. 그즈음 기행은 어디를 가나 그 시선을 느끼고 있었다. 주름이 없는 매끈한 이마에 단호하게 일직선으로 내리뻗은 콧등, 그리고 짙은 눈썹 아래 자신을 매섭게 쏘아보는 두 개의 눈동자. 그 눈동자 앞에만 서면 기행의 몸은 유리처럼 투명해지는 듯했다. 그 시선의 주인공은 안장도 없이 적갈색 말 위에 앉아 오른손으로는 '사회주의 건설을 위하여'라고 적힌 붉은 깃발을 들고, 왼손으로는 검지를 내밀어 기행을, 더 정확하게는 기행의 몸속 어딘가를 가리키고 있었다. 그가 손가락으로 가리키는 것이 무엇인지는 그 아래에 적힌 '동무는 천리마를 탔는가? 보수주의 소극성을 불사르라!'라는 문장으로 짐작할 수 있었다. 말 탄 남자는 기행의 내면에 감춰진 보수주의와 소극성을 꿰뚫어보고 있었던 것이다.

　말 탄 남자는 기행을 손가락으로 가리키며 네 안에는 사회주의 건설을 향한 발걸음을 막아서는 온갖 낡고 보수적인 것, 소극적인 것, 침체적인 것이 없느냐고 묻고 있었다. 그건 일종의 교리문답과 같았다. 여기에는 '없다'라는 대답만이 존재할 뿐이었다. 그리고 없다고 대답했다면, 스스로 그 부재를 증명해야만 했다. 부재의 존재를 어떻게 증명할 것인가? 인텔리들이나 품음직한 이 의문에 대한 답을 당은 지난 이 년에 걸친 보건 위생 사업을 통해 코흘리개라도 알 수 있게 제시했다. 보건 위생 사업의 개조 성과를 유해 곤충 및 동물 박멸량으로 확인했듯이 마음속 보수주의와 소극성의 존재 유무는 생산량으로 드러난다는 것. 그렇기에 공화국 창건 십 주년을 맞은 그해 9월, 오 개년 계획을 일 년 반 앞당겨 완수하기 위해 근면 성실을 넘어 당이 제시한 사회주의 건설의 강령적 과업을 전투적으로 수행할 것을 종용하는 '전체 당원들에게 보내는 당 중앙위원회의 편지'를 받아든 뒤에도 문인들은 이상하다고 생각하지 않았다. 붉은색 표지 때문에 '붉은 편지'라 불리던 이 소책자에는 지식인들도 보수주의와 소극성을 탈피하고 직접 생산 현장으로 뛰어들라는 지시가 담겨 있었다.

　그리고 마침내 10월 14일, '작가 예술인들 속에서 낡은 사상 잔재를 반대하는 투쟁을 힘있게 벌일 데 대하여'란 수령의 교시가 나오면서, 이 년간의 짧고도 그나마 어렴풋했던 해빙 분위기는 완전히 사라지고 말았다. 문학신문은 이 교시에 따라 이틀 뒤부터 「왜 못 쓰는가?—소설가 리춘진 방문기」「저조한 원인은?—극작가 박령보 방문기」「작가 아닌 '작가'」 등의 기사를 실어 노동자와 마찬가지로 작가들 역시 당이 제시하는 성과를 초과 달성할 것을 압박했다. 그리고 도식주의를 비판한 제2차 작가대회의 자유로운 분위기에 힘입어 지난 이 년간 발표된 작품들에 대한 단죄도 시작됐다. 그 일을 주도한 이는 제2차 작가대회에서 "시인은 시위날의 프랑카트를 높이 쳐들은 행렬의 기수가 아니라 인간 정신 내부의 가장 훌륭하고 아름다운 것들, 매 개인의 다양한 개성, 그리고 특히 이 모든 것들을 조성하는 힘을 우람차게 노래하는 가수"라고 연설한 작가동맹 위원장 병도였다.

10월 중순 우즈베크공화국의 수도 타슈켄트에서 열린 아시아-아프리카 작가회의에 참석하느라 귀국 뒤에야 수령의 교시를 접한 병도는 곧바로, 함께 여행을 다녀온 부위원장이 부르주아 사상의 진창에 빠져 있어 현실에서 소위 생명 있는 것을 찾는다는 간판 아래 은근히 문학작품에서 당 정책의 관철을 비방하고 있다고 신랄하게 쏘아붙였다. 그리고 11월 20일, 수령의 또다른 교시 '공산주의 교양에 대하여'가 나왔다. 이 교시에 따라 병도는 작가동맹 중앙위원회 제3차 전원회의 확대회의를 열고, 노동자가 되지 않고서는 부르주아 사상 잔재를 청산하고 노동계급의 사상으로 무장하기 힘들기 때문에 사상 검토 위원회를 열어 모든 작가들을 심사, 분류한 뒤 현지 파견 등 적절한 조치를 통해 개조할 것을 결의했다.

이에 따라 작가동맹은 각 분과별로 사회주의 건설을 위한 혁신 운동 결의 대회를 개최했다. 아동문학분과 주최의 결의 대회에서 중앙당 지도위원 엄종석은 당 중앙위원회의 지시 사항을 낭독한 뒤 소속 작가들 전원에게서 천리마 작업반에 투신하겠다는 결의를 이끌어냈다. 결의 내용은 속전속결로 이뤄져 참석자들은 그 자리에서 지원서를 작성했는데, 거기에는 희망하는 생산 현장을 적는 난이 있었다. 여느 결의 대회와 마찬가지라고 생각하고 참석했다가 막상 구체적인 지역까지 명기하라는 말을 듣게 되자 다들 당황한 빛이 역력했다. 이러구러 눈치를 보는 자들 사이에서도 그간 작가동맹에서 말깨나 한 축들은 서슴없이 지원서를 작성해 엄종석에게 제출했다. 바야흐로 속도전의 시대였으므로 남들에게 뒤처지는 건 무조건 죄악이었다. 다른 작가들이 적는 걸 어깨너머로 훔쳐보고는 기행도 얼른 고향 정주를 적어 냈다.

그리고 얼마 뒤, 당에서 선별한 파견 작가 명단에 기행의 이름이 들어 있었다. 그런데 대부분의 작가들은 결의 대회 때 적어 낸 것처럼 각자의 고향 혹은 연고지의 공장이나 사업장 등 원하는 곳으로 파견되는 데 반해 기행이 갈 곳은 생판 낯선 삼수의 협동조합으로 돼 있었다. 어떤 사람들이 그런 처분을 받으며, 그뒤에는 어떻게 되는지 잘 알고 있었기 때문에 그날 이후로 다들 기행을 피해 다녔다. 자백위원회에서 그간에도 몇 번이나 추궁받았던 지난날의 몇 가지 과오가 다시 들춰지긴 했으나 당이 요구하는 혹독한 자아비판과 상호 비판을 거치며 개선의 여지가 있는 것으로 인정받았다고 생각했기에 기행으로서는 그 이유를 알 수 없었다. 그냥 받아들이고 삼수로 가자는 마음이 잠시 일어나기도 했지만, 자칫 중학교와 인민학교에 다니는 아이들마저 그 고생 속으로 밀어넣을 수도 있었다. 고민 끝에 그는 엄종석을 찾아갔다.

"지도위원 동지, 이의를 제기하는 것은 아니오나 제 파견지에 착오가 있는 듯합니다. 삼수의 협동조합으로 가라는 처분인데, 이게 맞습니까?"

"당의 결정이 착오였던 적이 한 번이라도 있었다면 말해보시오."

들어오는 기행을 한 번 쳐다본 뒤, 다시 서류를 읽으며 엄종석이 말했다.

"당의 결정이 착오라는 말이 아니라 다른 사람과 파견지가 바뀐 게 아닌가 싶어 드리는 말씀이외다. 저는 희망 파견지로 고향 정주를 적어 냈더랬습니다."

그 말에 엄종석은 서류를 내려놓았다.

"다들 고향으로 간다면 백사지로는 누가 간단 말이오? 삼수에는 인민이 없고 노동이 없소? 자기 마음대로 골라서 좋을 대로 한다면 그게 어찌 사회주의사회겠소? 본능대로 살아가는 동물 세계에 불과하지. 우리는 주체적으로 살아가야 하지 않겠소?"

"다른 이들은 희망한 대로 가기도 하고, 또 아예 평양을 떠나지 않기도 하지 않습니까? 자백위원회에서 저에 대한 고발이 있었던 것은 사실입니다만, 해방 뒤 조선민주당에서 통역으로 일한 경력도 그간 말끔히 해명됐고, 전쟁 시기 미군 점령하의 정주에서 군수로 추대된 적이 있다는 악의적인 고발도 거짓으로 밝혀졌습니다. 그동안 제가 양잿물에 들어갔다가 나왔어도 수십 번은 그랬겠습니다. 그런데도 이건 사실상의 추방 명령이 아니고 무엇이겠습니까?"

"동무는 불평만 늘어놓는데, 배려를 받고 있다는 생각을 해본 적은 없으시오?"

엄종석이 말했다.

"물론 많은 배려를 받았습니다. 시를 다시 쓸 수 있게 된 것도, 번역을 하게 된 것도 모두 당의 배려 덕분입니다. 그것에는 충분히 감사하고 있습니다."

"내가 말하는 배려란 그것뿐만이 아니오. 그간 동무가 보기에 우리 당의 파괴 종파분자인 상허 도당과 접촉해서 살아남은 자가 있소, 없소? 말해보시오."

기행의 말문이 딱 막혔다.

"할말이 있으면 해보시오."

엄종석의 말에 기행은 더이상 대꾸하지 못하고 지도위원실을 빠져나왔다. 기행이 받은 처분은 집필권 박탈에 매주 현지보고를 올리는 것이었다.

그 시절의 새벽, 기행의 이웃들은 아직 푸릇푸릇한 기운이 감도는 대동강 변을 따라 하염없이 걷거나 제자리에 서 있는 그의 모습을 거의 매일 목격했다. 눈만 돌리면 보이는 그 유령과도 같은 이미지는 마치 기행이 한 명이 아니라 여러 명인 것처럼 착각하게 만들었다. 꽉 막힌 세계 속에서 오갈 데 없이 헤매는 기행의 비판받는 자아들처럼. 그렇게 서서, 혹은 버드나무 몇 그루 아래를 걸어갔다가 되돌아오며 기행은 누군가의 명백한 악의마저도 자기 운명의 일부로 여겨야만 한다는 사실을 받아들였다. 그러나 시를 쓰는 일만은 포기할 수 없었다. 할 수 있는 한, 최선을 다하고 싶었다.

그렇게 기행은 마지막 탈출구가 될 수도 있는 병도의 집 앞에 섰다.

아이고, 좀 들여보내주세요

조소 친선의 날 행사는 함흥에 도착한 그다음날 오후, 마전해
수욕장에 자리잡은 휴양각에서 열렸다. 기행 일행은 휴양각 식당
에서 점심을 먹었다. 공연팀이 극장에서 공연을 준비하는 동안 시
간이 조금 남아 있었다. 벨라는 해변을 걷다가 오겠다며 혼자 나
갔다. 하지만 행사 시간이 가까워져서도 그녀는 돌아오지 않았다.
길을 잃을 일은 없었지만, 기행이 그녀를 찾아 나섰다. 그는 해수
욕장에서 멀리 떨어진 서호진의 마을에서 그녀를 발견할 수 있었
다. 그러느라 둘은 이미 공연이 시작된 뒤에야 극장으로 돌아왔
다. 무대에서는 신안남과 동료가 한창 만담 공연을 하고 있었다.
신안남은 젊은 남자로, 동료는 할머니로 분장해 둘은 빠른 속도로
대화를 주고받았다.
　"좀 들여보내주세요. 부러진 칼 같은 것은 안 할 테니까."

"아이고, 부러진 칼은 무언가?"

"절도요. 아니, 왜 이 집안 식구들은 모두 그렇게 물장사합니까?"

"물장사는 또 무어야?"

"수상하냐 그런 말씀이올시다."

"아이고, 옳아! 수상!"

"난 또 거지가 들어온 줄 알고 붉은 부채를 하려고 그랬지요."

"아이고, 붉은 부채는 또 무어야?"

"적선 말이올시다."

"아이고, 적선. 그래."

"저 손주따님에게로 장가를 간다면 제 팔자는 아주 처진 팔자이올시다그려."

"팔자가 처지다니?"

"팔자가 늘어졌단 말씀이지요."

"아, 그야 이 사람아, 비 맞은 팔자지."

"옳아, 처졌대서요? 그런데 저, 제 국수 눈깔을 보아서라도 손주따님을 제게 주시겠습니까?"

"국수 눈깔은 또 무언가?"

"면목이란 말씀입니다."

"아이고, 면목! 아니 여보게! 대관절 자네는 웬 곁말을 그렇게 잘 쓰나?"

"아니 그래 어떻습니까?"

"아주 훌륭해!"

"그럼 아주 청국 부채가 되었단 말씀이지요?"

"청국 부채는 또 무어야?"

"당선이란 말이올시다."

"아이고, 갈수록 향내가 나네그려. 아이고, 여보게, 손주사위, 뭘 좀 먹을 테야?"

"금니빨은 어떨깝쇼?"

"금니빨은 또 뭐야?"

"김치 말입니다, 김치."

"아이고, 김치! 김치야 많기도 많은데 어떤 김치를 먹을 테야?"

"조선 김치가 모두 마흔 가지인데, 그렇게 짚으면 다 읊지 못하니 우선 지로 운을 떼보세요."

"옳거니, 그럼 지!"

"지로 말할 것 같으면 짠지, 의지, 젓국지, 섞박지, 나박지, 무짠지, 배추짠지요. 이로 말할 것 같으면 동치미, 깍두기, 외깍두기, 숙깍두기, 닭깍두기, 굴깍두기, 배추통깍두기요. 치로 말할 것 같으면 통김치, 쌈김치, 풋김치, 장김치, 갓김치, 파김치, 박김치, 외김치, 채김치, 굴김치, 닭김치, 나박김치, 열무김치, 짠무김치, 달래김치, 지레김치, 점북김치, 겨자김치, 외소김치, 생선김치, 미나리김치, 돌나물김치, 곤쟁이젓김치인데……"

"아무래도 치 자로 끝나는 게 가장 많겠구먼."

"그렇지요. 하지만 치 자에도 좋은 치가 있고, 나쁜 치가 있단 말씀이에요."

"그럼 좋은 치는 어떤 것이고, 나쁜 치는 어떤 것인가?"

"풋나물은 무치고, 짓는 밥은 재치고, 바느질은 감치고, 빨래할 건 디치고, 돼지 치고 닭치고 외양간엔 소 치고, 싸리 꺾어 울 치고, 때 묻은 건 씨치고, 떨어진 건 붙이고, 잘못한 건 고치는 치는, 치 중에도 좋은 치지만……"

"옳거니!"

"건달꾼 놈의 치는 눈치만 보는 치요, 욕심꾼 놈의 치는 염치가 없는 치라, 이런 놈의 치는 경을 치고 나서야 정신을 차릴 치니 치 중에는 더러운 잡치란 말이에요. 또 리승만이 놈에게도 치가 있으니, 나라 파는 정치라 미국 놈은 날치고, 파쇼 독재 통치라 승만이는 판치고, 밑의 놈은 훔치고 윗놈들은 등치고, 순경 놈은 뺨 치고 테로 놈은 족치고, 불안스런 눈치라 비상경계 펼치고 먹는 데만 날치라 전깃불은 꺼치고, 두르느니 뭉치라 귀신처럼 답치고, 도적 놈은 놓치고 앰한 사람 갇히고……"

그렇게 둘의 만담은 자연스레 이승만 정권에 대한 풍자로 넘어갔다. 노래하듯이 빠른 속도로 정확한 단어들을 재깔이는 신안남의 만담 실력에 다들 박장대소했다. 만담가들이 무대에서 내려온 뒤에는 벨라가 자신의 시 「젓나무」를 낭독하는 자리가 마련됐다.

피아노 반주에 맞춰 벨라가 먼저 낭독한 다음, 기행이 이를 조선어로 옮겼다.

늙은 잣나무야, 내 다시 네 언덕으로 오다.
나지막한 네 동무들 속에 너는 서
네 꼭대기 어느덧 희였구나,
글쎄 어디고 무엇 하나 옛것 있으랴.

여름 한철 그런 날씨 없을 듯
그처럼도 맑은 아침 내 그대를 찾음이여
나를 맞는 그대 예대로 준엄하고 총명하고녀
그대 갖은 것 깨닫고 또 정녕 나를 사랑하나니

바로 지난해 같아, 그대의 뿌리들에
불그레한 버섯 무더기로 붙었음이.
지난 한 해 내 무엇 아니 겪었으랴,
슬픔도, 기쁨도 또 사랑인들.

설레이는 가슴에선 많은 싯줄 흘러나왔고
밝혀지지 않은 것 많이 꿰뚫러 알았더라.
한때는 오래 갈 듯, 곧 끝나는 것이며

그리고 없었던 것 새로 시작된 것이며.

그러나 남은 것은 그대네 강 넘어 땅을 사랑하는 마음
부드럽고 따사한 털신 신은 그대를 사랑하는 마음,
이는 고향. 이것만이 영원한 것이리라
이것만이 시에서 떠나지 아니하리라.

그렇게 조소 친선의 날 행사가 끝나고 일행은 만찬을 위해 이동했다. 만찬은 흥남항과 동해가 한눈에 들어오는 서호곶 언덕 위에 자리잡은 초대소 식당에서 열렸다. 계단을 밟고 걸어올라가는데 해풍이 심해 모자를 손으로 눌러야만 했다. 비를 부르는 바람이라고 흥남 사람이 말했다. 바다가 흐려지며 해소가 일었다.

만찬에 참석한 사람들을 한 명씩 호명할 때마다 다들 한마디씩 인사말을 내놓는 바람에 소개 순서가 하염없이 길어졌다. 제일 먼저 함경도 작가동맹 위원장이 말할 때만 해도 기행은 성실하게 통역했지만 시간이 흐를수록 대동소이한, 즉 조소 우의를 다지고 문화교류를 증진하며, 전 세계 인민들의 단결과 평화를 향한 투쟁에 나서자는 내용들이 반복돼 굳이 통역할 필요성을 찾지 못했다. 그러다가 그 사람, 신흥에서 왔다는 노시인이 입을 열었다. 함경도 사투리가 심한데다가 입안에서 말을 굴리는 사람이라 말소리를 좀체 알아듣기가 힘들었는데, 어떻게 된 것이 소련은 수령이 이끄는 조선의 주체적 혁명 과업에 간섭하지 말라는 마지막 외침만은 기행의 귀에 쏙 들어왔다. 소련에서 온 손님 앞에서는 할말이 아닌 것 같아 다들 웅성거렸고, 분위기를 눈치챈 벨라가 기행을 쳐다보며 통역하기를 원했다.

하지만 기행이 뭐라고 말하기도 전에 옆에 앉아 있던 병도가 손을 들어 발언권을 얻었다. 병도는 흐루쇼프 동지가 제20차 소련공산당 전당대회에서 스탈린 개인숭배를 비판했던 일을 상기시키며 사회주의에 있어서 주체성과 개인숭배는 별개의 것이라고 말했다. 그의 말에 장내는 더욱 소란스러워졌다. 조선작가동맹 위원장이 공개적으로 개인숭배를 비판하니 주최측은 당황하지 않을 수 없었다. 사회자는 내빈 소개를 그쯤에서 그치고 벨라의 인사말을 들어보자며 화제를 돌렸다. 그녀가 먼저 앞으로 나가고 기행이 그 뒤를 따랐다. 그녀는 우선 자신을 이토록 환영해준 함경도 작가동맹에 감사의 말을 전한 뒤, 전쟁으로 폐허가 됐던 함흥을 아름답고 웅장하게 재건한 노동자들을 칭송했다. 뒤이어 그녀는 그 영웅적인 모습이 전쟁의 상처 위에 서 있다는 사실을 잊지 않는 것이 바로 평화로 가는 첫걸음이라고 지적하고, 건물의 어느 한 귀퉁이를 묘사하더라도 인민들의 상처와 영광을 충실하게 형상화하는 게 바로 작가의 사명일 것이라고 덧붙였다.

그렇게 인사말이 끝나고 본격적인 만찬이 시작되자 장내는 조금씩 활기를 되찾기 시작했다. 벨라와 기행이 앉은 원탁부터 삼색

나물, 도토리범벅, 더덕구이, 통낙지순대찜 등등의 요리가 올라왔다. 그러나 벨라는 술만 조금 받아 마실 뿐, 음식에는 그다지 손을 대지 않고 있다가 몸이 피곤하니 그날 일정을 일찍 끝내고 싶다고 기행에게 말했다. 그 말을 전해들은 병도가 주식主食이 나올 때까지 자리를 지켜달라고 간곡히 부탁했지만, 그녀는 고집을 꺾지 않았다. 기행이 벨라를 식당에서 조금 떨어진 초대소 건물까지 안내하기로 했다. 그렇게 나가 보니 해가 저물 무렵부터 바람을 타고 떨어지기 시작한 비는 장대비로 바뀌어 있었다. 먼 거리는 아니었지만 우산이 필요할 것 같아 돌아서려는데 벨라가 빗줄기 속으로 뛰어들었다. 우산을 가져올 테니 잠깐만 기다리라고 기행이 외쳤지만 들리지 않는 것인지 못 들은 척하는 것인지 소용이 없었다. 이번에는 또 벨라가 어디로 사라질까 싶어 기행도 그녀를 따라 빗줄기 속으로 뛰어들었다.

꼽추 잠자듯이, 눈 꼭 감고

서양식으로 지은 병도의 집은 멀리서도 눈에 뜨일 만큼 크고도 호화로웠다. 입구에는 경비원이 둘이나 지키고 서 있었다. 현관문을 열어준 식모에게 병도를 만나러 왔다고 말하니 지금은 그가 낮잠중이라고 했다. 그녀를 따라 일층 응접실로 들어가자 식객처럼 늘 병도의 집에 들어앉은 사람들이 보였다. 대부분 소리꾼과 배우와 만담가 등 예능인들이었다.

"어이, 흰돌 동무! 어인 일이신가?"

응접실 의자에 앉아 바둑을 두던 신안남이 그에게 알은체를 했다. 비상한 기억력을 지닌 안남은 동서고금의 시를 천 편 이상 욀 수 있다고 자랑하곤 했는데, 그 때문인지 기행에게는 늘 다정했다.

"잘 지냈습니까?"

"꼽추 잠자듯이 지냈지."

신안남의 뚱딴지같은 말에 기행은 당황하기 일쑤였는데, 그날도 예외는 아니었다. 대신 함께 바둑을 두고 있던 그의 동료가 그말을 받았다.

"꼽추가 바로 누우면 등 배기고 모로 누우면 팔 저릴 텐데, 그럼 힘들게 지냈다는 뜻인 게요?"

"에이, 꼽추가 어디 그러고 잔다던가?"

"그럼 서서 자요? 어떻게 자요?"

"눈을 감고 자지. 꼽추 잠자듯이, 눈 꼭 감고, 뭐 그렇게 지냈지. 우리 흰돌 동무도 눈 꼭 감고 살면 좋을 텐데……"

그러더니 안남은 바둑판을 바라보며 "죽을 판을 찾아갔나, 살판을 피해 왔나. 살기도 어렵거늘 죽기조차 어려워라. 어렵고 어려운 중에 바둑 알기 어려워"라고, 시조를 읊듯이 중얼거렸다. 해방전에도 그는 종종 잡지에 시조를 발표하곤 했었다. 대개는 사람들의 가난과 고통을 만담처럼 말하는 것들이었지만 기행은 천연덕스러운 그 성격이 드러나는 쪽을 더 좋아했다. 예컨대 '구두 불쌍해서 모자와 바꿔 신소./벌써 내 머리는 구두를 썼을 테니/이것을 웃으신다면 웃는 당신 내 웃지'나 '석양이 붉은 뜻을 오늘이야 알았노라./미친놈 다 돼가는 나를 볼 면목 없어/저 응당 미안한지라 얼굴 붉어짐이지' 같은 시조들.

한참 있다가 젊은 비서가 기행을 찾아왔다. 그는 그녀를 따라 병도의 방이 있는 이층으로 올라갔다. 내부를 한식으로 꾸민 널찍한 방으로 들어가보니 솜마고자를 입은 병도가 다다미 위에 앉아 전축으로 〈춘향가〉를 틀어놓고는 문을 활짝 열어놓은 채 설경을 내다보고 있었다. 기행이 들어오는 것을 본 그는 다탁에 앉으라고 눈짓한 뒤 차를 따랐다. 레코드가 모두 돌아가기를 기다리는 수밖에 없다고 생각하고 기행은 뜨거운 차를 입에 머금었다. 찬 기운이 밀려드는데도 병도는 창을 닫지 않았다. 이윽고 회색 하늘에서 다시 눈송이들이 떨어지기 시작했다. 눈 치우는 소리가 멀어지는가 싶더니 눈이 쏟아지며 무채색의 고요한 풍경이 눈앞에 펼쳐졌다. 묵음과 무채색, 그것은 그즈음 기행의 내면 풍경과 같았다. 거기에는 어떤 의미도 찾을 길이 없는 비애뿐이었다.

"이번에 내가 타슈켄트에 다녀오지 않았는가. 부위원장이라고 윤두헌이를 데려갔는데, 공연히 데려갔지 뭐야. 차라리 자네가 갈 걸 그랬어. 그랬더라면 통역 때문에 고생할 필요도 없었을 텐데 말이야. 나짐 히크메트도 와 있던데, 자네는 그이의 시도 번역했으니까 서로 말이 통했겠지."

전축 소리를 줄이며 병도가 말했다. 기행은 가당치도 않은 이야기라고 생각했다. 그건 윤두헌의 마지막 해외여행이 되었다. 귀국한 그를 기다린 것은 낡은 자본주의 잔재에 물든 부르주아 작가라는 비판이었다. 모두들 그렇게 사라졌다. 임화도, 이원조도, 김남천도, 한효도. 그들이 불과 이십여 년 전까지만 해도 병도와 함께 카프의 맹원이었다는 사실이 믿어지지 않았다. 기행이 거기에 있었다면, 기행도 얼마든지 같은 신세가 될 수 있었다.

"제가 어디 낄 자리인가요? 회의는 잘 됐습니까?"

애써 감정을 감추며 기행이 말했다.

"시모노프 위원장이 직접 나와 준비를 철저하게 하더군. 공항과 호텔까지 새로 만들었으니까 말 다 했지. 아카시아와 포플러 가로수마다 형형색색의 등을 내걸고 이백 명이 넘는 전 세계 작가들을 환영하더란 말이지. 그런데 이게 완전히 인종 전시장이었어. 36개국에서 왔다던가. 다들 회의장에 모이니 볼만했지."

"타슈켄트는 어떻습니까? 거기서도 설산이 보이나요?"

옥심에게 들은 중앙아시아 이야기를 떠올리며 기행이 물었다.

"거기 설산이 있는 걸 자네가 어떻게 알아? 비행기 타고 가면서 눈 덮인 톈산산맥을 질리도록 봤지. 공항에 내려 타슈켄트 호텔에 갔더니, 니콜라이 티호노프가 있더란 말이야. 오랜만에 만났으니 대화를 나눠야 하는데, 통역이 없는 거야. 이런 낭패가 있나? 그렇게 한참 찾다보니 대사관 직원이 있더라구. 티호노프가 준비위원회 사무실까지 간다기에 통역으로 그 직원을 대동하고 걸으면서 얘기를 하기로 했지. 이런저런 근황을 주고받으며 걷다보니까 사과나무 과수원이 나오는데, 티호노프가 이런 말을 해. 몇 해 전에 정원에 사과나무 묘목을 심었는데 여태 열매가 열리지 않더라는 거지. 그래서 티호노프가 사과나무들을 향해 팔을 휘두르면서 일장연설을 했다는구만. 내가 열매가 속히 달리도록 너희들에게 과업을 주었으니 그걸 지키지 않을 시에는 가만두지 않겠다 운운하면서 말이야."

"그러면 사과나무들이 알아먹는단 말입니까?"

"자네들 시인들이 하는 짓이 꼭 그런 것이지 않아? 그런데 티호노프의 다음 말이 재미있었다네. 사과나무들이 아무런 대꾸도 없는 걸 보니 자기 말을 잘 접수했다고 그 사람은 생각했다네. 그러고는 득의양양해서 가만히 사과나무들을 바라보는데, 어쩐 일인지 점차로 눈에 들어오는 것은 사과나무가 아니라 자기 자신이었다는 거야. 그제야 열매를 맺지 못한 책임은 사과나무에 있는 게 아니라 자기 자신에게 있다는 걸, 그래서 지금까지 한 비판은 모두 자신의 자아에게 한 것이라는 걸 알게 됐다는 거지. 생각해보게나, 티호노프가 자기 자아를 앞에 세워두고 바라보는 모습을."

기행은 그 모습을 상상했다. 환갑을 넘긴 시인이 자신의 또다른 자아를 앞에 세워두고 비판하는 광경을.

"그래서 어떻게 됐습니까?"

"어떻게 됐을 것 같은가?"

병도가 되물었다. 기행은 그 반문의 의미를 이해했다.

"사과나무가 열매를 맺었군요."

"그렇지. 하지만 왜 그렇게 됐는지 알아먹겠는가?"

기행은 뭐라 말할 수 없었다. 어떤 대답을 해도 병도는 틀렸다고 할 것 같았다.

"사과나무에 사과가 안 열린다면, 사과가 열매를 맺었다고 쓰면 되는 거야. 알겠어? 그게 바로 창조의 원리거든. 그걸 잘 알아야 해. 우리 문학가들은 창조자들이야. 당이 원하는 인간이 있다면, 우리는 그걸 만들어내는 거야. 그게 우리가 하는 문학이야. 알겠어? 자네는 시로 그 힘을 보여야 해."

"저 자신의 운명조차 알 수 없는데, 제게 그런 힘이 남아 있을지……"

기행이 말끝을 흐렸다.

"내가 자네한테 항상 말했지. 감상적 허약함에서 벗어나라고. 시대는 이제 새로운 인간형을 원하고 있어. 그런 인간형을 창조하는 사람이 바로 우리 작가들이야! 우리는 위대한 창조자들이야. 나는 전형을 만들어간다네. 해방 직후에 평양으로 입성한 젊은 수령을 만났을 때, 나는 비로소 창조자가 될 수 있었지. 내가 이 모든 걸 만든 거야. 나의 펜으로. 글은 그토록 신성한 것이야. 썩은 사상이 한 줄이라도 들어간 글은 인민들을 오염시키고 이 세계를 망가뜨리지. 이건 내가 만든 세계란 말이야. 누구도 그걸 망가뜨릴 수는 없어. 그러니 나를 원망하면 안 돼. 임화든, 이원조든, 김남천이든. 그게 누구라도 나는 희생시킬 수 있어. 하물며 상허쯤이야 말해 무엇 하겠어? 그렇게 해서라도 나는 내가 만든 이 공화국을 지켜낼 거야. 나는 자네가 벨라에게 시를 보냈다는 것도 다알고 있어. 상허가 그리하라고 시키던가? 아니면 파스테르나크의 흉내를 낸 것인가? 부질없는 짓이야. 이 공화국은 영원하고, 나의 문학도 마찬가지야. 자네에겐 개조의 시간이 필요해."

마침내, 병도의 말이 끝났다. 그에게 기댈 것이 하나도 없다는 사실이 분명해졌다. 꼽추가 어떻게 잔다고 했던가? 기행은 눈을 감았다. 그리고 다시 눈을 떴다.

"올해가 가기 전에 삼수로 내려가야만 할 것 같아 인사차 들렀습니다. 내려가서 노동을 통해 저도 위원장 동지처럼 붉은 작가, 새 시대의 창조자로 다시 태어나겠습니다."

그렇게 굼때고 기행은 자리에서 일어났다. 그때 병도가 말했다.

"아직, 내 이야기는 다 끝나지 않았어. 앉아봐. 자네 얼마 전에 『노비 미르』에 실렸던 논설 하나를 번역한 적이 있었지? 노벨문학상을 거부한 변절자 파스테르나크를 신랄하게 비판하는 그 글 말이야. 어째서 내가 그 번역을 자네에게 맡겼는지 이해하겠나?"

10월 말 기행은 '국제 반동의 도전적인 출격'이라는 제목의 논설을 번역했다. 파스테르나크를 '미친 개인주의자' '반소비에트 선전의 그 녹슨 낚시에 달린 미끼'라며 격렬히 비난하는 글이었다. 그게 병도의 지시라는 것도 기행은 모르고 있었다.

"글쎄, 갑자기 번역 의뢰가 들어와 저도 이상하다고 생각하던 차였는데……"

그때 퍼뜩 어떤 생각이 기행의 뇌리를 스쳤다.

"아, 옥심 동무. 그 동무 때문이었나요?"

"그래, 강옥심이. 자네의 자백위원회가 열릴 즈음에 두 사람에 대한 투서가 몇 번이나 들어왔었어. 사람들 말밥에 오른 걸 자네만 모르고 있더군. 그래서 내가 자네에게 똥겨주려고 했는데, 그런데……"

병도가 말했다.

그중에 제일은 사랑이라

계속되는 병도의 이야기는 다음과 같았다. 준비위원회 사무실 앞에서 티호노프와 헤어지고 나서 다시 호텔로 돌아가는 길에 통역 구하기가 이렇게 힘들어서 어떻게 하느냐며 대사관 직원을 꾸짖었다고 했다. 그러자 그 직원이 억울하다는 표정을 지으며 연전에 주소련 대사가 정부의 소환 명령을 거부하고 망명한 일을 모르느냐고 병도에게 되물었다고 했다.

"연안파 리대사 얘기 아니니? 우리도 전해들었지. 그런 종파주의자가 사라졌다면 대사관이 일을 더 잘해야만 하는 거 아니야?"

병도가 말했다. 그러자 그 직원이 목소리를 낮추며 얘기했다.

"그 리대사가 말입니다, 우리 유학생들을 장악하고 있었단 말입니다. 그래서 이건 비밀인데……"

스탈린 개인숭배를 비판하는 흐루쇼프의 비밀 연설에 대한 첩

보를 접한 리대사는 북한도 이 문제를 연구해야 한다는 보고서를 본국에 보내고 평양으로 들어가 수령에게 직접 소련 내의 움직임에 대해 설명했다. 수령은 개인숭배의 시대가 끝났다는 리대사의 의견에 동의했다. 물론 그가 동의한 개인숭배의 대상은 삼 년째 수감중인 박헌영이었다. 시대의 변화를 순순히 받아들일 수도 없고 그렇다고 거스르기도 힘들어 나온 고육지책이었다. 그리고 그해 8월 전원회의에서 반대파들이 수령의 개인숭배를 비판하고 나섰다가 반나절 만에 중국으로 도피하는 일이 벌어졌다. 이 일을 계기로 당이 연루자들을 출당시키자, 이들과 연계가 있던 리대사는 중소 양국으로 하여금 북한 정부에 압력을 가하도록 해 한 달 뒤 출당 조치를 철회하게 만들었다.

바로 그 시점에 헝가리의 수도 부다페스트에서 분노한 시민들이 스탈린 동상의 머리를 깨버렸다는 뉴스가 전해졌다. 시위는 유혈 사태로 이어져 시민군과 소련군은 총격전을 벌였고, 나흘째 되던 날 시민군이 의사당을 점령하면서 헝가리혁명이 시작됐다. 너지 임레가 이끄는 혁명정부는 정치범 석방, 비밀경찰 폐지, 소련군 철군 등의 개혁안을 발표하고 바르샤바조약기구와 코메콘 탈퇴를 선언했다. 이 사건은 소련과 북한 모두에 영향을 미쳤다. 다른 위성국가들에도 자유화 바람이 불 것을 우려한 소련은 무력으로 혁명정부를 무너뜨렸다. 북한에서는 이런 일련의 국제적인 움직임을 스탈린 격하 운동에서 비롯된 수정주의로 규정하고, 주체를 내세우며 유일 지도 체제를 더욱 강화했다. 이로써 기행이 다시 시를 쓰기 시작한 1956년 평양에 불었던 짧은 해빙의 물결은 거센 역풍을 맞기 시작했다.

이듬해, 반종파투쟁의 와중에 평양수비대 사령관의 쿠데타 음모가 발각됐다는 소문이 돌았고, 그 무렵 중앙당이 리대사에게 소환 명령을 내렸다. 돌아가면 숙청될 게 분명한 상황이었으므로 그는 귀국을 포기하고 소련으로 망명했다. 이 소식은 평소 그와 가깝게 지내던 모스크바의 유학생들을 충격에 빠뜨렸다. 10월혁명 사십 주년이던 그해 모스크바는 일 년 내내 축제 분위기였기 때문에 고국에서 들려오는 소련파들의 철직, 출당, 체포 등의 소식은 더욱 우울했다. 7월 28일에는 제6회 세계청년학생축전이 개최돼 130개국에서 삼만 사천 명의 사람들이 몰려들었고, 자연스럽게 청바지, 재즈 음악, 영화 〈타잔〉 같은 서구의 자유로운 문화가 모스크바의 젊은이들에게 스며들었다. 음악 경연에서 1위를 차지한 〈모스크바의 밤〉의 온화하고 부드러운 선율처럼 모스크바는 더이상 고립된 공포정치의 수도가 아니었다. 소련의 자신감은 그해 10월 인류 역사상 처음으로 우주에 인공위성을 쏘아올리며 절정에 이르렀다.

이런 변화의 분위기를 한껏 맛본 유학생들에게는 축전에서 이인무 〈날으는 선녀〉를 공연해 호평을 받은 최승희와 안성희 모녀의 활약만이 위안이 됐을 뿐, 북한사회는 유일 지도 체제를 강화하면서 스탈린주의라는 끔찍한 과거로 회귀하는 것처럼 보였다.

북한대사관에서는 그들의 동요를 막기 위해 11월 하순, 모스크바 종합대학 강당에서 유학생대회를 열었다. 중앙당 선전선동부장까지 앉아 있던 이 자리에서 몇몇 유학생들은 스탈린의 개인숭배가 인민들의 삶에 어떤 악영향을 미쳤는지를 지적하며 다른 사회주의 형제국가와 마찬가지로 북한 역시 개인숭배에서 벗어나야만 한다고 발언했다. 이로써 유학생대회는 난장판이 됐고, 대사관에서는 발언한 유학생들의 체포에 나섰다. 북한에 가족들이 남아 있는 상황에서 유학생들이 망명하는 것은 쉬운 일이 아니었다. 하지만 설득에 못 이겨 제 발로 대사관에 들어갔다가 감금된 한 유학생이 화장실 창문으로 탈출하면서 망명 러시가 이뤄졌다.

"그 일루다가 모스크바에 있던 유학생들을 모두 소환하는 바람에 통역할 학생을 구하기가 어려워졌단 말입니다."

대사관 직원이 말했다.

"유학생들 중에는 소련파의 자녀들이 많으니까 종파사상에 물든 게 당연하겠지. 개인숭배를 비판했으면은 일찌감치 도망갈 일이지 그 학생은 왜 제 발로 대사관으로 들어간 거야?"

병도가 말했다.

"라리사라고 애인이 있었는데 말입니다. 망명하자면 그 애인을 데리고 가야겠는데, 대사관이 그걸 알고 미리 그 여학생을 붙들어 놓았단 말입니다. 사랑하는 걸 꽉 잡고 있는데 제 놈이 별수 있겠습니까?"

"그래, 그렇지. 믿음과 소망과 사랑 중에, 그중에 제일은 사랑이지. 버티는 놈들 명줄 휘어잡는 데는 사랑만한 게 없지. 그런데 라리사는 소련 여자야?"

"아닙니다. 소련 공민증이 있는 조선 여자입니다. 아버지가 소련파라서. 거, 왜 있잖습니까? 중앙당학교 교장 하던 사람. 그 여학생은 아버지 살려보겠다고 귀국했더랬는데, 여기서 들으니 아버지는 잘려나갔다고?"

손가락으로 목을 치는 동작을 하며 직원이 말했다. 병도가 그 아버지에 대해 한번 더 물었다. 이름까지 듣고서야 그는 고개를 끄덕였다.

"그럼 옥심이가 맞구나. 강옥심이. 옥심이, 자살했어. 죽은 제 아비가 숨겨둔 권총으로. 며칠 안 됐어."

병도의 말에 직원은 잠시 말을 잊었다.

"그런 일이 있었습니까? 그때 너는 왜 같이 안 도망갔느냐고 물었더니 그애가 저는 아빠 계신 곳으로 가겠습니다, 라고 맹랑하게 말하길래 당찬 아이인 줄은 알았지만. 하긴 그래놓고서는 출국할 때까지 대사관 이층 방에 가보면 울고 있고, 가보면 울고 있고 그랬습니다. 그 약혼자 놈이 도망간 뒤 기숙사 방을 수색하니 책이며 노트가 꽤 많이 나왔단 말입니다. 일기장도 있고 시를 적은 노트도 있고. 그 노트를 달라는 걸 줄 수 없었단 말입니다. 그런데……"

"그래서 그 약혼자하고는 다시 못 만나고 조선에 들어간 거야?"

병도가 직원의 장황한 말을 잘랐다.

"그렇지요. 그놈은 소련으로 망명한 뒤에 숨어버렸으니까."

"그 아비가 소련 민정청 문화과에 있어 전쟁 전에는 곧잘 어울렸는데, 내가 집에 가면 그애가 참 좋아했었지. 소설가 선생님 오셨다고. 꼭 소설가하고 시인한테만 선생님 소리를 붙이던 애였는데……"

"아니, 그 아이는 왜 소설가하고 시인한테만 선생님이라고 했답니까? 저한테는 꼬박꼬박 동무라고 대꾸하더니만."

"그것도 몰라?"

"모르겠습니다."

"모르면 됐어. 알아서 좋을 거 없어."

그러면서 병도는 중얼거렸다고 했다. 어려서부터 소설가 되겠다고 노래를 부르더니만, 그렇게 죽을 팔자여서 그랬나부지, 라고.

가무락조개, 나줏손, 귀신불, 이랑 같은 것들

기행이 병도의 집을 나왔을 때, 강 건너 벌판은 붉게 물들고 있었다. 이제 모든 것은 끝나버린 것이라고 생각하며 얼어붙은 길을 걸어가는데, 일 년 전 비가 쏟아지던 서호진의 밤과, 또 그때의 마음이 기행에게 떠올랐다. 그때 기행과 벨라는 잠시 빗소리 안에 있었다. 그 소리에는 멀고 가까운 느낌이 없었다. 모든 것은 멀리, 그 소리 바깥에 있었다. 그 바깥에는 파도 소리도 있었고 바람소리도 있었지만, 빗소리에 가려 들리지 않았다. 낮 동안 찌물쿠던 기운이 단숨에 씻겨나갔다.

그렇게 초대소 현관까지 갔을 때, 둘은 젖을 대로 젖어 있었다.

"조선어로는 비를 어떻게 부르나요?"

머리의 물기를 털어내며 벨라가 물었다.

"비."

기행이 짧게 대답했다. 물에 젖은 셔츠가 가슴에 달라붙었다. 벨라가 '비'라고 따라 했다. 기행은 검지를 들어 위에서 아래로 그으며 다시 말했다.

"비. 비는 이렇게 길게 떨어지는 소리입니다."

그러자 벨라가 그 동작을 따라 했다.

"그럼 바람과 바다는 어떻게 말합니까?"

기행은 제 손등을 당겨 입 앞에 대고 말했다.

"바람. 바람이라고 하면 이렇게 바람이 입니다."

이번에도 벨라가 그 동작을 따라 했다.

"그리고 바다라고 하면, 조선인들은……"

그는 손을 들어 어둠 속 동해를 가리켰다.

"저절로 멀리 바라보게 됩니다. 바다는 멀리 바라보라는 소리입니다."

그러자 그녀는 가만히 기행의 손가락이 가리키는 곳을 바라봤다. 두 사람 앞에, 검은 어둠이 펼쳐져 있었다. 바다는 그 어둠 속에 있었다. 기행은 노란 바탕에 까만 등을 매달고 제주도에서 그 바다까지 찾아온 배들을 바라보던 어느 해의 여름을 떠올렸다. 사랑을 잃고 방황하던 시절의 일이었다. 어디서 무슨 애기를 들었는지 감옥에서 나와 함흥에서 인쇄소를 하던 병도가 이틀이 멀다 하고 하숙집으로 기행을 찾아오곤 했다. 그 시절, 기행은 함흥의 연극패들과 어울려 다니며 본정통과 대화정은 물론이거니와 본궁과 흥남과 서호진을 거쳐 삼호까지 진출해 술집들을 섭렵하고 다녔다. 그때 먹었던 전복회, 창난젓, 은어젓, 명태골국, 가자미회국수, 해삼탕, 털게살 들어간 청포채무침 등의 맛은 여전히 입가를 맴돌았다. 그렇게 동해안의 지리를 익힌 뒤, 그다음부터는 혼자서 내륙 쪽으로 파고들었다. 인클라인에 매달린 경편열차에 올라 해발 1200미터의 황초령역도 보고, 설봉산 귀주사 크나큰 솥도 보고, 신흥의 산골짜기에서 트럭 타고 장진 땅에서 돌아나온 꿀벌 스무남은 통도 보고, 박꽃 하얗게 핀 지붕으로 박각시나방 날아드는 것도 보고 다닌 게 꼭 이십 년 전의 일이었다. 그가 경험한 모든 것들은 아름다운 말들로 남아 있었다.

"저 역시 시를 썼던 사람입니다. 그러나 그 말들은 제 안에서 점점 지워지고 있습니다. 음식 이름들, 옛 지명들, 사투리들…… 폐허에 굴러다니는 벽돌 조각들처럼 단어들은 점점 부서지고 있어요."

그 위에 새로운 사회주의 공화국의 시들이 건설되고 있었다. 새로운 시들은 공장에서 미리 제작한 벽체를 올려 아파트를 건설하듯이 한정된 단어와 판에 박힌 표현만으로 쓰였다. '우리는 자랑한다 조선 로동계급의 이름으로/프로레타리아 국제주의 기치를/그 기치 아래 손잡아 떨친/무진하고 무적한 위대한 힘을!'이라고 노래하고, 또 '나는 다시금 느낀다./로력의 성과가 얼마나 큰가를/영웅의 땅 이런 나라에 산다는 행복/심장 속에 싱싱 푸르러감을'이라고 외치는 시들. 거기에 가무락조개, 나줏손, 귀신불, 이랑, 양지귀, 개포가 같은 말은 들어갈 수 없었다. 새 공화국의 젊은 시인들은 기행의 시가 낡은 미학적 잔재에 빠져 부르주아적 개인 취미로 흐른다고 비판했다. 그들은 기행에게 어렵게 쓰지 말라고, 개성을 발휘하지 말라고, 문체에 공을 들이지 말라고 충고했다.

"아까 낮에 본, 오솔길 끝에 서 있던 수도원의 풍경 기억나세요?"

가방에서 담배를 꺼내 물며 벨라가 말했다. 습기 먹은 성냥은 몇 번이고 그어도 불이 붙지 않았다. 성냥을 받아 기행이 불을 붙였다. 그날 낮, 벨라를 찾아 해수욕장의 끝까지 갔지만 그녀의 모습은 보이지 않았다. 그 끝에는 큰 섬과 작은 섬이 있었다. 육지와 이어진 작은 섬에는 일제시대 때 신사를 헐어내고 만든 공원이 있었기에 거기까지 가봤다. 그러다가 돌아서는데, 송림 사이로 작은 오솔길이 보였다. 그 오솔길에 벨라가 서 있었다. 다가가니 벨라는 십자가도 떨어져나가고 지붕도 내려앉은 수도원을 바라보고 서 있었다.

"그런 길을 '트로핀카'라고 부르는군요. 오래전의 여름, 그 오솔길에서 악대가 찬송가를 연주한 적이 있었지요. 덕원의 베네딕도 신학교의 신학생들이었는데, 여름이라 바다 옆의 수도원을 찾았던 모양이에요. 그때 저는 해변에 깐 삿자리에 누워 있었는데,

웅앙웅앙 은은한 나팔소리가 들려오더군요. '예수, 인간 소망의 기쁨'이라는 제목의 칸타타였습니다. 아마추어들의 어설픈 연주였지만, 그 나팔소리에 오래 귀를 기울였죠. 지금은 모든 게 폐허가 돼버렸지만. 이제 숲을 보면서도 저는 그 숲이 비어 있는 것을 봅니다."

'예수, 인간 소망의 기쁨'이라는 제목을 말하자마자, 나선형 계단을 밟고 올라가는 듯한 그 선율이 기행의 기억 속 어딘가에서 울렸다. 함경도의 신부와 수녀들은 전쟁 전에 모두 체포됐으니, 그들도 몇몇은 이 세상 사람이 아닐 것이다. 그런데도 그날의 궁근 선율은 이데아처럼 남아 있었다.

"숲이 비어 있는 것을 보는 사람도 시인이고, 폐허가 꽉 차 있는 것을 보는 사람도 시인이지요. 저는 모든 폐허에서 한때의 사랑을 발견하기 위해 시를 씁니다. 괴링이 이끄는 독일 폭격기가 육백 대나 날아와 포탄을 쏟아부었을 때, 스탈린그라드는 영원히 불타는 줄 알았어요. 모든 게 엉망진창이었죠. 밤은 낮처럼, 낮은 밤처럼. 물은 불처럼, 불은 물처럼. 악은 선이 되고, 선은 악이 됐죠. 그게 바로 전쟁, 지옥의 풍경이에요. 그렇게 몇 달 뒤 꺼지지 않을 것 같았던 불이 꺼졌을 때, 도시는 완전한 폐허가 됐죠. 그 폐허를 응시하는 일이 시인의 일이잖아요? 그렇지 않나요?"

벨라가 말했다.

"나는 1924년에 세상에 태어났고, 그 세상에는 늘 나보다 먼저 죽는 것들이 있었어요. 내게 전쟁이란 내가 가장 사랑하는 것들을 죽이는 일이었어요. 전쟁은 인류가 행할 수 있는 가장 멍청한 일이지만, 그 대가는 절대로 멍청하지 않습니다. 그렇다면 우리가 죽음을 생각하지 않고 어떻게 삶에 대해 말할 수 있나요? 전쟁을 생각하지 않고 어떻게 평화를, 상처를 생각하지 않고 어떻게 회복을 노래할 수 있나요? 전 죽음에, 전쟁에, 상처에 책임감을 느껴요. 당신 안에서 조선어 단어들이 죽어가고 있다면, 그 죽음에 대해 당신도 책임감을 느껴야만 해요. 날마다 죽음을 생각해야만 해요. 아침저녁으로 죽음을 생각해야만 해요. 그러지 않으면 제대로 사는 게 아니어요. 매일매일 죽어가는 단어들을 생각해야만 해요. 그게 시인의 일이에요. 매일매일 세수를 하듯이, 꼬박꼬박."

빨갛게 타오르는 노을을 물끄러미 바라보며 기행은 어둠 속에서 벨라의 담배가 불꽃을 일으키던 것을 기억했다. 그리고 기행은 지난가을, 옥심과 함께 바라보던 불을 떠올렸다. 얼마 전까지 누군가 살았던 집으로 번지던 불. 문짝을 태우고 기둥을 태우고 지붕을 태우던 불. 그때 그는 지금까지 자신이 알던 세계가 그렇게 불타는 것이라고 생각했다. 처음에는 바이러스와 병원균이 불타겠지만, 곧 그 불은 종파주의와 낡은 사상으로 옮겨붙을 것이고, 종내에는 서너 줄의 시구를 얻기 위해 공들여 문장을 고치는 시인이, 맥고모자를 쓰고 맥주를 마시고 짠물 냄새 나는 바닷가를 홀로 걸어가도 좋을 밤이, 높은 시름이 있고 높은 슬픔이 있는 외로운 사람을 위한 마음이 불타오를 것이다. 그렇게 한번 불타고 나면, 불타기 전의 세상으로는 돌아가지 못할 것이다. 이제, 우리 모두는. 그렇게 1958년 12월의 해가 저물었다.

무아無我를 향한 공무 여행

헛간 불타버려
막아선 게 없으니
달이 보이네

_미즈타 마사히데의 하이쿠

Ne pas se refroidir, Ne pas se lasser

코고는 소리가 멀리서 들리기 시작했다. 그 소리를 들으며 기행은 서서히 깨어났다. 가장 먼저 한 일은 담요를 끌어당기는 것이었다. 담요에서는 지린내와 땀내가 났다. 어둠 속에서 창호문이 은은한 빛을 발하고 있었다. 여기가 구舊마산인지, 통영인지……그렇게 중얼거리다가 그는 방금 전까지 자신이 본 것이 꿈속의 세계였으며, 지금은 지난밤 잠자리를 구하지 못해 헤매다가 들어온 철도병원 병실이라는 사실을 기억해냈다. 눈보라 속을 헤매고 다녀 찬밥 더운밥 가릴 계제가 아니라 병실이라고 마다할 수는 없었는데, 뜻밖에도 따뜻한 온돌방이어서 환자들 사이라는 것도 잊고 곧장 잠이 들었다.

꿈속에서는 두 남자가 길을 걷고 있었다. 둘은 한 여자를 좋아하고 있었다. 그러면서도 둘은 유쾌하게 웃었다. 거기에는 슬픔도 괴로움도 없었다. 바야흐로 봄이 다가오던 때였다. 한 사람이 "그게 다야"라고 말하면 다른 사람이 "그게 다야"라고 따라 했다. 둘은 서로를 바라보다가 배를 잡고 웃었다. 그 모습이 좋아 다시 꿈속으로 들어가려고 했으나 한번 달아난 잠은 돌아오지 않았다. 그렇게 기행은 이따금 소리를 지르거나 신음을 내뱉고, 또 몸을 뒤척이는 환자들 사이에서 가만히 누워 다시 잠이 찾아오기만을 기다렸다.

가방에 넣어둔 공무 여행증에 적힌 바에 따르면 지금쯤 기행은 혜산에 있어야만 했지만 눈사태로 철길이 끊어진 탓에 백암역에서 발이 묶였다. 백암은 해발 1500미터에 위치한 산읍이고, 거기서 운흥군으로 들어가자면 넘어야 할 고개가 하도 높아 기관차는 객차의 반을 백암역에 떨군 뒤 스위치백 구간을 지나 령하역까지 갔다가 다시 백암역으로 되돌아와 객차를 마저 끌고 가야만 했다. 그렇게 험한 곳인데다가 9월 말부터 이듬해 5월 초까지는 내린 눈이 차곡차곡 쌓이기만 했으므로 백암 철도분국 선로반원들의 겨울나기는 여간 힘든 게 아니었다.

하지만 눈이 있어 량강도의 혹독한 겨울은 간신히 버틸 만했다. 그 눈 때문에 깊은 밤, 기행은 이따금 이깔나무와 소나무와 가문비나무의 숲으로 가곤 했다. 숲속에서 귀를 기울이노라면 작고 가벼운 것들이 차곡차곡 쌓이는 소리가 들렸고, 때로는 그것들의 무게를 이기지 못해 가지가 꺾이는 소리가 들리기도 했다. 그런 밤이면 숙소로 돌아온 뒤에도 쉽게 잠들지 못했다. 눈을 감으면 눈송이들처럼 큰 의미를 부여하지 않고 그냥 지나쳤던 인생의 자잘한 일들이 시간의 더께를 뒤집어쓴 채 그의 마음을 짓눌렀다. 왜 그래야만 했을까? 또 그런 밤이면 이태 전, 자신이 번역한 엔 아 쿤N. A. Kun의 『희랍 신화집』에 나오는 「노동과 나날」이라는 시를 떠올렸다. 그 시에서 시인 헤시오도스는 지금까지의 역사를 황금 세기, 은 세기, 구리 세기, 영웅 세기로 나눈 뒤 다섯번째 세기인 현재를 무쇠 세기라고 일컬었다.

다섯번째 세기는 지금도 이 땅 위에서 존속되고 있다. 낮이나 밤이나 할 것 없이 슬픔과 고된 노동은 끊임없이 사람들을 멸망케 한다. 신들은 사람들에게 괴로운 시름을 보낸다. 사실 신들은 악에 선을 섞어놓았지만 그러나 역시 악이 더 많아서 그 어디서나 이 악이 판을 치는 것이다. 아이들은 어버이들을 공경할 줄 모르며 벗은 벗에게 신의가 없다. 길손은 환대를 만나지 못하며 형제들 사이에는 사랑을 볼 수 없다. 사람들은 한번 맹세한 것을 지키지 않으며 진실과 선행을 높이 치지 않는다. 사람들은 서로서로 성시를 무너뜨린다. 그 어디서나 폭력이 지배하며 교만과 힘이 높이 쳐진다. 양심과 공평한 심판의 여신들은 사람들을 버리고 말았다. 이 여신들은 하얀 옷을 입고 불사신인 신들을 향하여 높고 높은 올림포스로 날아 올라가고 사람들에게는 견디기 거북한 불행만이 남았다. 이리하여 사람들에게는 악을 막을 수 있는 게 아무것도 없이 되었다.

왜 그래야만 했는지 묻는 기행에게 이천육백 년 전의 시인이 대답했다. 그 까닭은 우리가 무쇠 세기에 살고 있기 때문이라고. 그러니 시대에 좌절할지언정 사람을 미워하지는 말라고. 운명에 불행해지고 병들더라도 스스로를 학대하지 말라고. Ne pas se refroidir, Ne pas se lasser(냉담하지 말고, 지치지 말고). 다정한 준의 목소리가 들렸다. 마음이 있다면 행동해야지. 야심 많은 현의 목소리도 들렸다. 비록 다가갈 때 인간들이 눈치채지 못하도록 제우스가 불행과 병에게서 말하는 재주를 빼앗았다고 할지라도. 그리하여 언어를 모르는 불행과 병 앞에서 시인의 문장이 속수무책이라고 할지라도. 앞선 세대의 실패를 반복하는 인간이란 폐병으로 죽어가는 아비를 바라보면서도 한 가지 표정도 짓지 못하는 딸과 같은 처지라고 할지라도. 그럴지라도.

완전히 다른 '나'의 마지막 기회

문학신문사에서 '현지 파견 작가의 좌담회'가 열려, 삼수의 관평협동조합으로 파견 나간 지 일 년 만에 평양을 다녀오는 길이었다. 해가 바뀌어 기행은 이제 마흔아홉 살이 됐다. 공자가 천명을 알았다는 나이가 눈앞이었지만, 그가 알게 된 것은 전보다 마음이 덜 부대낀다는 것. 늙은 몸은 쉬 피로해졌기에 마음은 언제나 뒷전이었다. 덕분에 마흔아홉 살의 시련은 몸이 독차지했다. 그렇게 하루하루 지내다보면 자기 마음이 지금 어떤 상태인지 따져볼 겨를이 없었다. 그렇기에 좌담회에서 지난 한 해를 회고해보라는 사회자의 말에 기행은 좀체 입을 열 수 없었다. 그러자 사회자가 "작년 이맘때 량강도의 추위는 무던히 혹심했다는 말을 하시던데!"라고 힌트를 줬다.

"추위의 시련보다 마음의 시련이 더 컸다고 하겠지요. 혁명적인 현실 속에서 벅찬 흥분을 느끼는 것이 무엇보다 중요합니다. 나의 경우는 더욱 그렇습니다. 인민 속에서 자기 위치를 찾는 것, 이것이 나의 과업이었습니다. 정신생활을 위주로 하는 작가가 노동 체험을 통해 그것을 체득한다는 것이 얼마나 어려운 일인가는 말하지 않아도 다들 알고 있으리라 생각합니다. 일 년을 회고해볼 때 첫 포부를 달성했다고는 감히 말할 수 없으나 아무튼 지난 일 년이 무척 귀중한 한 해였다는 것만은 절실히 느끼고 있습니다."

아무렇게나 생각나는 대로 떠들었는데 그게 마음에 들었는지, 아니면 삼수에서 그다지 멀지 않은 곳이라서 그랬는지, 좌담회가 끝난 뒤 문학신문의 주필은 기행에게 최근 완성된 삼지연 스키장에 관한 오체르크, 즉 현장 보고의 집필을 맡겼다. 그러면서 그는 기행에게 "마지막 기회라고 생각하시오. 일 년 동안 삼수에서 굴렀으니 느끼는 바가 있지 않았겠소? 이번 오체르크에 등장하는 일인칭 '나'는 지금까지의 동무와는 완전히 다를 것을 기대하겠소. 다 버리시오. 모두 버리고 난 뒤의 말간 눈으로 삼지연을 바라보면 새롭게 보이는 게 있을 것이오. 그것에 대해 쓰시오. 그래야 우리는 동무의 사상이 바뀌었음을 단번에 알아볼 수 있고, 동무는 계속 시를 쓸 수 있소"라고 말했다. 기행은 조금씩 환해지는 문풍지를 바라보며 주필이 말한 '마지막 기회'라는 것에 대해 생각했고, 또 지금까지의 자신과는 완전히 다른 일인칭 '나'에 대해 생각했다.

그때 문의 하얀색을 배경으로 불쑥, 빨간 등을 내건 요릿집을 찾아 동료 기자인 현과 함께 천변을 걸어가던 1935년 여름의 기행이 영화 속의 인물처럼 떠올랐다. 그때는 스물네 살이었고, 서울이었고, 첫사랑이었다. 살아오면서 수백 번도 더 돌이켜봤던 장면이었다. 교수대 앞에 선 체코의 공산주의자 율리우스 푸치크가 그랬듯이. 기행이 그의 책 『교수대 앞에서의 말』을 읽은 건 1947년의 일이었다. 그 무렵 기행은 정치에서는 손을 떼고 본업으로 돌아가려고 동대원의 집에서 두문불출하며 독서와 번역에 몰두하고 있었다. 그러던 어느 날 보안서원들이 집으로 들이닥쳐 그를 체포했다. 모처에 끌려간 뒤에야 그는 체포 이유가 얼마 전 월남한 훈 때문이라는 사실을 알게 됐다. 아오야마학원 영문학과 후배인 훈은 평양에 있을 때 소련군 공보실에서 일했는데, 월남 후 미군측 통역관이 되어 미소공동위원회에 나왔다고 보안서원들이 분개했다. 그 일로 훈과 관계된 자들이 모두 조사를 받고 있었다.

난처한 상황이긴 했지만 하얼빈에서 탈출한 뒤 자신을 찾아온 훈을 고당 선생에게 연결시켰을 뿐, 그뒤에 소련군 공보실에 그를 밀어넣은 건 조선민주당 인사들이었기에 기행은 큰 문제가 있겠나 싶었다. 그러다가 미소공동위원회에 나온 훈이 소련측의 용어를 문제삼았다는 말을 듣게 됐다. 그때 소련측은 북한의 통역가들이 적어준 대로 다른 정치인들은 모두 '지도자'란 뜻의 '리데르лидер'라고 하면서 수령만 '영도자'라는 뜻의 '루코보디텔

руководитель'로 부르고 있었다. 훈은 소련군 밑에서 존재하는 정당, 사회단체, 노동단체는 모두 꼭두각시에 불과한데 누가 그를 영도자로 추대했느냐고 따지며 차라리 '루코블루디예рукоблудие'라고 부르자고 해 회의가 중단됐다고 했다. '루코블루디예', 그건 자위행위라는 뜻이었다. 훈답다는 생각이 들었다.

훈의 불경죄를 자신에게 뒤집어씌우기야 하겠는가는 생각이 들면서도 기행은 몹시 겁이 났다. 무엇보다도 집에서 걱정하고 있을 아내와 아이들의 모습이 눈에 선했다. 전등 불빛으로 환한 대기실에서 자신이 얼마나 나약한 존재인지 하루에도 몇 번이고 확인하던 그때, 율리우스 푸치크의 글이 그를 위로했다. 푸치크는 감옥에서 처형을 기다리면서도 글을 썼다. 죽음의 물결이 발밑까지 밀려왔을 때도 어떤 수사나 허세 없이 절제하고 또 절제했다. 단 한 순간도 자신의 슬픔이나 고통을 앞세우지 않았다. 기행은 그 단호함을 흉내조차 낼 수 없었지만, 세상에 그런 이가 존재했다는 사실에 큰 용기와 위안을 얻었다.

그뒤로도 기행은 몇 번 더 불시에 체포되어 심문받았다. 당이 의심의 눈초리를 거둘 때까지 그는 작아지고 또 작아져야만 했다. 그런 순간마다 그는 먼저 그 책의 마지막 구절을 마음 깊이 품었다. '현실 속에는 관객이 없다. 마지막 막이 오른다. 사람들이여, 나는 그대들을 사랑했다. 깨어 있어주기를!' 그다음에는 서문을 떠올렸다. 체포된 푸치크는 두 손을 무릎에 얹고 몸을 꼿꼿이 세워 차려 자세로 앉은 채 한때 페체크은행 건물이었던 홀의 누런 벽에 시선을 고정했다. 게슈타포들은 그 홀을 '내부 구금실'로 불렀지만, 어떤 사람은 '극장'이라고 했다. 거기를 극장이라고 부른 건 절묘했다.

넓은 홀에 긴 의자가 여섯 줄 놓여 있었고, 조사를 기다리는 사람들이 몸을 세우고 그 의자에 앉아 있었다. 심문으로, 고문으로, 죽음으로 불려가길 기다리면서 그들은 앞의 빈 벽을 응시했다. 이윽고 그 벽은 스크린이 되어 한 사람의 일생이, 혹은 잊지 못할 순간순간이 담긴 영화를, 그러니까 그의 어머니나 아내, 아이들이 등장하는 영화를, 무너진 가정이나 파괴된 인생을 담은 영화를 보여주고 또 보여줬다. 고문을 기다리는 사람들은 제가끔 빈 벽으로 투사되는 자신만의 영화를 보고 있었다. 푸치크에 따르면, 그건 용감한 동지들이나 배신자의 영화, 그가 반나치 전단을 주었던 사람에 대한 영화, 다시 흐르고 있는 피의 영화, 그가 신념을 굳게 지킬 수 있도록 해준 굳은 악수에 대한 영화, 공포나 용감한 결단, 증오나 사랑, 두려움과 희망으로 가득찬 영화들이었다.

불시에 체포돼 대기실에 앉아 있을 때마다 기행도 푸치크와 마찬가지의 일을 겪었다. 하얀 벽은 스크린이 되어 제일 먼저 여우난골 진할머니 진할아버지가 사는 큰집에 신리 고모의 딸 이녀, 토산 고모의 딸 승녀, 아들 승동이, 인절미 송구떡 콩가루차떡과 두부 콩나물 고사리 돼지비계를, 다시 그 위에 소복소복 눈 쌓이는 납일날 밤과 문풍지 작은 유리창으로 들여다보는 조마구 군병의 새까만 대가리와 새까만 눈동자를, 또 잔고기를 잘 잡던 앞니 빠드러진 주막집 동갑내기 아이 범이와 장꾼들을 따라와 엄지의 젖을 빠는 망아지와 물쿤 개비린내와 가지취 냄새를 펼쳐 보이곤 했다. 그리고 이제 또 기억은 그 하얀 문풍지에 1935년의 일을 펼쳐놓고 있었다. 바깥이 완전히 밝아올 때까지, 몇 번이고 몇십 번이고.

미역오리같이, 굴껍지처럼

1935년, 기행은 스물네 살이 됐다. 그해 6월 결혼한 준이 처가
가 있는 통영에 인사차 내려간다기에 기행은 조금은 부러운 마음
이 들면서도 그러려니 생각했다. 첫 시집을 묶을 요량으로 그간
써온 초고들을 추스르던 때라 사전과 초고가 든 가방만큼이나 여
러 생각들로 머릿속이 복작거렸다. 그 원고 뭉치 중에는 아오야마
학원 졸업을 앞두고 이즈반도를 여행할 때 쓴 글들도 있었는데 시
가 될지 소설이 될지, 그도 저도 되지 않을지 알 수가 없었다. 가
와바타 야스나리의 『이즈의 무희』를 읽은 게 그 짧은 여행의 계기
가 된 만큼 소설을 염두에 두기도 했지만, 그는 '패사적稗史的'인 아
가씨도, '거지와 유랑 가무단은 마을에 들어오지 말 것'이라는 푯
말도 보지 못했다. 다만 해변의 철학자들처럼 뭔가를 생각하는 듯
우뚝 서서 고개를 들고 귀를 기울이는 개들과 먼 촌수의 큰아버지

제사에 모인 가난한 일가 같은 까마귀들과 바다에서 태어나 해변에서 모래성을 쌓으며 바다에 싸움을 거는 아이들을 봤을 뿐이다. 모두가 삶의 파도에 휩쓸려가는 나약하고 작은 존재들이건만 겁이라는 걸 모르고 있었다. 그중 하나가 바로 해변 마을 가키사키에서 본 처녀였다. 초고 뭉치 속 그녀의 인상은 흐릿하기만 했다. 그 무렵, 기행이 몇 년간 써온 원고를 정리하고 있다는 것을 안 준은 명백하게 알기 전까지는 글을 써서는 안 된다는 충고를 들려주기도 했고, 어느 날은 'Ne pas se refroidir, Ne pas se lasser(냉담하지 말고, 지치지 말고)'라고 적힌 쪽지를 건네기도 했다.

며칠 뒤, 같은 신문사 동료이자 준의 처와는 동기간인 현이 '계림鷄林'을 파는 곳을 찾았다기에 기행은 천변의 한 요릿집까지 따라나섰다. 편집국 노산 선생에게 마산의 명주라는 계림에 대해 들은 뒤로 기행은 그 술을 한 번은 마시고 싶었다. 물론 제일 좋은 것은 마산에 가서 취하는 일이었겠지만. 한 번도 보지 못한 것을 그리워할 수 있을까? 기행에게는 남해가 꼭 그랬다. 계림을 마시기도 전에 그는 그리움에 취해버렸다. 내 고향 남쪽 바다, 그 파란 물 눈에 보이네…… 남해의 술을 삼키고 기행은 노산 선생의 시를 읊조렸다.

"시집 준비는 잘 되어가나? 출판사는 알아봤고?"

기행의 흥얼거림을 들었는지, 생선국의 우럭 살을 덥석 베어 물며 현이 물었다.

"나야 많이 읽힐 필요도 없고 이름을 알리거나 돈을 벌 생각도 없으니 이삼백 부 정도면 족한데 어디 그걸 찍어줄 출판업자가 있을까?"

반찬으로 딸려 나온 호래기젓을 집어먹으며 기행이 말했다.

"출판사를 못 구하면 제 돈을 써야 할 판이니 문제지."

"돈이야 무슨 상관인가? 시집이나 제대로 내면 되지."

"자네가 '제대로'라고 말하니 겁이 덜컥 나네. 또 얼마나 돈을 쓰려고?"

그 말에 기행은 무심한 표정을 지었다. 평소에도 현은 기행의 씀씀이에 놀라곤 했다. 돈 얘기를 해봐야 기행은 한쪽 귀로 흘려보내는 사람이었다.

"제목은?"

현이 화제를 바꿨다.

"시집 제목? 저문 6월의 수선이라고 할까봐."

기행의 대답에 현이 눈을 치켜떴다.

"수선? 저문 6월의 수선?"

수선이라면, 그것도 6월의 수선이라면 두 사람이 공유하는 기억이 있었다. 이슬비 내리던 그해 6월의 무더운 밤, 준의 결혼피로연이 있다기에 두 사람은 그의 외할머니가 경영하던 낙원동 장안여관으로 찾아갔다. 가보니 방 하나를 통영 출신 여학생들이 차지하고 있었다. 현과 기행이 기척을 내고 방안으로 들어가자 그녀들은 일제히 입을 다물었다. 여학생들의 호기심 많은 시선은 아무래도 통영에서 학교를 다닐 때 선생님의 남동생으로 익히 알고 있던 현보다는 새 얼굴인 기행에게 가 있었다. 현이 스스럼없이 몇 마디 우스개를 늘어놓자 그녀들의 얼굴에 웃음기가 돌았다. 기행은 그중 한 여학생에게서 눈을 뗄 수가 없었다. 머리가 까맣고 눈이 크고 코가 높고 목이 패고 키가 호리낭창한 사람이었다. 그는 첫눈에 반했다.

다음날 회사에서 만난 현에게 기행은 "어제 장안여관에서 만난, 그 천희라는 여학생 있잖은가?"라고 넌지시 물었다. 그러자 현은 어리둥절한 표정으로 "누굴 말하는가? 방에 한두 명이 아니었잖아?"라고 되물었다. 이번에는 기행의 표정이 야릇해졌다. 기행이 눈여겨본 여학생은 한 명뿐이었는데…… 그렇게 딴소리를 주고받다가 둘은 통영 사람들이 처녀를 일컫는 말인 '처니'라는 사투리를 평안도 출신인 기행이 '천희'라는 이름으로 잘못 알아들었다는 사실을 알게 됐다. 그때 현이 "아니, 수선화에 비길 만한 미인을 처니라고만 말하면 누가 알아듣는가?"라고 말했는데, 기행은 그걸 기억하고 있었던 것이다.

"시집을 바친다면 대단한 프러포즈인데. 시는 써놓은 게 있어?"

"그 제목이 방금 생각났으니까 이제부터 써야지."

천연덕스럽게 기행이 말했다.

"그나저나 그 처니 정말 마음에 드는 거야?"

현의 말에도 기행은 술만 들이켤 뿐, 대꾸가 없었다.

"마음에 없다면야 내가 굳이 나설 필요도 없겠군그래. 워낙 어려서부터 잘 알던 아이라 들려줄 얘기가 많았는데…… 자네가 안나선다면 내가 나서볼까?"

현이 약을 올리자 기행도 더 점잔을 뺄 수는 없었다. 그렇게 해서 기행은 그 여학생에 대한 자세한 이야기를 들을 수 있었다. 외조부는 통영에서 이름난 천석꾼이며 외삼촌은 젊어서부터 독립운동에 투신한 저명인사이자 지금은 조선중앙일보의 전무로 지내고 있다는 것, 외삼촌과 마찬가지로 일본 유학생 출신으로 통영청년단에서 활동했던 아버지가 몇 년 전 폐병으로 죽은 뒤 지금은 충렬사 아래 외갓집에서 홀어머니와 살고 있다는 것, 아버지를 닮아 총명해 이화여전에 다니는 것까지는 좋으나 폐가 좋지 않고 병약한 것도 물려받은 일만은 좀 유감이라는 것.

"어쩐지…… 그래서 보자마자 가키사키의 그 처녀가 생각났던 것이로군."

기행이 고개를 주억거리며 말했다.

"가키사키? 거기가 어디야?"

감나무 많은 골짜기겠거니 짐작하며 현이 물었다.

"작년, 아오야마를 졸업하기 전에 이즈반도를 여행한 일이 있는데, 시모다 근처의 작은 반도 초입에 가니 가키사키라는 어촌

마을이 있더라구. 여관에 묵고 보니 전지요양차 온 노인과, 그 병수발을 하는 젊은 딸이 장기 투숙중이었지. 그날 저녁상에 참치회가 나왔는데, 폐병에 걸린 노인이 그 좋아하는 걸 먹지 못해 눈물을 뚝뚝 흘리다가 문 닫고 방에 들어가버리더라구. 그런데 옆에 있던 딸의 얼굴이 무표정했어. 그땐 비정하다고 생각했지. 죽음을 두려워하는 아비에게 조금도 공감하지 않는 표정이라고. 그런데 지금 그 얘기를 듣고 보니, 그건 어쩌면 겁에 질려 마비된 표정이라는 생각도 드네. 그녀도 곧 자신에게 닥칠 병과 불행을 아비에게서 봤을 테니까. 그래, 이건 시가 되겠어."

무슨 이야기를 하나 듣고 있던 현은 한숨을 내쉬었다.

"통영 처니 얘기하다가 갑자기 천리만리 떨어진 이즈반도는 또 뭔가? 온통 마음이 시에만 가 있으니. 그래서 그 처니에게는 마음이 있다는 거야, 없다는 거야?"

"마음이 있다면, 또 내가 어쩌겠누?"

"마음이 있다면 행동해야지."

"행동? 무슨 행동?"

"이 사람, 가키사키에 가서 감 떨어지기나 기다릴 사람일세. 그럼 자넨 그냥 입 벌리고 가만히 있어. 내가 다 알아서 할 테니까. 좋은 생각이 있어. 이번에 준의 근친 길에 우리 같이 내려가자구. 같이 가서 그 처니 집안 사람들도 만나고, 통영 구경도 해서 시를 써서 바치면 그녀도 마음이 동하지 않겠나? 어때?"

목표가 생기자 현의 눈이 반짝거렸다. 그런 자신만만하고 당당한 태도는 현이 지닌, 가장 값진 것이라고 기행은 생각했다. 그때는 그랬다. 그때 세상은 아름다운 것들로 북적대고 있었다. 따뜻한 것들로, 좋아하는 것들로, 다정한 것들로. 이를테면 잘 길들여진 돼지처럼 순하고, 남국의 산록같이 보드라운 것들로. 그때는 세상 모든 것이 두 겹으로 이뤄져 있다는 사실을, 사랑이 있다면 그 뒷면에는 미움이 있고 즐거움과 괴로움은 서로 붙은 한몸이라는 사실을 아직 모를 때였다. 그런 현의 당당함 이면에는 세상에 대한 분노와 스스로를 향한 우울이 도사리고 있으리라는 것도 알지 못했다. 그래서 현이 "자네는 내가 하라는 대로만 하면 돼. 준처럼, 내가 그 처녀랑 꼭 맺어줄 테니까"라고 말할 때, 그렇게 해서 찾아간 통영에서 '옛날엔 통제사가 있었다는 낡은 항구의 처녀들에겐 옛날이 가지 않은 천희라는 이름이 많다/미역오리같이 말라서 굴껍지처럼 말없이 사랑하다 죽는다는/이 천희의 하나를 나는 어늬 오랜 객주집의 생선 가시가 있는 마루방에서 만났다/저 문 유월의 바닷가에선 조개도 울을 저녁 소라방등이 불그레한 마당에 김냄새 나는 비가 나렸다'라고 시를 쓰면서도 기행은 그의 말을 믿었다. 철석같이. 그로부터 시간이 흐르고 흘러 다시 가을이 찾아오고 겨울이 지나가고 새봄이 다가올 때까지는. 그 처녀의 집에서 기행의 어머니를 문제삼아 혼사에 반대하고 나서는 동안에도, 그리고 1937년 4월의 어느 날, 함흥의 영생고보에서 영어 교사 생활을 하던 기행을 대신해 그 처녀의 집안을 설득하러 나섰던 그 친구가 통영에서 그녀와 결혼했다는, 믿기 힘든 소식을 듣기 전까지는. 그 순간, 기행이 가꿔온 믿음의 세계는 단숨에 무너졌고, 그 이후의 삶은 왜 그래야만 했는지 따져보는 일에 지나지 않았다.

혜산은 봉우리 너머에

두꺼운 누비옷을 걸친 영감들이 마루에 앉아 담배를 피우며 투명한 옥빛 하늘 아래 펼쳐진 은세계를 바라보고 있었다. 같은 방에서 기행과 하룻밤을 함께 보낸 사람들이었는데, 환자라기엔 너무 건강해 보였다.

"밤새 눈이 잘도 내렸다아."

"한 자도 족히 넘겠다아."

량강도의 노인들이라면 눈이 지겨울 법도 할 텐데, 새로 내린 눈이라서인지 아이들처럼 좋아했다. 하지만 그들은 기행이 나오는 걸 보더니 금세 표정 없는 얼굴로 돌아가 사부랑거리던 입을 다물었다.

역 앞 도로에서는 철도 부대원들이 한창 제설 작업중이었다. 그들은 삽과 가래를 이용해 길 양옆에 사람 키 높이의 눈 담을 쌓아올렸다. 앞서 지나간 사람의 발자국을 밟으며 기행은 백암역까지 걸어갔다. 대합실은 철길이 뚫리기만을 기다리는 승객들로 만원 이었다. 노란색 견장을 단 해군 소위, 갓난아이를 등에 업은 채 명태 여러 손을 든 검정 무명 치마의 아낙네, 주전자 속에서 절절 끓는 귀리차를 파는 복무원, 사람들의 발에 차일 때마다 새된 소리를 내는 돼지 새끼⋯⋯ 기행과 마찬가지로 전날 갑작스레 쏟아진 눈으로 철길이 끊어진 탓에 혜산으로 넘어가지 못하고 백암에서 발이 묶인 사람들이었다.

매표창구로 가 혜산행 기차가 언제 출발하는지 물어도 역무원은 아무것도 모른다며 손사래를 칠 뿐이었다. 어떻게 된 사정인지, 언제쯤 기차가 출발할지 아는 사람은 아무도 없었다. 그럼에도 교통 통제, 단전, 비상소집, 특별 생활 총화 등에 익숙해진 탓인지 사람들은 순한 양처럼 지시가 떨어지기만을 기다리고 있었다. 기행은 그들처럼 무기력해지려는 마음을 가까스로 다잡았다. 무슨 수가 있어도 삼지연 스키장에 대한 오체르크를 마감 전에 보내야만 했다.

문학신문의 주필이 말한 것처럼, 그 취재는 기행에게 주어진 마지막 기회였다. 그나마도 작가동맹 위원장인 병도의 입김이 있어 가능했다고 그는 덧붙였다. 그 말을 듣고 기행은 평양에서 병도에게 문전박대당한 서러움을 조금 씻어낼 수 있었다. 주필은 '조선인민군은 항일 무장투쟁의 계승자이다'라는 제목의 소책자를 쥐여주며, 항일 무장투쟁과 관련해 삼지연 혁명 전적지에 대한 수령의 관심이 매우 높으니 이를 잘 고려하라는 조언까지 내놓았다. 이번에도 당의 관심을 끌지 못한다면 기행은 영영 잊힐 것이라고도 말했다. 무슨 뜻인지 잘 알면서도 기행은 불안했다. 현이라면 어땠을까? 그라면 분명 잘해냈을 것이다. 폭설로 일정이 지연된다는 사실을 알리기 위해 삼지연 휴양각과 관평협동조합에 연락을 취하려고 역 앞 체신소로 걸어가면서 기행은 머나먼 남쪽 오래된 항구도시에 살고 있을 현과 그의 처에게 전화를 거는 일을 상상하고는 혼자 웃었다. 하지만 현실은 백암에서 외부로 나가는 어떤 통신수단도 모두 두절됐다는 것. 마찬가지로, 언제쯤 복구되리라는 말도 없었다. 손으로 꼽아보니 주필이 말한 날짜까지 원고를 보낼 수 있을지 의문이었다. 그렇게 생각하자 기행의 마음이 초조해졌다.

그러나 역으로 돌아와도 바뀐 것은 없었다. 마냥 시간을 허비할 수 없어 그는 가방에서 주필에게 받은 소책자를 꺼내 읽었다. 그렇게 열심히 읽어가다가 '1935년 3월 초 위대한 수령님께서 취해주신 조치에 따라 중국 왕청현 요영구 유격구에 조선인민혁명군 청년 군사 정치 지휘성원들을 양성하기 위한 단기 강습소가……'라는 문장을 만났다. 거기서 기행은 더 나아가지 못하고 '1935년 3월'이라는 날짜만 되풀이해서 읽었다. 그리고 그때까지 기행의 내면에서 팽팽하게 유지돼오던 뭔가가 툭 하고 끊어져버렸다. 이

날짜만 그대로 두고 책에 실린 자음과 모음을 해체해 다시 조립한다면, 완전히 다른 세계가 펼쳐질 것이다. 누가 어떻게 조립하느냐에 따라 무궁무진한 세계를 만들 수 있다는 사실 때문에 기행은 자음과 모음으로 이뤄진 언어의 세계를 떠날 수 없었다. 평생 혼자서 사랑하고 몰두했던 자신만의 그 세계를. 하루에 일만 톤에 가까운 네이팜탄과 칠백 톤이 넘는 폭탄이 떨어지는 등 종일토록 불비가 쏟아져 평양 곳곳이 불타오르던 순간에도 기행은 적개심 가득한 문장을 통해서만 그 잔인한 참상을 이해할 수 있었다. 살던 집도 불타버리고, 빼곡히 꽂혀 있던 책이며 은은하게 풍기던 커피 향내 같은 것도 모두 사라지고, 아내와 어린것들과도 떨어져 지내는 동안에도 그는 문자의 세계를 떠나지 않았다. 그 문자들을 쓰거나 읽을 수 있어 그는 전쟁이 끝난 뒤까지도 살아남을 수 있었다. 전쟁의 광기로 가득한 이 세계 속에서 자신을 구원한 그 언어와 문자들의 주인은 누구일까? 기행은 궁금했다. 그것은 자신의 것인가, 당의 것인가? 인민들의 것인가? 아니면 수령의 것인가?

수령이 문학에서 낡은 사상 잔재를 반대하는 투쟁에 나서라고 교시를 내린 뒤, 전국의 도서관과 도서실은 물론이거니와 개인이 소장중인 책들 가운데 반당 반혁명 작가의 책들을 회수해 공개적으로 불태우는 일이 곳곳에서 벌어졌다. 거기서 불타는 한 권 한 권은 저마다 하나의 세계였다. 당연히 서로의 주장은 엇갈리고, 지향점은 다르고, 문체는 제각각이다. 그렇게 세계는 하나가 아니라 여러 개이고, 현실은 그 무수한 세계가 결합된 곳이다. 거기에는 아름다운 세계가 있고, 또 추악한 세계가 있다. 협잡이 판치는 세계가 있고, 단아하고 성실한 세계가 있다. 어떤 세계는 지옥에, 또 어떤 세계는 천국에 가깝다. 이 모든 세계가 모여 다채롭고도 영롱하게 반짝이는 빛을 발하면 그것이 바로 완전한 현실이 되는 것이다. 그러므로 책 한 권이 불타 없어지는 것이 아니다. 시인 한 명이 사라지는 게 아니다. 현실 전체가 몰락하는 것이다. 당과 수령, 그리고 그들의 충실한 대리인인 병도는 자신들이 조립한 언어의 세계만이 리얼하다고 말하지만, 수많은 세계를 불태우고 남은 단 하나의 세계라는 점에서 그들의 현실은 한없이 쪼그라들다가 스스로 멸망하리라. 언어와 문자는 언어와 문자 자신의 것이다. 그것은 그 누구의 것도 아니다. 리얼리즘이란, 그런 언어와 문자가 스스로 실현되는 현실을 말한다. 거기에는 당과 수령은 물론이거니와 기행의 자리마저도 없는 것이다.

그때 갑자기 역무원들이 창구 바깥으로 나와 플랫폼 쪽으로 달려갔다. 대합실 안에 앉아 있던 사람들도 덩달아 그들을 따라 바깥으로 움직였고, 그 바람에 기행은 들고 있던 소책자를 놓쳤다. 바닥에 떨어진 책을 다시 집어 허둥지둥 역 바깥으로 나가보니 어젯밤 기행이 길주에서부터 타고 온 기차는 거기 그대로 서 있었다. 역무원과 사람들은 기관차 옆에 서서 골짜기 쪽으로 휘어지는 철로를 바라보고 있었다. 철로의 눈은 말끔하게 치워져 있었다.

그들은 뭔가를 기다리는 사람들 같았다. 무슨 소리가 들리는가 싶
더니 하얀 봉우리들 사이에서 기적 소리가 길게 들렸다. 혜산은
거연하게 솟은 봉우리들 너머에 있었다.

그 밤과 마음

일 년 전, 기행은 혜산에 도착했었다. 그때가 소한 전이었으니까 아직 혹심한 한파는 찾아오지 않았을 때였다. 바람도 심하지 않아 혜산역에 내리니 변방의 낮은 지붕들 위로 하얀 눈이 소복소복 쌓이고 있었다. 깡깡 얼어붙은 길 위로는 짐을 실은 달구지와 마바리만 워낭 소리를 내며 오가고 있었다. 역 앞에는 군용차량들만 서 있을 뿐, 버스 같은 건 보이지 않았다. 작가동맹에서는 기행에게 1959년 1월 1일부터 삼수군 관평리 관평협동조합으로 출근하라고만 했을 뿐, 어디를 어떻게 가서 누구의 지시를 받으라는 등의 자세한 사항을 알려주지 않았다. 어찌저찌 혜산역까지는 갔으나 거기서는 또 어디로, 어떻게 가야만 할지 기행으로서는 난감하기만 했다.

하는 수 없이 기행은 개찰구에 선 역무원에게 가서 관평협동조합으로 가는 교통편에 대해 물었다. 역무원은 대답 대신 무슨 일로 거길 찾아가느냐고 되물었다. 기행은 평양의 작가동맹에서 관평협동조합으로 파견해 내려가는 시인이라고 설명했다. 그때 국경경비대 소속 군인들이 대합실의 문을 열고 들어왔다. 군인들이 개찰구 쪽으로 다가오자, 역무원은 조금 있다가 얘기하자며 돌아섰다. 기행이 조금 뒤로 물러서서, 휴가를 가는 모양인지 군복을 잘 차려입은 군인들을 바라보는데 누군가 "아바이!"라고 말했다. 자신에게 하는 말이라고 기행은 생각하지 않았다. 그러자 그 사람은 한 발 더 다가와 기행에게 말했다.

"관평협동조합을 찾아가시는 건가요?"

기행은 고개를 끄덕이며 그 사람을 쳐다봤다. 그녀는 누빈 옷에 방한모를 쓰고 있었는데, 볼이 통통하고 살집이 있어 찌든 구석이 하나도 없었다.

"그렇소만."

조금 뜸을 들였다가 기행이 대답했다.

"그럼 저랑 같이 가시죠. 한 삼십 분 지나면 삼수읍으로 가는 승합버스가 올 겁니다. 추우니까 그때까지는 여기 대합실에서 기다리시면 됩니다."

벽에 걸린 시계를 올려다보며 그녀가 말했다. 기행은 선뜻 그 호의를 받아들이지 못했다. 그가 별다른 반응을 보이지 않자 그녀는 그의 가방을 뺏어들고는 난로 쪽으로 걸어갔다. 그러더니 뒤쪽

빈 의자에 앉아서는 남은 짐을 들고 가만히 서 있는 기행에게 오라고 손짓했다. 기행이 쭈뼛거리며 다가오자, 그녀는 일어나며 기행에게 자리를 양보했다.

"동무, 그냥 앉아 있어요. 폭삭 늙어 보이겠지만, 나는 아직 아바이가 아닙니다."

그러자 그녀는 정색하며 손을 내저었다.

"아바이라서 이러는 게 아닙니다. 아바이라고 부른 건 잘못했습니다. 언뜻 호칭이 떠오르지 않았습니다."

"시절이 바뀌어 이젠 다들 아래위 없이 동무라고 하니, 그렇게 부르면 되지 않겠소?"

"그러나 시인 선생님께 어떻게 동무라고 부르겠습니까? 시인 선생님이시라는 건 아까 선생님께서 역무원과 대화할 때 들었습니다. 작가동맹에서 관평협동조합에 파견한 시인이라는 것 말입니다. 이렇게 만나뵙게 돼 영광입니다. 저는 진서희라고 합니다."

그녀가 손을 내밀어 악수를 청했다. 기행은 주저했다. 그러자 서희는 멋쩍게 웃으며 오른손을 내렸다.

"어쨌든 앉으십시오. 협동조합까지는 제가 안내해드리겠습니다."

"동무도 그곳에서 일하시오?"

"저는 삼수읍에 있는 인민학교의 교원입니다. 관평리에서 십리 정도 떨어졌으니까 멀지 않습니다. 거기서 걸어다니는 학생들도 있습니다."

"그런데 왜 나를 협동조합까지 안내한다는 말이오?"

"그건 말입니다, 일단 자리에 앉으십시오. 그러면 말씀드리겠습니다."

서희는 억지로 잡아끌다시피 기행을 자리에 앉혔다. 그리고 그에게 말했다. 일주일 전, 다음해에 전국적으로 시행되는 현지 파견 작가 사업의 일환으로 한 시인이 관평협동조합에 배치돼 출근할 것이라는 소식을 전해듣고 깜짝 놀랐다고. 왜냐하면 그 시인은 여학교 시절, 흠모하던 국어 선생이 수업시간이면 줄줄 외던 시를 쓴 사람이기 때문이었다. 그때부터 그녀는 시와 문학에 빠져들었다. 교원대학에 진학해서도 시를 계속 썼다. 졸업한 뒤 교원 수급 사정에 따라 삼수로 배치되자 부모는 여성인 그녀가 삼수 같은 험지로 부임하게 된 것을 꽤 걱정했는데, 정작 본인은 그런 거친 환경 속에서 글이 더 잘 쓰일 것 같다며 좋아했다. 하지만 막상 와보니 생각지도 못한 어려움이 많아 고민이었는데 이번에 그 아름다운 시를 쓴 시인이 가까운 곳으로 온다니 어찌 놀라지 않을 수 있겠는가.

"고향은 정주로 알고 있는데, 삼수까지는 어떻게 오게 된 것입니까?"

하고 싶은 말을 모두 꺼냈는지 서희가 그에게 물었다. 그 물음에 기행은 쉽게 대답하기 어려웠다. 어디서부터 무엇이 잘못됐기에 자신이 삼수로 오게 된 것인지 기행은 여전히 알지 못했으니까.

"말씀 안 하셔도 저는 알 것 같습니다. 선생님께서 왜 삼수까지 오셨는지 말입니다."

기행은 앞에 선 그녀를 올려다봤다. 앉아서 올려다보기 때문인지, 그 자신만만한 태도 때문인지 그녀는 기행보다 훨씬 더 큰 사람처럼 보였다. 서희는 고개를 갸웃거리며 기행을 내려다봤다. 그러더니 사람들로 북적대는 혜산역 대합실 한켠에서, 어떤 두려움이나 부끄러움도 없는 선한 표정으로 그녀는, "가난한 내가 아름다운 나타샤를 사랑해서 오늘밤은 푹푹 눈이 나린다"라며 시를 낭송하기 시작했다. 그런 곳에서, 오래전에 잊어버렸던 시를, 다른 사람의 입을 통해서 듣게 되니 그의 목구멍으로 뜨거운 것이 치밀어올랐다. 여학생 시절, 국어 선생을 따라 외웠다는 그 시의 한 음절 한 음절은 쇠도끼 날처럼 그의 머리통을 내리쳤다.

우연히 만난 시인 앞에서 그의 시를 욀 줄 안다고 자랑하고 싶은 그 높은 자부의 마음을 알아차리기도 전에, "쓸쓸히 앉아"라든가 "소주를 마시며" 따위의 비관적이고 퇴폐적인 문장을 저토록 큰 소리로 말하는 철없는 입술을 만류하기도 전에, 기행은 자신을 둘러싼 모든 것들이 갑자기 낯설어졌다. 아니, 비로소 그가 자신을 둘러싼 세계를 제대로 인식하게 된 것이랄까. 타오르는 갈탄의 힘으로 한쪽 표면이 빨갛게 달아오르는 난로며, 좀체 귀에 와닿지 않는 변방의 사투리며, 도내에서도 손꼽히는 축산반을 자랑한다는 협동조합을 찾아간다는 사실 등등이 모두. 그때 그는 눈이 푹 푹 나리는 밤 안에 있었다. 누군가를 사랑하는 마음 안에 있었다. 그 밤과 마음이 지금 그와 함께 있었다. 그는 고개를 숙인 채 한참이나 대합실 바닥을 내려다봤다. 미래나 과거에서 타임머신을 타고 날아와 시골 사람들의 솜 신에서 녹아내린 물로 바닥이 검게 물드는 혜산역 대합실에 떨어진 사람처럼, 멍하니.

"그래서 삼수까지 오신 게 아닙니까?"

그 말에 기행은 다시 고개를 들었다. 거기 인민학교 교원 서희가 서 있었다. 앞의 말을 듣지 못했기에 기행이 아무런 대꾸도 하지 못하자, 그녀가 재차 설명했다.

"그 시에 이미 쓰시지 않았습니까? '산골로 가는 것은 세상한테 지는 것이 아니다. 세상 같은 건 더러워 버리는 것이다'라고 말입니다."

그 말에 기행은 자리에서 일어났다.

"지금 보니 교원 동무가 사람을 잘못 본 것 같습니다. 저는 그런 시는 쓸 능력도 없는 사람이올시다. 나그네를 배려하는 마음은 감사합니다만, 협동조합은 제가 알아서 찾아갈 테니 신경 안 써도 되겠습니다."

"아까 시인이라고 하지 않으셨습니까?"

"동무가 잘못 들은 모양이오. 작가동맹이 나를 조합에 파견한 것은 맞지만, 나는 시를 번역하는 사람이오."

"정말입니까?"

서희가 기행을 쳐다봤다. 기행은 그 눈을 피하며 서희에게서 가방을 다시 뺏어들었다.

"정말 시인 백석 선생님이 아니십니까?"

"아니오. 아니오. 나는 그런 사람이 못 됩니다."

그는 출입구 쪽으로 걸어갔다. 문을 열고 나가려고 보니 역 앞으로는 여전히 눈이 내리고 있었다. 그건 '오늘밤은 푹푹 눈이 나리는' 세상이었다. 이런 세상이라면 아름다운 나타샤는 나를 사랑하고 어데서 흰 당나귀도 오늘밤이 좋아서 응앙응앙 울고 있을 게 분명했다. 어디에 있다가 갑자기 이런 세상이 나타난 것일까? 자신은 다만 시를 한 편 들었을 뿐인데…… 그나마 오래전 자신이 쓴 시였는데…… 기행은 가만히 서서 푹푹 나리는 눈을 맞으며 오늘밤이 좋아서 응앙응앙대는 흰 당나귀의 울음소리를 듣고 있었다.

관평館坪의 양羊

1958년의 마지막날을 기행은 량강도 삼수군 관평리 독골에서 보내게 됐다. 하필이면 세밑 저녁에 그가 찾아오는 바람에 집에서 쉬다가 사무실로 나온 축산반장의 표정은 감때사나워 보였다. 더 이상 조합원을 받을 여력이 못 된다는 보고를 올렸으나 일방적으로 기행의 배치가 이뤄졌다. 이런 경우라면, 중대한 잘못을 저지르고 쫓겨오는 게 분명하다는 게 삼수 사람들의 생각이었다. 하지만 12월이면 영하 삼십 도를 밑도는 삼수에서 그런 건 크게 중요하지 않았다. 다만 중요한 것은 일을 잘할 수 있느냐 없느냐인데, 누가 봐도 기행은 환영받기 힘든 중늙은이에다가 러시아문학을 번역하는 시인이라고 했다.

"동무는 여기가 왜 독골인지 아시오?"

축산반장이 불퉁스럽게 기행에게 물었다. 물론 대답을 원하는 건 아닌 게 분명했다.

"평양에서 왔다지 않았소? 거기서는 동무가 삼수에 떨어지게 됐다고 다들 고생길이 훤하다고 말했겠지. 그런데 어쩌나, 이 골짜기는 그 삼수에서도 저만치 혼자 외따로 떨어져 있다고 해서 독골이라오. 어쩌다가 여기까지 왔는지는 내가 알 바가 아니고, 다만 늙었다고 꾀부릴 생각 하다가는 큰코다칠 줄 아시오."

"여기까지 와서 꾀부릴 생각은 없소이다."

기행이 대답했다.

"합숙소는 이미 다 차버려 동무가 들어갈 자리가 없소. 1월 3일에 정식으로 배치되어야 자리를 쪼개든, 비집고 끼워 넣든 할 수 있으니까 그때까지는 가져온 이불로 여기 사무실에서 생활하시오."

그러더니 축산반장은 3일 아침에 보자며 가버렸다. 낮 동안 달아올랐던 갈탄 난로에는 아직 불이 남아 있었다. 기행의 삼수 생활은 그 난로의 바람구멍을 틀어막는 것으로 시작됐다. 그다음날은 1959년의 첫날이었고, 명절맞이 특식이 나와 아침부터 공동식당은 잔칫집 분위기였다. 낮이 되자 근처 관평천에서는 스케이트 대회가, 과녁봉과 마산 사이의 능선에서는 사냥 대회가 열렸다. 이따금 포수들이 쏘는 총 소리가 먼 골짜기에서 한가로이 울려퍼졌다. 워낙 오가는 사람들이 많은 것인지, 감정 표현에 서툰 것인지 조합원들은 낯선 얼굴의 기행을 보고도 외면하거나 반기지 않고 그저 데면데면하게 대했다. 모두 팔십여 명에 달하는 조합원들 중에는 고아도 있고 상이군인도 있고 과부도 있었는데, 이제 시인까지 왔으니 구색은 다 갖춘 셈이라고 누군가 말했다. 시인이라니까 시인인 줄로 알지 기행이 쓴 시를 한 번이라도 읽어본 사람은 아무도 없었다. 팔십여 명 중 글을 읽을 줄 아는 사람도 많지 않았으니까. 기행은 그런 사람들 틈에서 어떻게든 잘 어울려보기 위해 애를 썼지만, 해가 저물고 나니 의욕이 조금도 남아 있지 않았다.

축산반장은 무슨 마음으로 그를 합숙소가 아니라 사무실에서 재웠는지 모르지만, 삼수에서의 처음 며칠을 혼자서 지낸 일이 기행에게는 행운이었다. 다음날에는 좀더 요령이 생겨 새벽까지도 난로의 불을 꺼뜨리지 않을 수 있었다. 난로 덕분에 기행은 밤새 물을 데워 마실 수 있었다. 뜨거운 물로 몸이 따뜻해지니 삼수의 겨울이라도 이 정도라면 버틸 수 있지 않겠는가는 자만도 들었다. 다만 아쉬운 건 평양을 떠나올 때 한 달이 되든 석 달이 되든 이번만큼은 펜대를 굴리거나 책갈피를 넘기다가 오는 일 없이 노동 현장에 투신하자는 마음으로 책 한 권, 사전 하나 들고 오지 않은 일이었다. 그는 사무실의 책장을 기웃거렸다. 거기 꽂힌 '스타하노프운동이란 무엇인가' '새 민주주의' '조선 정치형태에 관한 보고' '조소문화' '문화전선' '건설' '인간문제' 등등의 책 제목들을 별다른 흥미 없이 읽어가다가 그는 『수의학 기본』이라는 책을 발견했

400

다. 이제 막 조합에 도착해 양들을 대면한 기행에게는 더없이 필요한 책이었다.

그렇게 해서 1월 6일, 소한이 되어 수은주가 영하 사십 도 가까이 떨어지면서 합숙소로 짐을 옮기기 전까지 기행은 축산반 사무실에서 『수의학 기본』을 읽으며 연초의 밤들을 지냈다. 책을 읽다가 이따금 기억할 만한 구절이 나오면 표지가 뜯겨나간 노트를 꺼내 옮겨 적었다. 삼수에 오면서 기행이 가져온 많지 않은 소지품 중 하나였다. 작가 전체에 대한 사상 검토 바람이 몰아칠 무렵, 기행은 표지를 포함해 러시아어가 쓰인 페이지들을 잘게 찢어 태워버렸지만 거기 적힌 이름을 여전히 기억하고 있었다. 리진선. 평양을 떠나올 때, 그 이름과 함께 보리스 파스테르나크가, 안나 아흐마토바가, 안드레이 보즈네센스키가 그렇게 불꽃을 일렁이다가 사라졌다. 그리고 그들의 시가 사라지고 남은 페이지에 기행은 다음과 같은 문장을 옮겨 적었다.

'사회주의 건설의 보람찬 목표를 달성하기 위하여서는 제1차 오 개년 계획을 기한 전에 완수하여야 한다'는 전체 당원들에게 보내는 조선로동당 중앙위원회의 편지

오직 김일성 동지를 수반으로 하는 조선로동당 중앙위원회와 공화국 정부의 축산 정책이 유일하게 옳았으며

말씀하시면서 "우리는 이삼 년 내에 육류 생산을 40만 톤, 우유는 46만 톤, 계란은 15억 개, 양모는 700톤 이상"에 이르게 하며, "축산업의 토대를 계속 강화하여 이삼 년 내에 가축두수를 소는 100만 두, 돼지 400만 두, 면양 및 산양은 60~70만 두로 장성시켜야 할 것입니다"라고 교시

제1장 가축의 질병에 대한 개념
제1절 질병이란 무엇인가

질병이라는 것은 가축체와 외부 환경 간의 호상 관계가 파괴되는 결과

만일 가축의 중요 장기의 기능이 정상적이고 외부 환경이 양호하다면, 병든 가축은 완전히 회복된다. 반대로 병든 가축을 혹독하게 부리고 나쁜 사료를 주면 죽음의 전귀를 취하거나

그러다가 그 노트에 편지를 썼다. 평양에 있는 친구 준에게.

구랍 말일, 삼수에 도착했네. 여긴 삼수에서도 외따로 떨어진 독골이라는 곳이오.

그렇게 써놓고 보니 어쩐지 편지가 마음에 들지 않았다. 마치 지옥으로 떨어진 단테가 띄우는 편지처럼 느껴졌기 때문이다. 누군가 읽는다면 노동 현장으로 보냈더니 앓는 소리만 늘어놓는다고 비판받을 게 분명했다. 지우개가 없어 연필로 줄을 죽죽 그었으나 마음이 놓이지 않았다. 그는 어떻게 할까 생각하다가 노트를 찢어 난로 안에다 던져 넣었다. 그러자 불길이 사그라들던 난로 안이 일순간 환해졌다.

아침이 되어 재를 치우느라고 난로 아래쪽의 재받이통을 꺼내자 타버린 종잇조각들이 있었다. 혹시나 해서 손끝으로 집어들어 살펴보니 글자 같은 건 하나도 보이지 않았다. 그러다가 손가락으로 비비니 종이는 흔적도 없이 바스러져 먼지처럼 흘러내렸다. 그 사실을 확인하고 기행은 무척 기뻤다. 자신이 쓴 글자들이 강철이나 바위 같은 것이 아니라 사그라드는 불씨에도 쉽게 타버려 먼지처럼 사라지는 것들이어서.

그날 밤에도 기행은 편지를 썼다. 평양에 있는 친구 준에게.

구랍 말일, 삼수에 도착했네. 여긴 삼수에서도 외따로 떨어진 독골이라는 곳이오. 밤이면 기온이 영하 삼십 도까지 뚝뚝 떨어져 물이란 물은 죄다 얼어버리기 때문에 잉크를 쓰지 못하오. 이불로 몸을 둘둘 만 채, 잔불만 남은 난로 앞에 엎드려 남포 불빛에 의지해 책도 읽어보고, 편지도 끼적여본다오. 물론 자네에게 가닿지 않고 어디선가 사그라들 편지라는 것을 잘 알지만. 그러다가는 연필을 내려놓고 누워 찬바람이 쌩쌩 불어대는 축산반 사무실 안의 천장이나 벽을 바라보곤 한다오. 일렁이는 그림자들 위로 살아오면서 겪은 일들이 하나둘 스쳐가곤 하는데, 해방되고 얼마 지나지 않아 아오야마 영문학과 후배 훈이 죽은 아들을 들쳐 업고 동대원의 집까지 찾아왔던 일이 문득 떠올랐네. 그때 훈은 하얼빈에서 막 탈출한 직후였는데, 이야기를 듣자 하니 하얼빈에 소련군이 들어오자 백계러시아인들 중에는 자살자가 속출했다더군. 지금 생각하면 그들이야말로 자신들이 선택한 삶을 살아간 사람들이지 싶네. 자신에게 남은 유일한 것을 선택한 사람들이니까. 죽음을 선택하는 게 삶이라니까 이상하게 들리는가? 나는 조금도 이상하게 들리지 않네. 삼수에서 나는 하루에도 몇 번씩 모든 주머니를 다 털어 내게 남은 선택이 몇 개나 되는지 따져보고 있으니까.

어차피 아침이면 재로 돌아갈 문장들이어서 기행은 거리낌없이 써내려갔다. 원하는 만큼 마음껏 편지를 쓴 뒤, 기행은 연필을 내려놓았다. 죽음에 대해 생각하고 있다고 쓰고 나니 비로소 기행은 살 것 같았다. 기행은 편지를 쓴 페이지를 찢어 난로 속으로 던져넣었다. 불꽃이 일었다가 이내 사라졌다. 기행은 이불 속으로 들어갔다. 삼수에 온 지 사흘째, 이제 비로소 기행은 불면의 고통에서 벗어나 편안히 눈을 감을 수 있었다. 그렇게 불을 끄고 누웠는데 사무실 안이 너무나 고요한 것이었다. 밤새 육중한 통나무 문을 흔들어대던 바람소리가 들리지 않았다. 대신에 어떤 가냘픈 소리가, 작고 약한 소리가 들렸다.

기행은 이불 속에서 나와 나무문을 열었다. 문 앞에는 어떻게 우리를 빠져나온 것인지 암양 한 마리가 서 있었다. 기행은 쪼그리고 앉아 도망가지도, 다가오지도 않고 가만히 서서 자신을 바라보는 그 양을 안았다. 양에게서는 똥 냄새와 비린내가 났다. 양을 들어보려다가 이내 포기하고 기행은 사무실 옆 양사 쪽으로 양을 몰았다. 새로 쌓인 눈 위에 양의 발자국이 찍혔다. 어떻게 이토록 선명한가? 기행은 생각했다. 고개를 들어보니, 구름이 걷힌 밤하늘로 달이 떠 있었다. 그때 문득, 언젠가 상허에게 들은 달빛 이야기가 떠올랐다. 아무도 없는 세상, 나도 없는 세상을 훤히 비추는 달빛에 대한 이야기. 그래, 쏟지 말자. 더이상 마음을 쏟지 말고 무심해지자. 기행은 환한 빛을 한참 바라봤다. 그렇게 바라본 뒤에야 그는 비로소 알게 됐다. 자신이 사라진 뒤에도 그 빛은 영원하리라는 것을.

다시 사무실로 돌아온 기행은 혜산역에서 서희에게 들었던 시의 제목을 노트에 썼다.

나와 나타샤와 흰 당나귀

그러자 그 제목 왼쪽으로 가지런히 놓여 있던 글자들이 머릿속에 떠올랐다. 그는 그대로 받아 적었다. 몇 년 전, 함흥에서 상허를 만나고 돌아와 밤새 노트에 시를 적어갔듯이. 그때는 어딘가에 시를 남길 생각이었지만, 이제는 불태워버리려고 쓴다는 것만 다를 뿐. 페이지를 한 장 넘기고 이번에는 '가즈랑집'이라고 썼다. 그리고 그 옆으로 오래전 자신이 쓴 시구를 적어내려갔다. 글자들이, 문장들이, 사투리와 비유들이 저마다 제자리를 차지하고 있으니 보기가 참 좋았다. 그게 좋아 기행은 페이지를 넘겨 또 썼다. '古夜'라고, '女僧'이라고, '伊豆國湊街道'라고, '統營'이라고. 기행은 쓰고 또 썼다. 다행히도 밤은 길었으므로 기행은 얼마든지 쓸 수 있었다. 원한다면 평생 써온 시들을 모두 그 노트에 쓸 수 있었다. 그렇게 한 편의 시를 쓰고 쭉 읽은 뒤, 종이를 찢어 난로에 넣고 그 불꽃을 바라보는 일을 반복하다가 그는 노트에 '館坪의 羊'이라고 쓰게 됐다. 마찬가지로 그 왼쪽으로 글자들이 쭉 떠올랐다. 잠시 망설이다가 그는 보이는 대로 받아 적었다. 다 적고 나니 마음에 흡족했다. 그리고 그는 종이를 찢어 난로에 넣었다. 다른 시들과 마찬가지로, 처음으로 쓴 그 시도 포르르 타오르다 이내 사그라들었다.

You, still alive, or a ghost?

기행이 철도병원으로 돌아가니 그때까지도 영감들이 마루에 앉아 있었다. 간밤에 묵었던 병실에는 보안서원들이 들락거리고 있었다. 무슨 일인지는 몰라도 병실에는 들어가지 못할 것 같아 그도 영감들 옆에 앉았다. 맞은편 병원 식당 그늘진 처마밑에 시래기들이 매달린 게 보였다. 자연스레 영감들이 나누는 대화가 기행의 귀에 들어왔다. 기행이 철도 사정을 알아보러 나간 사이에 눈사태가 일어난 대각봉 낙석 감시초소 인근의 오두막에 고립됐던 남녀 한 쌍이 긴급 선로복구반에 의해 구조됐는데, 그중 여자는 이미 얼어죽고 남자만 철도병원으로 호송됐다는 얘기였다. 사람이 다치고 죽었다는데 영감들은 그 말을 하면서 킥킥댔다. 더 들어보니 일제시대 때부터 그 초소는 한 부부가 관리했다고 한다. 그들은 인근에 오두막을 짓고 살면서 산에서 내려오지 않았다. 남설령으로 올라오는 기관차를 향해 그들이 상호등으로 철로 상태를 알리면 기관사는 속도를 줄이고 지나가며 생필품을 던져줬다. 전쟁에서 패한 일본인들이 물러가고, 또다른 전쟁이 일어나 미군의 코세어 편대가 네이팜탄을 퍼붓는 동안에도 그들은 초소를 지켰다. 그 일로 전쟁이 끝난 뒤 남자가 철도복무영예훈장까지 받은 일은 청진철도총국 관할 지역에서는 널리 알려져 있었다. 그런데 그날 병실로 들어온 사람을 보니 그 늙은이가 아니었다는 게 영감들의 말이었다.

"그럼 누구야?"

"보안서원들 말 들어보니까 철도 부대원들이 얼음을 깨고 오두막에 들어갔을 땐 모자 사이래도 좋을 두 연놈이 벌거벗고 붙어 있었다두만."

"늙은 서방은 어떻게 하고?"

"오두막에는 둘뿐이었다지."

한 영감이 말했다.

"죽었겠지."

"죽었겠지."

다른 영감이 오른손으로 목 자르는 시늉을 했다.

"손으로 죽였을까, 칼로 죽였을까?"

"홀딱 벗겨놓고는 물을 끼얹어 내쫓아 동태를 만들었겠지."

"옷 한 벌도 못 건지면, 참으로 공수래공수거네."

"기차 지나갈 때 레일 위에 던져 토막 낸 뒤 근처에 파묻었을 거야."

"겨울 승냥이들만 포식했겠네."

"왜 그랬답니까?"

끔찍한 말들을 듣다가 기행이 저도 모르게 말했다.

그러자 영감들이 혀를 찼다.

"이 아바이, 인생 헛살았네. '왜?'라는 건 소학교에서나 모르는 게 있을 때 손들고 선생님한테 묻는 거지, 인간사에다 대고 왜가 어딨어?"

그때 병실 안에서 뭔가를 다그치는 소리가 들려 다들 입을 다물고 귀를 기울였다. 처음에는 다들 그게 무슨 말인지 모르다가 일제히 깨달았다.

"저건 중국말 아니니?"

"그렇네."

"그럼 중국 놈이랑 붙어먹었다는 건가?"

"아니, 왜?"

"왜가 어딨냐며? 둘이 붙어먹겠다는데."

영감들은 서로를 바라보며 껄껄대고 웃었다. 어른들에겐 타인의 불행과 병만큼 재미난 장난감이 없었다. 그게 무쇠 세기를 버틸 수 있는 힘이었다. 그중에서도 호기심 많은 이가 보안서원들의 퉁명스러운 대꾸에도 굴하지 않고 알아낸 바에 따르면, 호송되어온 사내는 전쟁 때 중국군 59사단 소속으로 들어온 선양 사람인데 1958년 철군이 시작되자 부대를 탈영해 혜산선 복구 작업 때 눈여겨본 대각봉 오두막을 은신처로 택한 것이라고 했다.

"중국인 말로는 오두막에서 살던 노인은 지난가을에 병으로 죽어 근처에 묻었고, 그 여편네를 어머니처럼 모셨다네."

"그럼 벌거벗고 부둥켜안은 채 발견됐다는 건 뭔가?"

"눈에 파묻힌 뒤에 얼어죽지 않으려고 그랬다지."

"그럴 땐 죽는 게 낫지, 뭐하러 살아서 이 지옥으로 내려와?"

"이 아바이는 뭘 좀 아네. 그런데 지원군 59사단이라면 저기 장진호에서 싸웠던 군대 아닌가?"

그 말에 다들 눈만 껌뻑이더니 '제기랄'인지, '염병하네'인지 하는 말들을 내뱉고는 침을 뱉었다. 남자의 동상 증세가 어느 정도 완화될 때까지는 제대로 된 취조가 불가능하다는 사실을 확인한 보안서원들은 감시할 사람을 남겨두고 모두 돌아갔다. 그제야 영감들은 병실로 들어갔다. 기행도 그들을 따라 들어가보니 한쪽 구석에 그 남자가 누운 채 뭐라고 흥얼대고 있었다. 그 소리가 시끄러워 영감들이 혀를 차고 구시렁댔지만 남자는 멈추지 않았다. 담배를 피우고 들어온 보안서원이 시끄럽다며 그를 발로 찼다. 그러자 영감들이 일제히 조용해졌고 남자는 더욱 큰 소리를 내질렀다.

병실 사람들은 중국 남자가 제정신이 아니라 밤새 헛소리를 늘어놓는다고 짐작했겠지만 기행에게는 그렇게 들리지 않았다. 그걸 혼자만 알고 있다가 다음날 오전, 사람들이 식당으로 몰려간 사이에 기행은 그 남자에게 다가갔다. 남자는 동상으로 두 팔과 두 다리에 물집이 잡히고 온몸이 빨갛게 부풀어올라 거동이 어려웠다. 의사가 이미 새카맣게 타들어간 손발을 잘라내야 할 정도로 상태가 심하다고 보안서원에게 말하는 걸 기행도 들었다.

기행이 다가가 보니 그는 두 눈을 부릅뜨고 신음하고 있었다. 눈동자로는 푸른빛이 감돌았다. 하지만 그는 기행이 가까이 온 것도 모르고 눈을 뜬 채로 다른 것을 보고 있었다. 기행이 그가 부른 노래를 흥얼거리자 그는 깜짝 놀라며 영어로 말했다.

"당신, 아직 살아 있는 건가요, 아니면 유령입니까? 난 다 죽었다고 생각했는데."

"영어, 할 줄 아시오?"

"예. 고향의 교회에서 배웠습니다. 미국에서 온 교회 사람들이 많았습니다."

"당신 노래를 밤새 들었어요. 굿 나잇, 아이린. 굿 나잇, 아이린."

"내 노래가 아닙니다. 당신 노래지."

"내 노래라고?"

"예. 당신 노래. 그 겨울 내내 얼어 있다가 봄이 되자 노래가 녹았고, 골짜기마다 울려퍼졌어요. 굿 나잇, 아이린. 굿 나잇, 아이린."

"봄이 올 때까지 노래가 얼어 있었다고?"

"예. 당신 노래. 얼어 있던 노래. 봄이 올 때까지."

"당신 노래, 당신 노래라고 말하는데, 그럼 나는 누구요?"

"당신, 이미 죽은 사람. 그 겨울의 골짜기에서 당신도 얼어붙고 당신의 노래도 얼어붙었으니까. 하지만 봄에 내가 분명히 들었어. 당신의 노래."

어쩌면 죽음의 공포가 그의 머리를 십 년 전, 그 끔찍한 기억 속으로 되돌려버려 현실감각을 잃어버린 건지도 몰랐다. 남자는 과거의 환영에 완전히 사로잡혀 있었다. 1950년 혹한의 겨울, 중국군과 미군이 교전한 장진호 전투에서 수만 명이 죽었으며, 그중에 동사자가 상당했다는 이야기는 기행도 들은 바가 있었기 때문에 그가 서툰 영어 문장으로 무엇을 말하려는 것인지 충분히 짐작됐다. 그럼에도 그 순간, 기행은 그 문장이 뜻하는 바 그대로만 받아들였다. 언어를 모르는 불행과 병은 이해하지 못하겠지만, 언어는 뜻밖의 방식으로 인간을 위로한다. 당신, 이미 죽은 사람, 이라는 말. 그 겨울의 골짜기에서 당신도 얼어붙고 당신의 노래도 얼어붙었다, 는 말. 그리고 봄에 내가 당신의 노래를 분명히 들었다, 는 말.

다음날 아침 보안서원들이 들이닥쳐 남자의 상태를 확인했을 때, 그는 이미 죽어 있었다. 그들을 통해 보선공들이 혜산선 선로를 다시 복구했다는 사실을 알게 된 기행은 얼른 짐을 챙겨 밖으로 나갔다. 얼어붙은 길 위로 해발 1000미터가 넘는 고원의 하얀 바람이 기행의 온몸을 샅샅이 훑었다. 기행은 털모자를 눌러쓰고 외투의 옷깃을 세운 뒤, 목도리를 친친 감았다. 길에는 기행과 마찬가지로 통행 재개 소식을 들은 사람들이 앞다퉈 역을 향해 걸어가고 있었다. 거기에 뒤질세라 기행 역시 빠른 속도로 걸으며 언젠가 여름, 준이 시와 불행에 대해 말하던 저녁을 떠올렸다. 그리고 서희가 사람들로 북적대는 혜산역 대합실 한켠에서, 어떤 두려움이나 부끄러움도 없는 선한 표정으로 "가난한 내가 아름다운 나타샤를 사랑해서 오늘밤은 푹푹 눈이 나린다"라고 시를 읊조리기 시작하던 순간을 기억했다. 그 순간, 자신이 어떤 기분이었는지, 그 시의 한 음절 한 음절이 어떻게 자신의 귀에 와 박혔는지, 그리고 이제 더이상 자신의 것이 아닌 그 아름다운 언어가 어떻게 쇠도끼 날처럼 자신의 머리통을 내리쳤는지. 그래서 어떻게 자신과 시를 둘로 쪼개놓았는지. 이제 시는 자신의 것도, 그 누구의 것도 아니었다. 자신의 불행과 시는 아무런 관계가 없었다. 한참 걷던 기행은 문득 그 자리에 멈춰 섰다. 그리고 돌아섰다. 그러자 눈보라가 그를 뒤흔들었다. 기행은 지금 그렇게 가만히 서 있다.

오체르크, 「눈 깊은 혁명의 요람에서」(초고)

　　나는 지금 구름이 걷히기를 기다리고 서 있다. 기다려 서 있은 지 이미 오래다. 이때까지 구름 속에 들었던 소백이 구름 속에서 나온다. 나오는가 하면 또 구름 속으로 들어간다. 또 나온다. 몸을 돌이킨다. 덜미를 짚을 듯 다가선 남포태가 구름 속에서 나온다. 또 몸을 돌이킨다. 베개봉에도 구름이 걷힌다. 그 누운 듯한 모습이 언제나와 같이 자애의 정에 차서 눈앞에 나타난다.

　　구름이 걷히기를 기다려 서 있는 동안 얼마나 되는지 나는 모른다. 문득 소백 뒤로 짙은 구름이 슬슬 물러난다. 몽롱하고 혼돈한 천계가 한 반쯤 열린다. 그러자 백은빛 눈부신 능선의 한 부분이 드러난다. 거룩하신 백두의 체용이 조금 드러난 것이다. 그러나 그 아랫도리를 잠깐 드러냈을 뿐, 백두는 다시 구름을 불러 그 몸집을 가리운다. 높으시매 이렇듯 우러르기 어려운 것인가. 거룩하

414

시매 이렇듯 절 드리기 수월치 않은 것인가.

나는 지금 허항령 마루에 서 있다. 동북쪽으로 잠깐만 밀림을 헤치고 가면 무산 백 리 백주 행군의 이름 높은 항일 빨치산의 전적지가 놓였다. 나는 이 마루 위에 구름에 잠긴 백두를 우러러 서 있다. 백두의 천리에 닿을 산줄기가 그 누구의 붓으로도 뽑을 수 없을 정교한 선을 늘여 안계眼界 밖으로 사라진다.

해가 뜬다. 남포태의 허연 산정에 붉게 물이 든다. 산마루 아래서 유량한 나팔소리가 울려온다.

삼지연 임산마을을 나서면 흰 이깔나무 기둥에 붉은 깃발 두 폭이 겨울바람에 휘날린다. 이 깃발 아래를 지나면 새로 닦은 널따란 길이 산으로 오른다. 허항령 마루를 향하여 오르는 것이다. 이 길로 지금 까만 스키복들에 스키들을 멘 청년 남녀가 장사의 열을 지어 올라온다.

그들의 얼굴은 행복으로 빛난다. 그들의 사지가 건강과 청춘으로 넘논다. 언제 이렇듯 행복한 청춘 남녀가 이 나라에 살게 되었던가. 그들의 웃음소리, 말소리는 어찌도 그리 맑으며, 그들의 발걸음은 어찌도 그리 힘찬 것인가. 실로 당당하구나. 실로 미쁘구나. 내게도 그들과 같은 시절이 있었음은 두말할 나위가 없다. 그 시절, 나는 벗과 멀리 남쪽 바닷가를 걷고 있었다.

백두의 발치는 아직도 겨울이지만, 남해 기슭에 자리잡은 그 조그만 도시는 지금 봄볕이 한창 따사로울 것이다. 조개껍질들이 널린 모래장변에서 잔잔한 실물결이 밀려들고 밀려날 것이고 물새들은 오늘도 이 도시의 거리 위를 낮추 날아 일 것이다.

나는 이 부산 가까운 남해의 한 조그만 도시를 잊을 수 없다. 그 맑은 하늘, 초록빛 바다의 선연한 아름다움도 그 한 가지 모국어이면서도 반쯤밖에 알아들을 수 없는 사투리도 그리고 그 옛 왜적과의 싸움터였다는 뒷산에 올라 바라보던 쟁반 같은 대보름달도…… 그런 가운데서도 나는 이 바닷가의 소도시를 고향으로 가진 한 친근한 벗을 잊지 못한다.

그의 말도, 행동도, 이름도 잊지 못하려니와 더욱이 그의 신념과 지향을 잊지 못한다. 그는 수수하고, 은근하고, 소탈하고 활달한 사람이었다. 그에게는 무엇보다 정열이 있었다. 조국과 제 겨레에 대한 사랑이 강했다. 내가 그 사람을 존경하고 사랑하게 된 것은 그와 내가 한 직장에 다니었던 때문에만도 아니다.

그의 집도, 내 집도 북악산 가까이에 있었다. 밤이면 서로 오고 가며 방바닥에 배를 깔고 엎드려 밤이 깊도록 많은 말을 주고받았다. 고난과 고민에 대하여, 기쁨과 슬픔에 대하여, 희망과 이상에 대하여, 진리의 운명에 대하여…… 오랜 세월이 흘렀으되 그가 한때 자못 흥분한 속에 자기의 온 정신의 기저에 놓인 오직 한 가지 진리를 받들고 살아가리라고 하던 말이 생각난다.

진리를 위해 살겠다고 일백 번 맹세하던 그의 어떤 한 친구가 진리의 진로에서 물러서 거짓 속에서 허덕이게 되자 극도로 분개하여 펄펄 날뛰던 그의 얼굴빛은 오늘도 내 뇌리에서 사라질 줄 모른다. 그는 실로 깊은 사색으로 하여 사람들을 놀라게 했으며 문장이 심히 창발했으되 난발하지 아니했다.

작품으로 이름할 문장은 희소했으나 주옥으로 비길 만했고 많이는 기사류를 썼는데 이런 것들은 실로 경종의 역을 놀았다. 이것을 칭양할 때면 겸손한 그는 이것을 달가이 받지 아니했다. 그는 스스로 마음속에 무엇을 믿고 기약하는 사람으로서 살아나가는 사람이었으며 가슴속 깊이 높고 큰 것을 길러가는 사람으로서 살아가는 사람이었다.

해방 전 그와 내가 서울에 살 때의 일이다. 어느 때인가 우리는 함께 구마산에서 소증기선을 타고 하룻밤이 걸려 이 조그만 바닷가의 도시로 간 일이 있었다. 사천인가 진주로 가던 도중이었는데 그는 나를 이끌어 이 도시의 교외에 있는 한 옛 장군을 모신 사당으로 갔다. 그는 여기서 한동안 이 옛 애국자를 추모하고 나서 사당 밖으로 나오며 흥분된 율조로 '한산섬 달 밝은 밤에……'의 시조를 외우는 것이었다. 그러고는 먼바다의 수평선을 바라보며 걸음을 뗄 뿐 아무 말이 없었다.

그후 서로 헤어진 후로는 나는 그의 글을 읽지 못했고 그의 불같은 목소리도 들을 수 없었다.

그러던 가운데 어느 때 나는 남조선 어느 한 출판물에서 뜻밖에도 그의 이름을 보게 되었다. 무척 반가웠다. 출판물에서 나는 그가 고향에서 그리 멀지 않은 곳의 소도시에서 학교 교장의 직함을 가지고 있다는 것을 알았다.

민족의 장래를 걸머지고 나아갈 청소년들을 미제의 더러운 손길에, 더러운 정신에 그냥 내맡길 수 없어 그가 학교에 나선 줄 안다. 그는 그 위치에서 우리 민족의 찬란한 문화와 슬기로운 민족의 기개에 대하여 가르칠 것이다. 향토에 잠긴 옛 애국자들의 역사의 한 토막, 그 애국자가 원수에 대하여 퍼부은 증오의 노래 한 줄거리라도 수집하며 외우라고 가르칠 것이다. 그리고 그는 우리 소년들에게 우리 인민의 철천의 원수가 누구인가를, 우리 겨레를 치고 죽이고 하는 미제의 만행에 격분을 느끼게 할 것이며 드디어는 주먹에 불을 쥐게 할 것이다. 그렇게 믿는다, 확신한다, 그러기를 원한다.

벗의 굳센 정의감과 뜨거운 민족의 피와 맑은 인간으로서의 양심과 진리에 대한 신념은 이와 달리는 행동할 수는 없었을 것이다. 그렇게 행동했을 벗을 눈앞에 그려보니

참으로 기쁨을 금할 수 없다.

벗은 오늘 우리 조국의 놓인 정세를, 북반부의 웅장한 모습도, 미제의 발굽에서 신음하는 남쪽 땅의 사정도

다 잘 알 것이다. 남반부 인민들의 앞에 놓인 운명을
잘 알 사람이다.

그는 우리 민족이 이에서 더는 미제 침략자와
군사 깡패들의 행패를 방임할 수 없다는 것과,
그 만행을 묵인할 수 없다는 것과,
그 죄악을 용서할 수 없다는 것을
알고 있을 것이다.

부산과 목포로,
군산과 인천으로

미제 침략자들의 배뿐만 아니라 강도 왜놈들의 배들도 들어오
리라.
그의 고향
소도시로도

그의 고향
소도시……

작고 가볍고 하얀 꿈 세 가지

삼랑진에서 갈아탄 기차는 낙동강, 한림정, 진영, 덕산, 창원을 거쳐 구마산역에 도착했다. 준 부부의 근친 때는 부산을 거쳤으니 이번에는 마산으로 들어가겠다는 게 현의 계획이었다. 구마산역은 단층 기와지붕의 작은 역이었다. 짐을 짊어진 승객들의 틈바구니 속에서 역사를 빠져나오니 초가와 논밭과 수풀 너머로 멀리 마산만의 잔잔한 물결이 굽어보였다. 둘은 선창으로 향하는 신작로를 걷기 시작했다.

"가키사키 처니 이야기는 시가 되었두만. 처니는 아예 천희千姬라고 못박았구. 그렇게 에둘러서 말하면 자네의 수선이 알아듣겠나?"

별다른 그림이나 도안 없이 두꺼운 한지에 세로로 '白石 詩集 사슴', 여섯 글자만을 인쇄한 시집을 흔들며 현이 말했다. 서울에서 내려오기 직전에 출판기념회를 가졌으니 막 나온 시집이었다. 현이 걱정한 대로 고급 종이를 사용해 일백 부밖에 인쇄하지 못했고, 가격도 이원이나 됐다.

"시라는 게 이렇게 신작로를 따라 쭉 내려가는 게 아니라 사람 사는 동네 모양새를 따라 에둘러 걷는 고샅 같은 것이니까. 그런데 먼지 많은데 시집은 가방에 좀 넣지 그래."

이미 표지에 현의 손때가 묻은 시집을 바라보며 기행이 말했다.

"그럼 시집 제목인 사슴이라는 것도 자네의 수선을 뜻하는 것인가?"

현은 시집을 손에 든 채 물었다.

"사슴은 두메에 사는 짐승이니까 이런 바닷가와는 어울리지 않지."

물지게꾼이 들어가는 추탕집을 바라보며 기행이 말했다.

"꾀까롭게 구는 사슴이 세상에 나오자마자 불원천리하고 이 먼 남쪽 바다까지 달려왔으니 구마산 선창가 어떤 처녀라고 반하지 않을까. 하지만 통영은 달라. 통영은 통제사가 다스리던 장수들의 고장이라서 통영 처녀들은 이렇게 쭉쭉 뻗은 신작로처럼 박력 있고 야심 찬 남자를 좋아한다는 걸 알아야 해. 그러니 시집 제목이 사슴이 아니라 기마병 같은 것이었다면 좀 좋았겠어?"

가방에 넣으라는 시집을 여전히 손에 들고 흔들며 현이 말했다.

"자네야말로 기마병이 되어 태평통을 달렸어야 했는데…… 그럼 내가 헤겔처럼은 아니고, 게사니처럼은 꽥꽥댔을 텐데."

현은 반제동맹 활동으로 삼 년간 서대문형무소에 있을 때 논리
학 책에서 읽은 나폴레옹 이야기를 참 좋아해 기행에게도 여러 번
얘기했다. 예나 전투에서 프로이센 군대를 박살낸 나폴레옹이 말
을 타고 점령지를 둘러보는 것을 보고는 헤겔이 미친 사람처럼 소
리쳤다는 부분에서는 늘 연극하듯이 과장되게 외치곤 했다. 그걸
흉내내어 기행이 외쳤다.

"앗! 저거다! 현이다! 나의 로고스다!"

그러자 현은 시집을 옆에 끼고 나폴레옹처럼 말 타는 시늉을 했
다. 서로 꽤 오래 웃었다. 그리고 웃음이 그쳤을 때, 현이 우울한
목소리로 말했다.

"기마병, 참 되고 싶었지. 하지만 이런 나라에 태어났으니 아무
리 되고 싶다고 한들 내가 기마병이 될 수는 없겠지. 원래도 될 수
없었지만, 이제는 영영 꿈같은 일이지 뭐야. 인생은 우리에게 왜
이다지도 혹독한 것인지. 우리의 삶은 도대체 어디서부터 잘못된
것인지……"

그러자 기행이 말했다.

"그래도 꿈이 있어 우리의 혹독한 인생은 간신히 버틸 만하지.
이따금 자작나무 사이를 거닐며 내 소박한 꿈들을 생각해. 입김을
불면 하늘로 날아갈 것처럼 작고 가볍고 하얀 꿈들이지."

"예를 들면 어떤 꿈들인가?"

현이 물었다.

"우선은 시집을 한 권 내고 싶었지. 제목은 사슴이면 좋겠고."

기행이 대답했다.

"그건 이뤄졌고. 그다음은?"

시집을 흔들며 현이 말했다.

"시골 학교 선생이 되어 아이들에게 영어를 가르쳤으면 싶었고."

"촌동네 소반처럼 소박하네. 그리고?"

"착한 아내와 함께 두메에서 농사지으며 책이나 읽고 살았으면 하지."

"또?"

"그게 다야."

"그게 다야?"

둘은 서로를 바라보다가 배를 잡고 웃었다. 한참 웃고 나니 허기가 졌다. 어느덧, 길가에 거제산 대구가 산더미처럼 쌓여 있다는 구마산 선창이 지척이었다.

일곱 해의 마지막

1963년 여름, 삼수

강쇠바람이 독골 깊은 골짜기를 가을빛으로 물들이면, 남쪽으로 트인 하늘로는 진청의 허공이 끝 간 데 없이 펼쳐졌다. 그 하늘 아래로 아직은 초록인 무와 배추, 누렇게 영근 조와 귀리, 땅을 뚫고 올라온 불꽃처럼 군데군데 자리잡은 단풍이 색의 조화를 이루고 있었다. 호주머니를 털어 마지막 사치를 부리는 탕아처럼 떠나는 계절은 본래 색보다 더 많은 듯이 느껴지게 온 산하를 넘치도록 물들였다. 그러다가 끄무레한 하늘이 며칠 이어지면 아침저녁으로 바람이 바뀌었고 이내 성엣장이 실려오는 강물로 눈발이 죽죽 그어졌다. 늦지 않게 가을걷이와 마당질을 끝낸 사람들은 귀틀집 방 벽에 백토 칠을 하고 구들돌을 손질한 뒤, 새 창호지를 문에 발랐다. 관평리의 기나긴 겨울은 그렇게 시작됐다.

겨울바람은 혁명군처럼 신속히 진주해 가을의 잔재를 순식간에 날려버렸다. 성난 파도처럼 멀고 가까운 수림을 뒤흔들며 눈보라가 몰아칠 때면 사람들은 등을 돌리고 몸을 웅크렸다. 한 치 앞을 분간할 수 없는데다가 쌓인 눈에 무릎까지 다리가 빠져 한 발을 내딛기 어려우니 자연히 바깥출입은 힘들었다. 그 유폐의 밤들에 기행은 잠들지 못하고 바람 부는 소리를, 바람에 눈이 날리는 소리를, 가문비나무와 이깔나무들이 흔들리는 소리를, 지푸라기와 나뭇가지가 날아가는 소리를 새벽내 듣곤 했다. 기행은 밤만 계속 이어지는 북극의 겨울을 생각하고, 그런 밤을 처음 맞이하는 어떤 사람이 있어 그가 아침과 빛을 간절하게 희망하게 되는 것을 생각했다. 또 이 세상에 태어나 어른들이나 책에서 배운 바와 마찬가지로 그 밤에도 끝이 있으리라는 것을 그가 믿는 것과, 그 믿음에도 불구하고 기나긴 밤 안에서 그가 죽게 되는 것을 생각했다. 그때에도 기나긴 밤, 깊은 어둠은 무심하게도 계속 흘러가겠지.

아무리 준비해도 모자란 겨울나기에 비하자면, 봄 준비는 마냥 기다리는 게 일이었다. 봄은 아기 걸음이고, 먼빛이고, 올동말동이니까. 4월 초, 바람의 방향이 바뀌어 사흘이 지나면 강에서는 쩍쩍 소리 내며 버그러지는 얼음장 위로 흙탕물이 넘실거렸다. 새벽이면 골짜기 안으로 안개가 부잇하게 감돌아 돈사豚舍 네모 등의 가스불빛이 까물거렸고 아침햇살이 빗살처럼 번져나면 새들의 노랫소리가 흥겨웠다. 겨우내 얼어 있던 흙으로 틈이 생겨 봄볕이 스며들면 오랑캐꽃과 살구꽃과 진달래가 피어나 단조롭던 흑백의 구릉을 환한 빛으로 물들였다. 마을에 물레방아가 내걸리고 소달구지가 지나갈 즈음이면 개울가로는 처녀들이 바구니를 들고 둥굴레며 쑥 따위를 캐러 다녔다. 그렇게 삶은 다시 시작됐다.

*

　매주 토요일 오전은 조합원들이 서클 활동을 나가거나 공용 물품을 정비하는 시간이라 기행도 일주일 동안의 노동에서 벗어나 민주선전실에서 밀린 신문을 읽으며 한가한 시간을 보낼 수 있었다. 그해 봄, 나세르 통일아랍공화국 대통령은 요트를 타고 알제리의 수도 알제에 도착해 열렬한 환영을 받았고 현대 올림픽 창시자인 피에르 드 쿠베르탱 남작의 미망인인 마리 로탕 드 쿠베르탱 여사는 스위스 로잔의 병원에서 102세로 사망했다. 기행은 신문에서 그런 기사들을 찾아 읽는 걸 좋아했다. 자신과는 아무런 상관도 없는, 머나먼 나라와 사람들에 대한 기사들. 자신이 죽고 나서 백 년이 지난 뒤의 세상에서도 신문에 실릴 것 같은 기사들. 땅설고 물 선 삼수에 와 천대와 멸시 속에서 목장 일을 배울 때 자신에게 위로가 되어주던, 글을 배우는 아이처럼 신문에 찍힌 대로 손가락으로 짚으며 읽어가던 두어 개의 문장들.
　"선생님, 계십니까?"
　그때, 누군가 문을 두들겼다. 기행이 나가보니 미색 저고리와 검정 치마 차림의 서희가 서 있었다. 삼수에서 보낸 첫 일 년 동안 몇 번이고 자신을 찾아와 안부를 물었던 유일한 사람이었기에 기행의 얼굴에는 반가운 마음이 그대로 드러났다.

"오늘은 또 어쩐 일로 여기까지 오셨소?"

"토요일마다 아이들과 함께 관평협동조합으로 농촌 봉사활동을 나오게 됐습니다."

데면데면한 기행의 물음에 서희가 서글서글하게 대답했다.

"읍내에서 오자면 십 리 길이나 될 텐데……"

"일없습니다. 강변 버들강아지에 희뿌윰한 물색이 돌아 보기도 좋고, 땅이 물러져 걷기도 좋습니다."

"좋고 또 좋으니 참 좋소. 서희 동무는 마음 쓰는 법을 잘 아니 삼수갑산이라도 걱정이 없겠소."

"저라고 걱정이 왜 없겠습니까? 그렇지만 막상 삼수에 와보니 어떻습니까? 그 정도는 아니지 않습니까?"

"난 평양에 있었어도 삼수갑산을 가고 있었을 테니 거기나 여기나 매한가지요."

기행의 말에 서희가 큭큭대며 웃었다.

"선생님은 매한가지라는 말씀을 참 잘하십니다. 사람이 착하나 악하나 매한가지고, 시를 쓰나 안 쓰나 매한가지고. 그러면서도 지금 몰래 시를 쓰시던 것 아닙니까?"

서희의 말에 기행이 손을 내저었다.

"그런 말 마시오. 밀린 신문을 읽고 있었소. 안 그래도 아침 독보 시간에나 겨우겨우 바깥소식을 듣고 있어 남들에 비해 교양이 떨어진다는 타박을 많이 받고 있소."

"어떤 미친 이가 선생님더러 교양이 떨어진다는 헛소리를 한답니까? 그게 누굽니까?"

당장이라도 그 사람을 찾아 나서려는 듯 서희가 발끈했다.

"그 미친 자나 나나 매한가지니까 그만하시오."

기행은 그냥 웃고 말았다.

"어떻게 매한가지가 됩니까? 선생님은 시인이신데."

"나도 이제 농사꾼에 불과하다오."

기행이 손을 내저으며 말했다. 그런데도 서희가 자꾸 추어올리는 데에는 다 이유가 있었다. 수업시간에 학생들이 시를 썼으니 그걸 좀 봐달라는 것이었다. 그냥 읽고 소감 정도만 말해줘도 학생들에게는 평생의 좋은 추억이 될 것이라고 그녀는 말했다. 서희의 선의는 이해하지만 스스로 가당찮은 일이라 여겨 기행이 사양했으나, 기어코 그녀는 시를 남기고 떠났다.

그즈음, 마을에서 반시간 정도 걸어올라가면 나오는 고원인 감비덕 방목장의 양사에서는 밤마다 새끼들을 받느라 사양공들이 밤을 새우기 일쑤였다. 기행은 새끼 받는 일이 좋아 농산반으로 내려온 뒤에도 봄이면 양사 일에 자원했다. 분만실의 불을 다루기 위해 장작을 패고, 참대통을 들고 사일로에 가 알곡 사료를 가져

오고, 탯줄 자른 새끼를 젖은 몰골 그대로 안아 분만실 아궁목 가까이의 어미에게 젖 물리러 가는 등의 허드렛일이 기행은 좋았다. 그렇게 첫젖을 빨고 난 새끼가 마당귀에서 오독독 오독독 뜀질을 하고 가댁질을 하는 것을 보는 것도 큰 기쁨이었다. 그러나 새끼들이 갓 태어난 세상은 위험한 곳이었다. 새끼들이 태어나면 한동안 양사에서는 밤낮을 가리지 않고 어미와 새끼가 서로를 부르며 우는데, 밤이면 그 소리를 듣고 멀리서 승냥이들이 섬돌까지 몰려왔다. 그 탓에 칸델라 등으로 훤히 밝힌 양사를 사양공들은 돌아가며 지켜야만 했다.

기행이 어린 학생들의 시를 처음 읽은 것도 그런 밤 중 하나였다. 승냥이떼의 울부짖음에 잠을 설친 기행은 양사를 한 번 둘러본 뒤, 분만실에 앉아 칸델라 푸른 불빛에 비춰가며 어린 학생들의 시를 읽었다. '물싸리 민솜대 바람에 흔들려/새하마노 들판에 여름이 온다'라고 쓴 시는 말맛이 좋았고, '어머니가/국시를 하는데/햇빛이/동골동골한 기/어머니 치마에 앉았다./동생이 자꾸 붙잡는다'는 솔직하고 소박해서 좋았다. 그다음 주에 찾아온 서희에게 그런 감상평을 말하니, 그녀는 기행의 말을 잊지 않고 있다가 "좋고 또 좋으니 참 좋소, 군요"라고 말했다. 그렇게 서희는 아이들이 새로 쓴 시들을 내려놓고 기행이 소략하게나마 평을 적은 시들을 들고 갔다. 그날 이후로 기행은 서희가 아이들의 시를 들고 와야 한 주가 지났음을 알게 됐다.

*

여름이 시작될 무렵, 해가 떨어지기 전에 방목장에 올라가려고 집을 나서는데, 막 골목으로 들어서던 우편통신원이 기행을 불러 세우고 편지 한 통을 건넸다. 보낸 이는 뜻밖에도 병도였다. 그 이름을 보자마자 서운함과 반가움이 교차했다. 기행은 그 자리에서 봉투를 뜯어 편지를 꺼내 읽었다. 벌써 오래전부터 자신에게 어떤 희망이 있다거나, 혹은 아무런 희망이 없다고 해도 매한가지로 달라질 일은 하나도 없다는 사실을, 그리고 세상사는 마치 그렇게 되어가기로 한 것처럼 되어가리라는 것을 잘 알고 있었음에도 마음이 들썽거렸다.

편지에서 병도는 유물사관의 출발점이 사물에 있음을 주장하고 있었다. 관념론자들은 사물 이전의 절대이념에 맞춰 현실을 재구성하지만 실제로 재구성되는 것은 현실이 아니라 그들의 의식이라고 그는 썼다. 그다음부터는 변명으로 일관했다. 일제시대 때 카프에서 함께 활약한 벗들을 단죄하는 문학적 기소장을 작성한 일부터 그들이 실제 법정에서 실형을 받고 사라지는 것을 방관한 일에 이르기까지. 기행은 너무나 실망해 자신에게 일말의 기대라도 있었는가 반문하고 싶을 정도였다. 더 읽어볼 필요도 없다고 여기려는데, 문득 녹손綠孫이라는 이름이 눈에 들어왔다. 녹손은 병도의 딸이었다. 그는 편지에 이렇게 썼다.

그러나 나 자신도 이런 신세가 되고 보니 인생사 모든 것이 꿈만 같구려. 유물론자의 최후가 이래서야 되겠는가 싶으나 중학생 시절, 청년회관에 함께 영어 배우러 다니던 박헌영이에게 핀잔을 들으면서까지 영화에 미쳐 지낼 때는 그게 다 남의 얘기 같았는데 지나고 보니 나 역시 스크린 속의 한 등장인물에 불과했네그려. 곧 상영 시간이 끝나면 스크린도 사라지고 그저 빈 벽만 드러나게 될 테지만 그럼에도 이야기는 남아 있소.

이화여전에 다니던 녹손이가 짝사랑의 고뇌를 빙자한 어느 횡포한 미치광이의 비수에 찔려 쓰러졌을 때, 자네가 한달음에 함흥으로 찾아온 일이며 편집 주간이던 잡지 『여성』에다가 현직 군수의 아들인 범인에 비해 보잘것없던 우리의 사정을 소상히 밝히는 특집 기사를 몇 달에 걸쳐 실었던 일은 내 죽어도 잊지 못할 것이고, 또 함흥에 온 백철의 측은한 사정을 보다못해 그의 결혼식을 챙겨주기 위해 자네며 임화, 이석훈, 김동명 등등 우리 모두가 총출동한 일이며, 그로부터 얼마 지나지 않아 그 부인이 산후풍으로 돌아갔을 때는 또 불행히도 장례식에 모두 집결한 일이 어제처럼 생생하네. 내 어찌 그 아름다운 얼굴들을, 그 마음씀씀이를 잊을 수 있겠는가? 세상 사람들이 나를 손가락질한대도 내 진심이 그러한즉 자네만은 나를……

그제야 기행은 다시 겉봉의 주소를 보고 병도가 그 편지를 자강 도 시중군에서 썼으며, 계속되는 사연을 읽고 병도마저도 숙청돼 협동조합으로 쫓겨나버렸다는 사실을 알게 됐다. 이십여 년 전, 기행이 신문에서 녹손의 피습 소식을 읽고 함흥의 병실까지 찾아 갔을 때, 병도는 굳은 표정으로 "내가 붓을 가진 것을 다행으로 여기오"라는 말을 몇 번이고 되풀이했다. 그는 그 붓으로 세상의 권력에 맞설 수 있다고 믿었고, 그때는 기행도 그 말에 동의했다. 자신들이 언어를 쓴다고만 생각했지, 자신들 역시 언어에 의해 쓰이는 운명이라는 것을 모를 때의 일이었다. 편지는 '그렇기에 함흥에 갔을 때 자네가 밤에 상허를 찾아간 일이며 벨라의 편지를 통해 자네가 몰래 소련으로 시를 써서 보낸다는 사실을 알았을 때도 모른 척했으며, 자네가 벨라에게 준 노트도 모스크바의 대사관에서 회수해 내가 없애버린 것이고……'로 이어지고 있었다. 그쯤에서 기행은 더이상 병도의 편지를 읽을 마음이 나지 않았다. 대신, 그 밤 상허에게 들은 말들과 항공우편 봉투 속에 넣어 벨라에게 보내던 시들을 생각했다. 결국 아무런 구원이 되지 못한, 그 연약하고 순수한 말들을.

*

기행이 방목장에 올라섰을 때는 서산으로 해가 거의 넘어갈 무렵이었다. 백두까지 펼쳐진 망망무제의 하늘 아래, 가문비나무 숲이 거무칙칙하게 늘어선 혜산 쪽으로 평평하게 퍼진 널따란 덕이 노을에 물든 채 여름바람에 흔들리고 있었다. 해지는 시간이 점점 늦어지며 양사에서는 똥 냄새, 오줌 냄새, 곰팡이 슨 건초 냄새가 풍기기 시작했다. 이제 분만 철도 막바지로 향하고 있어 방목장으로 나서는 양들은 저마다 새끼를 차고 있었다. 아직 분만실에 남은 양들이 모두 밖으로 나오고 새끼 양들의 꼬리를 자르면 본격적인 여름이 시작될 터였다.

기행은 카바이드 불을 들고 다니며 분만실에서 똥을 쳐내고 짚 북데기를 새로 채워놓은 뒤 씨암양들에게 콩깻묵과 다즙사료를 충분히 줬다. 그리고 두 채의 양사와 욕각장과 사무실을 둘러보고 와서 칸델라 등에 카바이드와 물을 채워 분만실 난로 연통 옆에 걸어두고 사료로 줄 호무를 썰었다.

"어젠 몇 마리나 낳았소?"

씨암양을 살피러 들어온 사양공 청년에게 기행이 물었다.

"네 마리에 두 마리 낳았수다."

청년이 퉁명스레 말했다.

"또 쌍둥이를 낳은 게요?"

"그렇지 않구요."

"그런데 두 마리는 또 뭐요?"

"낮에 염소가 쌍둥이를 낳았소."

그 말에 둘은 소리 내어 웃었다. 양들의 분만 철에는 느닷없이 염소가 새끼를 낳는 경우가 있었다. 염소가 샘을 내느라 그런다는 게 사양공들의 말이었다.

"그놈도 관심이 필요했던 모양이네. 오늘은 어쩔 것 같소? 새끼가 나오겠소?"

"오늘은 분만이 없을 듯한데, 잘은 모르겠수다. 여기는 내가 지킬 테니까 아바이는 그것만 하고 가서 주무시오."

그러더니 청년은 담배를 빼어 물고는 밖으로 나갔다. 기행은 호무를 자르던 자리를 정리한 뒤 분만책 속의 어린양들을 한번 더 살펴봤다. 어린양을 안으면 세상에 그처럼 약한 것이 있을까, 그처럼 보드라운 것이 있을까 싶었다. 사양공들은 젖도 제대로 얻어먹지 못하는 새끼 양들에게 젖을 먹이기 위해 암양과 새끼들을 거칠게 다루는데, 그럴 때조차도 양들은 작은 목소리로 울기만 할 뿐 드세게 저항하지 않았다. 기행은 세상에서 가장 연약하고 순한 것들을 어루만지며 청년을 기다렸으나 그는 좀체 돌아오지 않았다. 기행은 숙직실로 들어가 아이들의 시를 읽다가 등불을 껐다. 벽에 서린 그림자가 사라졌다.

＊

기행이 다시 눈을 뜬 것은 깊은 밤이었다. 청년이 문을 두들기며 기행을 깨웠다.

"아바이, 어서 나와보시오. 어서."

승냥이떼가 몰려왔는가, 아니면 갑작스런 분만이 시작됐는가.
기행은 손을 더듬거리며 윗도리를 찾아 걸친 뒤, 엉금엉금 문을
열고 방을 나섰다. 하지만 신발을 찾아 신고 몇 걸음 더 걸어가지
못하고 그 자리에 멈춰 설 수밖에 없었다. 골짜기 건너편 먼산이
불타오르고 있었다. 불꽃이 산 등마루의 윤곽을 따라 넘실거렸고,
그 앞쪽 경사면의 숲은 속에서부터 빨갛게 달아오르고 있었다.

"천불이오, 아바이. 천불 났소."

청년이 말했다. 어쩐지 달뜬 목소리였다.

"천불이 뭐요?"

기행이 물었다.

"하늘이 내신 불이란 말이우."

화전민들이 개간하기 위해 피우는 불이 땅속 뿌리로 타들어가
는 지불이라면, 그래서 석 달 열흘씩 하얀 연기를 뿜어내는 보이
지 않는 불이라면, 천불은 저절로 생겨나 순식간에 숲 전체를 활
활 태우며 나무들을 서 있는 숯으로 만든다고 했다. 그 불을 보고
두메의 화전민들은 생을 향한 어떤 뜨거움을, 어떤 느꺼움을 느낀
다고 했다. 불탄 그 자리에서 새로운 살길이 열리는 것이기에. 천
불을 바라보며 흥분한 청년 옆에 서 있자니 기행의 가슴도 은은하
게 두방망이질 치기 시작했다. 그때 골짜기로 사이렌의 고고성이

울려퍼지며 잠든 마을이 깨어났다. 그때까지도 기행은 어디에서도 오지 않고, 어디로도 가지 않는다는 천불에 휩싸여 선 채로 타오르는 숲을 바라보고 있었다.

* 소설에 나오는 백석 시는 『정본 백석 시집』(고형진 엮음, 문학동네, 2020)의 표기를 따랐으며, 일부 고유명사와 인용문은 북한식 표기법을 따랐습니다.

* '평범한 사람들의 죄와 벌'에 나오는 상허의 이야기는 이태준의 『무서록』에 수록된 「해촌일지」의 일부를 바탕으로 재구성했습니다.

* 336~339쪽에 나오는 신안남의 만담 내용은 1937년 오케레코드에서 출반한 신불출의 만담 '개똥 할머니'와 1956년 북한에서 나온 신불출의 『만담집』의 「입담풀이」 일부를 섞어 재구성했습니다.

* 340~341쪽에 나오는 「젓나무」는 벨라 아흐마둘리나의 시를 백석이 우리말로 옮긴 것입니다.

* '오체르크, 「눈 깊은 혁명의 요람에서(초고)」'는 백석의 산문 「눈 깊은 혁명의 요람에서」와 「붓을 총창으로!」 일부를 섞어 재구성했습니다.

* 432쪽에 나오는 학생들의 시 중 두번째 시는 『일하는 아이들』(이오덕 엮음, 양철북, 2018) 25쪽에 실린 박춘임의 「햇빛」입니다.

이후의 삶

벨라는 두 명의 소련 시인이 모델이다. 1957년 북한을 방문해 기행을 만난 마르가리타 아가쉬나는 1999년 사망할 때까지 자신이 사랑한 볼고그라드(옛 스탈린그라드)에서 살면서 「볼고그라드에서 자라는 자작나무」 등 많은 시를 남겼다. 볼고그라드시(市)는 거리 이름에 그녀의 이름을 붙이고 기념비를 세워 마르가리타 아가쉬나를 기렸다. 그녀의 남편이었던 빅토르 유린(빅토르)은 백칠십구 일간의 시베리아 자동차 여행 이후에도 여러 가지 기행을 펼치다가 세네갈을 거쳐 1977년 미국으로 이주했다. 이후 뉴욕에서 살면서 계속 시를 쓰다가 2004년 사망했다. 벨라의 또다른 모델로는 벨라 아흐마둘리나가 있다. 백석이 그녀의 시 「젓나무」를 번역한 것은 1955년으로 벨라의 나이 열여덟 살 때의 일이다. 현대 러시아 최고의 시인 중 하나인 벨라는 1959년 파스테르나크 비판에 참여하지 않았다는 이유로 고리키문학대학에서 퇴학을 당하기도 했다. 수천 명의 청중이 모인 대형 경기장에서 낭송 공연을 하는 등 평생 대중의 사랑을 받은 그녀는 2010년 세상을 떠났다.

1930년 함흥에서 태어난 리진(리진선)은 1949년 김일성대학에 입학했다. 그의 입학 시험지를 채점한 허준(준)은 그를 국문학부로 데려가려고 했으나 리진은 영문학부를 선택했다. 그리고 전쟁중이던 1951년 그는 소련 전연맹국립영화대학으로 유학을 떠났다. 1958년 리진은 다른 유학생들과 함께 김일성 독재정치를 비판한 뒤 소련으로 망명했다. 이후 러시아에서 무국적자로 망명 생활을 계속하며 우리말로 시를 써오다가 1996년『리진 서정시집』을 한국에서 출판했다. 허준은 백석(기행)이 삼수로 떠난 뒤에도 그와 계속 연락하고 삼수를 찾아가는 등 옛친구를 잊지 않았다. 1950년대 소련문학을 번역하며 조용히 지낸 그는 이후 백석과 마찬가지로 절필한 것으로 보인다. 허준, 백석과 함께 조선일보에서 기자로 근무한 신현중(현)은 기행이 흠모하던 박경련(란)과 결혼한 뒤 서울 생활을 접고 낙향했다. 이후 경남, 부산 지역에서 교직을 담당하며 학생들을 가르치고 시를 쓰는 등 많은 활동을 하다가 1980년 영면했다. 1954년에 출간된 그의 책『두멧집』에는 다음과 같은 글이 수록돼 있다.

'나는 가난한 내 집을 사랑한다. 내 아내도 우리집을 사랑하지 않는 것은 아니로되 이 '데메'('두메'의 와전) 한구석에서 벌써 십

년이 넘도록 농사짓고 살아오는 촌살림이 싫증이 났는지 읍내 있
는 사택집으로 이사를 가자고 자꾸만 졸른다. 그것도 그럴법한 것
이 그래도 신여성이란 이가 십 년 동안 변변히 극장 구경 한번 못
하고…… 그러나 어쩐지 나는 이 '데멧집'을 떠나기가 싫다. 바로
앞에 푸른 바다가 보이고 흰 갈매기 흰 돛이 떠 있는 우리 '데멧
집'을 사랑한다.'

　이태준(상허)은 1956년 숙청당해 함흥으로 쫓겨나 교정원, 노
동자 등으로 지내다가 잠시 작가로 복귀했으나 1969년 강원도 탄
광에서 목격된 이후 생사를 알 수 없다. 전쟁이 끝난 뒤 북한에서
최고위직을 지내며 승승장구하던 한설야(병도)는 1963년 숙청돼
자강도 시중군의 협동조합으로 보내졌다가 1976년 사망한 것으
로 알려졌다. 신불출(신안남)은 한설야와 함께 숙청된 뒤, 마찬가
지로 1976년에 사망했다고 한다. 죽은 아이를 품에 안고 하얼빈
에서 평양의 백석을 찾아온, 아오야마가쿠인대학 후배인 고정훈
(훈)은 소련군의 통역관으로 일하다가 월남한 뒤에는 미군의 통
역을 하는 등 당시 한국인의 고단한 인생 역정을 몸소 겪었다. 평
생을 정치인으로 산 그는 1988년 폐암으로 별세했다. 옥심의 아
버지는 소련파 허익이 모델이다. 1911년 연해주에서 태어난 그는
카자흐스탄에서 교수로 생활하던 중 1946년 해방된 조국의 교육
사업을 도와달라는 요청을 받고 북한에 들어와 김일성대학 어문
학부 강좌장을 맡았다. 한국전쟁 이후 소련파에 대한 숙청이 시작

되면서 1959년 중앙당학교 교장에서 해임된 뒤 자백위원회에 소환됐다. 이후 그는 함경남도 수동군 탄광에 배치돼 탄광 노동자로 살다가 1966년 의문의 연탄가스 중독으로 세상을 떠났다.

백석의 유일한 시집 『사슴』은 1936년 1월 20일, '100부 한정판 정가 2원'으로 발행됐다. 발행인은 경성부 통의동 7의 6에 주소지를 둔 백석 본인이었다. 한국전쟁 뒤 북한의 백석은 1956년 소련에서 불어온 해빙의 훈풍이 1958년 북한의 모든 분야에 걸친 사상투쟁으로 사라지기까지 이 년 동안 『집게네 네 형제』(1957), 『네발 가진 멧짐승들』(1958), 『물고기네 나라』(1958) 등 세 권의 동시집을 출간했다고 알려져 있으나, 뒤의 두 권은 문학신문에 출간 사실이 보도되기만 했을 뿐 현재 우리에게는 『집게네 네 형제』만 전해진다. 이 동시집은 조선작가동맹출판사에서 1957년 4월 25일 일만 부 발행했다고 판권란에 인쇄돼 있다.

이후 백석의 시집은 한반도 남쪽과 북쪽, 어디에서도 출판되거나 유통되지 않았다. 몰래 읽는 사람들을 제외한 나머지 모두에게 그는 완전히 지워졌다.

1987년, 민주화 운동의 열기가 한반도 남쪽을 휩쓸고 지나갔다. 민주화란 언어의 해방을 뜻했다. 그간 권력이 억압했던 모든 말들이 돌아오기 시작했다. 그중에는 금지된 작가들의 시와 소설도 있었다. 그 가운데 가장 먼저 백석의 『사슴』이 그해 여름, 재출

간됐다. 백석은 자신의 시의 불꽃이 모두 꺼졌다고 믿었지만, 그 불은 저절로 다시 타올랐다.

2004년 수능 언어영역 17번 문제에 백석의 시 「고향」이 지문으로 나왔다. 2005년 계간 『시인세계』가 시인 백오십육 명에게 설문 조사한 결과, 백석의 시집 『사슴』이 한국 현대시 백 년사를 통틀어 최고의 시집으로 선정됐다. 2011년 백석의 탄생 백 주년을 기념해 서울 오산중고교 교정에서 시비 제막식이 열렸다. 시비에는 시 「모닥불」이 새겨졌다. 2014년 『사슴』 초판본이 시작가 오천오백 만원으로 경매에 등장해 최종 칠천만원에 낙찰됐다. 그때까지 문학 서적으로서는 최고가로 평가됐다. 2022년 교보문고는 '올해의 아이콘'으로 백석을 선정했다.

시인 백석에게 이후의 삶은 여전히 계속되고 있다.

3부

시

강화에 대하여

1

이제야 나는 강화에 대해 쓰기 시작한다 강화에 대해
〈디어 헌터〉의 한 장면처럼 흘러간 그 들판에 대해
잘 만들어진 소품인 양 참새떼들 몰려 앉은
강화의 전신주에 대해 그리고 사랑에 대해

나는 잠시 숨을 돌리고 흑백으로 빛나는 모니터를 한 번 본다
'아직도 그곳에 강화는 있는가?'
(혹은 언제나 내용이 궁금한 영화 제목처럼 강화는 불타고 있는
가?)
그리고 존재하였다는 사실은
참으로 가소로운 기억의 장난이 아닐까 하는,
제기랄 과거를 비춰볼 수 있는 거울 하나 없는
가난한 현실에 무슨,

다시 강화에 대해 쓸 것이다 강화에서 느꼈던 공기의 맛에 대해
그리고 날씨의 변화에 따라 안색을 바꾸던 들국화에 대해

혹은 넘쳐흐른 쓰레기를 겨울 내내 바라보아야 하는 해류에
대해

왜 강화는 그곳에 있었던 것일까?

2

서울에서 김포가도를 따라 강화로 가는 동안 시간은 앞으로 흘
렀다
강화에서 김포가도를 따라 서울로 가는 동안에도 시간은 앞으
로 흘렀다
강화는 흘러가는 시간의 앞에도 뒤에도 존재하였던
그 무엇이다 부피는 있지만 질량은 없는 그 무엇처럼,
손을 대면 물렁물렁한 감촉이 느껴졌던 강화의 그 새벽공기처럼,
탄력적으로 시간의 앞뒤로 움직여 확산해나가는,
지상 어느 곳에나 존재하지만 지금 이곳에는 없는,
그런 섬

섬에 대한 생각

누군가 나에게 선물하였던 장 그르니에의 섬과

내가 누군가에게 선물하였던 정현종의 섬이 있는 시집

섬은 어디에나 있고 또 어디에도 없다

기억 속의 강화는 어디에도 없다 강화를 찾으려야 찾을 수 없다

기억이 강화를 찾을 때 강화는 시간 속 깊숙이 사라져버린다

오래전부터 강화에 대해 써왔고 앞으로도 강화에 대해 쓸 것

이다

밥을 먹고 나서도 강화에 대해 쓸 것이고

술을 마시고 나서도 강화에 대해 쓸 것이다

쓸 것이다. 강화에 대해 강화에서 벌어졌던 그 모든

일들에 대해, 숨가쁜 기쁨과 덧없이 흘러가던 시간에 대해,

죽어 떠내려간 물고기들에 대해,

그들의 아쉬움에 대해, 끝없이 끝없이 쓸 것이다

3

강화를 찾는다는 것은 길 위에 선 부처를 죽인다는 것이다
(길에서 부처를 찾는다는 것은
곧 자신의 마음속에서 부처를 찾는다는 뜻이뇨?
그럼 길에서 만난 부처는 어찌하여 자신의 얼굴을 하였느냐?)

강화에서 남쪽으로 15킬로미터 정도 가면 절이 있다 그 절의
  이름을 전등사라고 기억한다 전등사에는 탑이 있고 대웅전이
있다
  혹은 명부전이 있어 언제나 촛불과 음식과 돈이 놓여 있을지도
모른다
  전등사에서 활짝 웃는 스님을 한 분 보았다 스님은 웃고 있었다
  전등사에서 파도에게 길을 물어 해안을 따라 2킬로미터 정도
갔을 때,
  쓰레기 매립장이 나타났다 쓰레기 매립장에는 눈들만이 가득
했다
  눈동자들은 서로를 바라보고 있었다

그들은 시선으로 다른 눈동자들을 죽이고 또 집어삼켰다
    가끔씩 푸른 옷을 입은 자들이 와 그 눈동자들을 바다 깊이 묻
는다 하였다

    스무 해를 넘어 살아오면서 강화에 대해 이야기하였고
    또 강화에 대해 한마디도 하지 못하였다
    여느 사람들처럼 아침에 일어나면 강화에 대한 인사를 하였고
    저녁에 돌아오면 강화의 안부를 다시 물었다 그러나
    강화는 어디에도 있질 않았다
    어둠을 만난 적이 있다 하지만 어둠은 어디에도 없다
    어둠을 잊을 수가 없다

4

    한때 사랑을 했었고 그 사랑을 운명이라는 이름으로 부르기도
했었다
    강화를 찾은 것은 그 운명이 부화되지 못한 알처럼

썩어가기 시작했을 때의 일이다 비가 내렸고
벌써 오래전에 강화를 보았다는 말을 자주 중얼거렸다
그리고 슬퍼하기 시작했다

바람이 불 땐 전면적으로 풀들이 눕는다 전면적으로 그리고
객관적으로, 혁명적으로 또 운명적으로
강화에서의 한나절을 잊지 못한다
바람이 불고 비가 내리던 그해 여름 오후의 강화,
　버려진 눈들, 세계를 원망에 가득차 쏘아보고 강화를 떠나는 사
람들 모두
　자신의 눈을 뽑아 쓰레기장에 헌납하던 계절,

　혁명을 꿈꾸고 사형을 언도받고 다시 정상적인 사회인으로 눈
을 뜨고
　지난 눈을 쓰레기장에 매립하고 그렇게 세월은 흘러 흘러 가고
　떠나고 남는 것은 산처럼 엄청난 부피의 쓰레기

　쓰레기의 섬,

눈들의 무덤,

그리고 세계의 끝

(1993)

그 언덕을 나는 기억한다

저녁노을에 찍히는 마른 감나무가 서 있는 곳,
마을에 등불을 붙이는 거대한 손을 기억한다
시립도서관으로 이르는 길을 따라 성당을 지나오면,
성찬식을 기다리는 평신도처럼 무리 지어 서 있던 탱자나무,
그리고 별빛들은 내 시선 안에 군락을 이루고 있었다
아궁이를 지피고 귀갓길을 만드는,
그렇게 거대한 손안에서 나는
그해의 모든 저녁을 보내었다

수녀들이 성체를 만드는 성당과
멀리 뱀처럼 나를 유혹하는 철길이 보이던 그 언덕,
나의 죄는 손금처럼 도무지 지워지지 않는 것이었다
언덕 위의 나를 쳐다보는 한 떼의 들개들과
산길을 따라 천천히 쇠락하는 저녁 위로
가뭇없이, 쓸쓸히, 사라져가던 황금빛 물결

살아가는 동안 대부분의 것들을 훔치리라,
결심하였지만 무엇도 내 손에 들어오지 않고,

다만 거대한 손, 나를 잡고 놓아주지 않는다
몇 번의 고해성사 후에 평신도가 되었고
탱자나무처럼 꺼칠하게 성당 앞에 서 있게 되었으나,
무엇인가, 저렇게 높고 푸르게 나를 부르는 것은

나는 나에게로 이르기 위해
내 사랑하는 별빛들의 군락을 봉헌했고
함께 걷던 한 떼의 들개들을 세월 속에 풀어놓았지만,
여전히 알 수 없는 일이다
어둡고 낮은 숨결로부터 저렇게 높고 푸르게,
반짝이는 몸을 드러내는 근사한 뿌리는

(미발표작)

아름답다고 말하며 우리는 아름답게

그런 때가 있었지, 나를 잘 기억하지 못하는 노을이
어두워지는 공원길에서 한참 동안 머뭇거리며 바람을 만들어
주던.
아름답다고 말하는 것은 꽤나 쉬웠어, 그 말들에게,
여태 사라지지 않는, 흐린 윤곽의 잔영에게.

그러므로 어느 날, 우리는 서로를 기억하지 않고
서로를 스쳐지나, 서로가 알지 못하는 곳에 파묻히는 거야.
아름답다고 골백번을 말했고 그 말들이 뿌려져
우리의 노을들을 묻어버린 거지.

뿌리를 살펴보면, 거기 영영 잊지 못할 핏빛이 있고
조금만 더 그 핏빛을 바라보다보면 우리는
결코 지워질 수 없는 반점 같은 것으로 남게 되는 거야.

아름답다고, 그 반점마저 사랑했다고 말하며
우리는 태평성세에 들고, 구경열반에 이르러
'부디 행복하기를'에 살해되고 파묻혀, 결국,

영원히 서로를 기억하겠지, 끔찍하게, 아름답게

(미발표작)

겨울 못淵 안의 잉어

하얀 바람이 잉잉거리는 얼음판 아래로
겨울 못 안의 잉어는 헤엄친다
눈雪처럼 서늘한 눈眼,
등燈처럼 반짝이는 등背,

유달리 따뜻했던 물결 속으로 돌아가는,
판화와 같이 짧은 불꽃

(미발표작)

쏟아져내리는 십이월

밤새 창문이 우는 소릴 하더니
설악동 깊은 산자락까지
청어떼 날아다니는 소리로 쟁쟁하다
죽어 단 하나의 등줄기를 내놓은 까닭으로
하느님이 이 하늘에 풀어놓은 듯

귀가 얼얼하다

(미발표작)

졸업생

그리고 마지막으로 내가 떠나자
그 집은 텅 비어버렸다
검은 모자를 벗어 마지막 침묵을 털어내듯이
문이 닫히는 소리 들리고
앞 창문 아래로 주름주름 맺히는 그늘들
이제 늙을 대로 늙어버린 그 집에서
손바닥은 잎처럼 지는 법을 배웠고
맨발은 드문드문 나 있는 희망을 밟는 법을 배웠다

동쪽으로 난 창으로 저녁달이 지고
우리 그리운 풍금 소리 어둠에 물들면
내 손등에 쌓인 기억들을 털어낼 시간
여기 꿈이 잠들고 나면 새 잎들이 돋는다

내내 먼바다 쪽으로 앉아 있었으므로
무릎마다 시큰거리는 물결 차오고
숲이 멀지 않았으므로
나무 그늘을 두려워하지 않았으나

이제 그곳은 들쥐와 산비둘기의 놀이터이다
어느 쪽으로 걸어가도 바다가 나왔으므로
우리가 벗어날 곳은 없었지만,
마지막으로 내가 떠나자
그 집은 텅 비어버렸다

어디로 가는 것일까 세상의 모든 졸업생들은,
눈물일까 밤하늘에 떠 있는 저 하얀 빛들은,
잊을 수 있을까

(미발표작)

정지용 전집을 읽는 시간

1

학교 뒷산으로 통하는, 산정 가까운 도로로는
가끔씩 책장을 넘기듯 자동차들이 지나가고
등처럼 꽃을 터뜨린 아카시아나무들,
멀리서 오고 있는 바람을 기다린다.
몇 되지 않지……
이렇게 온 산이 바람의 맛을, 색깔을 기다리는 경우는.
꽃들이 종처럼 울리면 생명은 비로소 시작되는 것,
부모가 자식에게 유산을 남겨주듯,
불멸이 씨앗에 씨앗을 거쳐 전해지는 것.

영혼은 쉽게 말라버리는 물방울,
세계의 모든 사물을 머금고도
그는 평생을 말라가기만 했다는데.
열정이 사랑의 것이 아니라면
또한 짧게 피었다가 지는 꽃들이 가진 것은 무엇인가.
물방울은 등처럼 반짝이는 꽃을 지나

씨앗이 되고…… 씨앗은
웃음, 온 우주의 웃음.

2

맑은 날, 수업도 작파하고
볕 구경하기 좋은 푸른 숲속 벤치에 누웠더니,
나무들의 손바닥 아래에서
민음사 간㉟『정지용 전집』을 읽고 있었더니,

그 金 같은 노란색 표지에 취한,
문득 세상 밖으로 나온 말벌 하나,
비틀거리고
비틀거리고 지구가 문득 깔깔거리며 웃고.

3

남북대화사무국 앞길을 지날 때 들은
높은 나무 위의 까마귀들의 울음소리,
수직의 나무 끝에서 세상의 모든 저녁을 향해
울리던 그 원형의 종소리.

이런 저녁에는 살날이 많지 않은 시한부 환자처럼
꼼짝하지 못한다. 바람이 불어도 발끝도 움직이지 못한다.
한 발만 내디디면 뚝 떨어질 이 위태위태한 길 위에서,
갈 길을 아는 사람은 이미 떠나버렸지,
말벌과 노란색 표지와 등처럼 불 밝힌 꽃들과 함께
말벌과 노란색 표지와 등처럼 불 밝힌 꽃들의 길로……

어둠은 오래어도
사랑스러워라,
죽은 것들은 하나도 없네.

죄다 내 속으로 숨어버렸네,

이쁜 물방울들.

(미발표작)

4부

산문
어떤 도서관도 내게는 작지 않다

숲과 더불어, 거기 오래 머물길

일 년에 한 번은 경주에 가는 편인데, 그 이유는 모두 능 때문이다. 능은 내가 이 세상에 존재하기도 훨씬 전에 만들어진 것이지만 지금까지도 남아 있다. 무덤이라면 어쩐지 무서운데 능이라고 말하면 평온하고 부드럽다. 말을 닮아 능은 둥글고 초록이어서, 또 제각각 따로이지만 함께 모여 '능들'이어서 좋다.

매번 같은 능을 볼 때도 있지만, 예전에 미처 몰랐던 능을 새로 발견할 때도 있다. 이번에는 시내를 지나다가 아기 코끼리처럼 작은 능들이 한데 모여 있는 것을 봤다. 하나. 둘. 셋. 나는 그 숫자를 헤아려봤다. 능이 셋이라면 세 사람은 확실히 이 세상에 살았던 셈이다. 신라의 전성기 때 경주에는 구십만 명이나 살았다고 한다. 삶보다는 죽음이 훨씬 한적하다. 나는 사람이 드물 때의 경주를 좋아한다.

경주의 시립도서관이 경주의 도서관으로 보이는 건 기와를 올린 건물의 웅장한 외관 때문이기도 하지만, 한쪽의 숲 덕분이기도 하다. 그 숲은 오래전 화랑들이 수련하던 곳이라고도 하고, 신라시대 북쪽 땅의 약한 기운을 보완하기 위해 심은 나무들이 있던 자리라고도 한다. 어떤 이유에서건 그 숲은 아름답고 신비롭고 깊다. 숲을 가진 것만으로도 경주시립도서관은 부잣집의 첫아이 같다.

숲으로 들어가 나무들을 한참 바라봤다. 과연 신라시대의 나무들일까? 어쨌든 나보다는 나이가 아주 많아 보인다. 비슷한 시기에 태어난 사람들은 지금쯤 모두 땅으로 돌아갔을 것이다. 숲을 따라 걸으니 어쩐지 나무들이 귀엽기도 하다. 그 나무들은 곧게 쭉 뻗지 않고 대개 뒤틀려 있다. 수학여행 온 학생들이 앞줄의 친구와 친구 사이로 얼굴을 내밀고 찍은 기념사진처럼 보인다.

7월 경주의 햇살은 모든 색을 증발시킬 듯 강렬한데, 숲속에는 은은한 초록 기운이 감돈다. 매미 소리가 쉴새없이 울린다. 지난밤 내린 폭우의 찬 기운이 아직 남아 있어 바닥에 깔린 맥문동 위로는 산들산들 바람이 지나간다. 여름이 지나가고 있다.

어렸을 때 우리집은 제과점을 운영했고, 장사가 제법 되던 시기가 있었다. 작은 제과점들의 전성기랄까. 지금은 거의 없어졌지만 그때는 우리 말고도 작은 제과점들이 많았다. 그래서 친목 차원의 모임이 있었고, 여름이면 전세버스를 타고 함께 휴가를 가기도 했다. 경주는 그런 휴가지 중 하나였다.

그리고 여름의 끝에는 남는 것들이 있었다. 볕에 그을려 벗겨진 부위에 새로 자리잡은 하얀 살갗. 화장실에 걸린, '○○제과협회 하계 휴가 기념'이라고 인쇄된 새 수건. 가족 앨범의 뒤 페이지에 새로 붙은 사진들. 그중에는 수영복을 입고 어깨에 큰 수건을 두른 엄마의 사진도 있었다.

가족 앨범을 한번 펼치면 다른 사진들도 계속 보게 된다. 더 오래된 가족 앨범, 두꺼운 검정색 종이로 만든 옛 사진첩에는 훨씬 더 날씬하고 젊고 예쁜 엄마의 사진이 붙어 있었다. 아마도 십대 후반이거나 이십대 초반이었을 엄마가 봄꽃 아래에서 언니들과 함께 은은하게 웃고 있었다. 덕분에 나는 내가 태어나기 전, 엄마의 젊은 얼굴을 볼 수 있었다.

엄마는 당신이 죽고 난 뒤의 나를 상상할 수 있었을까?

그런 생각을 하며 걸어가는 숲은, 질문만 있고 답은 없는 곳이어서 빈 곳이 많다. 도서관 옆의 숲은 경주를 닮았다. 거기 수십만 명이 살았대도 지금 남은 능들은 그렇게 많지 않다. 다른 이들은 모두 어디로 간 것일까?

나무와 나무 사이로.

능과 능 사이로.

아마도.

시립도서관의 일층에는 아이들이 그린 그림이 전시돼 있다. 세상에서 두번째로 신기한 일이라며 제비와 뱀장어와 두꺼비를 그려놓고, 그 옆에 '세상에서 첫번째 신기한 일, 내가 이 세상에 태어난 일'이라며 자신을 그려놓은 그림. 또 엄마를 기다리는 '나'와, 그런 '나'에게 달려오는 엄마의 모습을 그린 그림. 그림 속 '나'와 엄마는 서로 눈이 닮아 있다. 서로를 기대하는 눈. 지금은 없는 엄마를, 아직은 안 보이는 아이를 보는 각자의 눈. 그래서 웃는 눈.

이층 종합자료실은 신라시대의 숲만큼이나 넓다. 서가는 나무들처럼 적당히 떨어져 서 있다. 산책하듯 나는 서가와 서가 사이를 걸었다.

세상에서 첫번째로 신기한 일은 내가 이 세상에 태어난 일. 이 세상에 태어나 수없이 많은, 아름다운 길을 걸은 일. 사물이 두 개만 있어도 그 사이로 길이 생겨난다. 그러니 지금까지 내가 걸은 길들은 모두 나무와 나무 사이라든가, 집과 집 사이, 혹은 사람과 사람 사이이거나 능과 능 사이였다.

사이로 길이 난다.

그렇게 책장과 책장 사이를 걷다가 『세상은 생각보다 단순하다』라는 책을 발견했다. 제목에 끌려 열람석에 앉아 펼쳐보니 십팔 년 전에 나와 이제는 서점에서 사라진 책이었다(지금은 '우발과 패턴'이라는 새 제목으로 출간됐다). 제1차세계대전을 예로 들며 전쟁을 미리 예측할 수 있는가라는 질문으로 시작된 책은 뜻밖에도 지진과 산불의 규모를 과학적으로 예측할 수 있는가로 이어졌다. 저자는 지진, 자본시장의 끔찍한 파탄, 혁명이나 파국적인 전쟁 등이 일어나는 이유를 알아내고 싶었다고 한다.

그러나 산불의 원인과 규모의 상관관계를 과학적으로 살펴본 뒤, 그는 이렇게 썼다.

'불이 나면 불 자신도 처음에는 자기가 얼마나 커질지 모른다.'

다른 것들도 마찬가지였다. 지진, 주가 폭락, 전쟁 등 과거의 일에서 패턴을 찾아낼 수 있다고 한들 다음 순간에 어떤 일이 어떤 규모로 일어날지는 그 일 스스로도 모른다. 그러니 우리는 더더욱 알 수 없다. 세상은 생각보다 단순하다. 우리는 알지 못한다. 예측은 빗나간다. 미래는 늘 놀랍게 다가온다.

도서관의 한쪽 벽에는 전성기 경주의 모습을 그린 큰 그림이 붙어 있다. 바둑판처럼 보기 좋게 구획된 대도시다. 경주는 신라가 멸망한 뒤에도 동경이라는 이름으로 전성기의 명맥을 유지하다가 몽골이 침입했을 때 결정적으로 쇠락하게 됐다고 한다. 그렇게 큰 몰락이 있기 전까지 그보다 작은 규모의 몰락이 몇 번이나 더 있

었다. 이런 일은 규모를 줄여가면서 계속 반복된다고 『세상은 생
각보다 단순하다』는 말한다. 사라예보에서 장차 황제가 될 사람이
피격된 일로 제1차세계대전이 발발했다고 호사가들은 얘기한다.
하지만 그 죽음 이전에, 그보다 평범한 죽음은 훨씬 더 많았다. 평
범해지면 평범해질수록 더 많고 더 잦다. 자잘한 지진들이 자주
일어나지만 우리는 느끼지 못하는 것처럼.

대구에서 코로나19 바이러스 환자들이 급증하던 2020년 봄, 낯
선 병원에서 엄마는 돌아가셨다. 밤을 넘기기 어렵겠다는 의사의
말을 들은 다음날 낮이었음에도 나는 무척 놀랐다. 그때 나는 바
로 일 분 뒤의 일을 알지 못했다. 이제 내가 아는 건 경주가 몰락
하고 능들을 제외한 대부분의 무덤들이 모두 사라지고 난 지금도
그때의 숲은 여전히 남아 있다는 사실이다. 도서관 옆에 그런 숲
이 있다는 것은 큰 기쁨이다.
더 나이든 엄마의 얼굴을 이제 나는 볼 수 없다. 엄마의 마지막
얼굴은, 다행히도 편안했다.
그리고 나는 내 삶에 어떤 불이 일어났음을 안다. 그 작은 불로
나는 지금까지와 마찬가지로 계속 살아갈 수 있을 테지만, 그러자
면 지금까지와는 많이 달라져야만 한다는 것을 안다.

(2022)

언젠가 나도 꿈꾼 적이 있는, 해피엔딩

'내가 세상에 태어날 때 나는 울었지만 세상은 기뻐했다. 내가 죽을 때 세상은 울겠지만 나는 기뻐할 수 있도록. 그런 삶을 살 수 있도록.'

미국 인디언인 나바호족에 전해 내려온다는 이 말은 요즘 내가 가장 기대고 사는 말이다. 너무나 무더웠고, 또 너무나 많은 비가 내린 여름을 보내고 나니 기쁘게 살고 싶다, 가 아니라 기쁘게 죽을 수 있도록 살고 싶다, 는 말이 무슨 뜻인지 알 것만 같다. 올해의 무더위와 폭우는 기후변화 때문에 생긴 것이리라. 잘 살기 위해 노력하고 열심히 개발했는데 이런 결과라니. 점점 낯설어지는 날씨 앞에서 아파트 가격이니, 가상 화폐니, 투자니 하는 말들이 허망하게 들려 자주 꽃과 나무와 하늘을 보게 된다.

그렇게 바라보는 것들 중 하나가 호수 너머로 보이는 저녁 빛이다.

호수 옆에서 산 지도 벌써 십 년이 넘는다. 저녁을 먹고 호수까지 걸어가면 해는 이미 저문 뒤다. 어스름 속의 호수에서는 서쪽의 빛까지가 부속 시설이다. 여름의 빛은 끈덕지다. 쉽게 물러서는 법이 없이 서쪽 하늘을 붉게 물들인다. 이루 말할 수 없이 아름다운 이 잔영은 하지부터 가을이 깊어질 때까지 날마다 펼쳐진다.

나무들 사이에 서서 그들과 함께 어두워지며 올려다보는 저녁의 빛은 세상에 지친 마음을 교정해준다. 모든 것이 다 끝난 뒤에도 우리에게 남은 게 있음을 지켜보는 일. 이것이 저녁 산책의 기쁨이다. 애당초 기쁘게 살고 싶다, 는 아니었다. 아무리 번거롭고 힘들더라도, 또 누구도 알아주지 않고 심지어 오해를 한다 해도 기쁘게 죽을 수 있도록 살고 싶다, 는 마음이 거기 있었다.

저녁이면 그런 마음을 생각하며 호수 둘레의 길을 오래오래 걷는다.

전주의 연화정도서관을 나오다가 그 빛과 다시 만났다.

연화정도서관은 올해 덕진공원에 새로 생긴 한옥 도서관이다. 연못 위에 배처럼 떠 있는 웅장한 한옥 건물이라 멀리서부터 얼른 들어가고 싶은 마음이었는데, 막상 안에서는 바깥이 더 잘 보인다. 덕분에 도서관 안팎으로는 더위를 피해 공원을 찾은 가족들로 북적이지만, 소란스럽지는 않다. 창가에 앉아 「장욱진, 분명한 신념과 맑은 시심」이라는 글을 읽는데, 두꺼운 검은 구름 아래로 잠시 틈이 나는가 싶더니 불그스름한 기운이 지평선에 감돌았다. 폐관 시간이 조금 남았지만, 책을 덮고 도서관을 나섰다.

분명 여름의 잔영을 보러 나선 길인데, 시선은 어쩔 수 없이 아래로 내려간다. 나를 둘러싸고 온 시야를 가득 메운 연잎과 연꽃 때문이다. 붉게 물든 서쪽 지평선까지 연잎의 초록이 너울대고 있었다. 그 사이로는 끝으로 갈수록 더욱 붉어지는 연꽃들. 활짝 핀 꽃도 있고, 봉오리 상태인 꽃도 있고, 잎이 다 떨어진 뒤의 연밥도 있었다.

철제 현수교가 있던 시절부터 전주 사람들은 철마다 그곳에서 사진을 찍었다고 한다. 어렸을 때는 가족들과 함께, 학교 다닐 때는 친구들과 함께, 자라서는 연인과 함께. 두 사람이 서로 사랑해 아이가 태어난다면, 그 모든 일은 되풀이되리라. 여름볕에 한껏 늘어졌다가 하나둘 잎이 떨어진 진흙에서도 말끔하게 새로 피어나는 연꽃은 삶이란 늘 새로 시작되는 것임을 말해주고 있었다.

다음이 없다면, 그건 삶이 아닐지도 모른다.

글이 잘 풀리지 않으면 새벽에도 호수로 나간다. 아무도 없을 것 같은 시간이지만, 나무와 나무 사이를 가만히 바라보면 걷는 이들이 있다. 새벽에 잠들지 못하고 나와 호수를 따라 걷는 이들에게는 저마다의 사연이 있으리라.

새벽의 호수 어디쯤에도 심야 이동도서관 같은 게 있으면 좋겠다는 생각을 한 것은 다음날 찾아간 책기둥도서관에서였다. 전주의 도서관들은 뜻밖의 장소에서 발견된다. 책기둥도서관은 전주시청의 로비에 있다. 문을 열면 바로 거기가 도서관이다. 말 그대로 책이 꽂힌 기둥들이 높이 솟아 있고, 벽 책장에도 책들이 빼곡하게 꽂혀 있다. 관공서에 들어왔다는 생각은 전혀 들지 않는다. 자연스레 도서관이라는 공간에 대해 생각하게 된다.

도서관은 어디에 있어야 할까? 그런 질문을 예상한 듯, 책기둥도서관에는 책과 도서관과 서점에 대한 책들이 꽂혀 있다. 정원과 연꽃을 보며 들어간 연화정도서관에 전통문화와 예술에 관한 책들이 있었듯이. 손 가는 대로 책을 꺼내 읽다가 『심야 이동도서관』이라는 책과 만났다.

'심야 이동도서관을 처음 본 것은 새벽 네시에 레이븐우드가를 걷고 있을 때였다. 여치들이 울기를 멈추고 새들은 아직 입을 열지 않은 늦여름의 고요한 새벽'이라고 시작하는 책이었다.

그리고 마지막 문장은 다음과 같았다. '이렇게 해서 나는 도서관에서 일하게 되었다.' 언젠가 나도 꿈꾼 적이 있는, 해피엔딩이었다.

심야 이동도서관에 꽂혀 있는 책에는 분류 기호가 없었다. 서가에 책이 꽂힌 방식도 뒤죽박죽이었다. 하지만 잠 못 드는 밤에 그 도서관을 찾는다면 누구라도 금방 깨닫게 되리라. 거기 꽂힌 책들을 한 번은 다 읽었다는 사실을.『심야 이동도서관』속 사서는 그곳에서 자신의 어린 시절 일기장을 발견하고 항의하는 주인공 알렉산드라에게 그 서가는 이용자가 여태껏 읽은 책들을 빠짐없이 모아둔 것이라고 설명한다. 지금까지 알렉산드라가 읽은 모든 인쇄물이 거기 순서대로 꽂혀 있다. 제인 오스틴과 폴 오스터. 주디 블룸과 애거사 크리스티. 더 거슬러올라가 '낸시 드루' 시리즈와 어린이책들. 한때 그녀가 어떤 사람이었는지를 말해주는 책들.

새벽에 호수를 걷는 이들에게 평생 자신이 읽어온 책들이 꽂힌 서가를 보여준다면 어떻게 될까? 아니,『심야 이동도서관』의 마지막 장면, 그러니까 평생 책을 사랑하고 책에서 위안을 얻었던 알렉산드라가 죽은 뒤 가게 된 곳이 어디인지를 알려준다면? 그리고 거기서 새로 만난 사람이 누구인지를 말해준다면?

토머스 머튼은 그리스도의 재림이 얼마 남지 않았다고 믿으면서도 먼 미래에나 완성될 건물을 공들여 짓고 있는 셰이커교도들을 이해하지 못하는 사람들에게 이렇게 말했다고 한다.

"세상이 어느 순간에라도 끝장날 수 있다는 것을 안다면 서두를 필요가 없다."

기쁘게 죽을 수 있는 자들에게는 매 순간이 기쁠 수밖에 없다.

나바호족도 토머스 머튼도 죽음과 종말에 대해 말하는 것 같지만 사실은 사는 동안의 진정한 기쁨에 대해 말하고 있다. 책이면 책, 농사면 농사, 요리면 요리…… 자신이 좋아하는 것에 시간을 쏟으며 최선을 다하는 하루에 참된 기쁨이 있다.

　하루치의 이 기쁨과 함께 잠들 수 있다면 그것으로 충분하다. 매일매일이 해피엔딩이리라.

(2022)

진주를 좋아한다

진주를 좋아한다. 십 년이 넘게 쓰다 말다 하는 소설이 있는데, 글이 막힐 때마다 진주를 찾아갔다. 그러다가 정이 들었다.

갈 때마다 비가 내린 덕분에 한적함을 마음껏 즐긴 진주성도 좋았고, 거울처럼 잔잔하고 은은하게 달빛을 비추던 진양호도 좋았다. 비 내려도 좋고 날 맑아도 좋으니 진주는 내게 언제라도 좋은 도시다.

이번에는 태풍과 함께였다. 역대급이라고 했다. 나는 태풍을 잘 모르다가 지난해 제주에 머물면서 실감했다. 우산을 펼쳤더니 바로 부서졌다. 우산이 소용없으니 밖으로 나갈 방법이 없었다.

태풍이 온다는데 도서관에 가도 괜찮을까? 그 물음은 흡사 위기가 닥쳤는데 책이나 읽고 있어도 괜찮을까? 하는 질문처럼 들렸다.

아직은 날이 화창하고 하늘이 고요했던 일요일, 진주시립연암도서관을 찾아갔다. 남강 옆 언덕 위에 있는 도서관은 공원 같았다. 울창한 나무 아래 운동기구에서 노인들이 운동하는 동안, 엄마를 따라 나들이 온 아이는 자리에 앉아 김밥을 먹고 있었다.

도서관에 앉아 『무신예찬』이라는 책을 읽었다. 신 없는 세계를 받아들인 지성인들의 글을 모은 책이었다. 거기서 '이제 나는 악은 해결되어야 하는 문제가 아니라고 믿는다. 그것은 우리 세계의 한 가지 특징일 뿐이다'라는 문장을 읽었다. 해결되지 않는 악은 해마다 찾아오는 태풍과 같은 것이다. 태풍 앞에서 절대자의 자비를 기다리는 것보다는 기후에 대해 연구하는 편이 나을 것이다. 그렇다면 악도 마찬가지겠지.

책을 읽다가 나는 주위를 둘러봤다. 아이들을 데리고 온 부모가 있었고, 두꺼운 책을 들여다보는 노인도 있었다. 도서관 한쪽에 카페가 있어 열람석에 앉아 커피를 마시는 사람들도 있었다. 역대급 태풍이 온다는 예보가 있었지만 일상은 계속되고 있었다. 우리가 책을 읽는 목적도 거기에 있을 것이다. 일상을 지키기 위해 인류는 이 세계에서 무지와 폭력과 역병 등을 몰아내왔다. 그때 가장 큰 힘이 된 것은 이성의 힘이다.

도서관은 그런 이성을 키우는 공간이다. 위기가 닥쳤을 때야말로 우리에게 책이 필요한 순간이다.

이튿날에는 진주성을 찾았다. 태풍이 임박한 듯 비가 내렸다. 그래서인지 관광객은 보이지 않고 휴관중인 박물관의 직원들만 분주했다. 나는 우산을 들고 백일홍 앞에 한참 서 있었다. 태풍에 그 꽃잎이 다 떨어지면 여름도 끝나버리는 게 아닐까 하는 걱정이 들었다. 물론 여름의 그림자는 꼬리가 길어 가을이 깊어질 때까지도 우리는 종종 땀을 흘리겠지만.

빗속을 걷다가 성안에 카페가 있어 들어갔다. 북카페여서 서가에 꽂힌 책들의 아래마다 '진주성 카페'라는 스탬프가 찍혀 있었다. 태풍은 잠시 잊어버리고 카페에 앉아 책을 읽었다. 『가만히, 걷는다』라는 책이었다. 프랑스 작가들의 산문이 모여 있었다.

'파리의 오렌지는 나무 밑에 떨어진 것을 주워온 열매처럼 슬퍼 보인다'고 알퐁스 도데는 썼고, 마르셀 프루스트는 나이가 든 뒤에도 산사나무꽃을 보면 그 꽃을 처음으로 봤던 나이와 심장을 되찾는다고 썼다.

그리고 프랑수아즈 사강은 열여섯 살 때 혼자 남은 파리에서 만난 부랑자의 말을 옮겨놓았다.

원래는 그에게도 아내와 아이들과 좋은 차와 재산이 있었다. 그러다가 불현듯 자기 인생이 흘러가고 있는데, 정작 자신의 눈에는 그 흐름이 보이지 않는다는 것을 깨닫게 됐다. 그렇게 살다가는 톱니바퀴 같은 것에 물려 아무것도 이해하지 못한 채 죽어가리라는 것도.

그는 종일 자신이 하는 일이 '사는 법'에 대한 것이라고 말했다. 그건 시간이 흐르고 날이 저무는 걸 보는 일, 자기 손목에서 피가 팔딱팔딱 뛰는 소리를 듣는 일, 산책하고 강을 보고 하늘을 볼 뿐, 해야 할 일은 아무것도 없는 일이다.

내게는 무엇이 '사는 법'일까?

코로나19 바이러스로 사회적 거리 두기가 시작되고 식당과 술집이 저녁 아홉시면 모두 문을 닫아야만 했을 때였다. 어떤 풍경일까 궁금해 나가본 적이 있다. 밤새도록 가게마다 손님들로 가득했던 광경은 역사 속으로 사라진 것 같았다. 불 꺼진 번화가는 이미 찾아온 미래처럼 내게 다가왔다.

많은 시행착오를 거친 뒤에야 비로소 나는 어떤 삶을 원하게 됐다. 좋아하는 일을 더 자주, 더 많이 하는 삶, 돋보기로 모은 햇빛처럼 초점이 또렷한 삶이다. 누가 뭐라든 진심으로 좋아하는 일에 몰두하고 싶다. 뒤처지는 것 같겠지만 좋아하는 일은 얼마든지, 그러니까 하루종일 할 수 있으니까 사실은 제일 앞서가는 일이다.

내게는 독서와 글쓰기가 바로 그런 일, 나의 '사는 법'이다.

사강의 글까지 읽고 다시 비 내리는 진주성으로 나왔다. 진주성에 갈 때마다 나는 두 가지 기록을 떠올린다. 하나는 『선조실록』에 실린 한 줄의 문장이다.

'적이 본성本城을 무찔러 평지平地를 만들었는데 성안에 죽은 자가 육만여 인이었다.'

다른 하나는 진주박물관에 전시된 도요토미 히데요시의 유언이다.

'이슬로 와서 이슬로 사라지는 몸이여, 오사카의 화려했던 일도 꿈속의 꿈이런가.'

도요토미 히데요시는 진주성에서 패한 뒤 분함을 이기지 못하고 재차 공격을 명했고, 성안에 있는 사람은 모두 죽이라는 명령을 내린 사람이다. 그가 독서를 즐기고 이성에 따라 행동하는 사람이었다면, 저런 잠꼬대 같은 소리를 유언으로 남겼을까? 이성적으로 행동했다면 그는 최소한 육만 명의 목숨을 구하는 영웅적인 결정을 내릴 수 있었을 텐데, 망상이 시키는 대로 움직이는 꿈속의 꼭두각시로 죽어버렸다. 그는 자기 인생이 어떻게 흘러가는지도 모르는 사람이었다.

우리에게는 무엇이 '사는 법'일까?

일제강점기에 진주성에는 일본 신사가 있었다고 한다. 해방되고 전쟁이 끝난 뒤, 신생국가 한국은 폐허였다. 바로 그때 신사가 있던 자리에 도서관이 들어섰다. 연암도서관은 본래 진주성 안, 지금의 임진대첩 계사순의단 자리에 있었다.

진주성을 걸어나오며 나는 거기에 도서관을 지은 사람들을 생각했다. 전쟁이 끝난 뒤, 패배주의와 미몽에 사로잡혀 팔자나 운명에, 혹은 절대자에 기댈 수밖에 없는 사람들에게 책을 읽도록 한 사람들을 생각했다. 그리고 거기서 지금의 민주주의와 경제성장과 문화가 시작됐다는 사실을 생각했다.

그러니 '태풍이 온다는데 도서관에 가도 괜찮을까?'라고 묻는다면, '태풍이 온다니 더욱더 도서관에 가야 한다'고 대답할 수밖에.

(2022)

생겨난 마음이니 곧 부서질 테지만

파도를 바라보는 일이 내게 위안이 된다는 사실을 처음 알게 된 건 지중해의 항구도시에서 머물던 어느 해 가을의 일이었다. '코스타 델 솔(태양의 해안)'이란 별명을 가진 피카소의 고향답게 늘 햇살이 작열하는 곳이었다. 컬러가 선명한 곳은 더없이 뜨거웠지만 그늘에 들어가면 그만큼 서늘했다.

스페인어는 '그라시아스(감사합니다)'밖에 모르면서 그 도시에서 석 달 동안 혼자 지낼 생각이었다. 사백여 년 전, 안달루시아에서 태어나 조선땅까지 찾아온 한 사제에 대한 소설이 쓰고 싶었다. 내 몸이 부서지는 한이 있더라도. 한국을 떠나며 그런 농담도 했었는데 문제는 몸이 아니라 마음이었다.

도착하고 얼마 지나지 않았을 때였다. 휴대전화 로밍이 대중화되지 않았던 시절이라 사람들로 북적대는 시내 쇼핑몰에서 공중 전화로 집에 국제전화를 걸었다. 목소리는 떨어진 거리만큼 멀었고, 동전은 빨리 떨어졌다. 전화를 건네받은 집의 어른은 내 목소리를 듣더니 울음부터 터뜨렸다. 그분은 병을 앓고 있었다. 당황한 나는 괜찮다고 말했다. 그럼에도 울음소리는 그치지 않았다. 혹시 내 목소리가 가닿지 않는가 싶어 거듭 괜찮다고 소리쳤다.

그렇게 전화는 끊어졌다. 누가, 무엇이 괜찮다는 것인지 나도 알 수 없었다.

그다음날이었나, 다음다음 날이었나. 자는 둥 마는 둥 밤을 보내고 일찍 일어났다. 산타카타리나 거리, 좁은 골목 맨 안쪽에 있던 숙소는 이웃의 집들에 가려 종일 그늘이었다. 밤새 한기에 시달린 나는 빛을 찾아 집을 나섰다.

바닷가로 나가니 살 것 같았다. 거기서 태양을 바라보다가 나는 걷기 시작했다. 태양을 향해, 동쪽으로. 한동안은 해변을 따라 고급 맨션들과 호텔들이 쭉 이어졌다. 그러다가 지붕이 낮은 단층집들이 나왔다. 나는 계속 걸었다.

지칠 때까지 걸어갈 생각이었다. 이윽고 모래사장이 끝나고 검은 바위들이 나왔다. 오랜 세월이 흐르는 동안 파도에 부서지고 깎인 바위들은 반쯤 물에 잠겨 있었다. 그쯤에서 나는 걸음을 멈췄다. 돌아보니 도시는 아주 멀리 있었다. 아니, 멀리 있는 건 나였다.

바위들의 풍경은 황량했고, 파도 소리는 요란했다. 나는 도시를 등지고 바위 위에 앉았다. 발치로 파도가 밀려왔다가 밀려났다.

그때 내 마음은 부서지고 있었다.

강릉시립중앙도서관은 시내 한가운데에 있다. 길을 걷다가 갑자기 떨어지는 빗방울을 피하기에 좋은 도서관이다. 도서관 처마 밑에 서서 떨어지는 빗방울을 한참 바라봤다.

비는 쉽게 그칠 것 같지 않았다. 나는 이층 종합자료실로 올라가 내키는 대로 이런저런 책들을 꺼내 읽었다. 그러다가 『이효석 문학상 수상작품집 2022』라는 책을 봤다. 이미 두어 번 읽은 소설이 거기에 있었다. 백수린의 단편소설 「아주 환한 날들」이었다. 그 소설에는 어떤 문장들이 있었다. 뒷부분에 나오는 그 문장들을 읽기 위해 나는 다시 처음부터 소설을 읽었다.

'"마음을 찬찬히 들여다보세요."/ 강사가 말했다'라는 문장으로 소설은 시작했다. 그곳은 수필 쓰기 강좌가 열리는 평생교육원의 강의실이다. 수강생 일곱 명 중 여섯 명은 일흔이 넘은 노인이다. 그중 한 명이 주인공 할머니다.

할머니는 남편이 죽은 뒤로 혼자 매우 평화롭게 살고 있었다. 그런데 어느 날 사위가 앵무새 한 마리를 들고 와 딱 한 달만 맡아 달라고 했다. 아이들을 위해 샀지만 아직 준비가 덜 돼 있다며 장모에게 떠맡긴 것이다. 그렇게 집에 들인 앵무새는 시도 때도 없이 시끄럽게 울어댔다. 그때마다 할머니는 후회했다.

그렇게 후회했다는 것. 그러니 처음부터 떠맡지 말았어야만 했다는 것. 그게 이야기의 전부다. 처음에는 귀찮아서. 그리고 시간이 조금 흐른 뒤에는 앵무새가 귀여워서. 그래서 결국 정이 들어서.

이야기의 결말은 모두가 짐작하는 대로다. 사위는 앵무새를 되가져간다.

내가 기다리는 문장은 마지막 부분에 나온다. 마음을 들여다보라는 글쓰기 강사의 조언에 따라 결국 할머니는 펜을 든다. 하지만 마음을 들여다보는 건 너무 무서운 일이라고 생각한다.

'그녀는 식탁에 앉아 앵무새, 라고 써봤다. 앵무새가 갔다, 라고 쓰려다 가버렸다, 라고 썼다. 앵무새가 가버렸다, 는 문장을 보자 너무 고통스러워 그녀는 눈을 감아야 했다.'

오후가 느릿느릿 지나가는 동안 이런저런 책들을 꺼내 읽고 난 뒤에도 비는 계속 내리고 있었다. 가을장마인가. 도서관 현관 앞에서 하늘을 올려다보며 나는 중얼거렸다.

우산을 쓰고 빗속을 걸으며 나는 오래전 지중해에서 파도를 바라보던 나를 떠올렸다. 파도는 쉼없이 밀려들었고, 매번 달랐다. 파도가 치지 않는 해변은 어디에도 없으리라. 때로 상상할 수 없을 정도로 큰 파도도 밀려들리라. 자잘한 파도에도, 큰 파도에도 마음은 부서진다. 조금씩, 혹은 한꺼번에 많이. 부서지는 마음을 들여다보는 건 무서운 일이다.

물결이 물러나면 밀려온 경계가 서서히 지워지고 그 위로 새로운 물결이 밀려왔다. 매번 다른 파도였고, 새로운 모양의 경계가 만들어졌다. 매일 아침 생겼다가 저녁이면 부서지는 어떤 마음들처럼. 그때의 나에게, 혹은 소설 속 할머니에게 그래도 괜찮다고 말해주고 싶다. 그게 완벽한 삶이라고. 완벽한 인생이란 완벽하지 못한 것들, 못난 것들, 부서진 것들까지도 모두 아우르는 삶이라고.

어떤 마음은 왜 생겨나는 것일까? 그 이유를 알 순 없지만 생겨난 마음이 부서질 때 삶이 온전해진다는 것은 알 것 같았다.

강릉 같은 곳에서 살아 매일 파도를 볼 수 있다면 얼마나 좋을까. 파도를 볼 수 없는 곳에서 사는 나는 바다 삼아 하늘을 올려다본다. 거기에도 파도는 있다. 그것은 날마다 달라지는 날씨다. 맑은 날이 하루라면 궂은 날도 하루다. 바람이 세차게 불다가도 날이 바뀌면 고요해진다.

하루하루가 다른 날씨들이다. 나는 그 날씨들을 살펴보고 생각하고 공부한다. 모든 날씨에는 끝이 있다는 것. 그리고 다음이 있다는 것. 그러니 끝날 때까지는 그날의 날씨를 즐겨야만 한다는 것.

그게 내 날씨 공부의 전부다. 비가 내리면 당분간은 비가 내리는 대로, 햇살이 선명하면 당분간은 햇살이 선명한 대로 살아가는 사람이 되는 것.

그렇게 비가 쏟아지다가 햇살이 뜨겁게 내리쬐고, 또 언제 그랬냐는 듯이 다시 세찬 바람이 불어오는 하루하루가 우리 앞으로 지나가고 있다.

(2022)

실패한 이들이 얻게 되는 것, 다정함

이렇게 따뜻한 11월이 있을까 싶을 정도더니 12월이 되자 기온이 뚝 떨어졌다. 계절은 순식간에 바뀌어 문득, 겨울이다. 무거운 외투를 걸치고 마산에 갔다. 팔십여 년 전 시인 백석이 걸어간 길을 따라 걸을 요량이었다. 그렇게 부둣가 어시장까지 이르렀다. 겨울 해는 이내 저물고 어둑신한 골목으로 짠물이 흘러갔다.

오래전 백석이 쓴 시를 떠올리니 어떤 마음이 고스란히 전해졌다. 예를 들어, 마산항에 대한 이런 구절이다.

'자다가도 일어나 바다로 가고 싶은 곳이다.'

이건 누워도 좀체 잠이 오지 않는다는 말이다. 지금이라도 바다로 가서 배를 타고 싶다는 말이다. 그때 백석은 스물세 살 아니면 스물네 살이었고, 누군가를 사랑하고 있었고, 그 사람에게 청혼하러 가기 위해 배를 기다리고 있었다.

바로 그날, 기차에서 내려 선창가로 간 자신과는 반대 방향으로, 즉 배에서 내린 그녀가 기차역으로 갔다는 사실을 백석은 며칠 후에야 알았다. 서로 엇갈리는 행로. 그렇게 문득, 달라지는 인생의 날씨.

자다가도 일어나 바다로 가고 싶었던 그 밤의 백석은 그로부터 몇 년 뒤 그 길을 함께 걸어간 절친이 그녀와 결혼하게 되리라는 사실은 더더욱 몰랐을 것이다.

계절이 바뀌는 것은 지구가 기울어져 있기 때문이라지만, 인생에 폭풍 같은 사건들이 휘몰아치는 이유는 무엇 때문일까? 사람들의 인생에 이토록 많은 실패가 존재하는 까닭은 무엇 때문일까?

김해지혜의바다도서관으로 가는 길은 멀었다. 마산항에서 거기까지 가려면 버스를 두 번 갈아타야만 했다. 아침에 출발했으나 점심때가 되어서도 도착하지 못했다. 지혜의바다라는 정거장은 내삼공단입구와 주촌농협 사이에 있었다. 버스에서 내린 나는 지혜의바다를 찾지 못해 스마트폰의 지도 앱을 켰다. 알고 보니 지혜의바다는 바로 코앞에 있었다.

경상남도 교육청에서 만든 지혜의바다도서관은 옛 주촌초등학교 교사를 재활용한 곳이다. 교실이 있던 곳은 지혜동이라는 이름의 공간으로 조성해 독서 동아리 등의 부대 활동을 지원하고 바다동이라 이름 붙인 강당 건물은 책을 읽는 공간으로 리모델링했다.

바다동에는 입구를 제외한 삼면의 벽에 천장까지 책을 빼곡하게 꽂았다. 들어서자마자 시야를 압도하는 책들 덕분에 말 그대로 책의 바다에 들어온 듯한 느낌이 든다.

무엇보다도 마음에 드는 것은 많지 않은 의자들이다. 형형색색의 일인용 소파, 빈백, 디자인 의자 등은 다른 도서관에서는 잘 볼 수 없는 것들이다. 거기 앉아 나는 두 권의 책을 읽었다. 다카미즈 유이치의 『물리학자처럼 영화 보기』와 조지 손더스의 『친절에 대하여』였다. 공교롭게도 두 책에는 망원경 이야기가 나왔다.

만약 누군가 망원경으로 나를 바라본다면 나는 어떻게 보일까? 『물리학자처럼 영화 보기』에서는 1억 3천만 광년 떨어진 바다뱀자리에서 바라본다고 가정한다. 그 망원경 속 풍경에 나는 없다. 대신 공룡들의 모습이 보일 것이다. 1억 3천만 년 전의 빛이 그제야 도착하기 때문이다. 그다음부터 망원경 속 시간은 순차적으로 흘러간다. 일종의 시간여행인 셈이다. 모든 일은 한번 더 반복된다. 『친절에 대하여』 역시 같은 질문을 던진다. 다만 그 시간을 나의 지난 삶으로 한정한다. 그렇다면 바다뱀자리의 관찰자는 무엇을 발견할까?

'망원경의 반대편에서 볼까요? 여러분의 삶에서 정말 사랑하는 마음으로, 누구도 부인할 수 없는 따뜻한 감정으로 기억하는 사람이 있습니까? 틀림없이, 여러분에게 더없이 친절했던 사람일 겁니다.'

망원경 속으로는 수많은 사람들의 친절로 살아가는 내가 보일 것이라고 조지 손더스는 말한다.

『친절에 대하여』는 2013년 미국 시러큐스대학교 졸업식에서 소설가인 조지 손더스가 한 축사를 수록한 책이다. 사회로 나가는 졸업생들 앞에서 "나는 무엇을 후회할까요?"라며 축사를 시작한 손더스는 이내 그 답을 알려준다. 중학교 1학년 때 반에서 왕따를 당하던 여학생에게 다정하게 다가가지 못한 것을, 그렇게 힘들어하는 사람을 보면서 이것저것 재며 머뭇거렸던 일을 후회한다고 그는 말한다. 그리고 졸업생들에게 묻는다. "왜 우리는 더 친절하지 못한 것일까요?" 이 질문은 백만 달러짜리라고 주장하면서.

왜 백만 달러짜리인가? 이 우주는 나를 중심으로 돌아가고 나머지 것들은 모두 나를 둘러싼 배경에 불과하며 그 모든 것들이 다 죽고 없어지더라도 어쩌면 나만은 살아남을지도 모른다고 생각할 때, 우리는 다정할 수 없다. 그렇기에 다정해지려면 나 역시 우주를 구성하는 여러 요인 중 하나이고 원하는 것을 끝끝내 얻지 못할 수도 있으며 언젠가는 흔적도 없이 사라질 것이라는 사실을 알아차려야만 한다.

이것은 마치 자아가 줄어드는 것처럼 느껴지겠지만, 손더스의 표현을 그대로 옮기자면 '최고의 자아'가 되는 길이다. 이게 어떻게 최고의 자아가 되는 길인지 책의 구성 자체가 보여준다. 백 페이지 남짓한 책의 중간중간에는 점점 밝아지는 밤하늘의 모습을 담은 페이지들이 있다. 처음에는 어두운 밤하늘에 고립돼 있다가 페이지를 넘길수록 서로 연결되는 이 별빛들이 말하는 바는 분명하다. 모든 사람들이 서로 연결될 때, 어둠은 사라진다는 얘기다. 그리고 사람들을 서로 연결하는 것은 다정함이다.

두 권의 책을 읽고 도서관을 나서니 이미 해는 저문 뒤였다. 다시 지혜의바다 정거장으로 향했다. 인생에서 실패는 실패만을 의미하지 않는다. 어떤 사람은 실패를 통해 더 큰 자아를 발견한다. 인생이 자기 뜻대로 나아가지 않는다는 것을 확인한 뒤의 백석은 여러 시에서 자신의 나약함을 토로했다. '나는 이 세상에서 가난하고 외롭고 높고 쓸쓸하니 살아가도록 태어났다'라고도 썼고 '나는 내 슬픔과 어리석음에 눌리어 죽을 수밖에 없는 것을 느끼는 것이었다'라고도 썼다.

그런 시구를 쓰던 밤이 있어서였을까? 노년의 그는 젊은 시절과는 완전히 다른 사람이 되었다고 한다. 대학교수가 되어 졸업생들에게 축사를 들려주는 백석의 모습을 볼 수 있었다면 얼마나 좋을까? 하지만 삼수로 쫓겨난 뒤의 그가 어떤 모습이었는지 전하는 풍문 속의 말들은 내게 어떤 축사보다도 뛰어난 축사처럼 들린다. 그 축사를 들으며 나는 버스를 기다렸다.

'글밖에 모르는 사람이었던 백석은 삼수군으로 내려와 농장원으로 일했지만 농사일을 제대로 못해 마을 사람들의 웃음거리가 되었다. 하지만 하루에 한 사람을 열 번 만나도 매번 가슴에 손을 얹고 다정하게 인사를 나누고 지나가곤 할 정도로 성품이 겸손해 삼수군 사람들 중 백석을 모르는 사람은 없었다.'

(2023)

몰랐기 때문에 받는 선물

도서관에는 내가 읽지 않은 책이 있어서 좋다. 그것도 많이. 어떤 현안에 대해 아는 척하려다가도 그 책들을 떠올리면 절로 입이 다물어진다.

더 솔직히 말하면, 그건 핑계일 수 있다. 점점 지금까지와는 다르게 살고 싶다는 마음이 차오른다. 매사에 젠체하며 살았던 일이 후회된다. 나의 경험과 지식은 손바닥만한데 거기에 의지해 지금의 나와 이 세상을 판단하고 싶지 않다.

이제는 다르게 살고 싶다.

읽지 않은 책들의 서가는 『블랙 스완』이라는 책을 통해 알게 됐다. 삼만 권이 넘는 장서를 자랑하던 움베르토 에코의 서가를 방문한 사람들의 반응은 둘로 나뉘었다고 한다.

"와! 이중에서 몇 권이나 읽으셨나요?"라는 건 가장 흔한 반응이었다.

다른 반응은 "읽지 않은 책들이기에 이렇게 꽂아뒀겠죠?"라는 것. 그들에게는 이런 질문이 이어지리라.

"읽지 않은 책들을 왜 꽂아두나요?"

왜냐하면 배우는 사람에게는 읽은 책보다 읽지 않은 책이 더 가치 있기 때문에. 하나를 아는 순간, 자신이 모르는 게 그보다 더 많다는 것을 알게 된다. 읽으면 읽을수록 읽지 않은 책들의 숫자는 기하급수적으로 늘어난다. 서재의 역설이다. 집에 아무리 책이 많다 한들 도서관이 필요한 까닭이 여기에 있다.

2023년 새해 첫날 새벽, 가까운 공원으로 나갔다. 첫해가 떠오르는 풍경을 지켜보고 싶었다. 여전히 영하의 추운 날씨였다. 어둠이 걷히고 사방이 환해진 뒤에도 해는 건물에 가려져 좀체 보이지 않았다. 둘러보니 겨울나무들이 서 있었다. 잎을 다 떨군 채, 판화 속 나무들처럼 아침 하늘에 윤곽을 또렷하게 새기고 선 그 나무들을 쳐다봤다. 그때였다.

더이상 탓하지 말자.

문득 그런 생각이 들었다. 어떤 문제가 생겼을 때, 탓할 뭔가부터 찾는 건 지금까지 내가 살아온 방식이었다. 그게 정의라고 나는 생각했다. 남이든 나 자신이든 사람을 탓하거나 시스템과 조직을 탓한 적도 있었고 운명이나 신의 탓으로 돌리기도 했다.

탓할 대상을 찾고 나면 내가 그 문제의 원인을 파악해낸 듯한 우쭐한 기분이 들었다. 원인을 아니 내가 해결할 수 있으리라는 자만심도 생겼다. 그러나 내 쪽에서 원인을 찾는 것과 문제가 해결되는 것 사이에는 아무런 관계가 없었다. 인생의 문제는 종종 알 수 없는 원인으로 생겨났다가 알 수 없는 원인으로 사라지곤 했다. 큰 문제일수록 더욱 그랬다.

내가 다 안다고 생각하며 지금까지 살아왔다면, 이제부터는 알지 못하는 게 더 많다고 인정하며 살면 어떨까?

손바닥만한 나의 경험과 지식에서 벗어나, 일이 어떻게 됐고 어떻게 될지 안다고 믿지 말고, 그게 남이든 나 자신이든 탓하지 말고, 그냥 지켜보며 살아간다면?

그러자 머리가 시원해졌다. 태양은 여전히 보이지 않았지만.

바다가 보이는 도서관 중에서도 바다숲작은도서관이 인상적인 이유는 바다 옆에 바짝 붙어 있기 때문이기도 하지만, 그 바다에 비해 도서관이 너무 작기 때문이기도 하다.

그러나 작다는 느낌은 전혀 들지 않는다. 내가 읽은 책보다 읽지 않은 책이 훨씬 더 많기 때문에 어떤 도서관도 내게는 작지 않다. 게다가 바다가 한눈에 들어오는 창가 열람석에 앉으면 내가 읽지 않은 책보다 내가 경험하지 못한 세계가 더 많다는 사실을 새롭게 깨닫게 된다. 눈앞에는 하늘과 바다와 파도와 등대와 오가는 배와 날아다니는 갈매기들이 펼쳐져 있다.

부산시 기장읍에 있는 이 도서관은 2022년 6월에 문을 열었다. 해양 수산 특화 도서관으로 수산자원연구센터의 사층에 있다. 당연히 어류 도감, 수산 과학서, 선박 항해술 등 해양 수산과 관련한 자료들이 반 정도를 차지한다. 나머지는 일반 서적인데 그 양은 많지 않지만 거개가 아직 누구도 읽지 않은 신간들이다.

낯선 책들이 꽂힌 해양 수산 서가를 훑어보다가 책등에 '문어'라는 단어가 들어간 책을 세 권이나 발견했다. 『아더 마인즈』에는 '문어, 바다, 그리고 의식의 기원'이라는 부제가, 『바다의 숲』에는 '나의 문어 선생님과 함께한 야생의 세계'라는 부제가 붙어 있었고, 『문어의 영혼』이라는 책도 있었다.

세 권 모두 문어가 속한 두족류의 지능이 꽤 높다는 사실에서 시작한다. 두족류가 '머리 두頭'와 '다리 족足'의 결합으로 머리에 바로 다리가 붙은 동물을 뜻한다는 걸 처음 알았다. '두족'의 삶은 어떤 것일까? 앎이 행동으로 바로 이어지는 삶을 뜻하는 것일까?

『바다의 숲』은 넷플릭스의 다큐멘터리인 〈나의 문어 선생님〉에 나오는 영화감독 크레이그 포스터의 사진과 바다를 향한 그의 열정에 사로잡힌 작가 로스 프릴링크의 글을 엮어 만든 책이다. 어린 시절 가정을 버린 아버지에 대한 상실감을 치유하는 과정을 담은 로스 프릴링크의 글이 본문이라면, 케이프타운 인근의 바닷속 동물들의 삶을 관찰하며 점점 더 깊은 사유 속으로 빠져드는 크레이그 포스터의 사진은 화보가 된다.

처음에는 서로 겉도는 듯했던 글과 화보는 어느 순간, 같은 지점을 향한다. 그것은 삶으로 돌아가는 일, 대자연이라는 생명과 다시 연결되는 일이다. 이 일을 크레이그 포스터는 이렇게 설명한다.

해파리가 물고기를 사냥하는 장면을 지켜보던 그에게 의문이 생긴다.

'이것은 중앙 집중화된 뇌가 없는 동물치고는 고도로 발달한 행동이다. 그렇다면 중앙 집중화된 뇌는 고도로 발달한 행동의 전제조건이 아니란 말인가?'

스스로 찾은 그의 해답은 이런 것이다. 어쩌면 사람을 포함한 모든 동물의 뇌 혹은 신경망은 실제로는 몸밖에 존재하는 더 큰 마음이나 의식과 연결되기 위한 조율 메커니즘일 수 있다고. 이전에도 여러 차례 자신의 지식으로는 설명할 수 없는 일들을 경험했기에 이런 추측이 나온 것이다.

그렇다면 '두족'의 삶을 '지행합일'로 설명하는 것은 철저하게 인간의 관점일 수 있겠다. 자기 뇌 안에 갇힌 인간이 아닌 동물들에게 삶이란 아는 대로 살아가는 게 아니라 살아가는 대로 아는 일일지도 모르니까.

살아가면서 무엇을 아는가? 아마도 '나'라는 개별적인 존재 바

곁에 더 큰 마음이나 의식이 있다는 사실을.

　로스 프릴링크의 글은 크레이그 포스터에게 스킨다이빙을 배우는 과정이기도 하지만 잃어버린 아버지와 다시 연결되고자 애쓰는 이야기이기도 하다. 추위와 호흡곤란 등의 고통을 수없이 겪은 뒤 그 역시 크레이그 포스터와 마찬가지로 대자연과 연결되는 환희를 맛본다. 그리고 그 순간, 그는 오랜 트라우마에서 벗어난다. 그는 자신에게 상처를 준 아버지를 찾아가 그가 무엇을 잘못했는지 분명하게 말한 뒤, 그와 영영 작별한다.
　여기까지는 우리가 아는 이야기다. 상처, 방황, 그리고 되갚기. 우리가 모르는 건 그다음의 이야기다. 로스 프릴링크는 조산아로 태어난 아들 조지프를 초등학교까지 태워다주던 아침에 대해 말한다. 돌아오다가 그는 바다에서 고래의 꼬리를 보고 차를 세운다. 바다로 뛰어들었다가 그는 말을 거는 듯 자신을 내려다보는 고래와 눈이 마주친다. 그 눈 안에 '그'가 있었다. 평생 찾아 헤매던 아버지가 거기 있었다. 아들 조지프가 있으니 그는 저절로 아버지가 된 것이었다.
　처음부터 그는 있었으니 잃어버린 것은 없었다. 그럼에도 자연에게 받은 선물 같은 깨달음이었다.

　바다숲작은도서관에 다녀온 건 2022년의 마지막 나날이었다.

그 도서관에 들어가기 전까지 나는 2022년의 마지막 책으로 『바다의 숲』을 읽을 줄은 전혀 모르고 있었다. 몰랐기 때문에 받는 선물이 너무나 많다.

(2023)

내가 좋아하는 것들

내가 좋아하는 것들은 거의 공짜에 가깝다.

지인들과 맛있는 음식을 먹으며 무해한 대화 나누기, 도서관에서 흥미로운 책을 빌려와 자기 전에 조금씩 읽기, 낯선 이의 플레이 리스트를 처음부터 끝까지 듣기, 집 근처 공원을 산책하며 눈에 띄는 나무를 스마트폰으로 촬영해 그날의 기분과 함께 간직하기, 오늘의 날씨를 살펴보기 위해 매일 아침 하늘을 올려다보기, 존경하는 이의 인터뷰를 인터넷에서 찾아 읽고 좋은 말 따로 적어두기 등등.

내가 좋아하는 일들을 하는 데 필요한 건 돈이 아니라 시간이라는 사실을 깨닫는 데에만 수십 년이 걸렸다. 더디게 배워온 인생이지만, 지금이라도 알게 돼 다행이다.

더 기억할 만한 것은 또 이런 것이다. 이제 나는 평화롭고 안온한 삶을 원하게 됐는데, 그 삶은 나와 타인, 혹은 나와 세계 그 사이에서 찾을 수 있다는 것. 사이에서 산다는 것은 언제라도 달라질 수 있다는 가능성을 믿는 일이다. 어떤 맥락 속에 있느냐에 따라 나는 매 순간 달라진다. 사이에 있을 때 나는 '지인들과 맛있는 음식을 먹으며 무해한 대화를 나누는 나' '도서관에서 빌려온 흥미로운 책을 읽는 나' '낯선 이의 플레이 리스트를 처음부터 끝까지 듣는 나' 등등으로 계속 변해간다.

'지금까지의 나'가 항상 어떤 사람이 되어야만 한다는 관념 속의 나였다면, '지금부터의 나'는 매 순간 바뀌는 관계 속의 나가 되기를. 이 말은 이런 뜻이다. 혼자 힘만으로는 새로운 인생을 시작할 수 없다. 새로운 인생은 세계와, 또 타인과 새롭게 관계를 맺을 때 시작된다. 어떤 관계를 원하느냐는 내게 달린 문제다.

그러므로, 새로운 인생에는 새로운 인생관이 필요하다.

사랑보다는 다정, 뜨거움보다는 따뜻함, 또렷함보다는 은은함, 선 긋기보다는 스며들기.

내 쪽의 일방적인 열정보다는 다른 이의 사정을 고려하는 은은한 관심이 좋고, 열변을 토하기보다는 상대의 눈을 바라보며 그의 말을 되뇌는 편이 낫다.

돈 역시 생활에 필요한 것보다 훨씬 더 많이 벌려고 애쓰지 않는다. 쓰는 만큼 벌고 낡은 만큼 개선할 정도면 충분하다. 내게 필요한 건 시간이고, 내가 할일은 그 시간을 기쁘게 보내는 것이라는 걸 알게 됐으니.

무엇보다도 매 순간 내 눈앞에 펼쳐지는 세계 속으로 뛰어드는 모험을 마다하지 않겠다. 어쩌면 실패하고 때로 상처받을 수 있겠지만, '실패한 나'나 '상처받은 나'는 달리 말하면 '세계를 껴안은 나'라고 말할 수 있다. '지금까지의 나'가 '지금부터의 나'로 바뀔 수 있다는 사실에 인간의 영적 가능성이 열린다. 모든 예술과 종교가 보여주는 길이 여기에 놓인다.

이것이 코로나19 바이러스가 세상을 휩쓰는 동안, 내가 새로 찾은 인생관이다.

코로나19 바이러스가 세상을 휩쓰는 동안, 세상에도 여러 변화가 생겼다. 내게 가장 인상적인 변화는 곳곳에 새로 만들어지는 도서관들이었다. 지금까지 내가 알던 도서관은 관공서 느낌의 무뚝뚝한 건물, 책들을 빼곡하게 채워넣은 서가, 개인 공부를 위해 자리 경쟁을 하는 열람실 등이 있는 공간이었다.

2020년을 전후해 새로 만들어졌거나 리모델링된 전국의 도서관들은 나의 이런 선입견을 완전히 무너뜨렸다. 도서관들을 둘러보다가 나는 확신했다. '지금 엄청난 변화가 일어나고 있다!'

청주의 문화제조창 본관 건물에 있는 열린도서관에 들어섰을 때도 마찬가지였다. 엘리베이터를 타고 오층에서 내리면 거기가 바로 도서관 내부다. 들어가는 문도, 절차도 없다. 도서관과 나의 관계 속으로 바로 빠져든다. 엘리베이터에서 내리는 순간, 나는 수많은 책에 둘러싸인 나로 바뀐다.

열린도서관의 서가 뒷면에는 도서관 이용 규칙에 대한 글들이 붙어 있다.

'열린도서관은 정숙을 강조하는 도서관이 아니에요.'
'자유롭게 책을 소리 내어 읽으셔도 돼요.'
'친구들과 토론을 해도 좋아요.'
'도서관 행사가 있으면 조금 소란스러울 수 있어요.'

그 문구들을 바라보다가 『팀랩, 경계 없는 세계』라는 책에서 읽은 이야기를 떠올렸다. 팀랩이란 프로그래머, 엔지니어, 수학자, 건축가, 디자이너, 편집자 등으로 이뤄진 일본의 테크놀러지 실험 집단이다. 그들은 관람객이 직접 만지고 체험하고 즐길 수 있는 디지털 아트를 통해 타인과 세계에 대해 새로운 경험을 하게 만든다. 그들은 이 경험이 인류를 미래로 이끄리라고 믿고 있다.
그들이 기획한 '꽃과 사람, 제어할 수 없지만 함께 살다'라는 전시는 '가만히 있는 사람 주변에서는 꽃이 피어나고, 돌아다니는

사람 주변에서는 꽃이 지는' 식으로 구현한 작품이다. 뉴욕에서
열린 이 전시에 대해 팀랩을 설립한 이노코 도시유키는 이렇게 설
명했다.

"개막 당일에 관객들이 미어터질 정도로 모여들어서 그만 꽃이
전부 지고 말았다. (웃음)

재미있는 건 그다음이다. 전시장에 모인 관람객이 자발적으로
자리를 떠나 삼분의 일 정도로 줄어들자 꽃이 피어난 것이다. 사
람들이 환호성을 내지르더라. 그날 사람들은 타인의 행동으로 예
술이 변하는 모습을 제3자의 시점으로 즐길 수 있음을 알았을 것
이다."

열린도서관의 책 읽기 역시 이 작품에서 얻은 경험과 비슷하지
않을까? 생각에 잠겨 있다가 갑작스러운 소리에 정신을 차리는 것
도, 그 소리가 사라지면서 다시 책 속으로 빠져드는 것도 모두 독
서가 아닐까? 열린도서관의 이용 규칙을 읽는 것만으로도 내 마음
속의 장벽 하나가 무너지는 기분이 들었다.

새로운 세계는 나 혼자 바뀌고 말고의 문제가 아니다. 나와 타
인의 관계가 바뀌어야 한다. 열린도서관에서 무심코 꺼내 읽은
『어느 불교무신론자의 고백』에서 비슷한 이야기를 찾았다. 이 책
은 한국의 송광사에서도 비구로 수행한 적이 있는 영국인 스티븐
배철러의 회고록이다. 티베트 불교에 입문한 뒤 환생 등의 교리

에 대해 회의하던 중 그는 하이데거의 『존재와 시간』을 읽고 자신의 명상 경험과 '세계-내-존재'라는 하이데거의 용어를 연결 짓는다.

'알아차림 명상'에 빠져 있던 그는 문득 산비둘기가 구구거리는 소리를 듣다가 그 소리와 그 소리를 듣는 일을 구분할 수 없다는 사실을 알게 됐다. 거기에는 '새소리를-듣는-나'만 있었다. 나란 지금 내가 있는 세계 안의 존재다. 그 세계에 어떤 사람이나 사물이 나타나고 사라지느냐에 따라 나는 달라진다. 나를 둘러싼 세계는 항상 변하니 그 세계 안의 나는 늘 바뀌는 존재다. 늘 바뀌는 존재로서의 나를 받아들이는 것. 거기에 팀랩이 말하는 미래가 있다.

청주에 머물며 이틀 연속 열린도서관을 찾았다. 열린도서관은 관외 대출을 하지 않는 곳이라 전날 읽은 책을 같은 서가에서 찾아 계속 읽을 수 있다. 같은 책의 같은 페이지를 두 번 읽었다. 당연히 두 번 모두 다른 경험이었다. 책의 내용을 그대로 따라 읽는 것도 독서이지만, 내용은 똑같은데 내 삶의 맥락이 달라지면서 전혀 새롭게 읽히는 것도 독서다. 어떤 열람객이 얼마나 오느냐에 따라 매일매일 분위기가 달라지는 열린도서관에서는 후자의 독서가 진정한 독서라는 사실을 몸으로 알게 된다.

(2023)

| 수록작 출전 |

디 에센셜

김연수
ⓒ김연수 2024

2판 1쇄 2025년 5월 15일

지은이 김연수
책임편집 김내리
디자인 김이정 유현아 | 저작권 박지영 형소진 오서영 조경은
마케팅 정민호 서지화 한민아 이민경 왕지경 정유진 정경주 김수인 김혜원 김예진
　　　나현후 이서진
브랜딩 함유지 박민재 이송이 김희숙 박다솔 조다현 김하연 이준희
제작 강신은 김동욱 이순호 | 제작처 상지사

펴낸곳 (주)문학동네 | 펴낸이 김소영
출판등록 1993년 10월 22일 제2003-000045호
주소 10881 경기도 파주시 회동길 210
전자우편 editor@munhak.com | 대표전화 031)955-8888 | 팩스 031)955-8855
문학동네카페 http://cafe.naver.com/mhdn
인스타그램 @munhakdongne | 트위터 @munhakdongne
북클럽문학동네 http://bookclubmunhak.com

ISBN 979-11-416-1032-6 03810

www.munhak.com